Né aux États-Unis en 1955, Linwood Barclay émigre à Toronto au Canada avec sa famille alors qu'il a à peine quatre ans.

Tout en suivant des études, il exerce divers petits boulots avant d'entamer une carrière de journaliste en 1977, aussitôt son diplôme de littérature anglaise obtenu.

Il commence dans un petit journal local, passe ensuite quelque temps au *Oakville Journal Record* et finit par entrer en 1981 au *Toronto Star*, le quotidien le plus distribué au Canada. Il passe par tous les postes, gravit tous les échelons avant de devenir, en 1993, le chroniqueur le plus populaire de la page "Vie quotidienne". Il se retire du journalisme en 2008.

Il se lance dans l'écriture en 1995 et publie quatre ouvrages humoristiques de 1996 à 2000 ainsi que quatre thrillers de la série "Zack Walker" de 2004 à 2007. Après le succès de *Cette nuit-là, Les voisins d'à côté*, son deuxième roman, est couronné par le *Arthur Ellis Award* au Canada. Suivront une vingtaine de romans, dont *Contre toute attente*, adapté en mini-série sous le titre *L'accident*, avec Bruno Solo dans le rôle principal ; *Fenêtre sur crime*, sélectionné pour Grand prix des lectrices de ELLE en 2015 ; ou encore *La fille dans le rétroviseur* qui a obtenu le Prix Saint-Maur en poche catégorie Coup de cœur de la Griffe noire en 2015 également. En France, tous ses titres sont disponibles en poche aux Éditions J'ai lu.

Régulièrement en tête des ventes en Angleterre, traduit dans une dizaine de langues, Linwood Barclay s'affirme comme un auteur majeur du polar. Il vit à Burlington, dans l'Ontario, avec son épouse et ses deux enfants.

Du bruit dans la nuit

DU MÊME AUTEUR

Cette nuit-là, Belfond, 2009 ; J'ai lu, 2011

Les voisins d'à côté, Belfond, 2010 ; J'ai lu, 2012

Ne la quitte pas des yeux, Belfond, 2011 ; J'ai lu, 2012

Crains le pire, Belfond, 2012 ; J'ai lu, 2013

Mauvais pas, Belfond, 2012 ; J'ai lu, 2013

Contre toute attente, Belfond, 2013 ; J'ai lu, 2014

Mauvais garçons, Belfond, 2013 ; J'ai lu, 2014

Fenêtre sur crime, Belfond, 2014 ; J'ai lu, 2015

Mauvaise compagnie, Belfond, 2014 ; J'ai lu, 2015

Celle qui en savait trop, Belfond, 2015 ; J'ai lu, 2016

Mauvaise influence, Belfond, 2015 ; J'ai lu, 2016

La fille dans le rétroviseur, Belfond, 2016 ; J'ai lu, 2017

En lieux sûrs, Belfond, 2017 ; J'ai lu, 2018.

Fausses promesses, Belfond, 2018; J'ai lu, 2019.

Faux amis, Belfond, 2018; J'ai lu, 2020.

Vraie folie, Belfond, 2019; J'ai lu, 2020.

Champ de tir, Belfond, 2020; J'ai lu, 2021.

Vous pouvez consulter le site de l'auteur
à l'adresse suivante :
www.linwoodbarclay.com

LINWOOD BARCLAY

Du bruit dans la nuit

Traduit de l'anglais (Canada)
par Renaud Morin

J'AI LU

TITRE ORIGINAL
A Noise Downstairs

ÉDITEUR ORIGINAL
Orion Books, une marque de
The Orion Publishing Group Ltd, Londres

Pour Neetha

Prologue

Alors qu'il roulait sur la Post Road par cette soirée de début octobre, Paul Davis était quasiment certain que la voiture qui zigzaguait devant lui était celle de son collègue Kenneth Hoffman. L'antique break Volvo bleu foncé faisait partie du décor sur le campus du West Haven College. La voiture de prof typique, un vrai cliché.

Il était un peu plus de vingt-trois heures, et Paul se demanda si Kenneth – toujours Kenneth, jamais Ken – savait que le cabochon en plastique rouge de son feu arrière gauche était fendu : une lumière blanche s'en échappait. N'avait-il pas mentionné l'autre jour que quelqu'un lui était rentré dedans en faisant marche arrière sur le parking de la fac sans même laisser un mot sous son essuie-glace ?

Kenneth était bien du genre à s'agacer d'un feu cassé. Ce défaut de symétrie arrière, l'équivalent automobile d'une équation mal posée, ne pouvait qu'irriter le professeur de mathématiques et de physique qu'il était.

En voyant la Volvo se déporter vers la ligne médiane puis se rabattre brusquement sur sa voie,

Paul eut peur que Kenneth n'ait un problème. Est-ce qu'il piquait du nez par intermittence et, se réveillant, se rendait compte qu'il était en train de dévier vers le côté opposé de la route ? Est-ce qu'il rentrait chez lui après avoir trop bu ?

Si Paul était flic, il mettrait le gyro, ferait hurler la sirène et l'obligerait à se ranger sur le bas-côté.

Mais Paul n'était pas flic, et Kenneth n'était pas un automobiliste lambda. C'était un collègue. Non, plus que ça. Kenneth était un ami. Un mentor. Paul n'avait ni lumières clignotantes sur le toit de sa voiture ni sirène, mais peut-être arriverait-il à forcer Kenneth à se ranger sur le côté. Attirer son attention. L'amener à s'arrêter pour s'assurer qu'il était en état de conduire. Et, dans le cas contraire, le raccompagner chez lui.

C'était le moins qu'il puisse faire. Même si Kenneth et lui n'étaient plus aussi proches qu'avant.

Quand Paul avait débarqué à West Haven, Kenneth avait manifesté à son égard un intérêt presque paternel. Pendant la réception de bienvenue des nouveaux membres de la faculté, ils s'étaient découvert une passion commune, et pas particulièrement cérébrale, pour les films de science-fiction des années 1950. *Planète interdite, Destination... Lune !, Les soucoupes volantes attaquent. Le jour où la Terre s'arrêta.* Ils étaient d'avis que *L'Attaque de la femme de 50 pieds* n'était rien de moins qu'un chef-d'œuvre. Après que ce sujet geekissime les avait rapprochés, Kenneth avait offert à Paul un cours accéléré sur les usages en vigueur à West Haven.

Les questions de politique interne viendraient avec le temps, mais ce qu'un petit nouveau devait impérativement savoir, c'était la façon d'obtenir une bonne place de parking. Qui était *la* personne à connaître à la compta s'ils merdaient avec le virement mensuel de votre salaire ? Quel jour il fallait éviter d'aller à la cantine ? (Le mardi. Journée du foie.)

Au cours des années qui allaient suivre, Paul avait fini par se rendre compte qu'il était une sorte d'exception pour Kenneth. Celui-ci était en effet plus enclin à prodiguer ses conseils aux nouvelles recrues et, d'après ce que Paul avait entendu dire, il y mettait plus d'implication.

Kenneth était un homme aux multiples facettes, et Paul n'était pas certain de les connaître toutes.

Mais, quelles que soient ses réserves concernant son collègue, il n'allait pas le laisser finir dans le fossé. À première vue, il était le seul à risquer sa vie : il n'y avait personne sur le siège passager du break.

La voiture venait de parcourir près de deux kilomètres sans se déporter sur l'autre voie. Peut-être Kenneth avait-il repris le contrôle de son véhicule ? Il continuait néanmoins à se montrer distrait. Il roulait à la vitesse autorisée, puis les feux stop s'allumaient brièvement – y compris celui qui était cassé – et le véhicule ralentissait. Puis reprenait de la vitesse. Et quatre cents mètres plus loin, ralentissait de nouveau. Kenneth semblait jeter de fréquents regards sur la droite, comme s'il cherchait le numéro d'une maison.

C'était un drôle de quartier pour ça. Il n'y avait pas d'habitations. Cette portion de la Post Road était presque entièrement bordée de commerces.

Qu'est-ce que Kenneth manigançait exactement ?

Non pas que se balader en voiture dans Milford à onze heures du soir fût forcément le signe de mauvaises intentions. Après tout, lui aussi était sur la route, et s'il était rentré directement chez lui après avoir assisté à un spectacle monté par des étudiants de West Haven, il y serait déjà. Mais il était là, à rouler sans but, en pensant à Charlotte.

Il lui avait proposé de l'accompagner. Paul n'avait pas participé à la production de la pièce mais plusieurs de ses étudiants s'y étaient investis et il s'était senti tenu de les soutenir. Charlotte, qui exerçait la profession d'agent immobilier, avait décliné. Elle avait une maison à faire visiter ce soir-là. Mais, de toute façon, attendre qu'un acheteur potentiel ait fini d'inspecter les chambres à coucher était une perspective plus réjouissante que d'attendre Godot.

Même si sa femme n'avait pas eu ce rendez-vous professionnel, Paul aurait été surpris qu'elle se joigne à lui. Ces derniers temps, ils avaient davantage vécu en colocataires qu'en conjoints. Charlotte était distante, préoccupée. « C'est juste le travail », disait-elle, quand il cherchait à comprendre ce qui pouvait la tracasser. Est-ce que la présence de Josh pouvait expliquer cette situation ? Est-ce qu'elle supportait mal de le voir débarquer à la maison pour y passer le week-end ? Non, ça ne pouvait pas être ça. Elle avait de l'affection pour son beau-fils, s'était mise en quatre pour qu'il se sente le bienvenu et...

Tiens ?

Kenneth avait mis son clignotant.

Il engagea le break Volvo dans une zone industrielle située perpendiculairement à la route principale. Une longue rangée de magasins, qui, tous, devaient avoir fermé leurs portes depuis au moins cinq heures.

Si les facultés de Kenneth étaient diminuées, ou s'il tombait de sommeil, il avait peut-être encore assez de jugeote pour quitter la route et faire un petit somme le temps de récupérer. Ou peut-être qu'il allait utiliser son téléphone. Appeler un taxi. Dans un cas comme dans l'autre, Paul se disait qu'il était moins urgent pour lui d'intervenir.

Mais cela ne l'empêcha pas de ralentir et de se ranger sur le bas-côté un peu au-delà de l'intersection que Kenneth avait empruntée. La Volvo fit le tour du bâtiment et s'arrêta derrière, ses feux stop s'allumant brièvement, juste à côté d'une benne à ordures.

Qu'est-ce qu'il fabriquait ? Paul éteignit ses phares, coupa le moteur et observa la scène. Sur l'écran de son imagination galopante, les mots « rendez-vous avec mon dealer » s'affichèrent en grosses lettres. Mais rien dans la personnalité de Kenneth ne laissait supposer ce genre d'addiction.

Et, de fait, celui-ci n'était pas là pour retrouver qui que ce soit, apparemment. Il n'y avait pas d'autre véhicule, aucune silhouette suspecte n'avait surgi de l'obscurité. Kenneth ouvrit sa portière, et le plafonnier s'alluma dans l'habitacle. Il descendit de son véhicule et se dirigea vers la portière côté passager. Il se pencha à l'intérieur pour prendre quelque chose.

Paul n'arrivait pas à distinguer ce que c'était. Un objet de couleur sombre – même si tout paraissait plus ou moins sombre à cette heure –, volumineux comme une imprimante d'ordinateur, mais de forme irrégulière. L'objet pesait son poids, à en juger par la façon dont Kenneth se cambra légèrement pour le transporter sur les quelques mètres qui le séparaient de la benne. Il le souleva par-dessus le bord et le laissa tomber à l'intérieur.

— Qu'est-ce qu'il fout ? marmonna Paul.

Kenneth claqua la portière passager, repassa côté conducteur et s'assit au volant.

Paul se tassa dans son siège pendant que Kenneth faisait demi-tour et reprenait la route en passant juste à côté de lui. Paul vit les feux arrière de la Volvo s'estomper au loin.

Il se tourna vers la benne, partagé entre l'envie d'aller voir ce que Kenneth y avait jeté et celle de continuer à suivre son collègue. Quand il avait repéré Kenneth, Paul s'était d'abord inquiété pour lui. À présent, la curiosité avait pris le dessus.

Selon toute probabilité, ce qui se trouvait dans cette benne y serait encore dans quelques heures.

Paul démarra.

La Volvo roulait vers le nord, s'éloignant de Milford, laissant derrière elle les habitations, les magasins d'alimentation et d'innombrables autres zones industrielles pour suivre des routes de campagne qui sinuaient sous la voûte de grands arbres. Ils passèrent à un moment devant une voiture de police garée sur l'accotement, mais ils roulaient tous les deux en deçà de la limite autorisée.

Paul commença à se demander si Kenneth savait où il allait. Les feux stop de la Volvo s'allumaient brièvement quand il approchait d'une intersection mais, ensuite, la voiture accélérait jusqu'à la suivante. Kenneth semblait chercher quelque chose.

Soudain, il le trouva.

La voiture s'arrêta sur le côté, à bonne distance de la chaussée. Les phares s'éteignirent. Paul se tenait à quelques mètres de là. Pour quelle raison Kenneth s'était-il arrêté précisément ici ? Il ne distinguait aucune allée privée, aucune maison dans les parages.

Il songea un instant à passer son chemin.

Ça suffit, ces cachotteries. Il faut que je voie si tout va bien.

Alors il vint se garer derrière la Volvo juste au moment où Kenneth en descendait. Sa portière était ouverte, et l'habitacle baignait dans une faible lumière.

Kenneth se figea. Son regard ressemblait à celui d'un détenu en train de s'évader surpris par le projecteur du mirador.

Paul baissa rapidement sa vitre pour se faire reconnaître.

— Kenneth, c'est moi !

Kenneth plissa les yeux.

— C'est Paul ! Paul Davis !

L'information mit une seconde pour monter à son cerveau. Après quoi, Kenneth s'avança d'un pas vif vers la voiture de Paul, la main en visière pour protéger ses yeux de l'éclat des phares. Au moment où Paul commençait à descendre de voiture, laissant le moteur tourner et les phares allumés, Kenneth lui cria :

— Bon sang, Paul, qu'est-ce que tu fous là ?

Son ton de voix déplut à Paul. Kenneth était agité, à cran. Les deux hommes se retrouvèrent à mi-chemin entre les deux véhicules.

— J'étais presque certain que c'était ta voiture. J'ai pensé que tu avais peut-être des ennuis.

Pas la peine de préciser que cela faisait des kilomètres qu'il le suivait.

— Tout va bien, pas de problème, rétorqua Kenneth d'un ton sec.

Son visage était parcouru de tics nerveux, comme s'il voulait retourner dans sa voiture mais se défendait de le faire.

— Tu me suivais ?

— Non… pas vraiment, répondit Paul.

Kenneth décela quelque chose dans son hésitation.

— Depuis combien de temps ?

— Quoi ?

— Depuis combien de temps tu me suis ?

— Je t'assure que je...

Paul ne termina pas sa phrase. Quelque chose à l'arrière de la Volvo avait attiré son regard. Grâce aux phares de sa voiture et au plafonnier du break, on apercevait, dépassant du bas de la vitre du hayon, ce qui ressemblait à un monceau de bâches en plastique transparent.

— Ce n'est rien, dit rapidement Kenneth.

— Je n'ai rien demandé, répliqua Paul en faisant un pas vers la Volvo.

— Paul, monte dans ta voiture et rentre chez toi. Tout va bien. Je t'assure.

Ce fut à ce moment-là seulement que Paul remarqua les taches sombres sur les mains de Kenneth, et les éclaboussures sur sa chemise et son jean.

— Bon sang, tu es blessé ?

— Non, ça va.

— On dirait du sang.

Paul s'avança vers la Volvo. Kenneth voulut le retenir par le bras, mais Paul se dégagea. Il avait bien quinze ans de moins que Kenneth, et sa fréquentation assidue des courts de squash de la fac l'avait maintenu en bonne forme.

Arrivé devant le hayon, il regarda à travers la vitre.

— Bordel de merde ! s'écria-t-il, se couvrant soudainement la bouche avec la main, sur le point de vomir.

— Laisse-moi t'expliquer, dit Kenneth derrière lui.

Paul fit un pas en arrière, dévisagea Kenneth, les yeux exorbités.

— Comment... qui... qui est-ce ?

Kenneth chercha ses mots.

— Paul…

— Ouvre.

— Quoi ?

— Ouvre-le ! répéta Paul en pointant le hayon du doigt.

Kenneth obtempéra. Une ampoule intérieure s'alluma, révélant les deux corps étendus dans la longueur, tous deux enveloppés dans du plastique, la tête contre le hayon, les pieds contre le dossier des sièges de devant. La banquette arrière avait été rabattue pour qu'ils puissent tenir dedans, comme s'il s'agissait de panneaux de contreplaqué achetés à Home Depot.

Malgré l'épaisseur du plastique et le sang qui déformaient leurs traits, on voyait bien que c'étaient deux femmes.

Paul les fixait, bouche bée, sidéré. L'envie de vomir avait fait place à l'effroi.

— Je cherchais un endroit, dit Kenneth calmement.

— Un quoi ?

— Je n'avais encore rien trouvé. J'envisageais ces bois, là-bas, et puis tu as débarqué.

À ce moment-là, Paul remarqua la pelle à côté du corps de la femme, sur la gauche.

— Je vais couper le moteur, dit Kenneth, ce n'est pas bon pour l'environnement.

Paul crut qu'il allait sauter dans la voiture et prendre la fuite. Avec le hayon ouvert, s'il accélérait brusquement, les corps risquaient de glisser et de tomber sur le bas-côté. Mais Kenneth se pencha dans l'habitacle, tourna la clé de contact. Le moteur se tut.

Qui étaient ces deux femmes ? Paul se sentait paralysé, éprouvait un sentiment d'irréalité.

Un prénom lui vint à l'esprit. Sans qu'il sache exactement pourquoi.

Charlotte.

Kenneth le rejoignit à l'arrière de la voiture. Semblait-il plus calme ? Était-il soulagé d'avoir été pris ? Paul le regarda, mais son attention fut de nouveau attirée par les corps.

— Qui est-ce ? demanda Paul d'une voix tremblante. Dis-le-moi.

Incapable de les regarder plus longtemps, il se détourna.

— Désolé pour ça, dit Kenneth.

Paul se tourna vers lui.

— *Désolé* pour…

Il vit la pelle que Kenneth brandissait, à la manière d'un club de golf, un dixième de seconde avant qu'elle n'atteigne son crâne.

Puis tout devint noir.

HUIT MOIS PLUS TARD

1

On aurait pu croire que le vieil homme à l'arrière du SUV était mort. Il était affalé sur la banquette en cuir, le sommet de son crâne presque totalement dégarni et couvert de taches de vieillesse appuyé contre la fenêtre côté passager.

Paul s'approcha de la Lincoln – c'était le même modèle que cette star de cinéma conduisait dans toutes ces pubs ridiculement prétentieuses – et regarda à travers la vitre.

L'homme était de petite taille, mince. Il remua la tête, comme s'il se sentait observé. Puis il se redressa lentement, se tourna en clignant plusieurs fois des yeux et considéra Paul avec perplexité.

— Comment allez-vous aujourd'hui ? demanda Paul.

L'homme hocha lentement la tête, puis se laissa de nouveau couler dans son siège en se calant contre la vitre.

Paul parcourut le reste de l'allée. C'était une maison avec un étage, de style Cape Cod, en bardeaux de cèdre, sur Carrington Avenue. Avec une entrée séparée sur le côté. Sur la petite plaque en laiton à côté de la porte, on lisait cette simple inscription :

ANNA WHITE, PH.D. Il sonna, puis entra et prit place dans la salle d'attente, juste assez grande pour deux fauteuils rembourrés.

Il passa en revue une pile de magazines. Depuis trois mois qu'il venait ici en consultation, les magazines – des exemplaires de *Time*, du *New Yorker*, de *Golf Digest* et *Golf Monthly*, peut-être le Dr White était-elle une golfeuse chevronnée ? – étaient constamment renouvelés, ce qu'il mettait à son crédit. S'il avait un reproche à lui faire, c'était de ne pas examiner les couvertures avec suffisamment d'attention. Était-il judicieux, dans un cabinet de psychologue, de proposer à la lecture un magazine d'informations titrant : « Paranoïa : avez-vous raison d'avoir peur ? »

Ce fut pourtant celui-là qu'il choisit. Il allait commencer l'article quand la porte du cabinet s'ouvrit.

— Paul, dit-elle en souriant. Entrez donc.

— Votre père est encore dans votre voiture.

Elle soupira.

— Ça ne fait rien. Il croit qu'on va aller à la maison de retraite rendre visite à ma mère. Il est bien là où il est. Je vous en prie, entrez.

Son magazine à la main, il se leva et entra dans la pièce. Ce n'était pas un cabinet médical ordinaire, évidemment. Pas de table d'examen avec son drap en papier, pas de pèse-personne, ni de tableau d'acuité visuelle ou de planche anatomique. Mais des fauteuils en cuir marron, un bureau en verre et bois qui semblait tout droit sorti d'un catalogue Herman Miller et sur lequel il n'y avait guère qu'un ordinateur portable ouvert de couleur gris argenté. Il y avait un mur de rayonnages, des peintures reposantes de l'océan ou peut-être du détroit de Long Island en décoraient un autre. Il y avait même une fenêtre offrant une vue sur un des parcs du centre de Milford.

Il se laissa tomber dans son fauteuil habituel tandis que le médecin s'asseyait de biais par rapport à lui. Elle portait une jupe qui lui arrivait aux genoux et, quand elle croisa les jambes, Paul s'efforça de ne pas regarder. Le Dr White était une femme séduisante – la petite quarantaine, cheveux châtains mi-longs et iris assortis, bien faite de sa personne –, mais Paul avait lu des choses sur ce phénomène de transfert par lequel les patients tombaient amoureux de leurs thérapeutes. Non seulement cela n'arriverait pas, mais il ne voulait pas donner l'impression que cela puisse arriver.

Il était ici pour se faire aider. Point barre. Il n'avait pas besoin d'ajouter une nouvelle relation à toutes celles qui lui compliquaient déjà la vie.

— On vole mes magazines ? plaisanta-t-elle.

— Oh, non, dit-il en montrant rapidement la couverture. Il y a un article que je voulais lire.

— Oh, mon Dieu, dit-elle en fronçant les sourcils. Ce numéro n'était peut-être pas le plus indiqué pour ma salle d'attente.

Paul parvint à sourire.

— C'est vrai que le titre m'a tapé dans l'œil. Autrement, j'aurais peut-être feuilleté une revue de golf. Même si je n'y joue pas.

— Ils appartiennent à mon père. Il a quatre-vingt-trois ans, et il continue à faire un parcours à l'occasion, si je peux l'accompagner. Et il adore le practice. Il est encore capable de taper un seau de balles comme un pro. Il est beaucoup moins facile de se perdre quand on ne s'aventure pas sur le parcours.

Elle tendit la main et Paul lui remit le magazine. Elle jeta un dernier regard au gros titre avant de le jeter sur une table basse à côté d'elle.

— Comment va cette tête ? demanda-t-elle.

— Physiquement ou mentalement ?

— Je pensais physiquement, dit-elle avec un sourire. Pour le moment.

— D'après le Dr Jones, la guérison suit son cours mais, avec le genre de traumatisme crânien que j'ai subi, il faut surveiller les séquelles éventuelles pendant au moins un an. Et j'en garde quelques-unes, ça ne fait aucun doute.

— Par exemple ?

— Les migraines, évidemment. Et j'ai des trous de mémoire de temps en temps. Parfois, j'entre dans une pièce et je ne me rappelle pas ce que je suis venu y faire. Il m'arrive aussi de ne même pas me rappeler comment je me suis retrouvé là. Je suis dans la chambre et, l'instant d'après, je me retrouve dans la cuisine, et je ne sais absolument pas comment la transition s'est faite. Et je n'ai pas repris le squash. Je ne peux pas prendre le risque de recevoir un coup de raquette ou de me fracasser la tête contre un mur. Pourtant, j'ai hâte de m'y remettre. Bientôt, peut-être. J'y vais doucement.

— Très bien.

— Quant au sommeil, c'est toujours… Enfin, vous savez.

— On va y venir.

— J'ai presque retrouvé mon sens de l'équilibre. Et j'arrive à me concentrer à peu près quand je lis. Ça aura été long. Je devrais rependre mes cours dans quelques mois, en septembre.

— Vous êtes retourné sur le campus depuis l'accident ?

— Deux, trois fois, histoire de me remettre doucement dans le bain. J'ai donné une conférence pour une classe d'été. Une conférence que j'avais déjà faite, je n'ai pas eu à l'écrire de A à Z. J'ai eu une séance de TD avec quelques étudiants, lancé une discussion intéressante. Mais c'est à peu près tout.

— L'université s'est montrée très patiente.

— Oui, c'est vrai. Je pense qu'ils l'auraient été de toute façon, mais comme c'est un collègue qui a tenté de me tuer... ils ont été accommodants, c'est sûr.

Il marqua un temps d'arrêt, effleura de la main sa tempe gauche, à l'endroit où la pelle l'avait frappé.

— Chaque fois que j'y pense, je me dis toujours que ça aurait pu être pire.

— En effet.

— J'aurais pu finir dans la Volvo avec Jill et Catherine.

Anna hocha la tête avec gravité.

— Les choses peuvent toujours être pires qu'elles ne le sont.

— Je suppose, oui.

— Bon, maintenant que nous avons vu le physique, passons à mon domaine de compétence. Parlez-moi de votre humeur de ces derniers jours ?

— En dents de scie.

— Vous le voyez toujours ?

— Kenneth ?

— Oui, Kenneth.

— Dans mes rêves, bien sûr.

— Et ?

Paul hésita, comme s'il était gêné.

— Et parfois... comme ça, au coin de la rue.

— L'avez-vous revu depuis la dernière fois que nous nous sommes parlé ?

— J'étais en train d'acheter deux, trois bricoles à Walgreens et j'ai eu la certitude de le voir faire la queue à la caisse. Je me suis senti submergé par une sorte de crise de panique, alors je suis sorti en abandonnant mon panier. Je suis monté dans ma voiture et j'ai foutu le camp le plus vite possible.

— Vous avez sincèrement cru que c'était lui ?

— Non, dit Paul lentement. Je savais que ce n'était pas possible.

— Pourquoi ?

Elle pencha la tête vers lui.

— Parce que Kenneth est en prison.

— Pour un double homicide et une tentative d'homicide, lui rappela Anna. Il y en aurait eu trois si ce policier n'était pas passé par là.

— Je sais.

Paul se frotta les mains. Ça n'avait pas été un simple coup de chance. L'agent dans le véhicule de patrouille devant lequel Kenneth et lui étaient passés avait décidé de rattraper la Volvo à cause de son cabochon de feu arrière cassé.

Anna se pencha en avant.

— Avec le temps, ça ira mieux. Je vous le promets.

— Et les cauchemars ?

— Ils persistent ?

— Oui. J'en ai fait un il y a deux nuits. Charlotte a été obligée de me réveiller.

— Racontez-moi.

Paul déglutit. Il devait essayer de se détendre avant de se lancer.

— Ma vue était trouble. Tout ce qui m'entourait semblait brumeux, et tout à coup je me suis rendu compte que j'étais enveloppé dans des bâches en plastique. J'ai essayé de m'en dépêtrer, mais je n'y arrivais pas. Petit à petit, je suis parvenu à distinguer quelque chose à travers. Un visage.

— Kenneth Hoffman ?

Paul fit non de la tête.

— Il est vrai qu'il apparaît dans la plupart de mes cauchemars mais, non, pas cette fois-ci. Le type que j'ai vu à travers le plastique, cette nuit-là, c'était moi, qui me criais de me sortir de là. Comme si j'étais simultanément sous le plastique et à l'extérieur, mais surtout à l'intérieur, avec la sensation de suffoquer. J'essayais de me libérer. C'est une nouvelle variation de mon cauchemar récurrent. Parfois, je pense que Charlotte est une des deux femmes à l'arrière de la voiture. J'ai ce vague souvenir, avant de perdre connaissance, d'avoir été terrifié à l'idée que Kenneth ait tué Charlotte.

— Pourquoi avoir pensé ça ?

— Elle n'était pas venue avec moi voir la pièce. Mon imagination a fait le reste.

— Je vois.

— Enfin, Dieu merci, Charlotte est là pour me réveiller quand je fais mes cauchemars. La dernière fois, j'agitais les bras dans tous les sens devant moi pour me libérer du plastique.

— Vous arrivez à vous rendormir ?

— Parfois, mais ça me fait peur. Je me dis que le cauchemar est juste sur pause.

Il ferma brièvement les yeux, comme pour vérifier que les images qui l'avaient assailli pendant ce cauchemar étaient toujours présentes. Quand il les rouvrit, il dit :

— Et il y a quatre jours, je crois, j'ai rêvé que j'étais attablé avec elles.

— Elles ?

— Vous savez bien. Jill Foster et Catherine Lamb. Chez Kenneth. Nous rédigions nos excuses à tour de rôle sur une machine à écrire. Elles avaient des sourires macabres et du sang s'écoulait de leurs gorges tranchées, et elles se moquaient de moi parce que je ne savais pas quoi taper. Elles disaient : « On a fini ! On a fini ! » Et vous savez que dans les rêves on ne peut pas voir les mots distinctement ? Ils sont tout embrouillés ?

— Oui.

— C'est pour ça que c'était tellement frustrant. Je devais taper quelque chose sinon Kenneth, qui se tenait là, en bout de table, comme un putain de Nosferatu… excusez-moi…, me tuerait. Mais bon, que j'y parvienne ou pas, je savais qu'il me tuerait.

Anna posa une main rassurante sur celle de Paul qui commençait à trembler.

— Arrêtons-nous une seconde.

— Oui, bien sûr.

— On va changer de sujet. Comment ça va avec Charlotte ?

Paul haussa les épaules.

— Je suppose que ça peut aller.

— Vous n'avez pas l'air très enthousiaste.

— Non, je vous assure, ça va mieux. Elle a été d'un grand soutien, même si me voir traverser tout ça doit la déprimer par moments. Vous savez, avant que tout ça n'arrive, ça n'allait pas exactement pour le mieux entre nous. Je crois que Charlotte traversait une sorte de crise existentielle. Il y a dix ans, elle n'imaginait sans doute pas qu'elle finirait agent immobilier à Milford. Encore qu'il n'y ait rien de déshonorant à cela. Je pense que ses rêves n'étaient pas tout à fait ceux-là quand elle était plus jeune. Mais le fait que j'aie failli me faire tuer a peut-être permis de remettre les choses en perspective. Ça va mieux maintenant.

— Et votre fils ? Josh ?

Paul se rembrunit.

— Ça a été un coup dur pour lui, naturellement. Penser que son père a failli mourir, ce n'est pas évident pour un gamin de neuf ans. Mais je ne suis pas resté longtemps à l'hôpital, et même si je suis encore convalescent, il est clair que je ne vais pas tomber raide mort pour le moment. Il partage son temps entre sa mère et moi. Résultat, il n'est pas nécessairement dans les parages quand je me réveille la nuit en hurlant.

Paul essaya de rire. Anna s'autorisa un sourire. Ils restèrent silencieux un moment. Anna sentait que son patient essayait de trouver le courage de lui dire quelque chose.

— Je voulais vous soumettre une idée, dit-il enfin.

— Je vous écoute.

— J'en ai discuté avec Charlotte, elle pense que c'est peut-être une bonne idée, mais que je devrais d'abord vous demander votre avis.

— Je suis tout ouïe.

— Il ne fait guère de doute que je suis… comment pourrait-on dire ça ? Hanté ? Oui, je suppose qu'on peut dire que je suis hanté par ce que Kenneth a fait.

— J'aurais plutôt employé le mot *traumatisé*, mais oui.

— Je veux dire, pas uniquement parce qu'il a failli me tuer. Ce qui aurait suffi. Mais parce que je le *connaissais*. Il m'a pris sous son aile quand je suis arrivé à West Haven. C'était mon ami. On a bu des coups ensemble, partagé nos réflexions, on s'entendait bien, vous comprenez ? Lui et moi, on était fans de SF. Comment ai-je pu ne pas voir que, derrière tout ça, il y avait un monstre ?

— Parfois les monstres savent très bien se déguiser.

— En même temps, depuis, je me demande souvent si je le connaissais si bien que cela. Vous vous rappelez Walter Mitty ?

— Le personnage de la nouvelle de James Thurber ?

Paul acquiesça d'un mouvement de tête.

— Un homme ennuyeux, ordinaire, qui s'imagine vivre des aventures héroïques. Kenneth était ce professeur terne qui menait une vie secrète d'homme à femmes. Sauf que, dans son cas, la vie secrète n'avait rien d'imaginaire. Elle était réelle. Il possédait ce charme souterrain auquel les femmes... enfin, certaines femmes ont du mal à résister. Mais il n'en faisait pas étalage. Il n'était pas du genre à se vanter de ses conquêtes sexuelles.

— Il ne vous a donc jamais parlé des femmes qu'il fréquentait ?

— Non, mais des bruits couraient quand même. Tout le monde savait. Chaque fois qu'il y avait une réception à la fac, et qu'il venait avec sa femme, Gabriella, on se demandait tous si elle était la seule dans la pièce à ne pas être au courant.

— Vous connaissiez son fils ?

— Len, dit Paul avec un hochement de tête. Kenneth adorait ce garçon. Il était un peu... comment formuler ça de façon politiquement correcte, disons qu'il était un peu lent. Ce n'était pas comme s'il souffrait d'une forme d'autisme ou quoi, mais il n'était certainement pas destiné à faire des études supérieures. Kenneth l'emmenait pourtant sur le campus pour qu'il puisse consulter des livres d'art à la bibliothèque pendant qu'il donnait ses cours. Il lui sélectionnait des livres qu'il feuilletait page à page. Il aimait regarder les images.

Paul lança à Anna un regard perplexe.

— Comment je fais cadrer ça avec ce qu'il a fait ? Tuer deux femmes ? Et la *manière* dont il les a tuées. Les obligeant à s'excuser devant lui avant de leur trancher la... Je n'arrive pas à comprendre.

— C'est difficile, je sais. Alors, vous vouliez me soumettre une idée ?

— Au lieu d'essayer de mettre tout ça derrière moi, dit Paul après un moment d'hésitation, je veux en savoir davantage. Je veux *tout* savoir. Sur ce qui m'est arrivé. Sur Kenneth. Je veux parler aux gens qu'il a marqués. Et pas uniquement de façon négative. En bien, aussi. Je veux comprendre toutes les facettes de sa personnalité. Et, si possible, j'aimerais même m'entretenir avec lui, si on me laisse lui rendre visite en prison. Et si, de son côté, il accepte de me voir, évidemment. Je suppose que je cherche une réponse à une question plus vaste.

— Quelle est-elle, cette question... ? interrogea Anna en formant une pyramide avec ses doigts.

— Kenneth était-il le mal incarné ? *Est*-il le mal incarné ?

— Je pourrais simplement vous répondre par l'affirmative et vous faire gagner du temps.

Elle prit une longue inspiration, puis expira lentement.

— Je suis partagée, en fait... Vous pensez sincèrement que cela pourrait vous aider ?

Paul réfléchit un moment avant de répondre.

— Si j'arrive à regarder le mal en face dans la vraie vie, je n'aurai peut-être plus à le fuir dans mon sommeil.

2

Anna raccompagna Paul Davis à la porte. Alors qu'il retournait à sa propre voiture, elle s'arrêta dans l'allée pour ouvrir la portière arrière de son SUV Lincoln, en veillant à ne pas faire tomber son père.

— Allez, rentre à l'intérieur, papa.

— Oh, coucou, Joanie. J'ai dû piquer un somme.

— C'est Anna, papa. Pas maman.

— Ah oui, c'est vrai. On devrait y aller. Joanie va bientôt aller déjeuner.

— Elle n'est plus à Guildwood, papa, dit-elle avec douceur. Je vais aller te chercher du café. Il reste une demi-cafetière.

— Du café ? Ça me dit bien.

Il sortit ses jambes de la voiture, puis, avec une extrême prudence, il se laissa glisser du siège jusqu'à ce que ses pieds touchent le sol, tel un parachutiste au ralenti.

— Et voilà le travail, dit-il.

Il baissa les yeux, constata que ses lacets étaient défaits.

— Pour mon prochain numéro, je lacerai mes chaussures.

— Quand on sera rentrés, dit Anna, qui claqua la portière et retourna dans la maison avec son père.

Une fois à l'intérieur, le vieil homme s'assit dans un des deux fauteuils de la salle d'attente pour remédier sans délai à son souci de lacets.

— Je vais te chercher un café, après tu pourras monter regarder tes émissions.

Il adressa à sa fille un petit salut militaire.

— Oui, chef.

Au lieu de passer par son cabinet, Anna prit le chemin de la maison principale. Elle entra dans la cuisine, sortit un mug propre d'un placard et le remplit de café.

Elle entendit, à peine, la porte latérale s'ouvrir et se refermer. Elle espérait que son père n'avait pas décidé de retourner dans la voiture. Et puis elle songea que son prochain patient était peut-être arrivé.

— Merde, dit-elle tout bas.

Anna ne tenait pas à ce que son père engage la conversation avec ses patients, surtout avec celui qu'elle s'apprêtait à recevoir. Dans sa précipitation, son doigt manqua l'anse de la tasse de café, qu'elle renversa par terre.

— Bordel de merde !

Elle sortit un rouleau d'essuie-tout de son support et se mit à genoux pour éponger le liquide. Une fois le sol nettoyé et les feuilles détrempées jetées, elle remplit une autre tasse de café et quitta la cuisine.

Elle trouva son père en pleine conversation avec un jeune homme maigre d'environ vingt-cinq ans, qui s'était assis dans l'autre fauteuil et qui, penché en avant, les coudes sur les genoux, écoutait le vieil homme avec la plus grande attention. Quand Anna entra, il sourit.

— Bonjour, dit-il nerveusement. Je bavardais avec votre papa.

— C'est gentil, Gavin, répondit Anna avec un sourire forcé. Et si vous entriez ?

Gavin serra la main du vieil homme.

— Enchanté d'avoir fait votre connaissance, Frank.

— Pareil pour moi, Gavin.

Frank White inclina la tête vers sa fille.

— Elle va vous remettre sur pied, ne vous en faites pas.

— J'espère bien.

Gavin pénétra dans le cabinet en même temps qu'Anna tendait le café à son père. Elle regarda ses pieds.

— Tu n'as pas noué tes lacets, constata-t-elle.

Frank se leva en haussant les épaules.

— Ça ira. Ça m'a l'air d'être un bon gars.

Si tu savais, songea Anna.

— Tu vas regarder la télé dans ta chambre ?

— Je crois bien. Je vais peut-être m'entraîner un peu sur la machine.

— Papa, tu as déjà fait au moins une heure de rameur ce matin.

— Ah oui, c'est vrai.

Elle l'accompagna au pied de l'escalier. Elle considéra la tasse de café qu'il tenait dans sa main, ses lacets défaits et la volée de marches, et vit venir la catastrophe.

— Une minute, papa.

Elle s'agenouilla et noua rapidement ses lacets.

— Tu n'as pas à faire ça, protesta-t-il.

— Ça ne me dérange pas. Je n'ai pas envie que tu trébuches dans l'escalier. Donne-moi ton café.

Cette fois, il s'emporta.

— Bon sang, je ne suis pas invalide !

Anna soupira.

— D'accord.

Néanmoins elle l'observa pendant qu'il gravissait les marches, une main tenant le mug de café, l'autre la rampe. Parvenu à l'étage, il se retourna et la regarda d'en haut.

— Et voilà le travail, répéta-t-il.

Anna lui sourit d'un air triste, puis traversa de nouveau la maison jusqu'à son cabinet. Elle trouva Gavin debout derrière son bureau, sur lequel était posé son ordinateur portable fermé. Il admirait les livres sur les rayonnages en faisant courir son doigt sur le dos des ouvrages. Le jeune homme portait un jean délavé, des baskets et un tee-shirt noir ajusté. En plus d'être mince, il avait les cheveux en bataille et faisait moins d'un mètre soixante-dix. De dos, on aurait pu le prendre pour un adolescent et non pour un homme bientôt trentenaire.

— Monsieur Hitchens, dit-elle d'un ton formel. Je vous en prie, asseyez-vous.

Il se retourna, l'air innocent, puis se laissa tomber dans le fauteuil que Paul Davis avait occupé quelques instants auparavant.

— Il est sympa, votre père. Il m'a dit qu'il avait travaillé dans l'animation. *Et aussi*, ajouta-t-il avec un grand sourire, qu'il serait temps pour vous de vous trouver un homme. Mais, rassurez-vous, je ne pense pas qu'il ait vu en moi un prétendant potentiel.

— Gavin, il faut que nous parlions de…

— Mais il vous a appelée Joanie. C'est votre deuxième prénom ?

— C'était le prénom de ma mère, lui confia Anna White avec réticence.

Elle n'aimait pas révéler des détails de sa vie personnelle à ses patients. *A fortiori* à Gavin Hitchens.

— Oh, dit-il. Je vois. Est-ce que votre mère est…

— Elle est morte il y a quelques années. Gavin, il y a certaines règles de base ici.

Elle prit un dossier posé sur son bureau à côté de l'ordinateur.

— Vous êtes ici pour me parler à moi et à moi seulement. Pas à mon père, ni à aucun autre de mes patients. Il faut respecter ces règles, Gavin.

Le jeune homme hocha la tête d'un air grave, comme un chien qu'on vient de réprimander.

— Bien sûr.

Anna jeta un coup d'œil à des notes glissées dans le dossier.

— Pourquoi ne reprenons-nous pas où nous en étions restés la dernière fois ?

— Je ne me rappelle plus.

— Nous parlions d'empathie.

— Ah, oui, c'est exact.

Il hocha la tête d'un air conciliant.

— J'ai beaucoup réfléchi à la question. Je sais que vous m'en croyez dépourvu, mais ce n'est pas vrai.

— Je n'ai jamais dit ça, répliqua Anna. Vos actions suggèrent toutefois que vous en manquez.

— Je vous l'ai dit, je n'ai jamais fait de mal à personne.

— Si, Gavin. On peut faire du mal aux gens sans les blesser physiquement.

Le jeune homme haussa les épaules et détourna le regard.

— Le stress émotionnel peut laisser des marques, insista-t-elle.

Il ne réagit pas.

— Et la vérité, c'est que quelqu'un aurait très bien pu pâtir physiquement de ce que vous avez fait. Il y a des conséquences qu'on ne peut pas anticiper. Comme ce que vous avez fait au chat de Mme Walker.

— Il ne s'est rien passé. Même le chat n'a rien eu.

— Elle aurait pu tomber. Elle a quatre-vingt-cinq ans, Gavin. Vous avez enfermé son chat dans le grenier. Elle l'a entendu, est allée chercher une échelle au sous-sol et a grimpé tout en haut pour ouvrir la trappe d'accès et secourir son animal. C'est un miracle qu'elle ne se soit pas brisé le cou.

Gavin baissa la tête et marmonna :

— Ce n'était peut-être pas moi.

— Gavin, je vous en prie. On n'a pas été en mesure de le prouver, contrairement au canular téléphonique, mais tout vous accable. Si nous voulons arriver à travailler ensemble, il va falloir être honnête l'un envers l'autre. Vous comprenez cela, n'est-ce pas ?

— Bien sûr, dit-il avec son air de chien battu, le regard toujours fuyant.

Ses yeux s'embuèrent.

— Vous avez raison, reprit-il. C'est moi, l'histoire du chat. Et le coup de fil. Je sais que j'ai besoin de me faire aider. C'est pour ça que j'ai accepté de venir vous voir. Je ne veux plus faire ces choses. Je veux aller mieux. Je veux comprendre pourquoi j'agis ainsi et devenir une meilleure personne.

— Gavin, on vous a *ordonné* de venir me voir. C'est ce qui vous a permis d'échapper à la prison.

Ses épaules s'affaissèrent.

— Ouais, je sais, mais je ne m'y suis pas opposé. J'ai entendu dire que vous étiez vraiment douée, que vous pouviez me guérir. Je veux bien venir ici aussi souvent qu'il le faudra si je peux devenir quelqu'un de meilleur.

— Je ne guéris pas les gens, Gavin. J'essaie de les aider afin qu'ils puissent se guérir eux-mêmes.

— Ouais, bien sûr, je comprends. Il faut que ça vienne de l'intérieur, dit-il en acquiesçant de la tête. Alors comment je fais ?

Anna prit une inspiration.

— Demandez-vous pourquoi.

— Pourquoi ?

— Pourquoi avoir caché le chat d'une vieille dame solitaire ? Pourquoi avoir téléphoné à un père encore éploré en vous faisant passer pour son fils mort en Irak ?

Anna marqua un temps d'arrêt puis demanda :

— Qu'est-ce qui peut pousser quelqu'un à agir de la sorte ?

Gavin réfléchit à la question plusieurs secondes.

— Je sais que ces actes peuvent être perçus comme cruels ou inappropriés, dit-il lentement.

Anna se pencha en avant, les coudes sur les genoux.

— Gavin, regardez-moi.

— Quoi ?

— Je veux que vous me regardiez quand vous me parlez.

— Ouais, pas de problème, dit-il en laissant Anna planter son regard dans le sien. Qu'est-ce qu'il y a ?

— M'avez-vous caché d'autres incidents similaires ?

— Non.

— Ou que vous auriez envisagés sans passer à l'acte ?

Gavin continua à soutenir son regard.

— Non.

Puis il sourit :

— Je suis ici pour aller mieux.

3

Sur le chemin du retour, Paul était de bonne humeur : le Dr White n'avait pas ouvertement découragé son projet de chercher à en savoir davantage sur Kenneth Hoffman, plutôt que de tirer un trait sur le passé. Il avait fini par croire que ses cauchemars, enracinés dans son expérience de mort imminente – « imminente » au sens le plus littéral du terme, puisqu'il avait effectivement bien failli y rester –, persisteraient aussi longtemps qu'il se laisserait ronger par le traumatisme.

Il devait y avoir un moyen de se libérer de cette nuit d'horreur. Il ne pouvait pas laisser son existence se réduire dorénavant à la découverte des cadavres de deux femmes à l'arrière d'une voiture, suivie par un coup à la tête. Oui, c'était horrible. Traumatisant, mais il devait y avoir un moyen pour lui d'aller de l'avant.

Peut-être que la solution consistait à analyser la situation d'un point de vue professionnel. Paul enseignait la littérature. Il avait tout étudié, de Sophocle à Shakespeare, de Chaucer à Chandler, mais, plus récemment, son cours sur quelques géants de la fiction populaire du XXe siècle – Nora Roberts,

Lawrence Sanders, Stephen King, Danielle Steel, Mario Puzo – faisait un véritable carton auprès des étudiants, parfois au grand désespoir de ses collègues et du directeur de département. Son propos était de montrer que ce qui était plébiscité par le plus grand nombre n'était pas forcément d'une qualité inférieure à celle des classiques. Que ces écrivains étaient capables de raconter une histoire.

C'était par ce biais que Paul pensait pouvoir aborder son « passif » avec Hoffman. Il prendrait le recul nécessaire, s'efforcerait de le considérer avec un certain détachement, puis l'étudierait comme il le ferait d'un récit. Avec un début, un milieu et une fin.

Il connaissait l'essentiel du milieu et de l'épilogue. Il avait été plongé, littéralement, *in media res*.

Ce qu'il fallait faire à présent, c'était en apprendre davantage sur le début.

Qui était Kenneth Hoffman, exactement ? Un professeur respecté ? Un père aimant ? Un mari coureur de jupons ? Un tueur sadique ? Était-il possible d'être tout cela à la fois ? Et, si tel était le cas, la pulsion de meurtre existait-elle en chacun de nous, attendant de se manifester ? Était-il possible que…

Merde.

Il était arrivé.

Assis dans sa voiture, dans l'allée, moteur allumé.

Il n'avait aucun souvenir d'avoir fait le trajet jusque chez lui.

Il se rappelait être monté dans la voiture en sortant du cabinet d'Anna White. Avoir inséré la clé de contact et démarré la Subaru. Il se rappelait même avoir croisé le patient suivant, un jeune type qui ne devait pas avoir trente ans.

Mais, après ça, le trou noir. Rien, jusqu'à ce qu'il se gare dans l'allée.

Pas de panique. Ce n'est pas bien grave.

Bien sûr que non. Il s'était perdu dans ses pensées sur le chemin du retour. S'était mis en pilotage automatique. Ne lui était-il pas arrivé d'avoir ce genre d'absence avant même l'agression ? Charlotte ne l'avait-elle pas taquiné plus d'une fois sur le fait qu'il était la caricature du prof étourdi, la tête ailleurs quand elle lui parlait. Sa première femme, Hailey, aussi. Elles lui avaient toutes les deux reproché parfois de s'isoler trop longtemps dans sa bulle.

Pas la peine de chercher plus loin. Il n'y avait aucune raison de penser qu'il était en train de perdre la boule. Il était incontestablement en voie de guérison. Le neurologue qui le suivait en était certain. Les IRM n'avaient rien révélé d'alarmant. Bien sûr, il avait toujours quelques maux de tête, des pertes de mémoire occasionnelles. Mais son état général s'améliorait, ça ne faisait aucun doute.

Paul coupa le moteur et ouvrit la portière. En descendant, il fut pris d'un léger étourdissement. Il posa une main sur le toit de la voiture et ferma les yeux un moment.

Quand il les rouvrit, il avait retrouvé son équilibre. Il se sentait…

« *Désolé pour ça.* »

Tout à coup, sa tempe l'élança à l'endroit où Kenneth l'avait frappé avec la pelle. Il ressentit de nouveau la douleur, entendit de nouveau les dernières paroles de celui qui aurait pu le tuer.

Elles paraissaient tellement réelles.

Comme si, à cet instant précis, Kenneth était à côté de lui, devant sa maison. Un frisson lui parcourut l'échine tandis qu'il s'efforçait de chasser la voix de sa tête.

Voilà qui ne plaide pas exactement en faveur de mon idée.

Mais non. C'était *exactement* la raison pour laquelle il fallait qu'il aille au bout de son projet. Il devait « s'exorciser » de Kenneth. Le prendre à la gorge et le chasser de ses pensées.

Paul claqua la portière et s'approcha de la porte d'entrée, son trousseau de clés à la main. La voiture de Charlotte n'était pas là et, cette semaine-là, ils n'avaient pas Josh. Il aurait donc la maison pour lui tout seul, du moins pendant un moment. Charlotte était rarement là en fin de matinée, encore que ses horaires d'agent immobilier soient très irréguliers. Si elle ne faisait pas visiter un bien à un acheteur potentiel ou si elle n'était pas en rendez-vous avec un propriétaire souhaitant mettre le sien en vente, elle rattrapait la paperasse en retard dans les bureaux qu'elle partageait avec une demi-douzaine d'autres agents. Dont Bill Myers, que Paul connaissait avant que Charlotte ne rejoigne l'agence. Quand elle s'était lancée dans le métier, Paul avait demandé à Bill de la recommander auprès de ses collègues pour qu'ils l'intègrent dans l'équipe. Il avait tiré quelques ficelles, et Charlotte avait été engagée.

Elle avait ainsi été la première informée quand la maison qu'ils occupaient à présent avait été mise sur le marché. Elle était située sur Point Beach Drive, qui longeait le détroit de Long Island. De l'arrière, on avait une vue magnifique sur le front de mer. Ils adoraient l'air frais et iodé et la musique sans cesse recommencée des vagues.

La maison était construite sur trois niveaux. En rez-de-chaussée, le garage, la buanderie et un espace de rangement. Le niveau intermédiaire était occupé par la cuisine et les pièces de vie, et les chambres se trouvaient au dernier étage. Le salon et la grande chambre ouvraient sur de petits balcons offrant de beaux panoramas sur la plage et au-delà.

La construction avait beaucoup souffert du passage de l'ouragan Sandy en 2012. Le propriétaire avait englouti une fortune dans sa reconstruction avant de décider qu'il ne voulait plus y habiter. Paul et Charlotte étaient mariés depuis peu, et c'était le bon moment pour quitter leur petit appartement et acheter quelque chose de mieux. Tant que les calottes glaciaires ne fondaient pas *trop* rapidement, ce serait un lieu de vie génial à moyen terme.

Paul ouvrit la porte d'entrée et monta l'escalier à pas mesurés. Monter ou descendre les marches lui donnait parfois le tournis. Comme il était un peu vaseux en descendant de voiture, il prit son temps. Mais, une fois arrivé là-haut et après avoir balancé ses clés sur l'îlot de la cuisine, il se sentait bien.

Suffisamment pour s'offrir une petite mousse bien fraîche.

Il ouvrit le réfrigérateur, en sortit une bouteille et dévissa la capsule. La pendule murale affichait 11:47. D'accord, c'était peut-être un peu tôt, mais tant pis.

Il avait du pain sur la planche.

À une des extrémités de la cuisine, côté rue, il y avait une petite pièce que les premiers propriétaires avaient conçue comme un garde-manger – elle ne faisait pas plus de deux mètres sur deux – et que Paul avait transformée en « plus petite cellule de réflexion du monde », comme il l'aimait à l'appeler.

Il avait retaillé une porte conservée par l'ancien propriétaire dans le garage après la rénovation et en avait fait une table de travail, fixée au mur du fond et soutenue par quelques équerres, et il avait garni de livres les rayonnages qui occupaient les deux autres murs et avaient accueilli jusque-là boîtes de conserve et paquets de céréales. En retirant quelques étagères, il avait réussi à dégager suffisamment de place pour accrocher une affiche originale encadrée du film *Plan 9 from Outer Space*. Il l'avait dénichée quelques années auparavant dans une boutique spécialisée de Londres. Comme la pièce était aveugle, il avait tapissé de liège le pan de mur devant son bureau, ce qui lui permettait de punaiser des articles, des calendriers et ses dessins humoristiques préférés du *New Yorker*.

Son ordinateur portable était posé au centre du bureau. Une imprimante et plusieurs boîtes à archives remplies de plans de cours, de texte de conférences, de factures et d'autres dossiers prenaient également place sur ce meuble.

Paul se laissa tomber sur sa chaise à roulettes et posa la bière à côté de l'ordinateur. Il appuya sur une touche pour ranimer l'écran, saisit son mot de passe.

Il regarda fixement l'ordinateur pendant près de cinq minutes. Il se revit à six ans, quand ses parents avaient commencé à l'emmener dans une piscine de quartier pendant l'été. Elle n'était pas chauffée, et Paul ne supportait pas de se mettre à l'eau dans le petit bain et de marcher lentement vers la partie la plus profonde, l'eau froide le saisissant peu à peu. C'était une torture. Il préférait la méthode radicale consistant à sauter du bord et à se mouiller intégralement d'un coup. Le seul problème était que, lorsqu'il se décidait enfin à se jeter à l'eau, les autres membres de sa famille étaient parfois prêts à rentrer à la maison.

Paul se tenait à nouveau au bord du grand bain.

Il savait ce qu'il avait à faire.

Il fallait qu'il *comprenne* ce qu'il lui était arrivé. Et qu'il tente de combler les blancs de l'histoire avec ce qui *aurait pu* se passer. Il existait des logiciels de retouche photographique qui interprétaient les zones de l'image pixélisées ou floues et les corrigeaient.

Qu'avait dit Kenneth à ces femmes avant de prendre la décision de les tuer ? De quoi étaient faits leurs moments d'intimité ? Quels mensonges Kenneth inventait-il pour répondre aux questions de sa femme, Gabriella ?

Même une histoire en partie fictive vaudrait mieux que pas d'histoire du tout.

Paul ouvrit un navigateur.

Dans la fenêtre de recherche, il saisit les mots « Kenneth Hoffman ».

— À nous deux, mon salaud. Faisons un peu mieux connaissance.

Et Paul cliqua sur « entrée ».

4

Le meilleur point de départ était sans doute les articles relatant le double meurtre. Paul en avait lu beaucoup mais jamais avec l'attention qu'il souhaitait à présent leur consacrer. Le lendemain de la condamnation de Kenneth, un quotidien avait publié un long papier résumant toute l'histoire. Il ne lui fallut pas longtemps pour le retrouver.

C'était un article du *New Haven Star*. Kenneth avait accordé un entretien à la journaliste. L'article était intitulé : « Scandale à l'université : perpétuité pour l'auteur du double meurtre ». Il se pencha plus près de l'écran de son ordinateur et commença à lire :

PAR GWEN STAINTON

Il y a certaines choses dont même une titularisation universitaire ne peut vous protéger.

C'est donc hier que Kenneth Hoffman, professeur de longue date à l'université de West Haven – celui que l'on a baptisé le Confesseur –, a été condamné à la prison à vie pour le double meurtre brutal de Jill Foster et de Catherine Lamb, et la tentative de meurtre sur la personne de son collègue et ami Paul Davis, condamnation qui met non seulement fin à une des affaires d'homicide les plus macabres qu'ait connues l'État, mais peut-être aussi au scandale universitaire le plus étrange de l'histoire de la Nouvelle-Angleterre.

Hoffman a renoncé à son droit à la tenue d'un long procès, qui aurait peut-être mis au jour davantage de détails, préférant plaider coupable de tous les chefs d'accusation. On imagine sans peine ce qui l'a poussé à prendre cette décision. Au moment de son arrestation, Hoffman s'apprêtait à se débarrasser du corps des deux femmes, et venait d'assommer Davis en le frappant à la tête avec une pelle.

S'il n'avait pas été surpris par un agent de police de Milford qui s'était lancé à la poursuite de son véhicule, dont le cabochon de l'un des feux arrière était cassé, Hoffman les aurait très vraisemblablement enterrés tous les trois dans les bois. Il était en train de chercher un emplacement approprié quand l'agent lui était tombé dessus.

Paul se saisit de sa bière. *Regarde les mots. Lis-les. Ne détourne pas les yeux. Il allait t'achever et te mettre au fond d'un trou.*

Le but de l'exercice était d'affronter cette vérité sans détour. Pas question de se dérober. Il se dit, et ce n'était pas la première fois, que la personne qui avait embouti la voiture de Hoffman sur le parking de la fac et cassé ce cabochon lui avait en fait sauvé la vie.

Après avoir conduit de longs entretiens avec des fonctionnaires de justice et de police, des amis et des parents de Hoffman et de ses victimes, ainsi qu'avec des membres du corps enseignant de West Haven, le *Star* avait été en mesure de reconstituer un tableau plus détaillé, mais non moins déconcertant des faits.

Kenneth Hoffman, cinquante-trois ans, marié à Gabriella, quarante-neuf ans, père de Leonard, vingt et un ans, appartenait depuis longtemps à l'équipe enseignante du WHC. Si son domaine de compétence était les mathématiques et la physique, il était peut-être encore plus qualifié dans une autre discipline : les relations extraconjugales.

West Haven College était, et demeure, une communauté très soudée, et les aventures sont monnaie courante au sein de l'université. Hoffman aurait pu faire un cours sur le sujet. Aux dires de tous, il n'avait pourtant rien d'un homme à femmes. C'était un professeur très apprécié, admiré de ses étudiants, et ses liaisons avec des employées de l'université ou les épouses de collègues étaient conduites avec la plus grande discrétion.

Rien n'attestait qu'il ait entretenu une relation avec une étudiante. Hoffman semblait avoir conscience que ce type de comportement aurait pu lui valoir de graves ennuis professionnels. Et il n'avait jamais non plus fait l'objet d'aucune plainte pour harcèlement sexuel.

Et pourtant, les gens savaient. Ou du moins avaient des soupçons.

— Ouais, reconnut Paul dans sa barbe.

Il se rappelait être passé voir Kenneth dans son bureau un jour, et une femme en était sortie, les joues ruisselantes de larmes, au moment où il allait pousser la porte. Parfois, une étudiante sortait en pleurs d'un entretien avec un professeur, mais cette femme était une collègue, pas une étudiante.

Quand il était entré, il n'avait pas pu s'empêcher de demander ce qui s'était passé. Kenneth avait été incapable de dissimuler sa gêne. Il avait désespérément cherché une explication et, faute de mieux, avait fini par évoquer « un genre de problème personnel ».

Au début, croyant avoir entendu un « problème de personnel », Paul avait demandé : « Bon sang, elle s'est fait virer ? »

Paul avait cligné les paupières, décontenancé.

« S'il y avait quelqu'un à virer, ce serait... »

Il n'avait pas terminé sa phrase.

Paul poursuivit sa lecture.

Si Hoffman avait pour habitude de n'avoir qu'une seule liaison à la fois, la déposition faite après son arrestation a clairement établi qu'il fréquentait Jill Foster et Catherine Lamb en même temps, sans qu'elles sachent qu'elles formaient avec lui une sorte de triangle adultère.

Des entretiens avec diverses sources laissent entendre que Gabriella avait été informée de certaines infidélités de son mari au fil des années, mais qu'elle ignorait qu'il avait, ces derniers mois, jonglé avec deux maîtresses.

Jill Foster, vice-présidente adjointe chargée de la formation étudiante et de l'animation du campus, était mariée à Harold Foster, directeur adjoint de l'agence de Milford Savings & Loan, dans le centre de Milford. Catherine Lamb, directrice commerciale chez JCPenney, était l'épouse de Gilford Lamb, directeur du service des ressources humaines de l'université.

Après son arrestation, Hoffman a reconnu qu'il était devenu de plus en plus obsessionnel, et possessif, par rapport aux femmes. Il les voulait pour lui seul, au point de leur interdire de continuer à avoir des relations sexuelles avec leurs propres conjoints. Une demande qu'elles avaient trouvée impossible à accepter, et que Hoffman avait sans doute eu du mal à imposer. Mais elles lui avaient quand même demandé comment elles étaient censées expliquer cela à leurs maris. Hoffman a confié aux enquêteurs qu'à ses yeux les savoir impliquées sexuellement avec quelqu'un d'autre que lui était une forme de trahison.

Hoffman leur a déclaré qu'il s'était peut-être montré « déraisonnable », ce qu'un des inspecteurs de Milford a qualifié d'euphémisme de l'année.

Peut-être juste un chouïa, commenta Paul en lui-même tout en faisant défiler l'article sur l'écran.

C'est au cours de cette période « déraisonnable » que Hoffman leur a tendu un piège.

Il les a invitées un soir chez lui alors que sa femme et son fils étaient sortis pour une leçon de conduite approfondie. (Leonard voulait améliorer ses compétences afin d'accroître ses chances de trouver un job nécessitant la conduite d'une camionnette.) Les deux femmes s'attendaient probablement à un tête-à-tête romantique, et on imagine aisément leur surprise quand elles sont tombées l'une sur l'autre. Elles se connaissaient pour avoir participé aux mêmes réceptions à l'université, et elles ont dû se demander pour quelle autre raison elles avaient été conviées chez Hoffman.

Jouant les hôtes irréprochables, Hoffman leur a offert un verre de vin, qu'elles ont accepté. Le vin, cependant, avait été drogué et, peu après, Foster et Lamb perdaient connaissance. À leur réveil, elles étaient ligotées sur des chaises de cuisine, une vieille machine à écrire Underwood sur la table devant elle.

Hoffman a exigé d'elles des excuses écrites pour leur « comportement de putain, immoral et licencieux » – comme il l'a lui-même décrit plus tard aux enquêteurs.

Il a détaché une main de Jill Foster et l'a forcée à taper : « Je regrette tellement le chagrin que j'ai apporté dans ta vie, je t'en prie, pardonne-moi. »

Et quand ce fut le tour de Catherine Lamb, celle-ci a écrit : « J'ai tellement honte de ce que j'ai fait que je mérite tout ce qui m'arrive. »

J'ai l'impression que tu leur as dicté ce que tu voulais entendre, pensa Paul en secouant la tête.

Hoffman a sorti les deux feuilles de papier de la machine, les a déposées dans un tiroir de la cuisine, puis il est revenu armé d'un couteau à steak dont il s'est servi pour trancher la gorge de ses victimes.

Ensuite, il les a enveloppées dans des bâches en plastique, les a chargées à l'arrière de sa Volvo. Il a également placé à l'avant de la voiture, sur le siège passager, la vieille machine à écrire, tachée du sang des victimes.

Il s'est arrêté au nord de Milford, pensant que cette zone boisée serait propice à la dissimulation des corps. Son collègue à West Haven, Paul Davis, a repéré sa voiture et s'est rangé sur le bas-côté. Quand Davis a aperçu les corps à l'arrière du break, Hoffman a tenté de le tuer avec la pelle qu'il avait emportée pour creuser la tombe de ses victimes.

« Si la police n'était pas arrivée à ce moment-là, a déclaré Davis dans une interview, je ne serais pas là aujourd'hui. »

Davis n'a pas pu expliquer ce qui a poussé Hoffman, son ancien mentor, à commettre un crime aussi abominable.

« Je suppose qu'il y a certaines choses qu'on ne sait jamais sur les gens, même ceux qui nous sont le plus proches », a commenté Davis.

Ses commentaires font écho aux déclarations d'Angélique Rogers, 48 ans, professeur de sciences politiques à West Haven, qui a dévoilé la liaison qu'elle avait eue avec Kenneth Hoffman quatre ans auparavant.

C'est elle, se dit Paul à lui-même. *C'est elle qui était sortie de son bureau en pleurant*.

« Je n'arrête pas de me demander, après tout ce temps, jusqu'à quel point j'ai été près de connaître le même sort que Jill et Catherine, a dit Rogers. Est-ce que Kenneth a pensé que je l'avais trahi moi aussi en ne quittant pas mon mari ? » Elle a déclaré que Hoffman n'avait pas eu avec elle les mêmes exigences qu'avec ses deux victimes. (Rogers et son mari ont divorcé depuis. Elle enseigne toujours à West Haven.)

Hoffman lui-même a semblé incapable d'expliquer ses actes. Quand on lui a demandé comment il avait pu égorger ces deux femmes, il aurait haussé les épaules et déclaré : « Qui sait pourquoi les gens font ce qu'ils font ? »

Paul lut l'article une seconde fois. Il soulevait autant de questions qu'il apportait de réponses. Pour quelle raison Hoffman avait-il fait ces étranges demandes à ses deux maîtresses ? S'attendait-il vraiment à ce qu'elles cessent d'avoir des relations sexuelles avec leurs propres maris ? Sérieusement ? Pourquoi les avoir invitées ensemble chez lui, leur permettant ainsi de se rencontrer ? D'accord, elles avaient peut-être déjà fait connaissance lors de réceptions à l'université, mais pourquoi les réunir comme ça, à son domicile ? Quel était l'intérêt ? Il devait savoir dès le départ ce qu'il allait faire, mais pourquoi tuer les deux ? Qu'est-ce qui avait fait disjoncter Kenneth ?

Et il y avait une question subsidiaire à laquelle l'article ne répondait pas : celle de la machine à écrire. La journaliste rapportait que Kenneth l'avait déposée dans la voiture, mais pas ce qu'il en avait fait.

Au moins, pour ce qui était de cette question, Paul avait bien une petite idée de la réponse. Ses souvenirs des événements avaient mis du temps à lui revenir mais, pendant sa convalescence à l'hôpital de Milford, il avait parlé à la police du détour qu'avait fait Kenneth dans cette zone industrielle pour jeter quelque chose dans une benne à ordures.

Depuis, il n'en avait plus entendu parler. Il supposait que, si la police l'avait retrouvée, le procureur l'aurait utilisée comme élément à charge dans l'éventualité où Kenneth n'aurait pas plaidé coupable. Mais il était plus vraisemblable que le temps que Paul se rappelle ce qu'il avait vu, la benne avait été vidée et la machine à écrire ensevelie dans une décharge quelque part.

« Je suis désolé pour ça. »

La voix de Kenneth, dans sa tête, encore.

Non, tu n'es pas désolé. Tu ne l'as jamais été. Pas une seconde. La seule chose que tu aies jamais regrettée, c'est de t'être fait prendre.

Paul entendit la porte d'entrée s'ouvrir en bas.

— Paul ?

Charlotte était rentrée. Il n'était pas rare qu'elle repasse à la maison en cours de journée, surtout si sa soirée allait être occupée par des visites.

— Je suis en haut ! cria-t-il. Dans la cellule !

Il l'entendit monter les marches. Elle courait plus qu'elle ne marchait.

— Paul ? répéta-t-elle d'une voix tendue.

Paul se leva de son siège et ouvrit la porte de son bureau au moment où sa femme parvenait en haut des marches.

— Tout va bien ? demanda-t-il.

— Qui c'est, ce type qui surveille la maison ?

5

Après le déjeuner, Anna White s'assit à son bureau, ouvrit son ordinateur portable et prit quelques notes après ses trois séances du vendredi matin.

Elle avait d'abord reçu une manipulatrice en radiologie retraitée qui avait du mal à se remettre de la mort de son chien. L'animal s'était jeté au milieu des voitures, et elle culpabilisait. Anna comprenait pourquoi sa patiente avait du mal à passer à autre chose. Son deuxième patient de la journée, Paul Davis, faisait quelques progrès. Anna n'était toutefois pas entièrement convaincue par son idée d'écrire sur Kenneth Hoffman, mais c'était peut-être une piste à explorer. Si Paul estimait que l'exercice pouvait favoriser sa guérison, elle n'allait pas le décourager.

Et puis il y avait Gavin Hitchens.

Elle n'était pas au bout de ses peines avec lui.

Bien qu'il prétende vouloir aller mieux et qu'elle soit disposée à le croire, elle avait des doutes. Elle savait que le jeune homme n'était pas tout à fait franc avec elle. Elle ignorait s'il lui mentait sciemment, mais elle était certaine qu'il lui cachait des choses.

Au moins, il ne niait pas les faits qui lui avaient valu ses ennuis.

Assis dans un café, il avait pris sur la table d'à côté le téléphone portable qu'une baby-sitter distraite avait laissé sans surveillance et s'en était servi pour appeler le père d'un soldat mort en Irak. Gavin s'était fait passer pour son fils décédé. Avait dit au père qu'il avait simulé sa mort pour ne pas avoir à revenir et faire face à ce père qu'il détestait tant.

Gavin ne le connaissait même pas. Il avait vu son nom dans un article de journal et avait pensé que ce serait amusant.

Mais c'était compter sans la caméra de surveillance.

Quand on était remonté à la source de l'appel, il était vite apparu que la propriétaire du téléphone n'était pas en cause. La police avait récupéré l'enregistrement vidéo qui montrait Gavin subtilisant le téléphone pendant que la jeune femme avait le dos tourné, puis le replaçant sous son sac à main une fois son forfait accompli.

Gavin avait tenté de minimiser son geste en parlant de simple « canular », mais la police n'avait pas vu la chose du même œil. En s'intéressant au passé de Gavin, elle avait mis au jour d'autres « canulars » possibles. Dont celui qui l'avait fait s'introduire au domicile d'une vieille dame pour cacher son chat dans le grenier.

Anna s'était efforcée d'amener Gavin à chercher en lui-même les raisons qui lui faisaient commettre des blagues aussi cruelles. Il s'était empressé de rejeter la faute sur un père sadique et peu aimant.

Il lui avait servi une histoire assez convaincante de mauvais traitements et d'humiliations. Son père moquait les activités pour lesquelles il était doué (le théâtre, le dessin, la flûte) et tournait en ridicule celles pour lesquelles il ne l'était pas (football, base-ball, presque tout ce qui avait trait au sport). Parmi les surnoms dont il l'affublait, il y avait « Flower fucker » et « Janice ». Le père de Gavin estimait que si vous n'étiez pas foutu de remonter un bloc-moteur ou de donner un crochet du gauche à quelqu'un dans un bar, vous étiez une espèce de pédale. (Mettre cette flûte en bouche, soutenait-il, était un indice.)

« Je ne sais pas pourquoi il me détestait tant, lui avait dit Gavin pendant une de leurs premières séances. Peut-être qu'il avait une faible estime de lui-même. Il a pu être traumatisé par les mauvais traitements qu'il avait lui-même subis de son propre père. »

Quand ses patients commençaient à lancer des expressions comme « faible estime de soi », Anna les soupçonnait de vouloir en faire un peu trop.

Mais l'histoire de Gavin ne s'arrêtait pas à son enfance.

Il avait quitté la maison à dix-neuf ans. Quatre ans plus tard, sa mère s'était tuée en avalant un flacon de somnifères. Trois ans après le suicide de sa mère, son père, à qui on avait diagnostiqué un cancer du foie, avait fait pression sur Gavin pour qu'il revienne s'occuper de lui.

De son propre aveu, Gavin y avait vu l'occasion de se venger.

Il cachait les lunettes de lecture de son père. Changeait ses pilules de place. Laissait ses chaussons sur la terrasse quand il pleuvait. Déréglait les appareils ménagers, de sorte que le toaster carbonisait les tartines. Débranchait le coussin chauffant sur lequel son père s'asseyait pour regarder la télé.

Il avait même, en une occasion au moins, mis du laxatif dans la soupe du vieil homme et enlevé le papier toilette des W-C.

« Je sais que c'était mal, lui avait dit Gavin tout penaud. Après sa mort, je crois que je n'ai pas pu m'arrêter. Il a fallu que je trouve d'autres gens à tourmenter. »

Peut-être qu'il fallait chercher l'explication de son comportement du côté de ses relations avec son père, en supposant que l'histoire qu'il lui avait racontée était vraie. Elle avait vérifié certains détails – le suicide de la mère, le cancer du père –, qui s'étaient révélés authentiques. Mais l'histoire semblait un peu scénarisée, les justifications de Gavin trop commodes.

Il était également possible que Gavin ait commis ces « farces » – celles dont elle avait eu connaissance et les autres – non pas à cause d'un père lamentable mais parce qu'il y avait au fond de lui quelque chose qui ne tournait pas rond.

Il était tout à fait possible que Gavin dysfonctionne. Trouver son plaisir dans la souffrance d'autrui faisait peut-être partie de son ADN. Peut-être prenait-il son pied en trouvant et en exploitant les faiblesses des gens, tout simplement.

Parfois, les motivations étaient insaisissables. Les gens étaient ce qu'ils étaient.

Elle se demanda s'il existait un moyen d'en apprendre davantage sur ses années d'adolescence, s'il avait pu faire certaines choses que personne…

Une minute, pensa Anna.

Quand elle s'était assise pour prendre ces notes, son portable était fermé.

Mais je l'avais laissé ouvert.

Et lorsqu'elle était entrée dans son cabinet, elle avait trouvé Gavin derrière son bureau, en train de regarder les livres sur les rayonnages.

6

Paul se précipita vers la fenêtre qui donnait sur la rue. Il jeta un coup d'œil à travers les stores.

— Où ça ? demanda-t-il. Quelle voiture ?

Charlotte jeta son sac sur une chaise et le rejoignit. Elle regarda entre les lames.

— Elle était juste...

— Il n'y a aucune voiture. Où était-elle exactement ?

— Là, juste en face. Elle n'y est plus.

— Qui était-ce ?

Charlotte s'écarta de la fenêtre.

— Je n'en sais rien. Un homme. Je ne l'ai pas bien vu. Les vitres étaient teintées.

— C'était quel genre de voiture ?

Charlotte soupira.

— Le genre très carré. Comme celle que tu dis avoir vue dehors l'autre jour.

Paul la regarda.

— Qu'est-ce que tu racontes ?

Charlotte haussa les sourcils.

— C'était quand ? Samedi ? Tu as dit qu'il y avait quelqu'un dans la rue qui nous surveillait.

— Je ne me... samedi ?

Elle confirma d'un hochement de tête.

— J'étais assise juste là, dit-elle en montrant un des quatre tabourets glissés sous l'îlot de la cuisine. Tu regardais par la fenêtre et tu te demandais ce que c'était, cette voiture. Un break. Tu as dit qu'un homme en était descendu, était resté un moment, et qu'il avait crié ton prénom en te pointant du doigt.

Paul retourna à pas lents dans la cuisine, s'adossa au plan de travail. Il se passa la main sur le menton.

— Je n'en ai aucun souvenir.

Charlotte s'approcha lentement de lui.

— Tu l'as vu, toi ? demanda-t-il.

Elle secoua la tête.

— Je suis allée à la fenêtre aussi vite que j'ai pu, mais il n'y avait personne. Je n'ai pas pu m'empêcher d'y repenser quand j'ai vu cette voiture à l'instant.

— Mais le conducteur n'en est pas descendu ?

— Non.

— Est-ce qu'il regardait la maison ?

— Pas vraiment, en fait. Ça aurait pu être n'importe qui. Je n'aurais même pas dû t'en parler. Bon sang, c'est moi que tu es en train de rendre parano.

Paul grimaça ostensiblement.

— Je suis désolée, je n'aurais pas dû dire ça. Je retire ce que j'ai dit. C'était...

— Ne t'en fais pas, ce n'est pas grave.

Ils restèrent quelques instants sans rien dire. Ce fut Charlotte qui rompit le silence avec une question hésitante :

— Comment ça s'est passé aujourd'hui avec le Dr White ?

Paul hocha lentement la tête.

— Pas mal.

— Tu lui as dit que tu faisais toujours des cauchemars ?

— Oui. Et je lui ai fait part de mon idée de traiter tout ça de front.

Charlotte tira un tabouret et s'assit.

— Qu'est-ce qu'elle en pense ?

— Elle n'a pas essayé de m'en dissuader. Je lui ai dit que tu me soutenais.

— Et que l'idée venait de moi ?

— Non, désolé. J'aurais dû.

Elle agita la main.

— Peu importe. Je suis juste soulagée qu'elle n'ait pas descendu l'idée en flammes. Auquel cas, tu lui aurais peut-être dit que c'était moi qui l'avais formulée.

Cette pique le fit sourire.

— Quoi qu'il en soit, je m'y suis mis en rentrant à la maison.

Charlotte jeta un coup d'œil dans le petit bureau attenant à la cuisine, vit l'ordinateur portable allumé.

— C'est génial.

— Je commence par lire tous les nouveaux articles parus sur le procès. Je veux tout savoir, y compris les choses que j'ai oubliées après coup. Et tout ce que je ne pourrai pas apprendre, je vais le…

— Tu vas le quoi ?

— Tu te rappelles de *Pastorale américaine*, le double fictionnel de Philip Roth, Nathan Zuckerman, écrit sur la vie de ce type qu'il appelle "le Swede" ? Il commence par ce qu'il sait mais, arrivé aux épisodes qu'il ne connaît pas, il les imagine. Pour remplir les blancs du récit.

Charlotte le regarda et sourit.

— Il n'y a que toi pour essayer d'expliquer quelque chose avec ce genre d'exemple. Je n'ai jamais lu ce bouquin.

— D'accord, oublie ça. Et de toute façon, je ne suis pas Philip Roth. Ce que je veux, c'est en faire mon sujet. Écrire sur les éléments que je connais, et même ceux que je ne connais pas. Je ne le fais pas pour être publié. Je ne sais même pas si je voudrais que ça le soit, en supposant qu'un truc pareil puisse intéresser un éditeur. J'envisage plutôt ça comme une sorte de catharsis. Je veux tenter de comprendre, et c'est peut-être le moyen d'y parvenir. M'imaginer dans la tête de Kenneth, imaginer ce qu'il a dit à ces femmes, ce qu'elles lui ont dit.

— Je ne suis pas certaine que tu aies envie d'être dans la tête de Kenneth.

— J'ai dit, *imaginer*.

Paul décela une hésitation dans le regard de Charlotte.

— Quoi ?

— Je sais que c'était mon idée, mais maintenant je me demande si elle était si bonne que ça. C'est peut-être une connerie.

— Non, je t'assure, je le sens bien.

— Il faut que tu sois sûr de toi, dit Charlotte en secouant lentement la tête d'un côté et de l'autre.

— Je le suis. Enfin… je pense.

Elle se laissa glisser de son tabouret, s'approcha de lui, l'enlaça et posa la tête contre sa poitrine.

— S'il y a quoi que ce soit que je peux faire pour t'aider, tu n'as qu'à demander. Je dois admettre que j'alterne entre révulsion et fascination par rapport à Hoffman. Quelqu'un qui donne l'impression d'être sympa, de tenir à toi, alors qu'en réalité il prépare un sale coup contre toi. Ce n'est pourtant pas l'impression qu'il m'avait faite.

— Tu as rencontré Kenneth ?

Elle s'écarta de lui.

— Tu sais bien, à cette réception à la fac où nous sommes allés il y a deux ans ? J'ai cru qu'il me draguait. Il était tout miel. Il voulait me lire un poème qu'il avait écrit cet après-midi-là, une ode à la femme, avec les courbes les plus exquises qu'on puisse trouver dans la nature. J'ai pensé que ça allait être super gênant, mais c'était plutôt pas mal, en fait. Enfin, bon, la poésie et moi…

— Je ne… Quand m'as-tu raconté ça ?

Charlotte haussa les épaules.

— Je n'en sais rien. Plusieurs fois. Sur le moment, et plus tard, tu sais, après…

— Je me serais souvenu d'un truc pareil. Je veux dire, un truc qui te concernait, toi.

— Toujours est-il que je n'ai pas eu de vapeurs et que je ne lui ai pas déclaré : « Diantre, monsieur Hoffman, vous me mettez dans tous mes états. » Elle rit et tenta de dérider son mari, mais celui-ci paraissait troublé.

— Je suis désolé. Ça m'inquiète quand je n'arrive pas à me rappeler certaines choses.

Elle arbora une expression compatissante et l'enveloppa de ses bras.

— Ne t'en fais pas pour ça, murmura-t-elle. Ce n'est rien.

Elle le serra fort dans ses bras.

— J'ai failli te perdre.

Il posa ses paumes sur son dos.

— Mais je suis là.

— J'ai l'impression… que je n'arriverai pas à me le pardonner.

Paul essaya de ménager un espace entre eux pour pouvoir la regarder en face, mais elle se cramponna à lui.

— De quoi parles-tu ?

— Avant… Avant que ça n'arrive, je n'étais pas une bonne épouse. Je…

— Non, ce n'est pas…

— Écoute-moi. Je sais que j'étais distante, que je n'étais pas... aimante. Je n'étais pas là pour toi comme j'aurais dû l'être. Je pourrais me trouver toutes sortes d'excuses, que j'étais repliée sur moi-même, que je me demandais si j'avais fait les bons choix, si ma vie prenait la direction que j'avais imaginée quand j'étais plus jeune et...

— Tu n'es pas obligée de faire ça.

— Je ne pensais qu'à moi. Je ne pensais pas à *nous*. Et puis cette chose horrible t'est arrivée, et je me suis rendu compte que...

Elle pressa la tête contre son torse. Il sentait son corps trembler sous ses paumes alors qu'elle s'efforçait de retenir ses larmes.

— Je me suis rendu compte que je ne pouvais pas rester là à attendre de recevoir ce que je pensais être mon dû. Je me suis rendu compte que je devais te donner ce que je ne t'avais pas donné. C'est compréhensible, ce que je dis ?

— Je crois, oui.

Elle releva la tête. Les larmes avaient laissé des sillons luisants sur ses joues. Elle les essuya avant de sourire.

— Josh sera là dans deux jours. Tant qu'on a la maison pour nous, on pourrait...

Il sourit.

— Je te reçois cinq sur cinq.

Elle lui donna un rapide baiser, se détacha de lui et demanda :

— On se boit un verre ?

Il avait déjà bu une bière dans la matinée, mais après tout...

— Bien sûr.

— Je t'ai acheté un petit quelque chose l'autre jour, dit-elle en s'approchant du réfrigérateur.

— Qu'est-ce que c'est ?

— Tu vas devoir attendre.

Il allait la presser de donner des détails, mais son téléphone lui signala qu'il avait reçu un SMS. Il le sortit de sa poche. Il était de Hillary Denton, la doyenne de la faculté à West Haven College, et il disait ceci :

Pas de problème, passez quand vous voulez, je suis disponible.

— Mais qu'est-ce qu'elle raconte ? dit-il dans sa barbe.

Il fit défiler l'écran vers le haut pour afficher le message précédent.

— Tu as acheté la vodka ? lui demandait Charlotte devant le réfrigérateur ouvert.

Le message de Hillary répondait manifestement à ce SMS qu'il lui avait envoyé :

Pourrait-on trouver un moment pour discuter de mon retour en septembre ?

Paul regarda fixement le message. Il ne se rappelait pas l'avoir envoyé.

— Allô, Paul, ici la Terre ! dit Charlotte. Je t'avais demandé d'acheter deux bouteilles de vodka ? Goût mandarine ? Je t'en ai parlé hier soir.

Paul leva les yeux de son téléphone.

— Quoi ?

— Ça ne fait rien, dit Charlotte. La bière, c'est très bien. Tu en veux une ?

Le trajet de retour. L'homme dans la voiture. La vodka. Un SMS à la doyenne.

Paul se demanda ce qu'il avait pu oublier d'autre et qu'il allait finir par découvrir.

7

Gavin respirait de manière si superficielle que c'était à peine si l'air entrait et sortait de ses poumons.

Il ne voulait pas la réveiller.

Elle dormait paisiblement dans son lit. Elle s'appelait Eleanor Snyder et, d'après les notes du Dr White, c'était une veuve de soixante-six ans, ancienne manipulatrice en radiologie à la retraite.

Il n'avait eu aucun mal à s'introduire dans sa maison de Westfield Road. Une petite construction à étage mansardé qui rappelait vaguement la forme d'une grange. Il avait patienté dans les buissons de l'autre côté de la rue en attendant que les lumières du haut s'éteignent, puis il avait donné à Eleanor une demi-heure pour s'endormir.

Il traversa la rue sombre et jeta un coup d'œil par la fenêtre à côté de la porte d'entrée, guettant la lueur rougeâtre d'un boîtier de système d'alarme. Il n'en vit aucune. Il essaya ensuite la porte d'entrée, mais Eleanor avait au moins eu la prudence de la fermer à clé avant d'aller se coucher. Gavin fit le tour de la maison jusqu'à trouver une lucarne de sous-sol accessible.

Il se glissa par l'ouverture et se laissa tomber par terre. Il avait emporté un sac-poubelle à moitié plein noué par un cordon en plastique rouge. Il monta sans bruit au rez-de-chaussée, puis trouva l'escalier qui menait au premier. Il gravit chaque marche avec précaution. Il y en avait toujours une qui craquait.

Et cela ne manqua pas.

Il se figea, retint son souffle, aux aguets. Si Eleanor Snyder avait entendu cette marche craquer, elle se réveillerait et tomberait nez à nez avec lui. Mais Gavin n'entendit ni froissement de couvertures ni bruit de pas. Il ne percevait qu'un ronflement léger et régulier.

Il suivit le chemin balisé par ces ronflements.

À présent, il était là, debout à côté du lit, et regardait Eleanor Snyder. Les stores laissaient passer suffisamment de lumière pour distinguer sa chemise de nuit à fleurs, un exemplaire du dernier Grisham sur la table de chevet. Si seulement tous les gens dont il visitait les maisons portaient des masques de nuit et des bouchons d'oreille.

Pouvait-elle être en train de rêver ? Et si c'était le cas, rêvait-elle de Bixby ?

Bixby n'était pas son défunt mari, qui se prénommait Aaron, mais son petit schnauzer.

D'après les notes du Dr White, après la mort d'Aaron, Eleanor avait fait de ce cabot le récipiendaire de tout son amour... et de tout son chagrin. Bixby l'avait soutenue pendant ces moments difficiles, et c'était grâce à lui qu'elle était revenue à la vie.

Eleanor lui faisait faire le tour du quartier trois ou quatre fois par jour. Bixby ne l'aidait pas seulement à préserver sa santé mentale. Il la maintenait en bonne forme physique. Elle avait acheté une de ces très longues laisses à enrouleur qui s'étiraient et se rétractaient quand on appuyait sur un bouton. Bixby avait ainsi la liberté de courir sur quelques mètres, ce qu'Eleanor n'était plus en état de faire.

Elle se reprochait ce qui s'était passé. Ce n'était pas vraiment la faute du conducteur de cette voiture.

Il n'avait pas pu voir la fine laisse en travers de la rue, ni ce tout petit chien qui n'arrivait même pas à la hauteur de son pare-chocs avant.

Six mois s'étaient écoulés depuis.

Eleanor, disaient les notes, n'arrivait pas à se le pardonner.

Gavin la regardait inspirer et expirer. Comme il avait trop serré le cordon du sac-poubelle pour pouvoir le dénouer, il pratiqua une ouverture en déchirant le plastique. Quand le trou fut suffisamment grand, il y plongea la main et en sortit quelque chose. Il fit une boule du sac vide qu'il fourra dans la poche arrière de son jean.

Il chercha dans la pièce ce dont il avait besoin. Il eut l'idée de regarder derrière la porte de la chambre.

D'une main gantée, il ferma la porte aux trois quarts. Un peignoir était accroché à une simple patère.

Parfait.

Gavin décrocha le vêtement, le laissa tomber sans bruit par terre, puis le remplaça par ce qu'il avait apporté.

Il se glissa hors de la chambre et referma la porte derrière lui, s'assurant ainsi que la première chose qu'Eleanor Snyder verrait à son réveil serait la surprise qu'il avait laissée à son intention.

Un petit chien mort. Pendu à son collier.

8

Anna White fut réveillée par un bruit mécanique répétitif, un va-et-vient métallique, ainsi que par un poste de télévision allumé à très faible volume. Elle rejeta les couvertures, enfila sa robe de chambre et sortit dans le couloir du premier étage. Elle ouvrit la chambre qui se trouvait à deux portes de la sienne, sans craindre de déranger quiconque.

— Bonjour, papa, dit Anna.

Son père, en pyjama bleu et chaussons, lança un regard dans sa direction et hocha la tête. Assis sur un rameur d'appartement, tenant fermement la barre de traction, il se propulsait en arrière, ramenait les bras vers lui, puis glissait en avant, et répétait le mouvement, inlassablement. Devant lui, sur la commode, un poste de télévision à écran plat montrait Vil Coyote tentant, une fois encore, d'attraper Bip Bip.

Les yeux de Frank White étaient rivés à l'écran. Son visage s'éclaira d'un grand sourire.

— C'est bientôt le moment où le camion sort du tunnel que le coyote a peint. C'est simplement surréaliste. Là, maintenant !

Le coyote fut écrasé comme une crêpe.

Le vieil homme gloussa, se tourna à nouveau vers Anna.

— J'aurais tellement aimé bosser sur celui-là.

Il décela quelque chose dans le regard de sa fille et demanda :

— Je t'ai réveillée ?

— Ça ne fait rien.

— Chuck Jones était un génie, Joanie, dit-il en regardant de nouveau l'écran. Je t'ai déjà raconté ce que j'ai dit à Walt quand j'ai fait sa connaissance ?

— Oui, papa.

Elle ne se donnait plus la peine de le corriger quand il l'appelait par le prénom de sa mère.

— Je mets le café en route ?

— Bien sûr, dit-il en continuant à ramer. Je lui ai dit : « Walt, même Pépé le putois aurait pu mettre une tannée à Mickey. »

— Je sais, papa, dit-elle avant de descendre à la cuisine pour entamer sa journée.

Anna devait admettre que son père était un phénomène. À quatre-vingts ans bien sonnés, Frank White était en meilleure forme qu'elle, du moins physiquement. Ses bras étaient gonflés de muscles et ses soixante kilos ne comptaient pas un gramme de gras.

Si seulement il était moitié moins en forme mentalement.

Sa mémoire immédiate s'estompait, alors que ses souvenirs des années passées, notamment de sa jeunesse en Californie où il travaillait comme animateur à la Warner Bros., étaient riches de détails. Il s'était retiré de cet univers près de trente ans auparavant pour retourner, avec la mère d'Anna, Joan, dans le Connecticut.

Le jardinage, les voyages et leur vie sociale avaient occupé leurs quinze premières années de mariage, et puis la santé de Joan avait commencé à se dégrader. Ce fut un lent déclin, qui se termina par un séjour prolongé en maison de retraite et, à la fin, dans une unité pour malades chroniques. Cela faisait trois ans qu'elle était morte, et le coup avait été rude pour Frank.

Anna avait insisté pour que son père s'installe chez elle.

Ce n'était pas par pur altruisme. Elle vivait seule après qu'elle et son mari, Jack, s'étaient séparés deux ans avant la mort de sa mère. Elle avait repris son nom de jeune fille et s'était jetée à corps perdu dans son travail, mais s'était trouvée rapidement débordée. Avoir son père auprès d'elle pouvait lui simplifier considérablement l'existence.

Durant les dernières années de la vie de Joan, Frank avait pris en charge les tâches ménagères. Il faisait les courses, préparait les repas, lavait le linge, nettoyait la maison, s'occupait des factures et des finances.

Anna lui avait bien fait comprendre qu'elle ne l'accueillait pas chez elle par charité. Mais pour qu'il s'occupe d'*elle*. Elle était tellement accaparée par ses patients, ses œuvres de bienfaisance et le siège qu'elle occupait au conseil des arts de Milford que ce serait un soulagement de ne pas avoir à se soucier des corvées domestiques.

Les débuts de leur cohabitation furent un peu difficiles. Même si Frank n'avait pas eu à faire son deuil, il leur aurait fallu un certain temps pour trouver leurs marques. Cela prit environ six mois. Depuis lors, tout allait pour le mieux. Frank avait même trouvé le temps de se remettre au golf ;

il avait acheté un rameur d'appartement, renoué avec un intérêt longtemps oublié pour la gastronomie, pendant qu'Anna faisait bouillir la marmite en conseillant tous les perdus, les déprimés et perturbés du monde. Ceux de Milford et de ses environs, en tout cas. Frank encourageait Anna à se remettre sur le marché, à se trouver un nouveau mari, peut-être même à avoir des enfants – « Il n'est pas trop tard ! Presque, mais pas tout à fait ! » – et, quand ce serait chose faite, il se trouverait un endroit à lui, promis.

Mais c'était hors de question. Anna aimait sa vie. Sans mari et sans enfants. Elle avait son métier, elle avait son père, elle avait sa maison.

Une existence sûre et stable.

Mais, seize mois auparavant, les choses avaient commencé à s'effilocher lentement.

Frank avait eu un petit accrochage qui aurait pu être bien plus sérieux : il avait reculé dans une Ford Explorer au Walmart de Stratford, manquant de peu une femme et son nourrisson de quatre mois dans une poussette. Sa conduite devenait hasardeuse. Un jour, au Stamford Town Center, il avait passé quatre heures à essayer de retrouver sa voiture dans le parking du centre commercial. Anna comprit plus tard qu'il avait dû passer devant au moins une dizaine de fois. Il avait fini par lui avouer qu'il cherchait la Dodge Charger qu'il conduisait à la fin des années 1960.

Il perdait ses cartes de crédit. Un jour, il avait quitté la maison torse nu. Plus récemment, il s'était mis à l'appeler Joanie, et parfois, quand il se rendait compte de sa méprise, il demandait qu'on l'emmène à la maison de retraite voir sa femme. Il montait à l'arrière de la voiture d'Anna, pensant qu'on allait l'y conduire. Si bien que, à présent, Anna était non seulement revenue au point où elle en était avant que son père n'emménage – à mener de front l'entretien de sa maison et sa vie professionnelle –, mais elle devait de surcroît s'occuper de lui.

Chacun sa croix, se disait-elle.

Et pourtant, de temps à autre, il pouvait avoir des moments de grande lucidité. C'était au petit matin, quand il descendait à la cuisine, que Frank était souvent au mieux de sa forme.

Elle posa un mug de café devant lui pendant qu'il s'attablait.

— Cette chaîne passe le matin ce que la Warner Bros. a fait de mieux. Leur production était tellement plus novatrice que les trucs plan-plan que Disney faisait à l'époque. Esprit et sophistication. Des dessins animés pour adultes.

Frank tendit le bras pour prendre le stylo et le bloc posés à côté du téléphone sur le plan de travail. Il se mit à griffonner d'une main en buvant son café de l'autre.

— Beaucoup de clients, aujourd'hui ? demanda-t-il.

Il n'utilisait jamais le mot *patient*.

— C'est le week-end, papa. Mais je voulais te parler de quelque chose.

— Quoi donc ?

— Ce n'est pas une bonne idée que tu bavardes avec les gens qui viennent en consultation.

Frank prit un air perplexe.

— Quand est-ce que je fais ça ?

— Pas souvent, c'est vrai. Mais l'autre jour, tu as discuté avec Gavin.

Frank fit un effort de mémoire.

— Euh, c'est possible.

— Tu allais lacer tes chaussures ?

— Si tu le dis, Joanie.

— C'est juste que... ce n'est pas le genre de personne qui gagne à être connue.

— Pourquoi ça ?

Elle avait beaucoup pensé à Gavin depuis qu'elle avait trouvé son ordinateur portable fermé. Se méprenait-elle ? Peut-être qu'elle l'avait fermé avant qu'il n'arrive à son rendez-vous, mais il était bien derrière son bureau quand elle était entrée dans la pièce. S'il fouillait dans son ordinateur, l'entendant venir, l'avait-il refermé, par réflexe ? Et s'il s'était rappelé qu'il l'avait trouvé ouvert au moment même où elle avait surgi devant ses yeux, quand il était trop tard pour y changer quoi que ce soit ?

Elle secoua la tête, ignorant la question de son père.

— Il est préférable que tu n'engages pas la conversation avec mes patients, c'est tout.

— À propos d'engagement, dit-il en continuant à griffonner.

— Papa.

— Allons, ma chérie, il faut qu'on en parle. Je suis un boulet pour toi. On ne peut pas continuer comme ça. Je suis venu habiter ici pour t'aider, et maintenant les rôles sont inversés.

— Tout va bien.

— Tu te souviens de ce dessin animé où Bugs Bunny affronte Blacque Jacque Shellacque ?

— Euh...

— En résumé, Jacque convoite le sac d'or de Bugs, mais Bugs lui donne un sac de poudre à canon dont le fond est percé. Bugs allume la traînée de poudre et fait sauter Jacque.

— Je ne me le rappelle pas.

— Peu importe. C'est pour dire que, mon cerveau, c'est ce sac de poudre à canon. Qui fuit un peu plus tous les jours. Bientôt, le sac sera vide. Il faut que tu me trouves un endroit. Il faut que tu commences à chercher.

— Arrête ça, papa.

Il détacha la feuille de papier sur laquelle il crayonnait et la tendit à sa fille.

— Tiens !

C'était un caniche cartoonesque, dont le visage ressemblait remarquablement à celui d'Anna. Frank sourit, attendant son approbation.

— C'est très réussi, dit-elle. Mais ma queue n'est pas comme ça.

Frank regarda par la fenêtre plusieurs secondes, puis se tourna de nouveau vers elle.

— Je vais peut-être aller taper quelques balles dans le jardin.

Ouf ! se dit Anna.

Mais il n'en avait pas fini.

Il lui tapota la main en souriant.

— À quoi bon me garder ici maintenant ?

Elle sentit sa gorge se serrer.

— Parce que je t'aime, papa.

— Il faut que tu surmontes ça, dit-il en repoussant sa chaise.

Il prit son mug et sortit de la cuisine.

Anna resta assise là, ramassa le dessin où elle était représentée en caniche, le regarda, puis elle se leva et s'approcha du plan de travail. Elle ouvrit un tiroir et glissa le croquis à l'intérieur, où il rejoignit tous les autres.

9

Paul interrompit ses recherches en ligne quand il entendit la porte d'entrée s'ouvrir et son fils, Josh, crier :

— Papa !

Il sortit de son bureau et se dirigea vers le haut de l'escalier à temps pour accueillir son fils. Il savait qu'il ne devait pas s'attendre à de grandes effusions. Josh, sac à dos en bandoulière, l'embrassa à la va-vite et se rua sur le frigo.

— Comment s'est passé le trajet en train ? demanda Paul.

Josh trouva une canette de Pepsi, l'ouvrit et répondit :

— Bien. Maman est descendue jusqu'au quai avec moi pour me regarder monter dedans.

Il leva les yeux au ciel.

— Je ne suis plus un gamin. J'ai presque dix ans. J'ai déjà pris le train.

— C'est plus fort qu'elle. C'est une maman.

Josh haussa les épaules.

— Charlotte t'a acheté un truc. Quand elle est venue me chercher, elle n'a pas voulu que je mette mon sac dans le coffre pour pas que je le voie.

Charlotte était arrivée en haut de l'escalier.

— Tiens ta langue, toi !

— Je ne sais même pas ce que c'est, dit Josh avant de boire une gorgée de son soda.

— Une par jour, pas plus, rappela Paul en pointant la canette. Tu n'as pas besoin de tout ce sucre.

— C'est du *light*, rétorqua Josh en lui montrant l'inscription.

— Ah, d'accord, convint Paul, puis à Charlotte : Qu'est-ce que tu m'as acheté ? C'est le cadeau dont tu parlais hier ?

Elle sourit avec un petit air démoniaque.

— Je veux que Josh et toi alliez faire un tour. Allez à la plage. Donnez-moi cinq minutes.

Père et fils se regardèrent.

— Je suppose qu'on nous met à la porte.

Ils descendirent l'escalier, sortirent par la porte de devant et firent le tour de la maison pour rejoindre la plage. Le vent qui soufflait du détroit était frais mais, grâce au soleil de la mi-journée, pas besoin de blouson. C'était le début du mois de juin, et les températures étaient inférieures aux normales de saison. Il faudrait que l'eau se réchauffe beaucoup plus avant que Josh ait envie d'y piquer une tête.

— Comment va ta mère ? demanda Paul.

— Très bien.

— Et Walter ?

Le beau-père de Josh.

Josh chercha un galet à jeter dans l'eau.

— Ça va.

Il marqua un temps d'arrêt.

— J'aime bien vivre en ville. Il y a des tonnes de trucs à faire.

— D'accord, dit Paul.

Il ne voulait pas que son fils soit malheureux à Manhattan avec sa mère et son beau-père. Il ne souhaitait que son bonheur. Mais cela le chagrinait un peu de penser que Josh devait traverser les mornes banlieues du Connecticut pour passer du temps avec lui.

— Walter a toujours des billets gratuits pour des trucs, des matchs de base-ball, des spectacles et tout. En fait...

— En fait, quoi ?

Le garçon lui lança un regard prudent.

— Walter a des billets pour le match des Knicks demain après-midi.

— Super. J'espère que ta mère et lui vont passer un bon moment.

— Justement, ils viennent me chercher demain matin. J'aurais pris le train, mais Walter a un client à Darien qu'il veut voir en personne avant de rentrer. Alors je suis ici pour une nuit seulement. Je n'étais peut-être pas censé te le dire. Maman a vu ça avec Charlotte. Elle va sûrement t'en parler quand elle t'aura donné ta surprise.

— C'est peut-être *ça*, la surprise, dit Paul sombrement.

Il secoua lentement la tête, sentant l'irritation monter en lui. C'était avec lui qu'ils auraient dû en discuter. Il pensait passer tout le week-end avec son fils, mais il ne voulait pas se défouler sur Josh. Il lui donna une petite tape dans le dos et dit :

— On va arranger ça.

— Mais je pourrai y aller, hein ? Je ne suis allé qu'une fois à un match de NBA, et ça m'a vraiment plu.

Paul se sentit d'un coup très fatigué. Il consulta sa montre.

— Je crois que ça fait cinq minutes, dit-il.

Quand ils entrèrent dans la cuisine, Paul remarqua aussitôt que la porte de son bureau était fermée. Charlotte se tenait devant, avec un petit air satisfait, qui s'évanouit quand elle vit l'expression de Paul.

— Qu'est-ce qu'il y a ? demanda-t-elle. Tu n'as pas l'air content.

— Tu savais que Josh repartait demain ?

— Hailey l'a mentionné quand elle m'a envoyé un mail pour me donner l'heure d'arrivée du train de Josh.

— Tu n'aurais pas pu m'en parler ?

Elle croisa les bras et attendit une fraction de seconde.

— Ce n'est peut-être pas le bon moment.

Le visage de Josh s'assombrit.

— On ne fait plus la surprise ?

— C'est à ton père de décider, dit Charlotte, les yeux fixés sur Paul.

Paul regarda son fils, remarqua rapidement la déception sur son visage, et tempéra la colère qu'il ressentait.

— Désolé, dit-il. Surprends-moi.

— Elle est là-dedans ? demanda Josh, qui semblait prêt à foncer dans le petit bureau.

— Reste où tu es, bonhomme, l'avertit Charlotte.

Puis, avec une expression radoucie, elle dit à son mari :

— Je voulais trouver quelque chose pour t'inspirer comme tu...

Elle regarda Josh et préféra ne pas entrer dans les détails :

— Je voulais fêter ta décision d'aller de l'avant.

Paul sourit, intrigué.

— D'accord.

Elle désigna la porte avec son pouce.

— Entre.
— Je peux l'ouvrir ? demanda Josh.
— Si tu veux, dit Paul.
À Charlotte :
— Je dois fermer les yeux ?
Elle fit non de la tête.
Josh tourna le bouton et ouvrit la porte.
Un objet était posé sur le bureau, à côté de l'ordinateur portable fermé. Il était dissimulé sous un torchon orné de sapins de Noël et avait la taille d'un casque de football américain, en beaucoup moins rond.
— C'est donc un cadeau de Noël, dit Paul.
— C'était le plus grand torchon que j'avais, et la forme est trop bizarre pour l'emballer correctement. Devine ce que c'est.
Paul sourit.
— Ma langue au chat.
Josh s'était glissé devant lui avec l'envie de tendre le bras et de soulever le torchon, mais il savait que c'était à son père de le faire.
— C'est parti, dit Paul. Il prit un coin du torchon, puis le tira d'un coup sec tel un magicien escamotant une nappe sous une table entièrement dressée.
— Qu'est-ce que c'est ? demanda Josh.
— Oh, mon Dieu ! s'exclama Paul. C'est fantastique.
— Elle te plaît ? demanda Charlotte, en joignant les paumes, comme en prière, l'extrémité de ses doigts touchant son menton. Sincèrement ?
— Je l'adore.
— Qu'est-ce que c'est ? répéta Josh.
— Ça, lui dit Paul en ébouriffant ses cheveux, c'est une machine à écrire.
— Une quoi ?

— Tu as dû avoir besoin d'une grue pour la monter jusqu'ici, dit Paul en faisant courir ses doigts sur le socle de la machine. Elle a l'air de peser une tonne.

Charlotte montra ses biceps comme un culturiste de plage.

— Femme foooorte. Comme bœuf.

Paul se laissa tomber sur sa chaise de bureau et soumit l'antiquité à un examen approfondi.

— C'est quand même une drôle de coïncidence. J'étais justement en train de penser à une de ces vieilles machines.

— Vraiment ? dit Charlotte. Je suis une sorte de télépathe, alors. Pourquoi pensais-tu... ?

Paul secoua la tête pour signifier que c'était sans importance. De plus, il était trop occupé à inspecter la machine pour répondre.

C'était une Underwood. Le nom était dessiné au pochoir sur le métal noir juste au-dessus des touches et, en bien plus gros caractères, sur le support papier. La machine était presque entièrement noire, à l'exception du clavier – Paul se demanda si ce n'était pas un terme qu'il fallait réserver aux ordinateurs –, enfin, toutes ces touches, marquées de lettres, de chiffres et de signes de ponctuation, chacune parfaitement cerclée d'argent.

— À quoi ça sert ? demanda Josh.

Au-dessus des touches, une ouverture semi-circulaire permettait de voir... Paul ne savait même pas comment on appelait ces bras métalliques parfaitement ordonnés dont l'extrémité frappait le papier quand on actionnait les touches. Il y avait une sorte de beauté dans leur agencement, qui évoquait l'intérieur d'un opéra miniature. Ces touches étaient le public, le papier la scène.

— À écrire des choses, répondit Paul.

— Comment ?

— Prends une feuille dans l'imprimante.

— Je l'ai essayée, dit Charlotte. Il y a encore un peu d'encre, mais je ne sais pas si on en trouve encore, des rubans de machine.

— Des rubans ? releva Josh en tendant une feuille de papier à son père.

— Très bien, dit celui-ci en prenant la feuille et en l'insérant à l'arrière de la machine.

Il tourna la molette à l'extrémité du cylindre jusqu'à ce que le papier apparaisse de l'autre côté, juste au-dessus de l'endroit où les caractères viendraient le frapper.

— Je n'y comprends rien, dit Josh.

— Regarde. Je vais taper ton nom.

Il souleva ses deux index au-dessus des touches.

Tac tac tac tac.

— Bon sang, j'adore ce bruit, dit Paul.

Bouche bée, le garçon regarda le mot JOSH s'imprimer, faiblement, sur la feuille de papier.

— Waouh, dit-il alors que son père retirait la feuille et la lui tendait. C'est cool, mais je ne comprends toujours pas.

— C'est ce qu'on utilisait avant les ordinateurs. Quand on voulait écrire quelque chose, on se servait de ça. Et tu n'avais pas besoin d'imprimer ce que tu écrivais, parce que cette opération se faisait en même temps que tu écrivais, une lettre à la fois.

Josh examina la machine.

— Mais comment on va sur le Net avec ça ? Où est-ce qu'on voit des trucs ? Où est l'écran ?

Charlotte éclata de rire. Josh la regarda, ne comprenant pas ce qu'il y avait de drôle.

Paul tâcha de lui expliquer.

— Tu sais que, pour écrire quelque chose sur l'ordinateur, tu utilises Word ou un autre programme. C'est à ça que servait cette machine, mais elle ne sait rien faire d'autre. Tu ne surfais pas sur Internet avec. Il n'y avait pas d'Internet. Tu ne calculais pas tes échéances de prêt immobilier, tu ne t'en servais pas pour lire l'*Huffington Post* ni pour regarder une émission ou des vidéos de chat ou…

— Mais qu'est-ce qu'elle fait ? insista Josh.

— Cette machine fait une chose et une chose seulement. Elle te permet d'écrire des trucs.

Josh fut incapable de dissimuler sa déception.

— Ça sert à rien, quoi. C'est très vieux ?

— Je n'en ai aucune idée.

— J'ai regardé partout, dit Charlotte, mais je n'ai pas trouvé l'année de fabrication. Je dirais qu'elle doit dater des années 1930, 1940 ?

Paul secoua la tête, émerveillé.

— Qui sait. En tout cas, elle est plus vieille que nous tous réunis, c'est certain.

— Plus vieille que Charlotte ? demanda Josh.

— Josh ! s'exclama Paul, qui lança à sa femme un regard d'excuse.

— Toi, tu ne paies rien pour attendre, dit-elle en adressant un grand sourire au jeune garçon.

— Qu'est-ce qui t'a… ? Pourquoi m'avoir acheté ça ? demanda Paul.

Charlotte sourit.

— Je te l'ai dit. Je voulais t'inspirer. Combien de fois es-tu tombé en adoration devant une de ces machines dans les magasins d'antiquités ? Je sais que tu adores ces vieux objets.

Les yeux de Paul s'embuèrent.

— Quand j'étais petit, on en avait une de ce genre, enfin, c'était une Royal, pas une Underwood.

Mais elle aussi pesait presque aussi lourd qu'une Volkswagen.

— Je confirme, dit Charlotte. Cet engin doit contenir plus d'acier que notre cuisinière.

— J'aimais écrire des histoires, poursuivit Paul, mais ça me prenait tellement de temps de le faire à la main. Quand j'ai eu dix ans, avant que tous les foyers soient équipés d'un ordinateur, j'ai demandé à mon père de me montrer comment s'en servir. J'ai eu droit à un cours de dactylo accéléré. Tu mets tes doigts ici, celui-ci frappe cette touche, celui-là cette touche, et ainsi de suite. Je me souviens de ses mains sur les miennes.

Il se couvrit la bouche, prit un moment pour surmonter son émotion.

— Enfin bref, ça s'est limité à ça. Ce fut ma leçon. Et depuis, je n'ai pas arrêté de taper sur des claviers, dit-il avec un sourire nostalgique. Toutes les mauvaises habitudes que j'ai prises à cet âge-là, je les ai gardées.

Il caressa le dessus de la machine.

— Imaginez tout ce qu'on a pu écrire sur cette machine. Rédactions, mots d'amour, peut-être les lettres d'une mère à son fils soldat qui se battait quelque part en France ou en Allemagne. Une machine pareille, ça a une *âme*, vous comprenez ?

— Qu'est-ce que ça veut dire ? demanda Josh.

Paul ne savait pas trop comment lui expliquer. Il prit son fils par les épaules et le tourna vers lui de façon qu'ils puissent se parler les yeux dans les yeux.

— Tu sais que... Comment dire ça... Tu vois certaines choses avec tes yeux, dit-il en pointant du doigt ceux de Josh, tu les regardes, et elles sont juste *là*. Comme quand tu regardes un bus passer, par exemple. Mais, à d'autres moments, certaines choses tu ne les vois pas avec les yeux, tu les *sens là*.

Il posa la main sur la poitrine du garçon.

— Comme un beau coucher de soleil. Ou bien un aigle, ou même quand tu entends un magnifique morceau de musique.

— J'aime bien les bus, dit Josh, le regard perdu dans le vide.

Paul regarda Charlotte avec un désarroi amusé. Elle lui sourit.

— Je ne pensais pas que tu t'en servirais pour écrire. Ce n'est pas très facile de faire des copier-coller avec des ciseaux et un pot de colle. Et tu pourrais arriver au bout de ce ruban et ne pas en trouver de rechange. Je voyais plus ça comme une œuvre d'art. Comme je l'ai dit tout à l'heure, c'est censé t'apporter l'inspiration...

Elle promena son regard dans la pièce minuscule.

— Si tu arrives à lui trouver une place.

— Oh, j'en ai une. Et ton idée me plaît. Je suis déjà inspiré. Et vu mes dernières recherches, tu n'aurais pas pu trouver cadeau plus approprié.

Josh s'assit dans le fauteuil et se mit à frapper frénétiquement sur les touches.

Tac-tac. Tac. Tac-tac-tac.

— Je t'aime, dit Paul, en embrassant Charlotte sur la bouche.

— Moi pareil.

Tac-tac-tac. Ding !

— Waouh ! s'exclama Josh. C'était quoi, ça ?

— Il faut que tu appuies sur le retour chariot.

— Le quoi ?

Paul se pencha derrière son fils pour actionner la manette située sur le côté gauche de la machine, ramenant le cylindre sur la droite. Josh recommença à taper.

Tac-tac-tac-tac.

— Rappelle-moi où tu l'as dénichée ? demanda Paul.

— Des gens qui vendaient leur maison ont organisé un vide-greniers. J'ai repéré cette petite merveille et j'ai tout de suite pensé à toi.

— Eh bien, je suis content que tu...

— *Aïe !*

Ils se retournèrent tous les deux et virent la main droite de Josh enfoncée au cœur de la machine. Il s'était pris les doigts dans les touches en essayant d'atteindre le ruban.

— C'est tout coincé ! s'écria-t-il en regardant l'objet comme si c'était un chien qui venait de le mordre.

— Attends, ne bouge pas, dit Paul. Les lettres se sont bloquées. Ce n'est pas grave. Laisse-moi écarter doucement ces...

— Ça fait mal ! gémit Josh.

Avant que Paul ait pu intervenir, Josh libéra sa main d'un mouvement brusque. Son index droit se mit à saigner. La peau était déchirée sur le côté, juste sous l'ongle.

— Merde ! dit Paul alors que le sang gouttait sur le clavier et le plateau de son bureau.

— Pourquoi ça a fait ça ? demanda le garçon.

— Si on appuie sur trop de touches en même temps et trop vite...

Mais Josh n'était pas intéressé par l'explication technique de sa douleur. Il s'était tourné vers Charlotte, qui avait arraché une poignée de mouchoirs en papier d'une boîte sur le bureau et en enveloppait le doigt de son beau-fils.

— Viens dans la cuisine. On va soigner ça.

Paul les regarda sortir de son bureau exigu, puis la machine éclaboussée de sang.

Il entendit Josh dire à sa belle-mère :

— C'est nul, ce truc. Tu aurais dû lui acheter un nouvel ordinateur à la place.

10

Ce soir-là, Bill Myers passa avec une chemise remplie de flyers que Charlotte avait oublié de rapporter à la maison en prévision d'une visite libre qu'elle organisait le lendemain après-midi.

Paul descendit lui ouvrir.

— Comment ça va ?

— Bien. Tu peux donner ça à Charlotte ?

— Pas de problème. Entre donc boire une bière.

Bill hésita, puis :

— Oh, après tout.

Il avait la petite quarantaine, une abondante chevelure blonde qui virait au gris. Paul avait fait sa connaissance quand ils étudiaient tous les deux à Uconn – l'université du Connecticut – à Storrs, à l'est de Hartford. Bill était alors la caricature de l'étudiant sportif et il avait le physique du rôle : un bon mètre quatre-vingts, mince, une mâchoire taillée à la serpe. Vingt ans plus tard, il n'était plus l'athlète d'autrefois, mais il avait de beaux restes, qu'il entretenait en courant ses huit kilomètres tous les jours.

Ils étaient à peine restés en contact – des cartes de Noël, un mail de temps en temps, des retrouvailles autour d'un verre tous les deux ans –, mais ils avaient renoué depuis que Charlotte avait intégré l'agence immobilière où Bill travaillait. Jusqu'à l'agression subie par Paul, ils disputaient une partie de squash hebdomadaire, et chaque fois que Bill avait une nouvelle petite amie à leur présenter, ils organisaient un dîner à quatre.

Paul sortit deux bières du frigo et conduisit son ami à travers le salon jusqu'au balcon qui donnait sur le détroit de Long Island.

— Charlotte est là-haut, elle se prépare pour sortir ce soir, dit Paul alors qu'ils prenaient place sur des chaises Adirondack modernes. Il jeta sa capsule dans une boîte de café vide qu'il gardait à proximité.

— Ce couple, elle leur a montré au moins une vingtaine de biens, mais ils veulent faire une dernière tentative et visiter une maison à Devon, juste à la sortie de Naugatuck.

— Je suis au courant. Ça fait treize mois qu'elle est sur le marché. Une ruine. Quelqu'un devrait l'acheter pour le terrain, tout raser et recommencer à zéro.

— Josh et moi, on va se regarder un film. Tu as prévu quelque chose avec Rachel ce week-end ?

Bill secoua la tête.

— Ça s'est rafraîchi entre nous deux. Pour elle, un type qui a déjà été marié n'est pas un bon parti.

— Je me demande bien pourquoi.

Bill grogna.

La baie vitrée s'ouvrit et Josh sortit sur le balcon.

— Salut, bonhomme, dit Bill en lui secouant légèrement l'épaule.

Remarquant le doigt du garçon, il demanda :

— Qu'est-ce qui t'est arrivé ?

— Une machine à écrire m'a mordu.

Bill souleva un sourcil perplexe.

— C'est une surprise que Charlotte m'a faite. Une vieille Underwood. Josh s'est coincé le doigt dedans.

— Je vois, dit Bill. Les vieilles machines redeviennent à la mode. Personnellement, je n'en voudrais pas, j'aime trop l'outil « Rechercher et remplacer ».

— La conversation a dévié sur les femmes ?

Josh gloussa.

La baie vitrée s'ouvrit de nouveau. Sur Charlotte cette fois.

— Hé, Bill, dit-elle tandis que Josh repartait en courant à l'intérieur.

Bill se retourna sur sa chaise.

— J'ai laissé les flyers pour ta visite de demain sur le plan de travail de la cuisine.

— Merci, dit-elle en lançant à Paul un regard d'excuse. J'espère que je ne rentrerai pas trop tard.

Paul sourit avec regret.

— Il n'y a pas de problème.

Charlotte se retira en refermant la baie coulissante derrière elle.

— Au revoir, dit Bill.

Paul se sentit obligé de l'excuser.

— Elle est très préoccupée. À cause de moi, surtout.

— Comment ça va avec la psy ?

Le terme fit soupirer Paul.

— Bien.

— Tant mieux. On ne voudrait pas que tu fasses une bêtise.

Paul plissa les yeux.

— Bon sang, je ne vais pas me suicider.

Bill se renversa sur sa chaise et leva les mains en l'air, comme s'il se sentait agressé.

— Désolé. C'est juste que tu es sur les nerfs. Tu es déprimé, tu fais des cauchemars, tu oublies des trucs. Comme l'autre jour, quand tu ne te souvenais pas que tu m'avais appelé.

Paul s'irrita.

— Bon, d'accord, j'admets que ces huit derniers mois n'ont pas été de tout repos. Mais j'y travaille. J'ai un plan.

— OK, super, c'est tout ce que je voulais entendre, dit Bill avec un sourire. Ce dont tu as besoin, c'est de faire soigner cette caboche pour que je puisse à nouveau te mettre une branlée au squash. Je ne peux plus t'humilier, et j'en souffre.

— Va te faire !

Bill sourit.

— Il n'y a que la vérité qui blesse, mon pote… alors, c'est quoi ton plan ?

Paul hésita.

— Je veux comprendre comment fonctionne Kenneth Hoffman.

Bill le considéra avec amusement.

— Je peux éclairer ta lanterne.

— Ah, oui ?

— Ouais. C'est un putain de psychopathe.

Plus tard, après le départ de Bill, Josh ouvrit précipitamment la baie vitrée et, d'une voix haletante, dit à son père :

— Tu n'entends pas ?

Paul feuilletait distraitement le *New Yorker*, ne regardant pratiquement que les dessins humoristiques.

— Entendre quoi ?

Josh le regarda comme s'il avait affaire à un demeuré. Alors Paul tendit l'oreille. Le bruit se faisait effectivement entendre depuis un moment sans qu'il y ait prêté attention. De la musique. Enfin, pas exactement. Plutôt un jingle se répétant en boucle.

Di-di, dila-li, di-di, di-la, di-la, di-la-li.

— Glace ? dit Josh. Le camion du marchand de glaces ?

— Ah, oui ! s'exclama Paul en bondissant de sa chaise. Il faut que je trouve mon portefeuille.

Josh le fit apparaître dans sa main droite levée.

Quand ils sortirent dans la rue, la camionnette du glacier n'était qu'à un demi-pâté de maisons. C'était un vieux fourgon rouillé bleu et blanc avec des cornets, des coupes glacées rudimentaires et l'inscription THE TASTEE TRUCK peints sur les flancs. Josh fit un signe de la main pour s'assurer que le glacier ne les oublierait pas. Le véhicule s'arrêta dans un crissement de freins rouillés au débouché de l'allée.

— Tu veux quoi ? demanda Paul pendant que Josh parcourait avec émerveillement la liste des glaces proposées.

— Un cornet nappage chocolat.

Le chauffeur passa du volant au comptoir ouvert sur le côté et demanda d'une voix grave et monocorde :

— Ce sera quoi ?

Paul se trouva tout à coup incapable de parler.

Le marchand de glaces, qui avait à peine la vingtaine, semblait avoir abusé de sa marchandise. Des bras comme des jambons, un visage rond avec de grosses joues boutonneuses, des cheveux coupés presque ras. Il faisait probablement un mètre quatre-vingts, mais paraissait plus grand encore, juché derrière son comptoir.

LEN, disait le badge qu'il portait sur son tablier taché de crème glacée.

— Qu'est-ce que vous voulez ? articula le jeune homme d'une voix lente.

— Papa ?

— Euh, deux cornets moyens, répondit Paul. Nappage chocolat.

— Ça marche, dit Len.

Paul se tourna brièvement, regardant ailleurs, pendant que Len prenait deux cornets vides, les plaçait sous la machine à glace à l'italienne, abaissait le levier, puis imprimait une légère rotation à chaque cornet afin de créer un effet de tourbillon. Après quoi il les plongea dans le chocolat fondu, qui forma instantanément une croûte glacée.

— Monsieur ?

Paul se retourna. Le jeune homme lui tendait les cornets, penché en avant, le regard vide. Paul en donna un à Josh, puis sortit son portefeuille de sa poche. Il tendit un billet de dix à Len.

— Une seconde, dit le jeune homme qui alla chercher la monnaie dans une caissette en métal verte.

— Gardez la monnaie, dit Paul, qui éloigna Josh du camion.

Sans un merci, Len se remit au volant de son Tastee Truck et s'éloigna dans la rue, diffusant la petite musique qui annonçait sa présence aux habitants du quartier.

— Je n'avais jamais vu ce type, dit Paul.

— Ouais, c'est un nouveau, répondit Josh. C'était un autre l'été dernier.

— Il ne devait pas savoir à qui il avait affaire.

— Qu'est-ce que tu racontes ? demanda Josh.

— Rien d'important. Rentrons regarder un film.

Cela faisait longtemps que Josh avait envie de regarder les *Batman*, que Paul jugeait un peu trop adultes et intenses pour un garçon de neuf ans, exception faite de la version avec Adam West. Tous les volets réalisés pendant ce siècle étaient violents et sombres et, par moments, perturbants. Ce n'était pas pour rien qu'on le surnommait le Chevalier noir. Mais Paul se rappelait que la version de 1989, avec Michael Keaton, quoique assez noire, était une version édulcorée de celles qui l'ont suivie.

Josh fut très silencieux pendant la scène de l'assassinat des parents du jeune Bruce Wayne dans la ruelle derrière un cinéma.

— On ne devrait jamais sortir pour voir un film, dit-il en se blottissant contre son père sur le canapé pendant que défilait le générique de fin.

— Ne t'en fais pas, dit Paul, qui se giflait mentalement d'avoir oublié cet épisode central dans le passé du justicier. Nous ne vivons pas à Gotham City. Nous vivons à Milford.

— Il se passe des choses horribles ici. Toi, il t'est arrivé quelque chose d'horrible.

Il serra son fils contre lui.

— Je sais.

— J'espère que je ne vais pas faire de cauchemar.

— On est deux, mon pote.

Il reçut un message de Charlotte l'informant qu'elle serait en retard. Ses clients avaient décidé de faire une offre. Paul lui répondit qu'il souhaiterait une bonne nuit à Josh de sa part. Lorsqu'il s'assit au bord du lit, sur le point d'éteindre la lampe de nuit, le petit garçon lui dit :

— Je suis désolé pour demain.

— Ça ne fait rien.

— Ça ne m'intéresse même pas tant que ça, le basket. Mais je voulais pouvoir dire à mes copains que j'étais allé à un match.

— Ne t'en fais pas. Le week-end prochain, tu resteras plus longtemps et on fera quelque chose de spécial.

Josh tendit le bras pour attraper son iPhone et ses écouteurs à côté du lit.

— Qu'est-ce que tu écoutes en ce moment pour t'aider à t'endormir ? demanda Paul.

— Les Beatles.

— Sérieux ?

Josh opina de la tête.

— Leurs chansons sont vraiment pas mal. Il y en a une sur un morse.

— Ne t'étrangle pas avec le cordon en t'endormant.

Josh inséra un écouteur dans chacune de ses oreilles, tapota l'écran du téléphone. Paul se pencha pour embrasser son fils sur le front, éteignit la lumière et se glissa hors de la chambre en fermant la porte derrière lui.

Alors qu'il descendait à la cuisine, il entendit la porte d'entrée s'ouvrir. Quelques secondes plus tard, une Charlotte éreintée apparut.

— Un dernier verre ? proposa-t-il en ouvrant le frigo.

— Non merci. Je veux juste me mettre au lit.

— L'offre a été acceptée ?

Elle secoua la tête, épuisée.

— On a passé presque deux heures à chercher une date limite d'acceptation, à rédiger les clauses suspensives, et caetera. Et puis, à la dernière minute, ils se sont dégonflés.

Il sourit avec compassion.

— Je te fais couler un bain ?

Elle fit non de la tête.

— Je vais sombrer à la seconde où ma tête touchera l'oreiller. Et Josh, ça va ?

— On a regardé un *Batman*, dit-il en faisant la grimace. La scène de la mort des parents de Bruce Wayne l'a un peu secoué.

Il hésita.

— Il s'est passé un drôle de truc.

— Quoi ?

— On est sortis acheter une glace. Et c'est le fils de Kenneth Hoffman qui conduisait le camion.

— Le fils de Hoffman ? Moi aussi, je lui ai acheté des glaces pour Josh.

— C'est juste que ça m'a fait drôle. À mon avis, il ne devait pas avoir la moindre idée de qui j'étais. Je me dis que je veux prendre cette histoire à bras-le-corps, et puis je tombe sur le fils de Hoffman et je suis incapable de le regarder dans les yeux.

— Faire face à ce que Kenneth a fait ne signifie pas que tu doives demander des comptes à son fils. Ne dit-on pas qu'on ne peut pas faire retomber les péchés des pères sur leurs enfants ?

Paul sourit.

— En fait, c'est l'inverse, je crois.

Charlotte leva les yeux au ciel.

— Mais tu vois ce que je veux dire.

— Oui.

Charlotte soupira, puis monta l'escalier d'un pas lourd. Quand Paul eut fini de ranger la cuisine et qu'il la rejoignit dans la chambre, elle ronflait déjà doucement sous les couvertures.

Il se glissa furtivement dans le lit, en veillant à ne pas la réveiller. Il tendit le bras vers la lampe et plongea la pièce dans l'obscurité.

Quelques secondes plus tard, il dormait.

Il était un peu plus de deux heures quand il entendit les bruits.

Il en prit conscience alors qu'il dormait encore, si bien que, lorsqu'il ouvrit les yeux, et n'entendit plus rien, il pensa avoir rêvé.

Tout était silencieux.

Mais le bruit recommença.

Tac-tac. Tac-tac-tac. Tac. Tac-tac.

Il l'identifia aussitôt. Inouï dans la maison, mais instantanément reconnaissable. À l'étage du dessous, quelqu'un était en train de pianoter sur l'ancienne machine à écrire dans son tout petit bureau.

Il passa doucement la main sur le drap jusqu'à sentir Charlotte à ses côtés. Ce n'était donc pas elle. Il l'imaginait mal se lever au milieu de la nuit pour se servir de son cadeau.

Restait Josh.

Paul lança un regard oblique vers le radio-réveil sur la table de nuit à côté de lui. Il était 2:03. Pourquoi Josh descendrait-il jouer avec la machine à cette heure ? Pour jouer avec la machine tout court, étant donné qu'il s'était blessé en l'utilisant et qu'il avait professé la détester.

Paul repoussa les couvertures avec précaution, posa les pieds par terre et se leva. Vêtu de son seul boxer, il sortit dans le couloir sans allumer la moindre lumière.

Tac-tac.

Il passa devant la porte close de Josh et descendit les marches en gardant une main sur la rampe. Pas uniquement parce qu'il faisait noir ; il n'était pas tout à fait réveillé et se sentait légèrement vaseux. Quand il arriva dans la cuisine, l'affichage numérique de la cuisinière, du four à micro-ondes et du grille-pain dispensait suffisamment de lumière pour lui permettre de voir où il mettait les pieds.

La porte de son petit bureau était fermée et aucune lumière ne filtrait en dessous. Il tourna le bouton, entrouvrit la porte de manière à pouvoir passer la main et actionner l'interrupteur, puis l'ouvrit en grand.

Josh n'était pas là.

Il n'y avait personne. La chaise était vide.

Mais la machine à écrire était là.

Il n'y avait pas de papier inséré dedans. La seule feuille, sur laquelle figurait le mot *Josh*, était toujours sur le bureau.

Paul considéra la scène pendant plusieurs secondes, puis il prit la direction de la cuisine. Il se dit que Josh, l'entendant venir, était sorti en douce, s'était caché derrière l'îlot, puis s'était carapaté là-haut à la seconde où il était entré dans le bureau.

Évidemment, quand Paul remonta à l'étage pour jeter un coup d'œil dans la chambre du garçon, celui-ci était sous les couvertures, les yeux fermés et les écouteurs enfoncés dans les oreilles.

La petite crapule.

Paul sourit. Il le soumettrait à un interrogatoire en règle dans la matinée.

11

Paul était dans son bureau depuis une heure. Il buvait sa troisième tasse de café, cherchant sur Internet ce qui poussait des gens censément bons à commettre de mauvaises actions, quand Josh, encore en pyjama, descendit lentement l'escalier qui menait à la cuisine.

Paul ferma son portable, rejoignit son fils et sortit un carton de lait du frigo.

— Cheerios ?

Josh marmonna quelque chose qui ressemblait à un oui et s'assit à la table. Paul posa un bol de céréales devant lui, y versa du lait et sortit une cuillère du tiroir à couverts. Le nez dans son bol, Josh, à moitié endormi, enfourna une cuillerée de céréales dans sa bouche.

— Comment tu vas ce matin ? lui demanda son père en jetant un coup d'œil à la pendule murale. Il était dix heures et demie.

Pour toute réponse, le garçon produisit un grognement.

— Tu as fait une sacrée grasse matinée, insista Paul.

Le garçon lança un regard légèrement voilé à son père.

— C'est dimanche.

— C'est vrai. Mais tu as l'air plus fatigué que d'habitude.

— J'ai fait des mauvais rêves, dit Josh avant de replonger le nez dans son bol. On n'aurait pas dû regarder ce film.

— Désolé. Mais, en même temps, presque tous les films peuvent nous rappeler des choses désagréables qui nous sont arrivées.

Charlotte apparut, accrochant une de ses boucles d'oreilles en s'aidant de ses deux mains.

— Bonjour, les garçons.

— Tu pars déjà ? s'étonna Paul. Je croyais que ta visite était à quatorze heures.

— Oui, mais je dois d'abord m'assurer que la maison est présentable. La dernière fois, la chambre était jonchée de linge sale et il y avait une demi-douzaine de crottes de chien dans le jardin. Et je veux passer prendre du pain congelé, le mettre dans le four.

— Pourquoi ? demanda Josh en redressant la tête.

— C'est un vieux truc d'agent immobilier. Ça donne une bonne odeur à la maison.

Elle sortit la verseuse de la cafetière et fronça les sourcils quand elle constata qu'elle était presque vide.

— Désolé, dit Paul. J'en ai déjà descendu une. Je me suis levé de bonne heure. Je n'arrivais pas à dormir.

Il désigna le bureau d'un mouvement de tête.

— Je pensais m'y remettre.

— Comment ça se passe ?

Il haussa les épaules. Il se glissa sur une chaise en face de son fils. Josh bâilla, regarda la pendule et posa sa cuillère dans le bol.

— Faut que je me prépare. Maman et Walter vont bientôt arriver.

Alors qu'il repoussait sa chaise, Paul le retint en lui prenant doucement le poignet.

— Tu veux bien me dire ce que tu faisais debout au milieu de la nuit ?

— Hein ?

— Je t'ai entendu. Vers deux heures du matin.

— Qu'est-ce que c'est que cette histoire ? dit Charlotte, en changeant le filtre dans la cafetière et en le remplissant de café moulu.

— Je croyais que tu détestais cette machine à écrire, mais tu t'es levé au milieu de la nuit pour jouer avec.

— Quoi ?

— J'ai entendu quelqu'un taper à la machine. Ce n'était pas Charlotte, parce qu'elle dormait à côté de moi.

— C'était pas moi non plus, protesta Josh. Pourquoi je jouerais avec cette machine à écrire toute pourrie ?

— Allez, bonhomme. Tu n'as rien à craindre, sauf peut-être si tu n'es pas honnête avec moi.

— Je ne mens pas.

Paul lui lança un regard déçu.

— Comme tu voudras, Josh.

— Je ne comprends pas, intervint Charlotte qui versait de l'eau dans la machine à café. Tu as entendu qu'on tapait à la machine à écrire pendant la nuit ?

— Ouais.

Elle lui jeta un regard interrogateur.

— Et ce serait vraiment si grave que ça que Josh y ait touché ? Elle est solide comme un tank. Il ne peut pas la casser.

— Ce n'était pas moi, répéta Josh. Je suis content que maman vienne.

Il se leva de table et monta en courant dans sa chambre. Charlotte regarda son mari de travers.

— Quoi ? fit Paul.

— Il ne t'est pas venu à l'esprit que tu as peut-être rêvé ? Que tu as entendu taper dans ton sommeil ?

Une expression de doute gagna peu à peu le visage de Paul.

— D'accord, la première fois que j'ai entendu ce bruit, j'étais au lit, probablement à moitié endormi.

— Eh bien, tu vois.

Avec hésitation, il ajouta :

— Et puis je me suis levé et je l'ai entendu de nouveau alors que j'étais dans le couloir.

Charlotte secoua lentement la tête.

— Ta tête te joue des tours quand tu es à moitié réveillé, ou à moitié endormi, à cette heure de la nuit. Tu as peut-être entendu autre chose. Un bruit dans la maison. Un radiateur qui cliquetait, par exemple.

— Il n'y a pas de radiateurs dans cette maison.

— Ça ou autre chose...

Pendant que le café passait, elle s'assit à la table.

— Écoute, tu as été soumis à une énorme pression ces derniers temps. Ne te défoule pas sur Josh.

Paul se passa la main sur la bouche et secoua la tête.

On sonna à la porte d'entrée.

Il inclina la tête en arrière et cria vers l'étage :

— Josh ! Ta mère est là !

— En avance, comme d'habitude, commenta Charlotte en retournant à la machine à café. Walter est toujours pressé.

On sonna une seconde fois.

— Du calme, dit Paul à voix basse.

Puis, de la porte d'entrée, à l'étage du dessous :

— Il y a quelqu'un ?

Paul et Charlotte se regardèrent.

— Tu as fermé la porte à clé en rentrant hier soir ? demanda Paul à voix basse.

— Je pensais l'avoir fait, répondit Charlotte avec une grimace. Hailey a une clé ?

Paul fit non de la tête.

— Josh, oui. Elle a peut-être fait faire un double.

Il se leva de sa chaise et arriva en haut des marches en même temps que Hailey. Un mètre soixante-quinze, des cheveux blonds coupés court, un jean savamment troué aux bons endroits, des bracelets tintant à ses poignets et des créoles grandes comme des dessous de verre. Elle adressa à la femme de Paul un regard froid :

— Charlotte.

— Hailey.

Paul salua son ex-femme d'un hochement de tête, puis appela Josh une seconde fois.

— J'arrive ! cria le garçon.

Dehors, on entendit klaxonner.

— Bon sang, fit Hailey.

— Walter est un peu pressé ? demanda Paul.

— Pour changer. Il faut qu'il fasse tout en quatrième vitesse.

Charlotte ricana. Hailey, s'avisant que sa remarque pouvait être interprétée de différentes façons, tenta de se rattraper.

— Rien que pour sortir de la ville, ça a été un cauchemar. Même un dimanche matin. On est restés coincés sur le FDR pendant quarante minutes. Vous connaissez Walter et les embouteillages. Il disjoncte totalement. Et sur la 95, ce n'était pas de tout repos non plus.

Hailey soupira puis considéra son ex-mari avec une sollicitude qui paraissait sincère.

— Comment vas-tu ?

— Ça peut aller.

— Tu es de nouveau à cent pour cent ?

— On y travaille.

— C'est bien, dit Hailey en souriant.

Josh descendit pesamment l'escalier, son sac à dos en bandoulière.

— Hé, dit sa mère, alors qu'il filait droit vers les marches. Tu ne dis pas au revoir à ton père ?

Le garçon marmonna un « salut » sans se retourner.

Sa mère le reprit :

— Ce n'était pas très convaincant.

— Papa me traite de menteur, dit-il, campé en haut de l'escalier qui descendait au rez-de-chaussée.

— Quoi ? Et qu'est-ce que tu as au doigt ?

— Ce n'est rien, dit Paul. Josh, je ne t'ai jamais traité de menteur.

Le garçon lui jeta un regard noir sans faire de commentaire.

— C'est juste que… Allez, viens ici.

Le garçon s'approcha de lui comme si ses tennis avaient des semelles de plomb.

— J'ai peut-être eu tort, dit Paul.

— Peut-être ?! répliqua Josh, qui fit volte-face et disparut dans l'escalier.

Hailey regarda son ex-mari d'un air de reproche mais ne formula aucune critique.

— Au revoir, Paul, dit-elle, puis, presque comme si elle y pensait après coup, elle jeta un regard à sa femme : Charlotte.

Celle-ci lui répondit d'un hochement de tête.

— Merde ! fit Paul une fois qu'ils eurent entendu la porte se fermer.

12

Pendant que Charlotte assurait sa visite « portes ouvertes », Paul passa l'essentiel de l'après-midi cloîtré dans son bureau. Il lut d'autres articles en ligne sur Kenneth Hoffman et, quand il estima avoir plus ou moins fait le tour des informations disponibles sur le sujet, y compris plusieurs extraits vidéo de chaînes d'informations locales, sans oublier un reportage dans l'émission de NBC, *Dateline*, il élargit le champ de ses recherches pour inclure des textes de réflexion sur les raisons qui poussent les gens à agir contre les principes moraux qui fondent toute société humaine.

Vaste sujet. Pourquoi les gens mentent-ils ? Pourquoi volent-ils ? Pourquoi se trompent-ils ? Et, plus pertinent en l'occurrence, pourquoi tuent-ils ?

Il parcourut des articles jusqu'à ce que sa vue se brouille et, à la fin, il n'en savait pas plus sur les motifs qui avaient poussé Hoffman à assassiner ces deux femmes. Le mobile de Hoffman pour le tuer, lui, était assez facile à expliquer. Paul était un témoin. Il avait vu les cadavres des deux femmes à l'arrière de la Volvo. Hoffman devait éliminer Paul s'il voulait avoir une chance de s'en tirer.

Paul se dit qu'il aimerait en parler avec lui.

Face à face.

Il s'en sentait capable. La réaction qu'il avait eue en tombant à l'improviste sur le fils de Kenneth, Leonard, ne présumait en rien de celle qu'il aurait dans un tête-à-tête avec le meurtrier de deux femmes, si une telle rencontre pouvait être arrangée. Ne serait-ce que parce qu'il y serait préparé.

Il était sur le point de se renseigner sur les dispositions à prendre pour rendre visite à un détenu quand ses pensées le ramenèrent à Josh.

Il avait vraiment tout gâché avec son fils ce matin-là. Josh n'avait aucune raison de mentir. D'autant plus qu'il voyait mal pourquoi il aurait voulu taper à la machine au milieu de la nuit. Il ne s'en était pas approché depuis qu'il s'y était pris le doigt.

Il devait accepter la seule explication logique : il avait rêvé.

Il avait dit à Charlotte qu'il avait continué à entendre le *tac-tac-tac* dans le couloir, mais peut-être que, à ce moment-là, il n'était pas encore sorti de son rêve. Peut-être faisait-il une crise de somnambulisme.

Ce qui lui faisait de la peine, c'était que Josh et lui avaient passé un moment si agréable, quoique bref, exception faite des aspects perturbants de *Batman*. Et qu'il avait tout saboté à la fin.

Et merde !

Il était cependant pratiquement certain de pouvoir rattraper le coup. Il allait se racheter. La prochaine fois que Josh viendrait chez lui, ils feraient quelque chose de vraiment spécial, tous les deux. Ils pourraient faire un tour à Mystic, visiter l'aquarium…

Avec Charlotte, si elle voulait se joindre à eux.

Les choses semblaient incontestablement meilleures avec elle. Ils avaient connu quelques accidents de parcours, mais s'il y avait un bon côté au fait d'avoir échappé à une mort violente, c'était que Charlotte avait reconsidéré non seulement leur mariage, mais également ses propres attentes. Comme elle le lui avait répété plus d'une fois depuis la tentative de meurtre, elle s'était demandé où elle en était dans la vie.

Si elle s'en sortait honorablement en tant qu'agent immobilier, ça n'avait jamais été son but dans l'existence. Elle avait envisagé, à un moment donné, de faire carrière dans le spectacle. Quand elle vivait à New York, elle avait joué dans de toutes petites salles, avait même eu trois lignes de dialogue dans un épisode de *Law & Order* où elle jouait une directrice de garderie. (En fait, Paul soupçonnait Charlotte d'être sortie avec une vedette ou deux, côté *Law*, mais elle n'avait jamais voulu confirmer ni démentir.) Malheureusement, on ne lui avait jamais offert l'opportunité qui lui aurait permis de percer et elle en était arrivée au point où il lui fallait bien gagner sa vie. Elle avait été vendeuse, réceptionniste dans un hôtel. Quand Paul avait fait sa connaissance, elle était directrice d'un Days Inn. Si bien que, professionnellement parlant, elle avait fini par se résigner.

Si le métier d'agent immobilier n'était pas très glamour, être mariée à un professeur de West Haven College l'était encore moins. C'était certes un établissement d'enseignement convenable, mais ce n'était pas Harvard, et West Haven vivait dans l'ombre des universités voisines de Yale et New Haven. Si Charlotte avait jamais considéré ce qu'il faisait comme une noble vocation – former de jeunes esprits pour en faire les leaders de demain –, Paul doutait que ce fût encore le cas. Avant la tentative d'assassinat dont il avait été victime, elle s'était rarement intéressée à son travail. Elle n'avait d'ailleurs aucune raison de le faire. Il était ennuyeux. À quoi pouvait-il aspirer à présent ? Quelle était l'étape suivante ? Les cimes vertigineuses de la direction du département ?

L'existence de Charlotte était donc réduite à cela : vendre des maisons dans une ville terne du Connecticut et rejoindre son mari, un homme aux ambitions limitées, dans leur petite maison après le travail.

Et puis il y avait la question du bébé.

Cela faisait longtemps que Paul n'avait pas évoqué le sujet, mais il espérait que Charlotte et lui auraient un jour un enfant. S'il était resté avec Hailey, tôt ou tard, Josh aurait eu un petit frère ou une petite sœur. Hailey avait même confié que Walter et elle essayaient d'en mettre un en route. Or la perspective de devenir mère n'avait jamais séduit Charlotte.

C'était un jour nouveau, se dit Paul. Le jour où il prenait le contrôle. Le jour où il bravait ses démons. Le jour où il allait commencer à se reconstruire et à reconstruire son mariage.

Il allait s'attaquer à son histoire avec Hoffman, écrire quelque chose. Il allait écrire quelque chose qui irait plus loin que les notes qu'il avait déjà prises. Il allait écrire quelque chose de *bien*. Il ignorait encore la forme que cela prendrait. Peut-être des mémoires. Peut-être un roman. Peut-être qu'il ferait de son expérience un article pour un magazine.

Tous les ingrédients étaient réunis.

Sexe. Meurtre. Mystère.

L'histoire d'un homme qui avait vu la mort de très près.

Le truc s'écrirait tout seul, une fois qu'il aurait décidé quelle direction lui faire prendre. C'était la clé pour recoller les morceaux de sa vie et de son mariage. Il ne faisait pas cela uniquement pour lui. Il le faisait pour Charlotte. Il voulait lui montrer qu'il pouvait être fort, reprendre sa vie en main.

Assez de jérémiades.

Qui sait, il pourrait même être l'homme avec lequel elle aurait envie d'avoir un enfant.

Mais bon, ne brûlons pas les étapes.

Paul songea à l'image qu'il avait donnée de lui-même ces derniers mois. Bon sang, même Bill semblait craindre qu'il puisse se suicider. Certes, il avait été déprimé. Il avait non seulement été traumatisé par l'événement lui-même – les cauchemars, l'anxiété –, mais souffrait également de séquelles physiques – maux de tête, trous de mémoire, insomnies. Qui ne serait pas déprimé à sa place ?

Mais suicidaire ?

Avait-il donné l'impression d'être à ce point désespéré ? Possible.

J'aimerais voir dans quel état ils seraient si Kenneth Hoffman les visitait dans leur sommeil toutes les nuits.

Merde.

Bien sûr.

Le bruit de machine à écrire qu'il avait cru entendre faisait clairement partie d'un de ses cauchemars. Il avait dû rêver de ces deux femmes tapant leurs lettres de contrition. C'était l'ancienne Underwood offerte par Charlotte qui avait déclenché ce rêve.

Le *tac-tac-tac* entendu pendant la nuit, c'était Jill Foster et Catherine Lamb en train de taper à la machine.

Paul sortit son téléphone. Comme Josh était déjà très probablement à son match de basket, il n'allait pas l'appeler maintenant. Mais il lirait peut-être un message.

Paul en écrivit rapidement un :

Salut, bonhomme. Je t'aime. Désolé pour ce matin. Ton papa a réagi comme un crétin. J'espère que tu profites bien du match.

Il l'envoya. Puis il fixa l'écran un long moment, guettant les petits points dansants annonçant une réponse imminente. Au bout de trois minutes d'attente, il rempocha son téléphone.

13

— Alors, Gavin, comment s'est passé votre week-end ? demanda le Dr Anna White alors qu'ils prenaient tous les deux place dans leurs fauteuils respectifs à l'intérieur de son cabinet.

— Introspectif, répondit Gavin après un instant de réflexion.

Anna haussa très légèrement les sourcils.

— Introspectif ?

— J'ai réfléchi au mal que j'avais fait, et à la possibilité de réparer mes torts.

— Réparer ?

— Oui. Pensez-vous qu'il serait possible d'arranger une rencontre avec les personnes à qui j'ai fait du tort pour que je puisse leur présenter mes excuses ?

Anna le considéra avec circonspection.

— Je ne sais pas si un face-à-face serait le bon moyen de procéder. Cela pourrait mal finir pour toutes les personnes concernées.

— Comment ça ? demanda Gavin d'un air innocent.

— Je pense que la femme dont vous avez caché le chat aurait trop peur, quant à ce père que vous avez appelé… je préfère ne pas penser à ce qu'il serait tenté de vous faire si vous étiez dans la même pièce que lui.

— Vous avez sans doute raison, dit-il. Je devrais peut-être écrire quelque chose plutôt.

— On y reviendra. Mais à part réfléchir, qu'avez-vous fait d'autre de votre week-end ?

— Pas grand-chose. Enfin, samedi, j'ai travaillé. D'habitude, je fais la fermeture à Computer World, mais, comme ils n'ouvrent pas le samedi soir, j'ai fait la journée.

— Et vendredi soir, vous avez travaillé ?

— Oui.

— À quelle heure avez-vous terminé votre journée ?

— Vingt et une heures, répondit-il lentement. Pourquoi cette question ?

Anna hésita.

— Un événement troublant est arrivé à quelqu'un vendredi soir.

— Quelqu'un ? Vous voulez dire quelqu'un que vous connaissez ?

Anna hocha lentement la tête.

— Un autre de vos patients ?

Anna le dévisagea plusieurs secondes, hésitant sur la façon de procéder. Elle ignora sa question et poursuivit :

— On a fait à cette personne une blague de très mauvais goût, et très cruelle.

— À cette personne que vous connaissez et qui pourrait être une patiente, souligna Gavin.

— Son chien a récemment été écrasé par une voiture. Quelqu'un s'est introduit chez elle et a pendu un schnauzer mort dans sa chambre. D'après sa médaille, le chien appartenait à une famille de Devon. Ils étaient en train de préparer les affichettes pour signaler sa disparition quand la police les a prévenus.

Gavin se renfonça dans son fauteuil et se couvrit la bouche avec la main.

— Waouh. C'est carrément malsain.

— Je ne vous le fais pas dire.

— Et pourquoi vous me racontez ça ?

Anna hésita.

— L'autre jour, quand je suis entrée dans cette pièce, vous vous teniez là-bas. Derrière mon bureau.

Gavin la regarda d'un air inexpressif, puis haussa les épaules.

— Si vous le dites.

— Qu'est-ce que vous faisiez de ce côté-là de mon bureau ?

Il jeta un coup d'œil à cette partie de la pièce.

— Je ne faisais que regarder les livres.

— Les manuels de psychologie vous intéressent ?

Nouveau haussement d'épaules.

— On ne peut pas savoir ce que contient un livre avant de l'avoir lu, dit-il avec un grand sourire. Mais quelques BD ne seraient pas de trop.

— Gavin, avez-vous consulté des dossiers dans mon ordinateur ?

— Hein ?

— Mon ordinateur portable. Étiez-vous en train de regarder des dossiers dans mon portable ?

Il plissa les yeux.

— Merde alors. Laissez-moi deviner. La dame avec le chien mort pendu à sa porte, c'est une patiente à vous, et vous pensez que j'ai voulu la traumatiser ?

— Je n'ai pas dit que le chien était pendu à sa porte.

Gavin cligna des paupières.

— Si, c'est exactement ce que vous avez dit. Bon sang, vous m'accusez d'avoir fait cette mauvaise blague, c'est ça ?

Anna hésita.

— Je ne vous accuse de rien, Gavin.

— Bien sûr que si. Qu'est-ce que j'ai fait ce week-end ? Où est-ce que j'étais vendredi soir ? C'est incroyable. Je viens ici pour trouver un soutien. Je viens ici parce que je compte sur vous pour m'aider à traverser une crise personnelle, et qu'est-ce qui se passe ? Putain, j'y crois pas. J'imagine que, chaque fois qu'il se passe un truc à Milford, je suis immédiatement le suspect numéro un. Il y a eu un accident avec délit de fuite ce week-end ? Un braquage de banque ? Quelqu'un a piqué une barre chocolatée au 7-Eleven ? Vous pensez que je suis dans le coup pour ça aussi ?

Anna avait commencé à paraître légèrement moins sûre d'elle-même.

— Gavin, vous devez admettre que ce qui est arrivé à cette dame ressemble beaucoup au sale tour qui vous a conduit ici.

— Je vous jure, je ne sais même pas qui est cette femme. Comment s'appelle-t-elle ?

— Je ne peux pas vous le dire.

— Oui, enfin, si vous pensez que c'est moi, autant me le dire, puisque je suis censé la connaître, non ? Mais ce n'est pas le cas. Si je suis le principal suspect, pourquoi je n'ai pas eu la visite de la police ?

Anna ne dit rien.

— Si je comprends bien, non seulement vous m'accusez d'avoir fait cette chose horrible, mais vous pensez que je fouille dans votre ordinateur ? Pour découvrir le nom de vos patients et les problèmes dont ils souffrent ?

Il secoua la tête et adopta une expression blessée.

— Eh ben, bonjour le soutien et la compréhension. C'est sûr que je vais aller mieux en venant vous voir deux fois par semaine.

— Gavin...

Le jeune homme se leva.

— Je ne peux plus continuer.

— Gavin, tuer un animal est la manifestation d'un problème plus sérieux que tous ceux dont nous nous sommes occupés jusqu'à présent. Il faut que vous compreniez que...

— Que je comprenne quoi ? s'écria-t-il en pointant son index vers sa thérapeute. Je devrais vous signaler. Vous devez bien avoir une sorte de conseil de l'ordre. Il faut qu'ils sachent !

— Gavin, asseyez-vous !

— Non, j'en ai assez...

La porte s'ouvrit brusquement sur Paul Davis. Il jeta un rapide coup d'œil à Gavin, puis à Anna.

— Désolé, dit-il. J'ai entendu... Est-ce que tout va bien, docteur White ?

Elle se leva de son fauteuil.

— Tout va bien, Paul.

— J'ai entendu crier et...

— Quel que soit votre putain de problème, dit Gavin à Paul, ne comptez pas sur elle pour vous aider.

Paul le dévisagea longuement.

— Il va falloir vous calmer, l'ami.

— L'ami ? rétorqua Gavin. Est-ce qu'on est amis ?

Il considéra Paul avec curiosité, comme s'il se demandait s'ils s'étaient déjà rencontrés.

— C'est vous, Paul ? J'ai bien entendu ?

— Oui... c'est moi.

— Eh bien, Paul, bonne chance.

Le jeune homme se précipita si vite vers la porte que Paul n'eut pas le temps de l'esquiver. Gavin posa ses mains sur le devant de sa veste pour le pousser sur le côté et sa tête heurta le montant de la porte.

— Merde ! fit Paul, qui se toucha le crâne une demi-seconde avant de repousser le jeune homme tout aussi rapidement.

Gavin trébucha du cabinet à la petite salle d'attente attenante.

— Connard, lança-t-il.

L'un et l'autre cherchèrent alors à se prendre au revers pour pouvoir plus facilement placer un coup de poing de leur main libre.

— Gavin, arrêtez ça ! cria Anna.

Ils se tournèrent tous les deux vers elle en même temps. Comme ils lâchaient prise, Gavin en profita pour filer vers la porte qui donnait dans la rue.

— Paul, je suis désolée, dit Anna.

Il s'épousseta, comme si un peu de Gavin était resté collé à ses vêtements.

— Ça va.

— Votre tête, dit-elle. Vous vous êtes cogné au même endroit ?

Il se toucha de nouveau le crâne.

— Non, ça va. Je n'ai rien. Et vous ?

— Ça va, dit-elle avant de se renfrogner.

— C'est quoi, son problème ? demanda Paul en jetant un coup d'œil vers la porte par laquelle Gavin était sorti. C'est quoi son nom ? Gavin ?

— Je crois que je viens de très mal gérer quelque chose.

— Quoi donc ?

Elle secoua la tête.

— Rien. M. Hitchens est mon problème, pas le vôtre. Vous voulez toujours parler ? Je comprendrais si tout cela...

— Si de votre côté, ça va, je suis partant.

— Donnez-moi juste une minute, dit-elle en se rasseyant dans son fauteuil.

— Vous tremblez. Nous pouvons repousser notre rendez-vous, si vous voulez.

— Non, non, je vous assure. Ce qui vient de se passer n'est rien comparé à ce que vous avez traversé.

Elle se redressa, leva le menton et déclara :

— Je suis prête.

— Vous en êtes sûre ?

Un hochement de tête résolu pour le convaincre qu'elle était remise de ses émotions.

— Alors, dites-moi ce qui s'est passé depuis la dernière fois ?

Il l'informa de ses recherches sur Internet et de l'effet galvanisant qu'elles avaient sur lui, même si elles n'avaient pas fait cesser les cauchemars. Il lui dit que l'ancienne machine à écrire que Charlotte lui avait offerte en cadeau avait inspiré un rêve étrange et tellement réaliste qu'il avait fini par accuser son fils d'une faute qu'il n'avait manifestement pas commise.

— Je lui ai envoyé un SMS pour m'excuser. Il a attendu presque toute la journée pour répondre.

Il marqua un temps d'arrêt, songeur.

— Est-ce que je vous donne l'impression d'être suicidaire ?

— Pourquoi cette question ?

— C'est ce que m'a dit un ami. Il avait l'air inquiet que je puisse faire une bêtise.

— Je répondrais par la négative. Mais vous me le diriez si vos pensées prenaient cette direction ?

— Bien sûr.

Il lui confia également qu'il était rentré un jour chez lui sans avoir aucun souvenir du trajet, qu'il ne se rappelait plus avoir envoyé certains messages, et autres trous de mémoire.

— Quand revoyez-vous votre neurologue ?

— Dans une quinzaine de jours.

Un autre silence. Puis :

— Vous savez comment on fait pour aller voir quelqu'un en prison ?

— Pas vraiment.

— D'après ce que j'ai lu sur le site de l'administration pénitentiaire, il faut que le détenu vous mette sur une liste. À moins que vous ne soyez inspecteur de police ou avocat.

— Vous êtes toujours décidé à rencontrer Kenneth Hoffman.

Paul se mordilla la lèvre.

— Je crois, oui. Je sais que l'expression « tourner la page » est un énorme cliché, mais c'est peut-être ce qu'un tête-à-tête avec lui va me permettre de faire. On entend tout le temps ça aux infos. Que la famille d'une victime de meurtre arrive à tourner la page le jour où l'accusé est condamné.

— Je dirais que c'est loin d'être systématique. Mais je ne vous empêcherai pas de chercher à lui rendre visite. En attendant, vous pouvez réfléchir à ce que vous souhaiteriez lui dire. À ce que vous souhaiteriez lui demander.

— Je voudrais savoir s'il regrette.

Anna sourit avec ironie.

— Est-ce que cela changerait quelque chose ?

— Si j'arrive à le voir en prison, je ne veux pas y aller seul.

— Vous aimeriez emmener Charlotte.

— Non. J'aimerais que ce soit vous qui m'accompagniez.

Anna haussa les sourcils.

— Ah.

— Je ne sais pas si je pourrais vous fournir un compte rendu fidèle de ce qui se sera passé. Vous avoir à mes côtés en tant qu'observatrice pourrait être utile.

Anna sembla réfléchir à sa proposition.

— D'habitude, je ne fais pas de visites à domicile.

Paul sourit.

— De visites en cabane, vous voulez dire.

Quand Paul sortit du cabinet pour regagner sa voiture, il ne trouva pas ses clés. Anna lui dit qu'elle le préviendrait si elle mettait la main dessus. Il appela Charlotte pour qu'elle vienne le chercher. Elle le ramena chez eux et lui ouvrit la porte. Après qu'il eut pris son double de clés, elle le reconduisit au cabinet d'Anna White afin qu'il puisse récupérer sa Subaru.

Ce soir-là, pendant le dîner, il raconta à Charlotte l'altercation qui avait eu lieu au cabinet d'Anna avant sa séance.

— Il y en a qui sont encore plus atteints que moi, commenta-t-il.

Ils descendirent une bouteille de chardonnay en regardant un film. Du moins, une partie de film. En plein milieu, Charlotte lui caressa l'intérieur de la cuisse et demanda :

— C'est moi ou ce film est barbant ?

— Maintenant, il l'est.

Quand ils éteignirent les lumières peu après vingt-trois heures, Paul se dit que les choses allaient mieux.

Et puis, à trois heures passées de six minutes, cela recommença.

Tac-tac. Tac-tac-tac. Tac. Tac-tac.

14

Avant de prendre conscience du cliquetis de l'Underwood, Paul rêve.

Dans son rêve, il souffre de maux d'estomac. Il est sur le lit, se tord de douleur, se prend le ventre à deux mains. Il a la sensation que quelque chose se déplace en lui. Quelque chose de *vivant*. Comme dans *Alien*, où la créature jaillit de la poitrine de John Hurt pendant que l'équipage du *Nostromo* prend son repas.

Paul soulève sa chemise, regarde son ventre. Il y a bien quelque chose là-dedans. Quelque chose qui fait saillie sous sa peau. Et puis, comme si une fermeture Éclair partait de ses côtes et descendait jusque sous son nombril, son ventre s'ouvre. Mais il n'y a ni sang ni boyaux répandus. Son ventre s'ouvre comme une sacoche de médecin.

Paul regarde le trou béant dans son corps et attend.

Ce qui apparaît en premier, ce sont des doigts. Des doigts sales aux ongles abîmés. Deux mains agrippent le bord de son ventre. Quelque chose – quelqu'un – s'en extrait.

Merde alors, je suis en train d'accoucher, pense Paul.

Apparaît alors le sommet d'un crâne. C'est Kenneth Hoffman. Une fois sa tête dégagée de l'abdomen de Paul, il le regarde et sourit.

Il dit quelque chose, mais Paul n'arrive pas à entendre quoi.

En fait, il n'articule pas de mots. Il produit un bruit.

Le même, encore et encore.

Tac-tac-tac. Tac-tac.

Paul tend les bras et pose ses mains sur le visage de Kenneth. Il ne sait pas s'il doit le repousser en lui ou l'arracher de ses entrailles. Il sent Kenneth lui mordiller les doigts.

Tac-tac-tac. Tac-tac.

Paul ouvrit les yeux. Il respirait par saccades. Il posa la main sur sa poitrine, qui était trempée de sueur froide. Il tendit le cou pour jeter un coup d'œil au radio-réveil qui brillait faiblement sur la table de nuit : 3:06

Il n'avait pas envie de fermer les yeux et de replonger dans ce cauchemar. Lentement, pour ne pas déranger Charlotte, il balança ses jambes hors du lit et posa les pieds par terre.

Il décida d'aller aux toilettes.

Alors que ses yeux s'habituaient à l'obscurité, il regarda sa femme. Elle dormait en lui tournant le dos, la tête sur l'oreiller, une main glissée en dessous. Il distinguait à peine son corps qui se soulevait et retombait lentement à chaque respiration.

Vêtu de son seul boxer, il gagna la salle de bains à pas feutrés et ferma la porte. La veilleuse luisait faiblement.

Il souleva la lunette, soulagea sa vessie, tira la chasse en grimaçant. Il espérait ne pas avoir fait trop de bruit. Il se rinça les mains dans la vasque et les sécha, attendant que le réservoir des toilettes ait fini de se remplir avant d'ouvrir la porte.

Après quelques secondes, le silence retomba.

C'est au moment où il posait la main sur le bouton de porte qu'il l'entendit.

Tac-tac. Tac-tac-tac.

Il retint son souffle.

Je ne rêve pas. Je suis réveillé. Je suis tout ce qu'il y a de plus réveillé.

C'était le même bruit que l'autre nuit. Un cliquetis de machine à écrire.

Il attendit qu'il se répète, en vain. Lentement, il tourna le bouton, ouvrit la porte et fit un pas dans le couloir.

Il se figea, retint à nouveau son souffle.

Toujours rien.

Il n'entendait que la rumeur lointaine des vagues du détroit qui se brisaient langoureusement sur la plage et la respiration paisible de Charlotte. Ce bruit de caractères frappant le cylindre avait-il pu être produit par autre chose ? Un appareil électrique ? De l'eau gouttant quelque part dans la maison ? Peut-être...

Tac-tac.

Un frisson parcourut Paul. Il était tenté de réveiller Charlotte. Il voulait qu'elle l'entende elle aussi. Mais la réveiller créerait aussi de l'agitation. Celui qui s'amusait avec cette machine à écrire – et à l'évidence, ce n'était pas Josh, lequel se trouvait à Manhattan, à des kilomètres de là –, ce *quelqu'un*, nécessairement, allait s'arrêter en entendant des voix à l'étage du dessus.

Paul voulait le prendre sur le fait.

Non, minute. Il devrait appeler la police.

C'est ça. Brillante idée. « Allô, monsieur l'agent ? Vous pourriez envoyer quelqu'un sur-le-champ ? Quelqu'un est en train de taper à la machine à écrire dans ma maison. »

Paul était maintenant devant l'escalier. Il descendit les marches sur la pointe des pieds, une marche après l'autre. Quand la maison avait été reconstruite après le passage de l'ouragan Sandy, un nouvel escalier avait été installé, et pas une marche ne craquait.

Arrivé à l'avant-dernière marche, il entendit le bruit à nouveau.

Tac-tac. Tac-tac-tac.

Il regarda la porte close de son bureau à l'autre bout de la cuisine. Aucune lumière ne filtrait en dessous. Exactement comme l'autre nuit. Comment pouvait-on tripoter cette Underwood dans le noir complet ?

Une lampe torche miniature. Bien sûr. Celui qui se trouvait là-dedans n'allait pas attirer l'attention en allumant la lumière.

Ouais, comme s'il y avait une logique là-dedans. Mon visiteur attire déjà suffisamment l'attention en tapant à la machine.

Paul traversa la pièce, pieds nus. Alors qu'il approchait de la porte, il se demanda s'il devait se munir d'une arme. En se faufilant devant l'îlot de la cuisine, il sortit avec précaution un rouleau à pâtisserie d'un pot en terre cuite rempli d'ustensiles de cuisine.

Il se doutait bien qu'il était totalement ridicule, mais il faudrait que le rouleau fasse l'affaire. Vous alliez au combat avec ce qui vous tombait sous la main.

Arrivé devant la porte, Paul saisit la poignée. D'un mouvement rapide, il la tourna et poussa le battant.

— Surprise ! cria-t-il en même temps qu'il actionnait l'interrupteur.

La pièce était aussi vide que la nuit précédente, quand il croyait que Josh y jouait avec la machine. Elle se trouvait à l'endroit exact où Charlotte l'avait déposée. Aucune feuille n'avait été insérée autour du cylindre.

Paul resta là, cligna plusieurs fois des yeux.

— C'est quoi, ce cirque ? dit-il tout haut.

Il scruta la pièce, comme si quelqu'un avait pu se cacher dans cet espace qui n'était pas plus grand qu'un placard.

Une idée lui vint soudain à l'esprit, et il courut vers l'escalier qui descendait à la porte d'entrée. Son visiteur était peut-être en train de prendre la fuite. Sans faire de bruit, évidemment, mais quelle autre hypothèse envisager ?

Paul fit courir sa main sur le mur, cherchant l'interrupteur. Il l'actionna, éclairant l'escalier et la porte en bas.

Il n'y avait personne. Le verrou avait été poussé.

Dans sa précipitation, son pied gauche glissa sur la marche du haut et atterrit sur la suivante, ce qui le déséquilibra. Il vacilla sur la droite, cherchant désespérément à se raccrocher à la rampe pour stopper sa chute, mais passa totalement à côté. Il tomba sur les fesses, dévala deux marches, durement, avant de s'arrêter avec un sursaut sur la troisième.

— Et merde ! cria-t-il.

Il eut soudain mal à plus d'endroits qu'il ne pouvait en compter. Fesses, cuisse, pied, bras.

Son amour-propre aussi en avait pris un coup.

— Paul ? Paul ! appela Charlotte à l'étage.

Grimaçant, il répondit :

— Je suis en bas !

Il se frotta délicatement le coude droit. *Bon sang !*

Il entendit courir à l'étage supérieur, puis des pas dans l'escalier.

— Où es-tu ?

Charlotte avait l'air affolé.

— En bas, dit-il en se relevant péniblement.

D'un coup sec, il remonta son boxer qui avait glissé à mi-fesses afin de préserver le peu de dignité qui lui restait. Charlotte surgit dans la cuisine, sa chemise de nuit blanche virevoltant autour d'elle, telle une héroïne de roman à l'eau de rose.

— Qu'est-ce qui s'est passé ? Tu es tombé ? Tu ne t'es pas fait mal ? Qu'est-ce que tu fais là ?

Plutôt que de répondre à toutes ces questions, Paul se demanda s'il n'y avait pas pire que les cauchemars et les pertes de mémoire.

Devenir fou à lier, par exemple.

15

Le soleil n'était même pas encore levé que son père était déjà sur sa machine.

Anna White, vêtue d'un tee-shirt XXL qui lui arrivait aux genoux, avait été réveillée non par son réveille-matin mais par le bruit du rameur. Elle rejeta les couvertures et longea le couloir jusqu'à la chambre de son père. Elle poussa doucement la porte. Frank, en pyjama, ramait comme un forcené sur l'appareil en regardant la chaîne de dessins animés.

— Papa, dit-elle avec douceur. Il est cinq heures et demie.

Anna pensait que les *cartoons* plongeaient son père dans une sorte de transe, l'empêchant d'apprécier le temps qu'il passait sur la machine. Elle était convaincue qu'il allait faire une crise cardiaque à ce train-là.

Il ne l'avait pas entendue ou bien avait préféré l'ignorer. Il s'esclaffa quand Duffy Duck reçut un coup de fusil en pleine face et que son bec passa derrière sa tête.

— Papa, répéta Anna, qui s'approcha de lui et posa la main sur son bras.

La dureté de son biceps la stupéfia. Son père tourna brusquement la tête dans sa direction.

— Quoi ?

— Tu devrais aller te recoucher. Il est trop tôt pour se lever. Et certainement trop tôt pour faire ce que tu fais.

— Cet épisode n'est pas terminé.

La télécommande était par terre. Elle s'agenouilla pour l'atteindre, appuya sur la touche « marche-arrêt ». L'écran vira au noir.

— Pourquoi fais-tu ça ?

— Papa, s'il te plaît. Retourne te coucher.

— Je ne suis pas fatigué. Faut que j'aille pisser.

Il se leva de sa machine et disparut au bout du couloir. Anna s'assit au bord du lit en attendant son retour. Il revint deux minutes plus tard, une tache sombre grande comme un sous-verre sur l'entrejambe de son pantalon de pyjama.

Toujours difficile d'éviter cette dernière goutte, songea Anna.

Elle se leva pour permettre à son père de se mettre au lit. Ensuite, quand il eut la tête sur l'oreiller, elle se laissa choir de nouveau au bord du lit.

— Tu vas me lire une histoire ? demanda-t-il.

Elle tressaillit. Plaisantait-il, ou pensait-il vraiment avoir cinq ans ?

— Un truc un peu cochon ne me déplairait pas, dit-il avec un grand sourire.

D'accord, il plaisantait.

— Non, je ne vais pas te lire d'histoire.

Il ne l'avait pas appelée Joanie, c'était peut-être donc un de ses moments de lucidité. Elle l'espérait.

— Je ne vais pas me rendormir, tu sais. En général, je suis debout avant six heures, de toute façon.

— C'est vrai. Qu'est-ce que je croyais ?

Frank frotta le bras de sa fille avec affection.

— Je suis désolé de t'avoir réveillée.

— Ne t'en fais pas pour ça, papa.

Son père lui paraissait étonnamment attentif.

— Puisque nous sommes tous les deux parfaitement réveillés, permets-moi de te poser une question.

— Je t'écoute.

— Tu as toujours été là pour moi quand je me demandais quoi faire de ma vie.

Frank attendit la suite.

— Ces temps-ci j'ai un peu l'impression de m'enliser dans la routine, reconnut Anna avant de s'empresser d'ajouter : Pas à cause de toi. Ça n'a rien à voir avec toi. Je parle de mon travail. Il est intéressant, et il me plaît, mais il y a des moments où j'ai besoin de sortir de ma zone de confort.

Frank hocha la tête.

— Un de mes patients veut organiser une rencontre, en prison, avec l'homme qui a tenté de le tuer. Et il veut que je l'accompagne.

— Qu'est-ce que tu en penses, toi ? demanda Frank, visiblement intrigué.

— Je ne suis pas sûre qu'il soit prêt pour ce genre de tête-à-tête, mais, comme il a l'air plutôt déterminé, il vaudrait peut-être mieux que j'accepte d'y aller avec lui.

— Ça a l'air bougrement intéressant.

— Oui. Je ne devrais pas toujours jouer la sécurité en restant dans mon cabinet.

Son père la dévisagea en clignant plusieurs fois des yeux. Elle se demanda si elle n'était pas en train de le perdre.

— Ce n'est pas pour ça que tu as souhaité que je vienne vivre avec toi ? Pour que tu te sentes plus en sécurité ?

Elle lui serra la main.

— C'était une des raisons, oui. Et une excellente raison.

— Moi aussi, je me sens plus en sécurité, dit-il avec un sourire presque enfantin. J'aime ce sentiment. Ça fait chaud au cœur.

Anna lui tapota la main.

— Je vais prendre une douche, et puis je mettrai le café en route.

Son père plissa légèrement le front, comme s'il réfléchissait à quelque chose.

— Qu'est-ce qu'il y a ? demanda Anna.

— Je me demandais juste si j'ai besoin de retourner pisser.

Elle lui sourit.

— Toi seul le sais.

Il réfléchit une seconde encore avant de déclarer :

— Non, ça ira.

Elle le regarda avant de sortir dans le couloir : il avait fermé les yeux. Il s'était apparemment rendormi en deux secondes.

La douche peut attendre, songea Anna.

Elle retourna dans sa chambre et se glissa sous les couvertures. Elle n'eut pas besoin de beaucoup plus de temps pour s'assoupir qu'il n'en avait fallu à son père.

Si bien qu'elle était totalement dans les choux quand la police prit la maison d'assaut cinq minutes plus tard.

16

— Alors, tu lui as dit quoi ? demanda Bill en nouant ses lacets, assis sur le banc du vestiaire. Qu'est-ce que tu as dit à Charlotte ?

Paul attendait que Bill ait fini de se préparer en faisant tournoyer sa raquette de squash dans sa main.

— Je lui ai dit que j'avais cru entendre quelqu'un frapper à la porte.

Bill gloussa.

— Quoi, genre comme des petits scouts qui faisaient du porte-à-porte pour vendre des biscuits au milieu de la nuit ?

— Genre comme quelqu'un qui essayait de s'introduire dans la maison.

Bill secoua la tête.

— Tu es sûr d'être en état pour ça ?

— Je veux recommencer à faire ce que je faisais avant.

— Oui, mais *ça*, dit Bill en brandissant sa raquette. Tu as le feu vert du toubib ?

— Je ne le lui ai pas demandé. Je veux frapper la balle, me bouger. Je ne vais rien faire d'héroïque. Si la balle atterrit dans le coin, je ne courrai pas pour chercher à la renvoyer.

— Je vais te ménager, alors. Comme d'hab.

— Va te faire voir.

Ils sortirent du vestiaire et entrèrent dans le centre sportif du West Haven College. Ils se dirigèrent tranquillement vers les courts de squash en passant devant des appareils de musculation et une piste d'athlétisme couverte. Il y en avait cinq, tous fermés par une paroi vitrée pour que les spectateurs puissent profiter du spectacle.

— Charlotte sait que tu es là ? demanda Bill.

— Non.

— C'est une mauvaise idée.

— Je t'assure, je vais très bien.

Deux femmes occupaient le court qu'ils avaient réservé. Bill jeta un coup d'œil à la pendule murale.

— Il leur reste deux minutes. Donc Charlotte te trouve le cul sur les marches et tu lui racontes que tu as entendu quelqu'un à la porte, mais qu'il n'y avait personne.

— C'est ce que je viens de te dire, non ?

— Pourquoi ne lui as-tu pas dit la vérité ? demanda Bill sans quitter des yeux les deux joueuses.

— J'ai déjà accusé Josh d'avoir touché à mon Underwood au milieu de la nuit. Qu'est-ce que Charlotte pensera si je lui dis que j'ai entendu le même bruit de machine à écrire ?

— Que tu es en train de perdre la boule ?

— Oui, merci.

— Mais tu me dis, à *moi*, ce que tu as vraiment entendu. Et si je pensais que tu es effectivement en train de perdre la boule ?

— C'est le cas ?

— Je n'ai pas d'autre explication, dit Bill en soupirant.

Il tapota le cadre de sa raquette sur la paroi vitrée. Les joueuses se retournèrent, et il pointa du doigt une montre imaginaire. Les femmes mirent fin à leur partie et quittèrent le court. L'une d'elles adressa un sourire appuyé à Bill pendant qu'elle s'épongeait le cou avec une petite serviette.

— Tu es aussi obsédé que Hoffman, dit Paul tandis que la femme prenait la direction des vestiaires.

— Hé, protesta Bill, c'est mesquin. Il était marié. Je ne le suis pas.

Ils franchirent la porte basse en baissant la tête et pénétrèrent sur le court.

— Alors comme ça, tu penses que je perds la tête.

— Je ne dis pas ça, se défendit Bill, la balle en main. Il la lança en l'air et l'envoya d'un grand coup rebondir sur le mur du fond.

Paul retourna le service.

— Qu'est-ce que tu dis, alors ?

Bill, frappant à son tour :

— Tu t'es pris un gros coup de stress, et c'est comme ça que ça se manifeste.

Les rebonds de la balle sur le mur résonnaient dans l'enceinte du court.

— Rien ne prouve que quelqu'un s'est introduit dans la maison, n'est-ce pas ?

Paul frappa la balle.

— Exact.

— La porte était fermée à clé, tu n'as vu ni entendu personne dévaler l'escalier.

Paul courut sur le côté droit pour renvoyer la balle.

— Non.

— Il n'y avait donc personne, et tu n'as pas pu entendre ce que tu as cru avoir entendu. Alors de deux choses l'une. Soit c'était un truc qui faisait un bruit de machine à écrire, soit c'est dans ta tête.

Bill alla ramasser la balle dans un coin pendant que Paul lui répondait :

— Qu'est-ce qui peut faire le bruit d'une vieille machine à écrire ?

— Alors, tu l'as rêvé.

— Non. J'étais réveillé.

Il laissa la balle filer devant lui.

— Je ne sais pas quoi te dire. On arrête ?

— La tête me tourne un peu, dit Paul qui semblait avoir honte de le reconnaître.

— Alors, arrêtons-nous avant que je finisse par te tuer.

— Merci.

Le court étant toujours à eux, ils y restèrent pour poursuivre leur conversation. Bill secoua la tête, s'efforçant de trouver une explication.

— J'ai pigé, dit-il en claquant des doigts.

— Quoi ?

— Des souris.

Paul leva les yeux au ciel.

— Non, écoute-moi. Tu as des souris, et elles ont trottiné sur les touches au milieu de la nuit.

— Même venant de toi, c'est totalement stupide. Quand bien même on en aurait, ce qui n'est pas le cas, une souris ne pèse rien, elle n'enfoncerait aucune touche. Et il faudrait toute une troupe de souris déchaînées pour produire le cliquetis que j'ai entendu.

Bill leva une main en signe de défaite.

— Appelle SOS Fantômes.

Paul se passa la main sur la nuque.

— Je n'ai même pas transpiré.

Alors qu'ils se tournaient vers la porte, Paul dit :

— Je crois que je vais la ranger ailleurs.
— Quoi ?
— La machine. Je vais la mettre dans la buanderie.
Bill hocha la tête, songeur.
— Voilà qui va faire plaisir à Charlotte. Son cadeau spécial relégué dans la buanderie.
— Merde.
— Et ça prouverait quoi, exactement ? Où est la logique ? Si tu crois que quelqu'un s'introduit chez toi, cacher la machine à écrire n'est pas la solution. Un putain de verrou, c'est ça, la solution.
— On en a déjà un sur la porte.
— Les fenêtres sont toutes sécurisées ?
— Oui.
— Vous avez un système d'alarme ?
— Non.
— C'est peut-être la première mesure à prendre. Et si tu continues à entendre ces bruits de clavier pendant la nuit, c'est que tu as peut-être vraiment besoin de SOS Fantômes. *Who ya gonna call ?*
Son visage s'éclaira.
— Voilà ce que tu vas faire. Insère une feuille de papier dans ta machine et attends le lendemain matin pour voir si tu as un message.
— C'est précisément ce que ferait une personne cinglée, fit observer Paul.

— Que dirais-tu de faire installer un système d'alarme ? demanda Paul à la table du dîner.
— Tu es sérieux ? s'étonna Charlotte, en plantant sa fourchette dans sa salade. Pourquoi, tu comptes m'acheter une collection de bijoux hors de prix ?
— Je pose juste la question.

— Oui, pourquoi pas. On peut me recommander des gens à l'agence. Mais qu'est-ce qui t'a donné cette idée ?

Paul se pinça fortement les lèvres, se demandant en son for intérieur s'il devait aborder le sujet. Comme il avait la bouche sèche, il prit son verre d'eau et but une longue gorgée.

— Tu sais, ce qui s'est passé avec Josh ? Quand j'ai dit que j'avais entendu taper à la machine pendant la nuit.

— Oui.

— Je l'ai encore entendue.

— La machine ?

Paul hocha lentement la tête.

— C'est pour ça que je me suis levé. J'ai entendu quelqu'un taper à la machine.

— C'est que tu rêvais. Ou, plus exactement, que tu faisais un énième cauchemar. C'était en rapport avec Hoffman ?

— En effet.

— Il se passait quoi dans ton cauchemar ?

Il se toucha machinalement le ventre.

— Je ne veux même pas en parler.

— Comme tu voudras.

— À la fin, il essayait de me parler, mais les sons qui sortaient de sa bouche étaient des bruits de machine à écrire.

— C'était donc bien un rêve.

— Sauf que, après, je me suis levé. Je suis allé aux toilettes. Et j'ai entendu le bruit de nouveau.

Charlotte le dévisageait. Il lisait l'incrédulité dans son regard. Elle n'avait pas besoin de dire quoi que ce soit.

Elle finit pourtant par prendre la parole :

— Si tu l'entends encore, réveille-moi.

Paul hocha la tête.

— Marché conclu.

Et cette nuit-là, il ne se passa rien.

Paul resta éveillé pendant des heures à scruter l'obscurité, guettant les premiers *tac-tac-tac*.

En vain.

Quand il se leva le lendemain matin – il pensait qu'il avait fini par s'endormir vers cinq heures –, il était épuisé et avait du mal à garder les yeux ouverts, mais il éprouvait aussi un certain soulagement.

Cependant, plus il pensait à sa situation, plus ce sentiment s'estompait. Si les bruits étaient imaginaires, même quand il était certain d'être parfaitement éveillé, fallait-il incriminer sa blessure à la tête ? Y avait-il des symptômes dont le médecin n'avait pas discuté avec lui ?

Avait-il eu une crise de somnambulisme ? Avait-il été plongé dans une sorte de transe ?

Au petit déjeuner, Charlotte lui demanda :

— Alors, pas de séance de dactylographie cette nuit ?

— Non, répondit-il d'une voix faiblarde. Je suis resté éveillé toute la nuit.

— Oh, bébé, tu plaisantes. Pas étonnant que tu aies cette tête de déterré.

— Et je me sens aussi en forme qu'un mort vivant.

Elle se tourna vers le plan de travail pour remplir un mug de café.

— Je viens de renouveler ton ordonnance.

Il plongea son regard dans le liquide noir et dit :

— Tu ne pourrais pas m'injecter ça en intraveineuse ?

— Il faut que je me sauve, dit-elle en se penchant pour l'embrasser sur la joue. Peut-être que le ou la dactylo mystère va revenir ce soir et qu'on pourra tous boire un verre ensemble.

L'humour de cette remarque échappa à Paul.

— Qu'est-ce que tu as prévu aujourd'hui ? demanda-t-elle.

Il eut un haussement d'épaules.

— Rien, à part bosser sur mon projet.

Après le départ de Charlotte, il resta assis à la table de la cuisine, espérant que la caféine qu'il buvait produirait son effet. Il remarqua que sa main tremblait légèrement.

— Bon sang, dit-il tout haut. Tu es en vrac.

La porte de son petit bureau était ouverte, et il apercevait l'Underwood noire qui trônait sur sa table de travail improvisée. L'ordinateur portable à côté d'elle paraissait tout petit.

Il vit dans l'ouverture semi-circulaire de la cathédrale de touches un sourire grinçant.

— Qu'est-ce que tu regardes comme ça ? demanda Paul avant de replonger le nez dans son café.

17

Le matin suivant, plus de vingt-quatre heures après les faits, Frank White tremblait encore en y repensant.

Anna, qui avait annulé tous ses rendez-vous de la veille mais pensait reprendre ses consultations ce jour-là, était assise à la table de la cuisine avec son père et lui caressait la main. Il avait à peine touché aux œufs brouillés qu'elle lui avait préparés.

— Tout va bien, papa.

Il hocha la tête, retira sa main et prit sa fourchette.

— Ça a l'air bon, dit-il.

— Il y a du ketchup si tu veux.

On sonna à la porte. Tout le corps du vieil homme se raidit.

— Ce n'est rien. C'est quelqu'un de la police. Enfin, quelqu'un que j'attendais, précisa-t-elle. Qui va peut-être pouvoir répondre à quelques questions. Ça va aller si je te laisse tout seul quelques minutes ?

— Bien sûr, dit-il, un petit morceau d'œuf collé à sa lèvre inférieure. Je ne suis pas un enfant.

Anna sourit et, considérant ce qu'il venait de dire, elle résista à la tentation de prendre sa serviette en papier pour lui essuyer la bouche.

— J'ai cru qu'ils allaient me tirer dessus. J'ai cru qu'ils allaient te tirer dessus.

— Je sais, dit-elle, mais ça n'est pas arrivé. Tu es sain et sauf, et moi aussi.

On sonna de nouveau à la porte.

— Ni toi ni moi n'avons la moindre égratignure.

Elle lui fit un autre sourire, espérant lui en arracher un.

— On n'a jamais le temps de s'ennuyer ici, pas vrai ?

Il hocha la tête.

— Et il reste du café si tu veux.

Enfin, un sourire de son père.

— J'aurais bien besoin d'un truc un peu plus corsé.

Elle se leva et quitta la cuisine. Elle ouvrit la porte d'entrée et tomba sur un homme noir, petit et massif, la quarantaine. Sa moustache bien fournie compensait les quelques mèches de cheveux qu'il avait sur le crâne. Il portait un veston, une chemise bleu foncé avec une cravate et un jean.

Il avait sorti sa plaque pour la montrer à Anna.

— Bonjour. Inspecteur Joe Arnwright, police de Milford.

— Entrez donc.

— Comment allez-vous aujourd'hui ? demanda-t-il en prenant place dans le salon. Ce n'était pas une formule de politesse : il lui demandait comme elle se sentait par rapport à la veille.

— Mon père est encore sous le choc. Et moi aussi.

Arnwright opina de la tête avec sollicitude.

— Je comprends.

— Ils ont pris la maison d'assaut, rappela-t-elle. Pendant notre sommeil.

— À leur décharge, ils ont réussi à ouvrir une fenêtre et se sont introduits très discrètement dans la maison pour faire en sorte de…

— Vous n'êtes pas censés vérifier que ce qu'on vous raconte est vrai ?

— Docteur White, nous avons…

— Mon père se lève pour aller aux toilettes et tombe nez à nez avec des hommes armés dans le couloir. C'est un miracle qu'il n'ait pas fait une crise cardiaque, et que vous ne lui ayez pas tiré dessus.

Arnwright hocha la tête avec patience.

— L'information dont ils disposaient, comme vous le savez, était qu'un homme avait déjà abattu sa femme et qu'il s'apprêtait à abattre sa fille. C'est ce que nos agents s'attendaient à trouver. Il a fallu qu'ils évaluent la situation aussi vite que possible pour écarter toute menace. Et ils ont dû supposer que cette menace était dirigée contre vous. La fille.

— On vous a bernés.

— Je ne le conteste pas.

— Ils ont fait mettre mon père au sol en braquant leurs armes sur sa tête ! dit Anna, les dents serrées.

Elle parvint à exprimer sa colère sans élever la voix. Elle ne voulait pas que son père entende cette conversation.

— Un vieil homme ! Qui n'a plus toute sa tête !

— Je comprends que vous soyez…

— Vous *comprenez* ? Voilà qui est encourageant. Mon père et moi avons bien failli nous faire tuer.

— Je ne le pense pas. Les membres de l'équipe d'intervention sont très professionnels.

Anna prit une seconde pour se calmer et réorienter la conversation.

— Vous l'avez arrêté ?

— M. Hitchens ?

— Qui d'autre, à votre avis ?

— Nous l'avons interrogé, oui.

Anna le dévisagea avec méfiance.

— Et ?

— Nous l'avons interrogé et nous menons l'enquête. Nous pensons que l'appel au 911 a été passé sur un téléphone portable, le genre de portable jetable que…

— Je sais ce que c'est. Je regarde la télévision.

— On va tâcher de déterminer où ce téléphone a été acheté, et voir ensuite si on peut identifier l'acheteur.

— Il n'avait pas le téléphone sur lui ? Vous l'avez fouillé ?

— Comme je l'ai dit, l'enquête suit son cours.

— Elle avait quel genre de voix, la personne qui a appelé le 911 ?

— Une voix d'homme âgé. Mais il existe toutes sortes d'applications qui altèrent la voix. M. Hitchens a-t-il déjà menacé de vous faire subir ce genre de chose ? Un canular téléphonique de cette nature ?

— Non, mais c'est bien son style. Hitchens adorerait effrayer un vieil homme un peu perdu comme mon père.

— Il nous en faut davantage, répliqua Arnwright.

Anna soupira.

— Il a peut-être tué un chien, aussi…

Arnwright, stylo en main, s'apprêtait à prendre des notes.

— Continuez.

Elle se mordit la lèvre.

— Je ne peux pas… Je n'ai aucune preuve.

L'inspecteur rempocha son stylo et se leva.

— Encore une fois, je regrette ce qui s'est passé ici. Je vous ferai savoir s'il y a du nouveau.

Anna le raccompagna à la porte. Elle alla dans la cuisine, mais son père n'y était plus.

— Papa ?

Elle monta dans sa chambre, s'attendant à le trouver sur son rameur. Mais elle était vide elle aussi.

Elle crut entendre une sorte de claquement étouffé.

Elle alla à la fenêtre de la chambre, qui donnait sur le jardin. Il était là, club de golf en main – un bois n° 1 apparemment –, en train de taper des balles qu'il avait laissées tomber sur la pelouse parfaitement entretenue, exception faite des quelques divots qu'il y avait creusés.

C'est lui, se dit-elle. *Je sais que c'est lui.*

18

Paul était prêt à commencer.

Il avait tapé quantité de notes sur son ordinateur, copié-collé des paragraphes d'articles de journaux en ligne sur le double meurtre, mais, à présent, il était prêt à franchir le pas. À écrire la première phrase de son livre. Mémoires ? Roman ? Récit criminel ? Allez savoir.

Sa seule certitude était que cette histoire, quelle que soit la forme qu'elle prendrait, serait *son* histoire.

Il tapa donc sa première phrase :

Kenneth Hoffman était mon ami.

Paul regarda ces cinq mots sur l'écran de son ordinateur portable. Appuya sur la touche « entrée » pour sauter à la ligne. Et saisit :

Kenneth Hoffman a essayé de me tuer.

Cette entrée en matière en valait bien une autre. Depuis ce tremplin, il plongea directement dans le récit de la soirée. Comment, alors qu'il revenait d'un spectacle de théâtre étudiant à West Haven, il avait repéré le break d'Hoffman roulant de manière erratique sur la Boston Post Road.

Quelques milliers de caractères plus tard, Paul commença à trouver à l'exercice des vertus thérapeutiques. Les mots jaillissaient sous ses doigts aussi vite qu'il était capable de les taper. À un moment donné, il coula un regard à la massive Underwood à côté de l'ordinateur portable et il lui lança :

— J'aimerais te voir pondre ça aussi vite.

Quand il aborda le passage où il avait vu le cadavre des deux femmes à l'arrière de la voiture de Kenneth, il marqua seulement une courte pause, prit mentalement une grande inspiration et recommença à taper sur son clavier. Il se laissa porter jusqu'au moment où la pelle lui fracassait le crâne.

Et puis il s'arrêta.

Il se sentait à la fois exténué et euphorique. Il l'avait fait. Il s'était jeté dans l'eau froide du grand bain, s'y était habitué et avait continué à nager.

Lorsque Charlotte rentra du travail ce soir-là, il avait hâte de lui faire part de ses progrès.

— C'est fantastique, dit-elle. Je suis fière de toi. Vraiment ?

Elle marqua un temps d'arrêt.

— Je peux lire ?

— Pas encore. Je ne sais pas exactement ce que ça va donner. Quand je sentirai que ça prend forme, je te montrerai.

Il éteignit la lumière à vingt-deux heures trente, mais resta éveillé pendant au moins une heure, peut-être deux.

Il était tendu.

Pour la première fois depuis l'agression, il se sentait… *excité*. S'il avait douté du bien-fondé de revenir sur cette expérience traumatique bille en tête, ce n'était plus le cas. Mais écrire sur Hoffman allait-il avoir valeur d'exorcisme ? Les cauchemars allaient-ils cesser ? Même progressivement ?

S'il continuait à bien avancer – *Ne nous emballons pas, ce n'est que le premier jour* –, pourquoi ne pas poursuivre la rédaction de son livre ailleurs ? Après tout, il pouvait emporter son ordinateur n'importe où. Et il n'envisageait pas le Starbucks du coin. Mais plutôt Cape Cod.

Si Charlotte pouvait prendre quelques jours, ils pourraient pousser jusqu'à Provincetown, ou prendre le ferry pour Martha's Vineyard. Il pourrait même mettre quelques best-sellers récents dans sa valise et trouver quelque chose qui mériterait d'être ajouté à son cours sur la fiction grand public.

Il en toucherait un mot à Charlotte dans la matinée, bien qu'il redoute sa réponse. Elle lui rétorquerait qu'elle avait trop à faire. Que les maisons ne se vendaient pas toutes seules. À quoi il objecterait qu'on ne pouvait pas travailler non-stop, vingt-quatre heures sur vingt-quatre. S'il arrivait à la convaincre, il pourrait aussi demander à Josh de venir, téléphoner à Hailey pour obtenir son accord.

Non, peut-être pas. S'il voulait avoir une chance de convaincre Charlotte, il faudrait que ce soit eux deux seulement. Ce n'était pas que Charlotte n'appréciait pas Josh. Paul était persuadé du contraire. Mais l'*aimait*-elle ? Et, si ce n'était pas le cas, pouvait-on le lui reprocher ? Josh n'était pas son fils, et il n'était entré dans sa vie que depuis quelques années.

Ce fut à peu près à ce moment-là, en songeant à une escapade à Cape Cod, qu'il s'endormit.

Il était 3:14 quand il se réveilla. Et ce ne fut pas un réveil spontané.

On le réveilla.
Tac-tac. Tac-tac-tac.

Il ouvrit brusquement les yeux. Était-ce encore un rêve ? Avait-il seulement rêvé ? Même s'il était difficile de se rappeler les détails d'un rêve, Paul était généralement capable de dire s'il en avait fait un.

Il pensait que ce n'était pas le cas.

Et il était sûr d'être éveillé.

Il se pinça le bras pour en avoir le cœur net.

Ouais.

Il retint son souffle et attendit, l'oreille aux aguets, que le bruit reprenne. Rien. Pendant plusieurs secondes, il n'entendit que les palpitations de son propre cœur.

Et puis :

Tac-tac. Tac-tac-tac.

Ce n'était pas un rêve. C'était la réalité.

Qu'est-ce que Charlotte lui avait suggéré de faire quand cela se produirait ?

Réveille-la. Trouve-toi un témoin.

Il s'assit dans le lit, lui secoua doucement l'épaule.

— Charlotte, murmura-t-il. Charlotte. Réveille-toi. Charlotte.

Elle s'agita sans ouvrir les yeux.

— Quoi ?

— Le bruit, ça y est, je l'entends.

— Quel bruit ?

— La machine à écrire.

Elle ouvrit les yeux en grand. Puis retira sa main de sous l'oreiller, se redressa, cligna plusieurs fois des paupières.

— Écoute.

— C'est bon, je suis réveillée.

— Chut.

— Ça va !

— Tais-toi et écoute.

Charlotte ne dit plus rien. Ils tendirent l'oreille tous les deux.

— Je n'entends rien, dit Charlotte au bout de dix secondes.

Paul leva la main pour la faire taire.

— Attends.

Trente autres secondes s'écoulèrent.

— Tu as dû rêver, lui assura Charlotte.

— Non, répondit-il sèchement. Absolument pas. Je descends.

— Je viens avec toi.

— Ne fais surtout pas de bruit. Ça pourrait recommencer d'un instant à l'autre.

Ensemble, ils longèrent le couloir et descendirent silencieusement l'escalier. À deux reprises, Paul leva la main et tous deux se figèrent.

Rien.

Quand ils arrivèrent dans la cuisine, Paul tendit la main vers une rangée de quatre interrupteurs, qu'il actionna simultanément. La lumière éclaira l'îlot et la table, le dessous des placards et la salle de séjour attenante.

— On sait que vous êtes là ! cria Paul.

Sauf qu'il n'y avait personne.

Paul fonça dans l'escalier qui conduisait à la porte d'entrée, en prenant soin de se cramponner à la rampe pour ne pas finir sur les fesses comme la dernière fois.

— Paul ! appela Charlotte.

La porte était fermée à clé, le verrou poussé. Il ouvrit la porte intérieure qui menait au garage, y disparut quinze secondes, puis reparut dans la maison en secouant la tête. Il remonta à la cuisine, le pas lourd.

— Paul ?

— Je croyais... Je croyais que j'allais lui mettre la main dessus.

— Il n'y avait personne, dit Charlotte avec ménagement.

Il se dirigea vers son petit bureau, alluma la lumière et regarda fixement l'Underwood. Charlotte s'approcha lentement derrière lui, posa une main sur son épaule. Ils restèrent silencieux un moment, mais Paul finit par briser le silence.

— Tu penses que je suis fou.

— Je n'ai jamais dit ça.

— Je sais ce que j'ai entendu.

Paul se mordit la lèvre inférieure. Puis, dans un murmure :

— C'est la troisième fois que je l'entends.

Charlotte, dont les yeux s'embuaient, dit :

— Crois-moi, ce sont tes rêves. Retourne te coucher. Demain matin, les choses te sembleront peut-être beaucoup plus claires.

— Je ne perds pas la tête, insista-t-il.

— Tu es fatigué, stressé et tu as passé ta journée à écrire sur...

— Assez ! s'écria-t-il avec un mouvement d'humeur et en s'éloignant. Je jure que, si j'entends encore une fois le mot *stressé*, je ne réponds plus de moi.

— Très bien, dit Charlotte d'une voix égale. Je suis désolée.

— Bill me dit la même chose, que je dois rêver. Mais, ajouta-t-il avec hésitation, il a eu une idée.

— Tu as parlé à Bill ?

— On s'est vus pour faire une partie, et...

— Une partie de *squash* ?

— C'était une partie très tranquille. Je ne voulais pas...

Charlotte était hors d'elle.

— Ça ne va pas bien ? Tu as eu un grave traumatisme crânien et tu mets les pieds sur un court de squash ? Tu sais à quel point c'est stupide ? Tu pourrais te cogner la tête...

— Tu vas arrêter, oui ! cria-t-il. Putain, mais ferme-la !

Charlotte eut un mouvement de recul.

— J'essaie de t'aider.

Paul se prit la tête à deux mains.

— J'ai l'impression que mon cerveau va exploser.

— Ça va aller, dit Charlotte avec douceur, puis, après s'être tue une fraction de seconde : Tu disais que Bill avait eu une idée.

— Oui. Je ne sais pas s'il plaisantait ou si c'était pour se prêter au jeu. Il a dit que je devrais insérer une feuille de papier sur le cylindre.

Charlotte cligna des paupières.

— Quoi ?!

Paul pointa la machine à écrire.

— Il a dit, si ce machin fait du bruit pendant la nuit, mets du papier pour voir ce qu'il raconte.

Charlotte resta sans voix.

— À ton avis, je devrais le faire ? demanda Paul.

— C'est ridicule.

Paul haussa les épaules.

— Il a employé le mot *fantôme*. En fait, il faisait référence à *SOS Fantômes*.

— Bon sang, ce qu'il peut être crétin, parfois.

Charlotte leva les yeux et les bras au ciel.

— Vas-y.

— Quoi ?

— Fais-le. Insère une feuille de papier. Si tu penses encore entendre quelque chose au milieu de la nuit et qu'il n'y a rien dessus, alors tu sauras.

— Je saurai quoi ?

Elle mit son index contre sa tempe.

— Que c'est vraiment un rêve.

La mâchoire de Paul se contracta. Il soutint le regard de sa femme plusieurs secondes avant de détourner les yeux et de s'approcher de l'imprimante pour prendre une feuille dans le bac. Il l'inséra dans le chariot de la machine et fit tourner le cylindre de manière à amener la feuille deux ou trois centimètres au-dessus de la zone de frappe des caractères.

— Génial, dit-elle. Bon, maintenant, je vais me coucher.

Elle tourna les talons et quitta la pièce.

Paul s'attarda encore un instant et fixa la machine des yeux. Il fit courir ses doigts sur la rangée du milieu, enfonçant une touche de temps à autre, juste assez pour voir les barres de caractères basculer vers le papier, comme par anticipation.

19

Plus tard dans la semaine, Anna White était assise à son bureau, ajoutant quelques notes au dossier d'un patient sur son ordinateur avant que Paul Davis n'arrive pour sa séance hebdomadaire, quand elle crut entendre un bruit à l'étage. Son père était seul là-haut.

Craignant une chute, elle bondit de son fauteuil, quitta son cabinet en courant, puis monta l'escalier aussi vite qu'elle le put. Elle frappa à la porte close de la chambre de son père.

— Papa ?

Pas de réponse.

Elle essaya de pousser la porte et constata avec surprise qu'elle ne s'ouvrait que de quelques centimètres. À travers l'entrebâillement, elle vit qu'un meuble bloquait l'ouverture. C'était la commode de son père. L'explication du bruit qu'elle avait entendu.

— Papa !

Le visage de Frank apparut dans l'ouverture.

— Oui, ma chérie ?

— Qu'est-ce que tu fabriques ?

— On n'est jamais trop prudent.

— Papa, la police ne va pas revenir. Ça ne se reproduira plus.

— Ils n'entreront pas ici, c'est sûr.

Anna, d'une voix calme :

— Tu ne peux pas rester cloîtré là éternellement, papa. Comment tu feras pour aller aux toilettes ?

Il disparut pour reparaître cinq secondes plus tard, une corbeille à papier dans une main, un rouleau de papier toilette dans l'autre.

— J'ai tout prévu, dit-il.

— D'accord. Et quand tu auras faim ?

— Tu pourras me monter quelque chose.

— Et qui va vider ce seau pour toi, à ton avis ? Parce que je t'assure que ce ne sera pas moi.

— La fenêtre.

Mon Dieu, songea-t-elle en visualisant la scène. Elle avait une dernière carte à jouer, et elle savait qu'elle se détesterait pour ça.

— Et quand ce sera le moment d'aller rendre visite à Joanie à la maison de retraite ?

Frank se creusa la tête. Il n'avait manifestement pas pensé à tout.

— Oh, dit-il. Tu me prends de court, là.

— Pourquoi ne remets-tu pas la commode à sa place, papa ? Et allume la télé. Ils passent peut-être des épisodes de Bugs Bunny.

Anna entendit le meuble grincer quand son père le tira. Elle ouvrit la porte en grand et elle le regarda déplacer la commode à travers la pièce. Elle ne lui proposa pas son aide. Avec toutes ces heures passées sur son rameur, il aurait sans doute pu se faire embaucher par une entreprise de déménagement.

Une fois la commode remise en place, il s'empara de la télécommande et alluma la télévision. Puis il se cala dans le coin du lit, comme si de rien n'était.

Anna, avec lassitude, redescendit au rez-de-chaussée.

À la seconde où elle entra dans son cabinet, elle laissa échapper un petit cri.

Gavin Hitchens l'attendait, assis dans son fauteuil habituel.

— Bon sang, dit-elle.

Il tourna vers elle un visage innocent.

— Je ne me suis pas décommandé. C'est l'heure de mon rendez-vous.

— Allez-vous-en.

Sans quitter son fauteuil, il leva les paumes en signe de reddition.

— Je suis venu vous dire que je vous pardonnais.

Anna cligna des yeux.

— Quoi ?

— Je vous pardonne. D'avoir pensé que j'avais quelque chose à voir avec cette femme et ce chien mort, et avec ce qui s'est passé ici avant-hier et qui vous a incitée à envoyer la police me rendre visite. Je sais que vous avez probablement violé le secret professionnel en faisant cela, mais je suis prêt à passer l'éponge.

— Je ne plaisante pas, Gavin. Il faut que vous partiez.

— Parce que, voyez-vous, je pense l'avoir peut-être mérité. Quand on a fait le genre de choses que j'ai faites, on ne peut s'en prendre qu'à soi-même si on se retrouve confronté à de fausses accusations. On s'est pris à son propre piège. Je le comprends maintenant.

— J'appelle la police.

L'air innocent de Gavin se transforma en moue blessée.

— Ça veut dire que vous n'allez plus m'aider ?

— Mon père aurait pu mourir à cause de vous.

— Je ne sais pas de quoi vous parlez. Enfin, si, parce que la police me l'a dit. Cela a dû être terrible, de voir débouler une équipe de super flics comme ça.

— Vous êtes malade, Gavin. J'espère que quelqu'un pourra vous aider, mais ne comptez plus sur moi. Et, franchement, je ne sais pas qui pourra faire quelque chose pour vous.

Il se leva.

— Si vous voulez mon avis, il est fort possible que ce soit une sorte d'imitateur. Quelqu'un qui sait que je vous consulte et qui veut me piéger. Vous devriez peut-être vous intéresser à vos autres patients et voir lequel serait capable de ce genre de chose.

Anna entra dans la pièce à grands pas, passa devant Gavin et alla derrière son bureau. Elle tendit la main vers le téléphone. Elle n'avait pas soulevé le combiné que Gavin plaquait sa main sur la sienne.

Elle scruta son visage souriant.

— Saviez-vous que, lorsque vous dormez, vous ne ronflez pas, mais, quand vous expirez, vos lèvres font une adorable petite danse ?

Un frisson la parcourut de la tête aux pieds. Elle voulut crier mais n'avait plus de voix.

Gavin retira sa main et se fendit d'un large sourire.

— Je rigole.

Il alla à la porte mais se retourna une dernière fois avant de partir.

— C'est une chance que vous n'ayez pas d'animaux, dit-il.

Anna se laissa lentement tomber dans son fauteuil et s'agrippa aux accoudoirs pour empêcher ses mains de trembler.

20

La première chose que fit Paul en se levant fut d'aller à son bureau. Charlotte était encore sous les couvertures quand il se glissa hors du lit et descendit au trot à la cuisine, pieds nus et en boxer.

Il n'avait plus entendu de bruit pendant la nuit, mais il était possible que ce soit dû à un sommeil trop lourd. Si on avait touché au clavier de la machine, d'une manière ou d'une autre, il en aurait la preuve sur la feuille de papier.

C'est dingue, se dit-il, *de faire un truc pareil !*

La gorgée serrée et le cœur battant, il poussa lentement la porte de son bureau.

L'Underwood n'avait pas bougé.

La feuille était vierge.

Paul s'appuya d'une main sur le montant de la porte et prit une inspiration. Il ne savait pas s'il devait se sentir soulagé ou déçu.

— Je suis vraiment en train de péter les plombs, murmura-t-il.

À la lumière du jour, les événements de la nuit semblaient plus clairs. Bien qu'il ait repoussé la conclusion de Charlotte selon laquelle il avait rêvé, quelle autre explication pouvait-on envisager ?

Réfléchis. Quel sens cela aurait-il que quelqu'un s'introduise dans la maison au milieu de la nuit pour taper sur le clavier d'une vieille machine à écrire ?

Paul connaissait la réponse.

Il en parlerait au Dr White. Il aurait quelques questions à lui poser : est-ce qu'on pouvait à la fois être à moitié éveillé et à moitié endormi ? Quand il avait cru être éveillé et entendre le *tac-tac-tac*, était-il possible qu'il n'ait pas été tout à fait conscient ? Pouvait-il s'agir d'une forme de somnambulisme ?

Cette hypothèse, il devait l'admettre, était plus sensée que toute autre.

Il remonta dans la chambre et se glissa sous les couvertures au moment où Charlotte ouvrait un œil.

— Hé, dit-elle d'une voix pâteuse.

Elle cligna des paupières, se redressa pour s'asseoir dans le lit et demanda :

— Comment vas-tu ?

— Bien, dit-il en posant une main sur son bras. Je voulais juste te présenter mes excuses.

— Pour quoi ?

— Pour la façon dont je me suis comporté hier soir. J'ai été cassant, alors que tu essayais de m'aider.

— C'est bon, dit-elle. Ne t'en fais pas.

Quand il lui fit part de ce qu'il allait demander au Dr White, Charlotte eut un hochement de tête enthousiaste.

— Ça pourrait tout expliquer.

Paul baissa les yeux, rouge de honte.

— Je suis descendu vérifier.

— Vérifier ?

— Voir si on avait tapé quelque chose sur cette feuille.

— Et ?

Il releva la tête.

— Je crois que tu connais la réponse.

En se rendant à sa séance, Paul se sentait plein d'optimisme. Il avait hâte de dire à Anna White que non seulement son projet d'écriture avait pris un bon départ, mais qu'il avait aussi une théorie au sujet des bruits qu'il entendait la nuit.

Il avait décidé d'aller chez Barnes & Noble jeter un coup d'œil aux derniers romans parus, puis de faire un saut à Staples pour acheter des cartouches d'imprimante. Il roulait vers le sud, sur River Street, quand il vit la Volvo.

Elle déboucha devant lui, venant de Darina Place, juste devant le tunnel qui passait sous la voie ferrée. Soit le conducteur n'avait pas vu Paul, soit il n'en avait rien à faire. Il fut obligé de piler pour éviter de percuter le flanc du véhicule.

Il n'avait pas pu voir qui était au volant, mais c'était peut-être à cause de la voiture.

Un break Volvo. Bleu foncé. Le même modèle que celui de Kenneth Hoffman.

Son cœur se mit à s'emballer. Ses mains étaient moites et il avait du mal à respirer.

Alors que la voiture s'immisçait dans la file devant lui, Paul voulut voir si l'un des cabochons des feux arrière était cassé, mais sa vision se brouilla.

Je suis en train de faire une attaque de panique.

Je vais tomber dans les pommes.

Il freina et dirigea la voiture vers le bas-côté. On klaxonna derrière lui. Il s'arrêta sous le pont et se recroquevilla, la tête sur le volant. Il ferma les yeux, luttant contre la sensation de vertige.

Soudain, au-dessus de sa tête, le grondement d'un train de banlieue.

Le cœur de Paul était près d'exploser dans sa poitrine.

— Respire, s'exhorta-t-il. Respire.

Il lui fallut pratiquement cinq minutes pour retrouver son calme. Lentement, il se redressa, se laissa aller contre l'appui-tête. Il décolla ses doigts du volant et essuya ses paumes moites sur ses cuisses. Une fois assuré que son rythme cardiaque et sa respiration étaient revenus à la normale, il poursuivit son chemin.

Anna White n'était pas dans son cabinet.

Paul jeta un coup d'œil depuis la salle d'attente : elle n'était pas derrière son bureau ni assise dans le fauteuil en cuir qu'elle occupait pendant leurs échanges.

Il laissa s'écouler deux minutes avant de passer la tête dans la partie principale de la maison.

— Docteur White ? Anna ?

Il crut entendre un cliquetis de couverts, comme si quelqu'un faisait la vaisselle. Il suivit le bruit jusqu'à la cuisine, où Anna, debout devant l'évier, lui tournait le dos.

— Anna ?

Elle se retourna brusquement, les yeux écarquillés et apeurés. Ce faisant, un verre humide lui échappa et se brisa par terre.

— Oh, mon Dieu, je suis désolé, dit Paul en s'approchant.

Il balaya le sol du regard pour évaluer le niveau de risque :

— Ne bougez pas.

Anna examina les éclats de verre qui cernaient ses pieds.

— Merde !

Elle regarda Paul d'un air penaud.

— Vous m'avez surprise.

Comme il s'agenouillait pour ramasser les plus gros morceaux, il dit :

— Vous n'étiez pas dans votre cabinet, je… j'aurais dû attendre.

Elle voulut s'agenouiller pour l'aider.

— Non, je m'en occupe. Tant que vous ne bougez pas, vous ne marcherez pas dessus.

Mais elle l'ignora, s'accroupit et ramassa des éclats de verre autour de ses pieds.

— Oh, c'est pas vrai ! dit-elle en se tenant l'index, qui saignait sur le côté.

— Ne bougez pas, dit Paul. Tenez-le au-dessus de l'évier. J'ai ramassé le plus gros.

Avec un torchon, il débarrassa le sol de tous les éclats trop petits pour être ramassés à la main.

— Où est votre trousse de secours ? demanda-t-il en se relevant.

Elle indiqua un tiroir. Paul trouva un paquet de pansements, en sortit un de son emballage. Se tenant contre l'épaule d'Anna, il lui prit doucement le poignet et fit couler de l'eau sur son doigt en sang.

— Vous tremblez.

— Je suis un peu nerveuse aujourd'hui, c'est tout.

Elle secoua la tête.

— Je ne sais même pas pourquoi je faisais ça. J'ai un lave-vaisselle. Je… J'avais juste besoin de me vider la tête.

Paul ferma le robinet et sécha délicatement le doigt d'Anna avec de l'essuie-tout. Il examina la coupure avec attention.

— Je ne vois aucun bout de verre.

Il enroula le minuscule pansement autour de son index.

— Si ça ne me regarde pas, vous n'êtes pas obligée de répondre, mais qu'est-ce qui vous a rendue nerveuse ? Votre père ?

— Non, dit-elle. Enfin, en partie.

— Que s'est-il passé ?

— Un coup de fil bidon passé au 911. La police a débarqué, armes à la main. Mon père a été pas mal secoué.

Paul garda sa main encore quelques secondes dans la sienne avant de la lâcher.

— Voilà. Ça devrait aller maintenant.

Quand ils furent installés dans son cabinet, assis dans leurs fauteuils respectifs, Anna s'excusa :

— Je suis sincèrement désolée. J'aurais dû être là à votre arrivée.

Elle prit une inspiration.

— Si vous voulez repousser notre rendez-vous à un autre jour…, dit-il.

Elle leva une main pour couper court.

— Tout va bien. Je vous écoute.

— Je pensais arriver en retard, en fait, dit Paul, qui lui raconta ce qui s'était passé quand il avait vu la voiture qui ressemblait à celle de Hoffman. Je ne connais pas tous les symptômes d'une attaque de panique, mais il est bien possible que j'en aie fait une. Je sais que ce n'était pas Hoffman, et je ne pense même pas qu'il s'agissait de sa voiture, pourtant, quand elle a surgi de nulle part, ça a déclenché quelque chose. J'avais vraiment le sentiment d'avoir progressé ces deux derniers jours, mais cet incident m'a rappelé que j'avais encore beaucoup de chemin à parcourir.

Anna voulut s'assurer qu'il se sentait bien à présent, et qu'il était en état de rentrer chez lui en voiture. Paul lui dit qu'il en était certain.

— Mais il faut que je vous dise… ça a recommencé.

— Quoi donc ?

— Ces bruits de clavier au milieu de la nuit. J'ai réveillé Charlotte, mais elle n'a rien entendu.

Il exposa au Dr White sa théorie selon laquelle il était sans doute à la fois éveillé et endormi.

— Peut-être, admit Anna, mais ce n'est pas vraiment mon domaine de compétence. Néanmoins, c'est possible. Vous étiez toujours sous l'influence d'un rêve tout en étant apparemment conscient.

Paul la dévisagea plusieurs secondes.

— Ça doit être ça. À moins que…

À ce moment-là, il laissa échapper un ricanement forcé.

— À moins que ce ne soit un fantôme. C'est ce que Bill, un ami à moi, a suggéré, mais il disait ça pour rire.

— Si c'est là que réside le problème, je dois reconnaître ma totale ignorance en la matière, reconnut-elle avec une petite moue amusée.

Alors que la séance arrivait à son terme, Paul demanda de nouveau à Anna comment elle se sentait.

— Mieux, répondit-elle en montrant son doigt bandé et en lui offrant un sourire en coin. Vous êtes mon nouveau héros.

21

— J'ai passé un savon à Bill aujourd'hui, dit Charlotte pendant le dîner.

— Pour quelle raison ?

— Tu plaisantes ? Pour t'avoir laissé mettre les pieds sur un court de squash !

— Ah, ça.

— Je ne sais pas qui est le plus crétin de vous deux.

Paul sourit.

— Difficile à dire.

Elle lui lança un regard acéré.

— Ce n'est pas drôle.

Ils passèrent à d'autres sujets. Elle lui demanda s'il avait le ticket du pressing. Elle passerait devant la boutique le lendemain et pourrait récupérer les vêtements.

— Quel pressing ?

— Les vêtements que je t'ai demandé de déposer.

— Tu ne m'as jamais demandé de déposer quoi que ce soit au pressing.

— Ce matin, je t'ai dit : « S'il te plaît, passe au pressing. » Je t'ai montré le sac sur le fauteuil de la chambre. Et tu m'as répondu que tu le ferais en allant à ta séance.

Paul la regarda fixement.

— Non, tu ne m'as pas dit ça.

— Ce détail te rafraîchira peut-être la mémoire. Je t'ai dit de leur recommander de faire attention à ma robe noire. Tu m'as demandé si je te parlais de celle qui avait l'air d'avoir été tachée par de la peinture. Ça te revient ?

— Je ne me rappelle rien de tout ça, dit Paul, le visage sombre.

— Ce n'est pas bien grave. Je les apporterai demain, dit Charlotte avec un enjouement forcé.

À sa grande surprise, Paul dormit sur ses deux oreilles. Aborder frontalement son histoire avec Hoffman produisait peut-être ses effets, si l'on omettait l'incident avec la Volvo.

Quand il se réveilla, à sept heures cinq, il entendit un bruit d'eau. Il rejeta les couvertures et se traîna jusqu'à la salle de bains. Charlotte, nue derrière la paroi en verre dépoli de la douche, s'aspergeait le visage la tête penchée en arrière.

— Bonjour, dit-il d'une voix forte pour se faire entendre malgré le bruit de la douche.

Elle ferma les robinets et entrebâilla la paroi pour attraper une serviette suspendue à un crochet.

— Tu t'es couché à quelle heure ? demanda-t-elle. Je t'ai attendu mais j'ai fini par m'endormir.

— J'ai veillé un moment. J'écrivais.

Paul étudia son visage dans le miroir, examina ses yeux. Charlotte se sécha, puis sortit de la douche, enveloppée dans la serviette.

— Mais tu as bien dormi sinon ?

— Je me sens un peu amorphe, mais oui, j'ai plutôt bien dormi.

Paul savait ce qu'elle cherchait vraiment à savoir : avait-il entendu quoi que ce soit pendant la nuit ? Il passa la main sur son menton et son cou hérissés de poils. Il ouvrit un tiroir, sortit un rasoir et de la crème à raser.

— Tu veux bien lancer le café pendant que je m'habille ? demanda-t-elle quand il eut fini de se raser.

Il hocha la tête d'un air las et, jetant un dernier regard à son reflet, il déclara :

— Il va falloir plus que du café pour arranger ça.

Il sortit de la salle de bains et descendit à l'étage du dessous. Charlotte retira sa serviette, se frictionna les cheveux du mieux qu'elle put, puis sortit un sèche-cheveux du meuble sous la vasque. Elle le brancha, actionna le bouton, l'appareil vrombissant soudain comme un réacteur d'avion. Elle le dirigea vers sa tête et laissa ses cheveux voleter.

Moins d'une minute plus tard, Paul reparaissait sur le seuil de la salle de bains, livide. Elle éteignit l'appareil.

— Bon sang, tu ne m'as pas entendu ?

Elle agita le sèche-cheveux devant lui.

— Avec ça allumé ?

— Descends.

— Qu'est-ce qu'il y a ?

— Suis-moi.

Elle passa dans la chambre pour prendre son peignoir, l'enfila et noua rapidement la ceinture. Elle suivit son mari, lequel était déjà au milieu de l'escalier.

— Que se passe-t-il ? demanda Charlotte.

Il la conduisit directement dans le petit bureau et, depuis le seuil, pointa la machine à écrire du doigt.

— Regarde.

— Regarder quoi ?

— La feuille. Regarde la feuille.

De l'endroit où elle se tenait, elle pouvait distinguer les caractères. Une ligne incomplète sur la feuille de papier que Paul avait glissée dans la machine quelques jours auparavant.

— Mais qu'est-ce que… ? murmura-t-elle.

Elle s'avança lentement dans la pièce, se pencha devant la machine à écrire en métal noir, suffisamment pour déchiffrer les mots qui s'étaient matérialisés on ne sait comment :

Nous avons tapé nos excuses à la machine comme on nous l'a demandé mais ça n'a rien changé.

22

— Je ne veux pas t'alarmer, mais il est possible que quelqu'un se soit introduit chez nous à notre insu, il va donc falloir être vigilants. J'ai hésité à t'en parler, parce que je ne voulais pas t'affoler.

Frank White posa sur sa fille des yeux las.

— Quelqu'un est entré par effraction ?

Anna tendit les bras au-dessus de la table de la cuisine et posa ses deux mains sur les siennes.

— Je ne sais pas. Il a peut-être juste voulu me mettre les nerfs en pelote.

— Qui ça ?

— Un de mes patients. Enfin, un ancien patient. C'est quelque chose qu'il a dit hier.

— Celui qui aurait envoyé la police ici ?

— Je n'ai aucune preuve, mais oui, c'est ce que je pense. Il a déjà été interrogé par la police au sujet de l'autre incident, mais ils n'ont rien pu retenir contre lui. Pourtant, il y a certaines choses que l'on sait d'instinct. J'ai inspecté toute la maison. J'ai vérifié les fenêtres, la baie vitrée, et toutes les ouvertures ont l'air sécurisées.

Frank acquiesça lentement d'un hochement de tête, puis déclara :

— Il faut raconter tout ça à Joanie.

— Bien sûr.

— Mais n'en fais pas un drame. Je ne voudrais pas que tu l'inquiètes inutilement.

— Je m'en charge.

Son père sourit.

— Ou bien je pourrais lui dire quand on ira la voir.

Elle sourit.

— Bien sûr.

— Qu'est-ce que tu t'es fait au doigt ? demanda-t-il en touchant légèrement son pansement.

— Ce n'est rien. J'ai cassé un verre hier.

Anna marqua un temps d'arrêt.

— Il y a autre chose qui me préoccupe. Une sorte de dilemme professionnel, expliqua-t-elle. J'ai le sentiment que cet individu pourrait représenter une menace pour mes autres patients. Je me demande si je dois les alerter.

Le regard de Frank paraissait de plus en plus vide. Anna savait qu'il ne résoudrait sans doute pas son problème, mais exprimer ses soucis à voix haute pourrait l'aider à prendre sa décision.

— J'ai déjà signalé cet homme à la police, et une partie de ses méfaits sont de notoriété publique. Je ne pense donc pas que cela pose un gros problème moral.

Frank opina, puis repoussa sa chaise et se leva.

— Je vais aller taper quelques balles. Préviens-moi quand il sera l'heure d'y aller.

Elle lui adressa un sourire triste.

— D'accord, papa.

23

— Oh, mon Dieu ! s'exclama Charlotte, les yeux rivés sur la feuille dans la machine, puis, se retournant brusquement vers la cuisine : Quelqu'un est vraiment entré ici.

— Non, dit Paul en lui agrippant les épaules. Il n'y a rien qui permette de penser que quelqu'un est venu ici. J'ai vérifié les portes et les fenêtres. J'ai tout inspecté. Je suis certain que personne n'est entré après qu'on est montés dans notre chambre.

— Tu n'en sais rien.

— Suis-moi, dit-il.

Il la conduisit jusqu'à la volée de marches qui descendaient à la porte d'entrée.

— Regarde.

— Qu'est-ce qu'il y a à voir ?

— Cette chaussure.

Il y avait une chaussure de course, bleu foncé, par terre devant la porte.

— Je fais ça depuis plusieurs nuits. Une chaussure, contre la porte. Si quelqu'un l'avait ouverte, la chaussure aurait bougé.

Charlotte, abasourdie, regarda fixement la chaussure, puis Paul.

— Alors, qu'est-ce qui se passe ? Je ne comprends pas.

— Où as-tu acheté cette machine à écrire ?

— Je te l'ai dit. Lors d'un vide-greniers. Des gens déménageaient, ils se débarrassaient de leurs affaires.

— Où ça ?

Charlotte cligna plusieurs fois des paupières, faisant un effort de mémoire.

— C'était sur Laurelton Court. Une maison à étage, trois salles de bains, un garage pour deux voitures. J'ai vu cette machine à écrire et j'ai tout de suite su qu'elle te plairait... On peut dire que je me suis bien plantée.

— Tu pourrais retrouver cette maison ?

Charlotte lui lança un regard qui semblait lui demander : « Tu es sérieux ? »

— Il faut qu'on parle à ces gens, insista Paul.

— Pourquoi ? Qu'est-ce que ça peut faire, l'endroit d'où elle vient ? C'est juste une putain de machine à écrire ! Paul, franchement, tu me fais peur.

— Je dois savoir à qui elle appartenait. Je dois savoir qui a utilisé cette machine.

— Des centaines de personnes, si ça se trouve. S'il te plaît, dis-moi ce que tu as derrière la tête.

Ils retournèrent dans la petite pièce et Paul saisit la feuille de papier par le haut pour l'arracher à la machine.

— Lis.

— Je l'ai lu.

Paul lut à voix haute :

— « Nous avons tapé nos excuses à la machine comme on nous l'a demandé mais ça n'a rien changé. » Ça ne te dit rien ? Tu ne te rappelles pas que Kenneth a obligé ses victimes à rédiger des lettres d'excuses avant de les tuer ?

Charlotte le dévisagea, désorientée, pendant plusieurs secondes, puis regarda de nouveau la feuille dans sa main.

— C'est une histoire de fou.

— Sans blague. Tu ne crois pas que je me sens dingue rien que de faire le rapprochement ?

— Et qu'est-ce que tu suggères, au juste ?

Ce fut à son tour de lui décocher un regard qui signifiait : « Tu es sérieuse ? »

— Une minute, laisse-moi essayer de comprendre ce que tu es en train de sous-entendre. Tu crois que ce sont ces femmes qui t'ont envoyé ce message ? À travers cette machine ? Paul, tu le crois vraiment ?

Il hésita.

— Je sais que ça semble ridicule. Mais imagine… Imagine que ce soit sur cette machine que ces excuses ont été tapées ?

— Mais comment aurait-elle pu se retrouver dans un vide-greniers ? C'est une pièce à conviction, non ? Elle doit être dans une réserve du tribunal où a été jugée l'affaire.

Paul réfléchit.

— Sans doute. Mais, franchement, je n'en sais rien. C'est seulement plusieurs jours après que je me suis rappelé que Kenneth avait balancé quelque chose dans cette benne à ordures. Peut-être qu'elle a été retrouvée par quelqu'un d'autre que les flics.

— D'accord, mais que ce soit ou non la machine en question, tu expliques ça comment ?

Elle lui prit la feuille des mains et l'agita sous son nez.

— Je n'en sais rien.

Il réfléchit un moment.

— Je vais téléphoner à cette femme.

— Quelle femme ?

Paul s'assit sur sa chaise de bureau bon marché et démarra son ordinateur portable.

— La journaliste qui a écrit l'article. Je ne me rappelle plus son nom. Elle a fait un papier qui contenait beaucoup de détails sur l'affaire. C'est la première chose que j'ai lue quand j'ai décidé de me replonger là-dedans.

Il pianota sur le clavier, fit défiler son historique.

— Tiens, voilà l'article. Gwen Stainton. C'est elle. Au *New Haven Star*. Elle semble en savoir plus sur ce dossier que n'importe qui d'autre.

Paul tapa encore sur quelques touches.

— Bon, ça, c'est la liste du personnel du *Star*… Une minute. Voilà, Stainton. Je vais lui envoyer un mail.

Il lut le message à haute voix en même temps qu'il le tapait :

— Chère madame Stainton, j'ai lu avec intérêt tous les articles que vous avez consacrés à l'affaire Hoffman et j'aurais une question à vous poser : qu'est-il arrivé à la machine à écrire sur laquelle les lettres d'excuses des victimes ont été écrites ? Est-elle en possession de la justice ? Si vous le savez, je vous serais extrêmement reconnaissant de m'en informer. Dans le cas contraire, vous connaissez peut-être quelqu'un susceptible de m'en dire plus sur ce sujet ?

Il se tourna vers Charlotte.

— Qu'est-ce que tu en dis ?

— C'est très bien, je suppose, dit-elle d'une voix hésitante.

— Quoi ? Tu n'as pas l'air convaincue.

— Je m'inquiète pour toi.

Il pointa la machine à écrire.

— Je dois en savoir davantage. Tu peux comprendre ça, non ?

Charlotte baissa les yeux sur la feuille dactylographiée qu'elle avait toujours à la main, la laissa tomber sur le bureau et se retourna vers son mari.

— Vas-y, envoie-le, je m'en fiche. Je dois me préparer pour aller au travail.

Elle quitta la pièce, et Paul reporta son attention sur l'ordinateur. Il déplaça le curseur sur le bouton « envoyer » et cliqua.

— Voilà qui est fait, se dit-il à lui-même.

Son regard se porta sur la vieille Underwood. Il la fixa plusieurs secondes, puis sortit une feuille vierge de l'imprimante qui se trouvait à côté et l'inséra dans la machine à écrire, la positionnant exactement comme la précédente.

— Juste au cas où vous auriez autre chose à me communiquer, dit-il tout bas.

24

— Je vais te conduire au travail, proposa Paul quand Charlotte redescendit dans la cuisine pour se préparer un petit déjeuner.

— Il me faut une voiture au cas où…

— Non, écoute, je veux qu'on essaie de retrouver la maison devant laquelle tu as acheté la machine.

Charlotte sembla se décomposer.

— Paul, écoute-toi parler.

— Je veux juste parler aux gens qui ont organisé ce vide-greniers. Leur demander d'où elle venait, comment ils l'ont trouvée. S'ils la possédaient depuis cinquante ans, alors, d'accord, fin de l'histoire. Mais s'ils l'ont achetée au cours des huit derniers mois, il devient possible que…

— J'ai besoin de ma voiture, insista-t-elle.

— Bon, très bien. On va prendre la tienne, et je rentrerai en taxi.

— On pourra boire un café sur le trajet ?

Paul soupira.

— Si tu veux.

Avant de descendre l'escalier, elle jeta un coup d'œil dans le bureau.

— Tu as mis une autre feuille ?

— Oui.

— Tu penses sincèrement…

Il la saisit par le bras.

— Allez viens, on y va.

Charlotte sortit son téléphone de son sac à main en même temps qu'elle s'asseyait au volant.

— Je vais leur dire que je risque d'être un peu en retard.

— Bonne idée, dit Paul en montant côté passager.

Elle tapota sur un numéro, colla le portable à son oreille.

— Oui, salut, c'est Charlotte. Écoute, euh, Paul et moi, on a deux, trois courses à faire ce matin, donc je ne serai probablement pas là avant neuf heures et demie.

Elle hocha la tête en réponse à la personne qui se trouvait à l'autre bout du fil, puis elle ajouta :

— Oui, bien sûr, le dossier est sur mon bureau. On se voit tout à l'heure.

Elle remit le téléphone dans son sac.

— Bon, allons-y. Et n'oublie pas, tu m'as promis un café.

Charlotte sortit de leur quartier et, arrivée sur New Haven Avenue, tourna à droite. Il y avait un Dunkin' Donuts un peu plus loin.

— C'est toi qui paies, dit-elle en s'engageant sur le parking.

Paul entra dans le restaurant et en revint avec deux gobelets en carton. Elle but une gorgée du sien, qu'elle glissa ensuite dans le porte-gobelet entre les sièges. Elle mit le contact et quitta la place de parking en marche arrière.

Reprenant la route en sens inverse, elle traversa avec assurance le terrain communal du centre, puis enchaîna une série de virages avant d'arriver à Laurelton Court.

— C'est une impasse, dit-elle. Ce qui est un plus si tu es vendeur ou acheteur. Très peu de passage. Personne ne se sert de ta rue comme d'un raccourci.

Elle arrêta la voiture devant une maison avec une pancarte VENDUE d'agence immobilière.

— Nous y voilà, dit-elle.

Paul avait ouvert la portière avant qu'elle ait tiré le frein à main.

— Bon sang, doucement…

Il était déjà descendu de voiture et se dirigeait vers la porte d'entrée. Il toqua avec force avant même de chercher la sonnette. Quand il l'eut repérée, il l'enfonça avec l'index.

Charlotte l'observait depuis la voiture, l'air inquiet. Elle tendit la main pour prendre son café et but une autre gorgée.

Paul frappa de nouveau à la porte. Et, pour la seconde fois, il appuya sur la sonnette. Personne ne vint lui ouvrir. Charlotte le regarda jeter un coup d'œil à travers le carreau de la porte, les mains en visière. Ses épaules s'affaissèrent. Il se retourna et revint lentement à la voiture.

— Alors ? demanda Charlotte pendant qu'il s'asseyait sur le siège passager.

— J'ai regardé à l'intérieur. Il n'y a personne. La maison a été totalement vidée. Il n'y a plus un meuble. Ils sont partis.

Charlotte lui adressa un regard compatissant.

— Désolée.

— Tu pourrais avoir l'info, non ?

— Quelle info ?

— Le nom des propriétaires et l'endroit où ils ont emménagé ? Tu connais l'agent qui a vendu cette maison ?

— Oui.

— Si tu arrives à obtenir un nom, leur nouvelle adresse, je pourrai les appeler.

— Bien sûr, acquiesça Charlotte. Je pourrais faire ça.

Paul se rembrunit.

— L'idée n'a pas l'air de t'emballer.

— Non, ça va.

— C'est quoi le problème, alors ?

— J'ai dit que je le ferai.

— Je devine à ta voix que tu n'en as pas envie.

Charlotte garda le silence plusieurs secondes, puis se tourna sur son siège de manière à pouvoir parler à son mari les yeux dans les yeux.

— Il y a que la provenance de la machine à écrire n'a peut-être aucune importance, dit-elle d'une voix qui se radoucissait.

— Bien sûr que si.

— Elle en aurait uniquement si on devait accepter le fait que... Je ne sais même pas comment le formuler... Qu'il existe une sorte de connexion surnaturelle ou paranormale entre la machine à écrire et les gens qui ont pu s'en servir. Et là, Paul, je suis désolée, mais ça n'a tout simplement aucun sens.

— Tu as lu le message, s'irrita-t-il. Tu as lu ces mots. On les a lus tous les deux. Ils étaient là, sur cette feuille de papier.

— Je sais.

— Et je ne vois rien qui permettrait de penser que quelqu'un s'est introduit dans la maison, continua Paul. Bon, d'accord, Josh a une clé, et peut-être aussi

Hailey, pour ce qu'on en sait, mais cette chaussure, Charlotte. Cette chaussure, je suis à peu près certain qu'elle n'a pas bougé.

— Je sais, répéta-t-elle.

— C'est quoi, ta solution, alors ? Si ça ne peut pas s'expliquer autrement, comment crois-tu que ces mots se sont retrouvés sur cette feuille ?

Elle détourna le regard, mit le contact et amorça un demi-tour sur Laurelton.

— Réponds-moi, dit Paul.

— Je me demande, et je ne veux pas que tu le prennes mal, je me demande s'il n'y aurait pas une autre explication.

— Laquelle ?

— As-tu demandé au Dr White s'il était possible d'être à moitié endormi et éveillé en même temps ?

— Oui, répondit-il lentement. Elle m'a répondu que c'était une hypothèse crédible.

— Alors réfléchis un peu.

Elle sortit du quartier et prit la direction de l'agence.

— Allez, crache le morceau !

— Si tu as pu entendre quelque chose qui n'était pas vraiment là, tu as peut-être pu *faire* quelque chose dont tu ne gardes aucun souvenir.

— Oh, putain, dit-il en se tournant pour regarder le paysage par la fenêtre.

— Tu es resté longtemps en bas avant de venir te coucher hier soir. Tu t'es peut-être assoupi avant de me rejoindre. Ou bien tu t'es levé au milieu de la nuit sans que je t'entende.

— Tu penses que c'est moi qui ai tapé ce mot.

— Je dis simplement que tu dois envisager cette possibilité.

Il ne lui adressa plus la parole pendant le reste du trajet. À un pâté de maisons de son bureau, elle dit :

— Écoute, je vais te ramener à la maison. Je ne vais pas t'obliger à prendre un taxi.

— Dépose-moi n'importe où.

— S'il te plaît, je n'ai jamais eu l'intention de…

— Ne te fatigue pas.

Elle se gara sur le parking de l'agence immobilière. Paul descendit sans desserrer les dents et claqua la portière.

25

— Je suis désolé, je n'ai pas de rendez-vous, dit Paul au Dr White plus tard dans la matinée.

Anna avait eu une expression de surprise en lui ouvrant la porte – tout le monde devait sonner à présent, et non plus entrer directement dans la salle d'attente. Il avait l'air bouleversé.

— Paul, dit-elle, j'ai quelqu'un dans cinq minutes, mais dites-moi ce qui ne va pas.

Elle l'invita à entrer et le conduisit dans son cabinet.

— Désolé de m'imposer comme ça, répéta-t-il.

— Que s'est-il passé ?

Il hésita.

— Je voudrais vous poser une question et que vous y répondiez sans chercher à me ménager.

— Je vous écoute.

— Est-ce que vous me considérez comme quelqu'un susceptible de sombrer dans la démence ?

— Qu'est-ce qui vous a amené à vous poser cette question ?

— Je suis à peu près certain que Charlotte pense que je deviens fou.

— Pourquoi croirait-elle une chose pareille ?

— Il s'est passé quelque chose de vraiment étrange, et je ne sais pas comment l'expliquer.

— Racontez-moi.

Il lui parla de la découverte du message tapé sur la feuille de papier.

— Je vois.

— Ce « Je vois » ne me dit rien qui vaille. Ma théorie est pour le moins... abracadabrante, mais Charlotte a une explication un peu plus terre à terre.

— Elle pense que c'est vous qui avez tapé ce message ?

Paul acquiesça lentement de la tête.

— C'est possible, d'après vous ?

— Non, répondit-il spontanément.

Mais il baissa la tête et ajouta :

— Mon Dieu, et si c'était moi ?

— Dites-m'en davantage.

— Charlotte n'a jamais entendu la machine pendant la nuit. Alors, oui, je suppose que j'ai pu le rêver, même si ça me paraissait tout ce qu'il y a de plus réel.

— D'accord.

— Mais un message écrit, c'est totalement différent. C'est tangible. C'est du concret. Charlotte l'a vu aussi distinctement que moi.

— Tâchons d'analyser cela de manière rationnelle. Si, comme je le fais, nous acceptons le principe qu'il n'y a ni esprits ni forces surnaturelles à l'œuvre dans notre monde, en dehors des films et des romans de Stephen King, alors il faut envisager que le stress auquel vous avez été soumis puisse se manifester sous des formes originales dont vous n'avez pas forcément conscience. Ajoutons à cela votre décision, il y a une semaine environ, de revenir sur les circonstances de la tentative de meurtre dont vous avez été l'objet.

— Alors j'aurais tapé ce mot à mon insu ?

— Je pense que nous devons envisager cela comme une possibilité.

— Hier, Charlotte et moi avons eu une conversation à propos de vêtements que j'aurais soi-disant dû déposer au pressing, alors que je n'en ai aucun souvenir. Il y a aussi des SMS que je ne me souviens pas d'avoir envoyés. Et, bien entendu, les cliquetis de machine pendant la nuit, avant l'apparition de ce message. Mais rédiger un mot délirant et ne pas m'en souvenir, c'est totalement...

— Je pourrais faire des recherches sur la question, proposa Anna. Certains somnambules font des choses bien plus extraordinaires que marcher en dormant. Je veux parler, par exemple, de ces personnes qui font un tour en voiture sans en garder le moindre souvenir. S'il est possible de faire ça, alors taper quelques mots à la machine ne me paraît pas inconcevable.

Paul laissa échapper un long soupir.

— Toujours est-il que ce que je fais pendant mon sommeil me rend dingue quand je ne dors plus.

Anna semblait se retenir de lui demander quelque chose.

— Qu'est-ce qu'il y a ? pressa Paul.

— Votre maison est bien sécurisée ?

Il acquiesça de la tête.

— Vous pensez donc qu'il est peu probable que quelqu'un ait pu pénétrer chez vous et glisser ce mot dans la machine à écrire.

— Non, ça m'étonnerait. Et je ne vois pas pourquoi quelqu'un aurait fait ça.

Anna garda le silence plusieurs secondes. Puis :

— Il faut que je vous dise quelque chose. Je ne pense vraiment pas que cela ait le moindre rapport, mais vous vous rappelez ce patient l'autre jour ? Celui qui s'est emporté et qui est parti en claquant la porte ?

— Ouais. Gavin Hitchcock ou un nom comme ça ?

— Le nom est sans importance. Mais il est possible, et j'insiste sur le terme *possible*, qu'il ait harcelé certains de mes patients. Je ne suis pas en mesure de le prouver, mais si c'était lui, cela correspondrait au comportement qui lui a valu l'obligation de venir me consulter.

— Qu'est-ce qu'il avait fait ?

Anna hésita.

— Vous y connaissez quelque chose en informatique ?

Paul haussa les épaules.

— Autant que la plupart des gens.

— Combien de temps faudrait-il à quelqu'un pour transférer des fichiers sur une de ces petites clés ? Vous voyez de quoi je veux parler ?

— Je ne sais pas trop. Pas bien longtemps, j'imagine. Pourquoi ?

Elle secoua la tête.

— Vous comprenez que c'est une situation embarrassante pour moi, mais je peux vous confier ce qui a déjà été rendu public. On en a parlé aux infos. Il a appelé un père de famille en se faisant passer pour son fils décédé.

— Bon sang. Qui ferait une chose pareille ?

— Il semblerait qu'il prenne son pied en exploitant le désespoir des gens.

— Vous pensez que...

— Non, dit-elle aussitôt. Si je vous en parle, c'est uniquement pour que vous soyez sur vos gardes. Que vous vous mettiez en état d'alerte, en quelque sorte. Si d'aventure vous l'aperceviez près de chez vous, appelez-moi, ou, mieux, appelez la police.

Quand il quitta le cabinet d'Anna, Paul eut envie de faire un tour en voiture et réfléchir un moment.

Quel genre de blagues pouvait vous jouer votre cerveau ? se demanda-t-il. Il avait effectivement été soumis à un grand stress, mais il n'avait jamais eu d'hallucinations. Bon, de temps à autre, il entendait la voix de Hoffman dans sa tête et il avait cru que la Volvo qui avait surgi devant lui pouvait avoir été celle de son ancien collègue.

Mais il s'agissait d'illusions passagères, rien de plus.

Pouvait-on lui reprocher de se demander si le message trouvé dans sa machine à écrire provenait bien des personnes qui prétendaient l'avoir écrit ? Catherine Lamb et Jill Foster essayaient-elles de communiquer avec lui ?

Ne t'aventure pas sur ce terrain.

Il en vint à se demander s'il n'avait pas affaire à quelque chose de plus sérieux que les conséquences d'un traumatisme crânien. Souffrait-il d'une forme de maladie mentale ? Il avait eu l'occasion de rencontrer deux individus atteints de schizophrénie. Tous deux avaient l'absolue certitude d'être les victimes de complots élaborés. Le premier était persuadé d'être espionné par le gouvernement américain, que le Président en personne était à la tête d'une machination visant à s'emparer de son cerveau. L'autre, une adulte en reprise d'études, qui n'avait fait qu'un semestre à West Haven, était convaincue que tout son corps était dévoré par des lésions cutanées, alors qu'elle avait une peau de nouveau-né.

Je ne suis pas comme ça, se dit-il. *J'ai conscience de la réalité des choses.*

Mais ces deux malades ne croyaient-ils pas être lucides, eux aussi ?

Après avoir sillonné Milford pendant près d'une heure, il se décida à rentrer chez lui.

Il se gara dans l'allée, descendit de voiture et resta planté là un moment. Il sortit son portable, appela le numéro de Charlotte et mit le téléphone à son oreille.

— Décroche, décroche, dé…

— Allô ?

— Salut.

— Salut.

— Je suis désolé. J'ai vraiment pété les plombs ce matin.

— Ça ne fait rien.

— Je suis passé voir le Dr White. J'ai quasiment déboulé dans son cabinet. Le fait est que je suis prêt à considérer toutes les possibilités, y compris celle que tu envisageais.

— Je n'ai jamais vraiment dit…

Di-di, dila-li, di-di, di-la, di-la, di-la-li.

— C'est bon.

— C'est quoi, ce bruit ?

Paul se tourna vers le véhicule qui s'approchait dans la rue. C'était le camion de glaces que Josh et lui avaient coursé le samedi soir. Celui que conduisait le fils de Kenneth Hoffman.

— Il faut que je te laisse, dit-il.

— J'ai appelé pour savoir qui avait vendu cette maison. Quand je…

— Plus tard, dit-il en rempochant son téléphone.

Tiens-t'en au programme. Ne te laisse pas distraire. Tu as entrepris de te colleter avec cette merde, et avec cette merde tu te colletteras. Même s'il y a eu d'étranges incidents en cours de route. Continue à avancer.

La camionnette ralentit tandis que deux gamins sortaient d'une maison en courant et agitaient les bras une centaine de mètres plus loin. La camionnette ralentit encore et finit par s'arrêter.

Di-di, dila-li, di-di, di-la, di-la, di-la-li.

Paul s'approcha à grands pas. Il attendit que les deux gamins aient été servis pour se présenter devant le comptoir.

— Qu'est-ce que ce sera ? lui demanda le jeune homme corpulent avec son badge LEN sur la poitrine.

— Un cône moyen, sans garniture, répondit Paul.

Arrête d'avoir peur. Ne te défile plus.

Pendant que Len commençait à préparer sa glace, Paul demanda :

— Vous êtes bien Leonard Hoffman ?

Le jeune homme se retourna et le dévisagea.

— Ouais.

— Vous savez qui je suis ? Vous me reconnaissez ?

Leonard cessa d'agiter le cône sous le distributeur de glace à l'italienne, le posa sur le comptoir.

— Je ne crois pas, non.

— Je suis Paul Davis.

Les yeux bovins du jeune homme s'éclairèrent lentement.

— Vous... Je connais ce nom.

— Votre père... C'était moi, le témoin. Votre père a été poursuivi pour m'avoir agressé ce soir-là. Je me demandais... Je sais que ça peut sembler bizarre, mais est-ce que je pourrais éventuellement vous parler de lui ?

Le jeune homme plissa les yeux.

— Pourquoi ?

— Je... C'est difficile à expliquer. Ces derniers mois ont été difficiles pour moi, et j'essaie de... comment formuler ça... d'affronter les choses...

— Vous êtes un sale type, dit Leonard.

— Quoi ?

— Tout ça, c'est votre faute.

— *Ma* faute ?

— Si mon père est allé en prison.

— Euh, non, je ne pense pas, Leonard. C'était la faute de votre père, parce qu'il a tué ces deux…

— Vous vous êtes arrêté. Si vous aviez continué à rouler, la police ne l'aurait pas attrapé.

Ce n'était peut-être pas une si bonne idée, finalement.

— Vous avez retenu mon père le temps que la police débarque.

— Si la police n'était pas arrivée, je serais mort. Votre père m'aurait achevé.

— Il aurait dû, décréta Leonard, qui balança le cône de crème glacée posé sur le comptoir. Il rebondit sur la poitrine de Paul, laissant une coulure blanche sur sa chemise.

— C'est cadeau, connard, dit Leonard, qui repassa à l'avant du véhicule, embraya et s'en alla.

Paul retourna chez lui pour changer de chemise et mettre l'autre dans le sac de linge qu'il aurait soi-disant dû apporter au pressing. Il était toujours là-haut dans la chambre. Il prendrait une chemise propre dans la penderie.

Sur un ton moqueur, il dit :

— Hé, Leonard. Ça te dirait de parler de ton tueur de père ? Vas-y, raconte-moi tout sur ton géniteur assassin ?

Il passa par la cuisine avant de monter à l'étage.

Jeta un coup d'œil en direction du bureau.

Vit la machine à écrire sur sa table de travail.

Quelque chose attira son regard.

— Non, dit-il tout bas.

De l'endroit où il se tenait, la feuille vierge qu'il avait glissée dans la machine ce matin-là semblait barrée d'une ligne noire.

Une ligne de caractères.

Lentement, il s'approcha et fit un pas à l'intérieur du petit bureau, comme si un tigre pouvait être tapi derrière la porte. Son pouls s'accéléra, il avait la bouche sèche. Il cligna plusieurs fois des yeux pour s'assurer qu'il n'avait pas la berlue :

Il y avait du sang partout. Qu'est-ce qui peut pousser quelqu'un à faire une chose aussi horrible ?

Il sortit de la pièce en chancelant.

Je n'ai pas fait ça. Je n'ai pas fait ça. Je n'ai aucun souvenir d'avoir fait ça. Je n'étais même pas là. Il est impossible que j'aie…

Un *ding* bruyant parvint de l'intérieur de sa veste, le faisant sursauter. Il sortit son téléphone de sa poche, ranima l'écran.

Il avait reçu un mail. Il était de Gwen Stainton, du *New Haven Star* :

Cher Monsieur Davis,

J'ai reconnu votre nom dès que j'ai lu votre adresse mail. Pour avoir couvert le double homicide de Hoffman depuis le départ, je peux vous affirmer que la machine utilisée dans l'affaire n'a jamais été retrouvée. Pourquoi cette question ?

Cordialement,

Gwen Stainton

26

Les idées se bousculaient dans sa tête.

S'il n'avait pas écrit et laissé ce mot à son attention – comme le théoriserait sans doute Charlotte si elle était là –, et si ces deux femmes mortes ne tentaient pas de communiquer avec lui, ne subsistait alors qu'une seule explication possible.

Quelqu'un s'introduisait effectivement dans la maison.

Or celle-ci était fermée à clé quand il était rentré. Il se rappelait clairement avoir inséré la clé, tourné le verrou.

Est-ce que quelqu'un avait pu passer par le garage ?

Paul courut au rez-de-chaussée, sortit par la porte d'entrée et essaya d'ouvrir celle du garage. Impossible de tourner la poignée. Elle aussi était fermée à clé.

Il retourna dans la maison, inspecta les baies vitrées du salon et de la chambre, au cas où l'intrus aurait escaladé la façade. Non seulement ces fenêtres étaient verrouillées, mais des barres en bois disposées dans les rails les empêchaient de coulisser.

Personne n'avait pu pénétrer chez lui.

Il en était certain.

Il retourna à la cuisine, puis dans son bureau, le temps de prendre son ordinateur portable, posé à côté de l'Underwood, et le transporta jusqu'à l'îlot. Il tira une chaise. Rester dans son minuscule bureau était au-dessus de ses forces. À cet instant, il était trop paniqué pour s'y trouver en présence de cette relique. La simple idée de retourner dans ce réduit grand comme un placard lui coupait la respiration.

Il pensa à ce film, celui avec *paranormal* dans le titre, dans lequel ils installent une caméra dans la chambre à coucher. Au matin, le couple visionne tous les phénomènes flippants survenus pendant leur sommeil. Les couvertures tirées, les portes qui s'ouvrent et se ferment.

À cette différence près, se rappela Paul, qu'il s'agissait d'un film.

Là, c'était pour de vrai.

Il se revit juste avant leur départ ce matin. Était-il possible qu'il ait tapé cette ligne avant de sortir de la maison ? Mais, à ce moment-là, il n'était absolument pas endormi. Il était réveillé depuis des heures.

— Je ne l'ai pas fait, dit-il tout bas. Je suis certain de ne pas l'avoir fait.

Il ouvrit le logiciel de messagerie sur son ordinateur portable pour relire le mail de Gwen Stainton.

« Pourquoi cette question ? » avait-elle écrit avant de signer de son nom.

Il retrouva la page du *New Haven Star* qu'il avait déjà consultée et appela le standard.

« *New Haven Star*, répondit une voix enregistrée. Si vous connaissez le numéro de l'extension que vous cherchez à joindre, composez-le maintenant. Si vous rencontrez un problème de portage à domicile, tapez 1. Si vous souhaitez interrompre, suspendre ou résilier votre abonnement, tapez 2. Si vous souhaitez passer une annonce, tapez 3... »

— Et merde !

« Si vous souhaitez être mis en relation avec la rédaction, tapez 4. Si... »

Paul tapa sur 4, persuadé que quiconque appelait pour communiquer un scoop au journal aurait déjà raccroché.

— La rédaction, répondit une voix d'homme.

— Gwen Stainton.

— Ne quittez pas.

Silence sur la ligne pendant près de dix secondes, puis :

— Stainton.

— Madame Stainton, Paul Davis à l'appareil. Je vous ai envoyé un mail ce matin au sujet de Kenneth...

— Ah, oui, la question sur la machine à écrire. Nous nous sommes déjà rencontrés, n'est-ce pas ? À l'occasion d'un article que je devais écrire sur l'affaire, quand Hoffman a plaidé coupable.

— C'est exact.

— Comment allez-vous ?

— Ça peut aller.

— Je sais que vous avez été sérieusement blessé, mais qu'à bien des égards vous avez eu beaucoup de chance.

— Vous avez sans doute raison. Pour en revenir à la machine à écrire, je ne pense pas que la question ait jamais été posée – elle ne l'était pas dans votre article –, mais, la nuit où j'ai vu Kenneth, il a jeté quelque chose dans une benne à ordures. Je pense que ce devait être la machine sur laquelle il a obligé ses victimes à écrire ces lettres d'excuses. Mais à cause de ma blessure à la tête, ce souvenir a été effacé pendant plusieurs jours. Je suppose que dans l'intervalle la benne aura été vidée.

— C'est bien possible. Comme je vous le demandais dans mon mail, monsieur Davis, pourquoi cette question ?

— Cela restera entre nous ? dit-il après un moment d'hésitation.

Une pause à l'autre bout du fil.

— Oui, bien sûr.

— Je vois une psy depuis l'accident. Pour gérer le traumatisme. D'autre part, j'ai décidé d'écrire sur ce qui m'est arrivé. On pourrait appeler ça une sorte de thérapie. Mais, après avoir réexaminé tout ce qui s'est passé ce soir-là, cette question, à propos de la machine à écrire, ne semble pas avoir trouvé de réponse.

— Vous me faites penser à un Columbo des temps modernes, dit Gwen.

— C'est bien possible, concéda Paul.

— Vous en savez probablement autant que moi. Après avoir tué ces deux femmes, Hoffman a voulu se débarrasser des preuves. À savoir les corps, et la machine à écrire, qui devait être couverte de sang. J'imagine qu'il aurait été impossible de nettoyer convenablement ce genre de vieille machine, pleine de coins et de recoins.

De sa chaise, Paul regarda l'Underwood. Si c'était celle-ci qui avait servi pour les lettres d'excuses, quelqu'un était parvenu à la nettoyer de fond en comble. Ou bien il avait peut-être plu après que Hoffman l'avait jetée, et la nature s'était chargée d'effacer la moindre tache de sang.

— Bien sûr, dit-il.

— Alors, oui, il l'a balancée. Et elle n'a pas été retrouvée. La police n'en a donc pas eu besoin pour l'inculper puisqu'il a avoué. Ils ont dû la chercher, mais, comme vous l'avez dit, à ce moment-là elle était déjà probablement dans une décharge quelque part, ensevelie sous des tonnes d'ordures.

Paul n'arrivait pas à détacher ses yeux de la machine. Il ne parvenait pas à se défaire de la sensation qu'elle le regardait. Sauf que les machines à écrire étaient dépourvues d'yeux. Les anciennes, comme cette Underwood, n'étaient rien d'autre que de gros morceaux de ferraille. De simples machines. Elles ne pouvaient ni voir, ni entendre, ni...

Parler peut-être.

— Monsieur Davis ?

— Je suis toujours là, dit-il. Dans votre article, vous précisiez que la machine était une Underwood. Comme pouviez-vous connaître ce détail si elle n'a jamais été retrouvée ?

La journaliste hésita.

— Je suis pratiquement certaine qu'un des inspecteurs me l'a dit. Hoffman lui avait parlé d'une Underwood.

Paul continuait de fixer la machine.

— Monsieur Davis ? Il y a autre chose que je peux faire pour vous ?

— Non. Enfin, si, peut-être.

— Quoi donc ?

— Vous lui avez parlé ? À Kenneth Hoffman ?

— Brièvement. Ce n'était pas une interview. Mais j'ai eu l'occasion d'échanger quelques mots avec lui un jour qu'on le transférait de la prison au tribunal.

— Quelle impression vous a-t-il faite ?

— Il était charmant, répondit Gwen. Absolument charmant.

À peine Paul avait-il posé le téléphone qu'il pensa à rappeler Charlotte.

— Pourquoi m'as-tu raccroché au nez tout à l'heure ? demanda-t-elle.

— C'était le marchand de glaces.

— Tu m'as raccroché au nez pour te payer une glace ?

— Tu as dit que tu allais te renseigner sur des installateurs de systèmes de sécurité.

— Oui, c'est sur ma liste, dit-elle avec une pointe de lassitude. Ça, et trouver les anciens propriétaires de cette maison. Pourquoi ? Il est arrivé quelque chose ?

Est-ce qu'il allait lui dire qu'il avait trouvé un autre message ? Alors qu'il se posait la question, Charlotte insista :

— Paul ?

— Non, il ne s'est rien passé. Je voulais juste te rappeler ça, c'est tout.

— Je vais me renseigner. Je te laisse, je dois prendre un appel.

— À plus tard.

Il posa le téléphone sur le plan de travail et s'assit pour réfléchir.

Et le déclic se fit d'un coup.

— Putain.

Il reprit son ordinateur portable, ouvrit un navigateur et alla sur Google. Il saisit plusieurs mots-clés. *Gavin*, *mort*, *canular*, *fils*, *père* et *Hitchcock*.

Paul trouva l'article, bien qu'il se soit trompé sur le nom de famille. C'était Hitchens, pas Hitchcock. Ce malade avait réellement tourmenté un homme en se faisant passer pour son fils tué en Irak.

Paul se rappela que Gavin Hitchens l'avait bousculé lorsqu'il était sorti en trombe du cabinet d'Anna. La brève altercation qu'ils avaient eue.

À la suite de quoi Paul avait perdu ses clés.

27

Tout s'expliquait.

Si ce dingue avait eu accès aux fichiers d'Anna White, comme elle le craignait, alors il n'ignorait rien de ses antécédents. Si Hitchens l'avait googlé comme il venait de le faire lui-même à son propos, il savait tout ce qui s'était passé avec Hoffman. Il savait qu'il avait failli mourir. Il savait pour les lettres que Hoffman avait obligé ces femmes à écrire.

Il savait pour la machine à écrire.

Hitchens en savait plus qu'il n'en fallait pour jouer avec ses nerfs.

Paul se connecta à l'annuaire téléphonique en ligne et saisit le nom de Hitchens. Il obtint un numéro de téléphone, ainsi qu'une adresse, à Milford. Le type habitait sur Constance Drive.

— Espèce d'enfoiré, dit Paul.

Il sentait la rage monter en lui comme un accès de fièvre. Il avait envie de s'occuper de ce salaud.

Là, tout de suite.

Il sortit son téléphone et appela le cabinet d'Anna White. Il était logique qu'il la contacte avant de faire quoi que ce soit.

Messagerie.

— Merde, dit-il avant d'interrompre l'appel.

Il regarda l'écran de nouveau, se concentrant sur l'adresse de Gavin Hitchens. Il referma l'ordinateur, se saisit du double des clés dont il s'était servi ces derniers jours et se dirigea vers l'escalier qui conduisait à la porte d'entrée.

Une minute.

Et la chaussure qu'il avait parfois laissée juste derrière la porte ? Si Hitchens était entré dans la maison, comment avait-il fait pour la replacer au même endroit en sortant ?

Paul dévala l'escalier jusqu'à la porte d'entrée. Il ramassa une chaussure, ouvrit la porte et fit un pas dehors. Il se mit à genoux et passa son bras dans l'ouverture de la porte entrebâillée d'une dizaine de centimètres, jusqu'au coude, puis le plia et le plaqua derrière la porte.

C'était faisable, songea-t-il. Il devait admettre qu'il n'avait pas regardé à quelle distance de la porte la chaussure se trouvait exactement. Si elle avait été écartée de quelques centimètres, l'aurait-il remarqué ?

Mais, une minute, comment Hitchens aurait-il su qu'il lui fallait remettre la chaussure en place ? S'il s'était introduit dans la maison au milieu de la nuit, il avait peut-être entendu la chaussure bouger. La semelle avait peut-être crissé en frottant contre le carrelage.

Des détails mineurs, se dit Paul. Ce connard de Gavin s'était débrouillé, d'une manière ou d'une autre, pour remettre les choses à leur place.

Alors que sa fureur continuait de grandir, Paul ressentait autre chose. Une forme de *soulagement*. Il avait trouvé une explication à ce qui se passait, et cette explication lui permettait de se prouver qu'il était sain d'esprit.

Et c'était une bonne nouvelle.

En revanche, c'est Gavin Hitchens qui allait en recevoir de mauvaises. Paul se fendit d'un grand sourire.

— Ça va être ta fête, fils de pute.

La maison fut facile à trouver. C'était une maison blanche à étage avec un garage double. Il y avait une Toyota Corolla bleue dans l'allée. Paul se gara deux maisons plus loin et revint sur ses pas.

Il n'avait aucun plan.

Enfin, ce qui lui tenait lieu de plan c'était qu'il venait récupérer ses putain de clés !

Paul était à quelques mètres de sa maison quand il aperçut Gavin Hitchens qui se dirigeait vers la Corolla.

Il pressa le pas, coupa par la pelouse, l'herbe sous ses pieds rendant son approche silencieuse.

Hitchens était sur le point d'ouvrir la portière côté conducteur quand Paul surgit derrière lui, le saisit par la nuque de sa main tendue, l'empoigna aussitôt par les cheveux et lui frappa violemment le crâne contre le toit de la voiture.

Hitchens poussa un cri.

Paul lui tira la tête en arrière, du coin de l'œil il remarqua qu'il avait légèrement enfoncé la tôle de la Corolla.

— Espèce de salaud ! cria-t-il, en cognant la tête de Hitchens une seconde fois sur la carrosserie de sa voiture.

Mais il ne put pas y mettre autant de force. Hitchens résistait. Il parvint à effectuer un demi-tour sur lui-même pour voir qui était son agresseur.

— Enculé ! hurla Paul en postillonnant de rage. Espèce de malade !

Hitchens se retourna brusquement, parvint à se libérer de l'étreinte de Paul. Il tenta de frapper ce dernier, mais le coup qu'il avait reçu à la tête l'avait désorienté et il s'écroula à moitié le long du flanc de la voiture.

Paul arma sa jambe et frappa Hitchens dans le genou.

Celui-ci poussa un cri et finit de s'écrouler dans l'allée.

Paul se pencha au-dessus de lui ; il saignait abondamment du front à présent.

— Je savais que c'était vous, dit Paul. Je sais ce que vous avez fait, et je sais comment vous l'avez fait.

Hitchens gémit. Il leva vers lui des yeux brouillés et dit :

— Police…

— Bonne idée, fit Paul. Vous pourrez leur dire que vous vous êtes introduit chez moi et que vous avez essayé de me rendre dingue. Où sont mes clés ? Je veux mes putain de clés.

Hitchens parvint à s'asseoir en s'adossant au pneu de devant.

— Vous êtes carrément dans la merde, déclara-t-il.

— Ce n'est rien comparé à ce qui vous attend.

Son téléphone sonna dans sa veste.

— Ils vont vous inculper pour violation de domicile, dit Paul. Et s'il existe un délit qui consiste à essayer de rendre quelqu'un totalement dingue, ils l'ajouteront à la liste.

Il sentait un martèlement dans sa poitrine. Il se demanda s'il n'était pas en train de faire une crise cardiaque. À ce détail près que la sensation était agréable. Cela faisait très longtemps que Paul ne s'était pas senti aussi bien, aussi conscient de son pouvoir.

Quand il baissa les yeux sur Hitchens, il vit aussi Hoffman.

Son portable continuait de sonner.

Il finit par l'extirper de sa poche. C'était Anna. Il mit le téléphone à son oreille.

— Ouais ?

— Paul ?

— Oui ?

— C'est Anna. Vous avez appelé. Figurez-vous que je les ai trouvées.

Paul cligna des yeux.

— Quoi ?

— Vos clés. Elles étaient derrière un fauteuil. Je viens de tomber dessus. Passez les récupérer quand vous voulez.

28

Une voisine avait assisté à la scène et appelé la police.

Paul ne voyait pas l'intérêt de fuir. Il n'allait pas entraîner les flics dans une course-poursuite à travers le comté de Fairfield. Il les attendit assis sur le trottoir devant la maison de Hitchens. Ils arrivèrent environ une minute après l'ambulance.

La voisine, une septuagénaire, s'était agenouillée à côté de Gavin pour le réconforter.

— Quel genre de monstre êtes-vous ? glapit-elle à l'attention de Paul.

Elle resta au côté de Hitchens jusqu'à ce que les secouristes aient évalué son état. À l'arrivée de la police, elle pointa Paul du doigt :

— C'est lui qui a fait ça !

Paul, les bras posés sur les genoux, faisait de son mieux pour paraître parfaitement inoffensif.

Les agents s'approchèrent de lui.

— Monsieur, vous voulez bien vous lever ?

Peu après, il se retrouva menotté et poussé sans ménagement à l'arrière de la voiture de patrouille, direction le poste de police.

Une fois arrivé, on l'autorisa à appeler Charlotte.

— Tu connais des avocats ? demanda-t-il.

— Des centaines. Je suis dans l'immobilier.

— Ce n'est pas un spécialiste de l'immobilier dont j'aurais besoin.

Quand elle eut digéré la nouvelle, Charlotte lui dit qu'elle trouverait quelqu'un et qu'elle le rejoignait au poste de police.

En attendant, Paul fut placé en cellule, ce qui lui donna amplement le temps de réfléchir à tout un tas de choses.

Dans sa situation, n'importe qui d'autre aurait songé aux charges qui allaient être retenues contre lui. Coups et blessures ? Quelque chose de plus sérieux, comme tentative d'homicide ? Cet après-midi derrière les barreaux allait-il se transformer en six mois, un an d'emprisonnement ? Voire davantage ?

Mais Paul ne pensait à rien de tout cela.

Il pensait à la machine à écrire.

Gavin Hitchens n'avait pas pris ses clés. Gavin Hitchens ne s'était pas introduit chez lui par effraction. Et, de toute évidence, Gavin Hitchens n'avait pas tapé ce message.

Ce qui le plongeait dans ce qu'on pourrait appeler un putain d'abîme de perplexité.

La machine à écrire de Hoffman n'ayant pas été retrouvée, il était du domaine du possible que cela soit celle que Charlotte avait dénichée à ce vide-greniers.

Et si tel était le cas…

Paul examina la minuscule cellule. Un banc pour s'asseoir, des toilettes boulonnées au mur. Cet endroit lui semblait tellement… reposant. En ce qui le concernait, Charlotte et l'avocat qu'elle arriverait à trouver pouvaient bien prendre leur temps.

C'était agréable de disposer d'un lieu où réfléchir, sans être interrompu.

Donc, s'il s'agissait de la même machine, il devait se décider à croire ou non à l'inconcevable.

Catherine Lamb et Jill Foster essayaient-elles de communiquer avec lui à travers cet objet ? Dans ce cas, qu'essayaient-elles de lui faire comprendre ? Quel était leur message ? Que voulaient-elles de lui ?

C'est de la folie. Ils vont m'enfermer, mais ce ne sera pas dans un endroit comme celui-ci. Ce sera dans un hôpital psychiatrique.

Pourquoi lui ? Peut-être qu'elles auraient cherché à entrer en contact avec le possesseur de la machine, quel qu'il soit. (Paul nota dans un coin de sa tête que Charlotte, lorsqu'elle aura retrouvé ses précédents propriétaires, leur demande s'ils avaient remarqué quoi que ce soit de bizarre au sujet de leur Underwood et si c'était pour cette raison qu'ils l'avaient vendue.) Mais entrer en contact avec lui, qui était directement lié aux deux femmes assassinées par Kenneth Hoffman, devait bien signifier quelque chose.

Assis dans sa cellule, Paul eut une sorte de révélation. Il fallait qu'il parle à toutes les personnes liées à cette affaire, ou au moins qu'il essaie.

Les conjoints des victimes. D'autres femmes avec qui Hoffman avait eu des liaisons. Son épouse, Gabriella. Plus il en apprendrait, plus il serait en mesure de comprendre pourquoi des messages apparaissaient sur cette machine à écrire.

Charlotte se présenta accompagnée d'un avocat, Andrew Kilgore, qui ne semblait pas encore avoir fêté son vingt-cinquième anniversaire.

— Monsieur Davis, j'ai fait le nécessaire pour votre libération, mais vous allez devoir comparaître en audience...

— Oui, oui, c'est très bien, dit Paul au moment où on ouvrait la porte de sa cellule pour le conduire, avec son avocat, vers la sortie.

— Monsieur Davis, nous allons devoir prendre le temps de discuter nos options. Votre femme me dit que vous avez été soumis à un stress considérable et que vous avez subi un traumatisme crânien il y a huit mois de cela, ce qui pourrait nous être très utile...

— Je veux sortir d'ici.

Charlotte l'attendait devant le poste de police. Elle se jeta à son cou. Les traînées de mascara suggéraient qu'elle avait pleuré.

— Est-ce que ça va ? demanda-t-elle.

— Très bien, répondit-il en se libérant de son étreinte et en tendant le bras vers la portière de la voiture. Allons-y.

Kilgore avait d'autres choses à lui dire, mais Paul ne l'écoutait même pas.

Il avait un plan à présent, et il voulait juste se mettre au travail.

29

Quand Paul et Charlotte arrivèrent chez eux – ils avaient d'abord dû passer par Constance Drive récupérer la voiture de Paul –, elle tomba sur le dernier message laissé dans l'Underwood :

Il y avait du sang partout. Qu'est-ce qui peut pousser quelqu'un à faire une chose aussi horrible ?

— Paul ? Qu'est-ce que c'est ? Tu ne m'as rien dit ? Que se passe-t-il ? Pourquoi as-tu agressé cet homme ?

— Il faut que je sorte, annonça-t-il.

— Paul, on vient de rentrer. Pour l'amour du ciel, dis-moi ce qui se passe !

— J'ai des choses à faire.

— Est-ce que Harold Foster est là ? demanda Paul à l'accueil de la Milford Savings & Loan.

— Vous avez rendez-vous ? s'enquit l'employée derrière le comptoir en lui adressant un sourire Ultrabright.

— Non.

— Euh, souhaiteriez-vous en prendre un ?

— S'il est là, j'aimerais le voir maintenant.

Le sourire de la jeune femme s'évanouit.

— Je vais me renseigner. Vous vous appelez ?

— Paul Davis.

— Et c'est à quel sujet ?

— C'est personnel.

— Oh.

Elle décrocha le téléphone et se retourna de façon que Paul ne puisse pas entendre la conversation. Au bout de quinze secondes, elle reposa le combiné et annonça :

— Asseyez-vous, M. Foster va bientôt vous recevoir.

Cinq minutes plus tard apparaissait un homme petit et dégarni, en costume bleu foncé.

— Monsieur Davis ? demanda-t-il avec une expression perplexe.

Paul se leva.

— Oui.

— Veuillez me suivre.

Il conduisit Paul dans un couloir moquetté jusqu'à un bureau vitré d'à peine dix mètres carrés. Foster s'assit derrière sa table de travail et Paul prit un siège en face de lui.

La table croulait sous des piles de dossiers.

— Veuillez excuser le désordre. Toute cette paperasse.

Il sourit.

— Il faut que tout soit écrit noir sur blanc, comme je dis toujours.

— Bien entendu.

— En quoi puis-je vous être utile ? Vous n'avez pas été très loquace avec notre réceptionniste, mais je sais que les questions financières peuvent être très personnelles. Que vous ayez un million à investir, ou que vous deviez la même somme aux organismes de cartes de crédit... ces choses ne regardent que vous, dit-il avec un grand sourire.

— Il ne s'agit pas de cela.

— De quoi pourrait-il s'agir, alors ?

— J'enseigne à West Haven College. Enfin, pas en ce moment. Mais j'y retourne à l'automne.

Ces trois mots assombrirent le visage de Foster de manière quasi instantanée.

— Oh ?

Il dévisagea Paul pendant un moment.

— Pouvez-vous me rappeler votre nom, s'il vous plaît ?

— Paul Davis.

Foster se renversa dans son fauteuil.

— Mon Dieu, vous étiez... vous étiez là.

Paul hocha la tête.

— J'étais là, oui.

— Il a essayé de vous tuer.

— Oui.

— Si vous ne vous étiez pas arrêté... la police ne l'aurait pas trouvé.

Il poussa un long soupir.

— Et on n'aurait peut-être jamais su ce qui était arrivé à Jill et à Catherine.

— Je suis sincèrement désolé pour votre femme. Je connaissais Jill, bien sûr. Pas bien, mais on se croisait de temps à autre, à West Haven. Celui que je connaissais bien mieux, ou du moins que je croyais connaître, c'était Ken...

Foster leva la main.

— Je vous arrête tout de suite.

— Je vous demande pardon ?

— Ne prononcez même pas son nom, dit-il d'une voix presque menaçante. Ne prononcez jamais le nom de cet homme en ma présence. Jamais.

— Je comprends.

Foster retrouva son calme.

— Bien, qu'est-ce que vous voulez ?

— Je... Je ne sais pas vraiment par quoi commencer, mais je voudrais vous poser quelques questions, au sujet de Jill, et de ce qui s'est passé.

— Pourquoi ?

Il lui était impossible de parler de la machine à écrire, mais il pouvait expliquer à cet homme la façon dont il tentait de gérer son stress post-traumatique.

— Je... J'écris quelque chose. J'écris sur ce que j'ai vécu, sur ma guérison.

— Un livre ?

— Je ne le sais pas encore. Mon objectif immédiat, c'est de tout faire ressortir, de regarder en face ce qui m'est arrivé. Peut-être que, plus tard, j'en ferai un livre, ou un article pour une revue. Je ne sais pas quelle forme ça prendra.

— Ah, d'accord.

— Quoi qu'il en soit, c'est la raison de ma présence ici. Je suis venu vous poser...

La main se leva à nouveau.

— Ça suffit.

— Je voulais juste...

— Stop. Je suis navré de ce qui vous est arrivé, monsieur Davis. Et je suppose que je vous dois quelques remerciements. Vous avez sans doute, à votre corps défendant bien entendu, contribué à ce que... cet homme soit traduit en justice en tombant sur lui à ce moment-là. Mais je n'ai pas envie d'en parler. Pas plus avec vous qu'avec qui que ce soit d'autre. Je ne doute pas que ces derniers huit mois ont été un enfer pour vous. Eh bien, ils l'ont été pour moi aussi. Votre façon de faire face consiste peut-être à transformer ça en exercice d'écriture, mais je n'ai aucune envie de mettre mon âme à nu devant vous ni de répondre à vos questions obscènes sur ma femme.

— Obscènes ? Je n'ai encore rien... ?

Foster montra la porte du doigt.

— Sortez ou j'appelle la sécurité.

Paul hocha la tête, se leva et sortit. Foster le suivit, cinq bons pas derrière lui, jusqu'à ce qu'il ait quitté le bâtiment.

30

Anna White s'apprêtait à prendre quelques notes d'après séance quand elle entendit le carillon de la porte d'entrée. En jetant un coup d'œil par une fenêtre, elle vit que son père était dehors, en train de labourer la pelouse avec un fer neuf.

Anna ouvrit la porte à une femme qu'elle ne connaissait pas.

— Bonjour.

— Paul est devenu fou.

— Je vous demande pardon ?

— Je suis Charlotte. Charlotte Davis. La femme de Paul.

— Ah oui, d'accord. Que s'est-il passé ?

— Vous permettez ?

Anna ouvrit la porte en grand pour la laisser entrer.

— Ils l'ont arrêté, dit Charlotte.

— Quoi ?! Qui ça ? La police ?

— Il a agressé un homme.

— Quel homme ?

— Un certain Hitchens.

Le visage d'Anna s'allongea d'un coup.

— Oh, mon Dieu, non.

— Quoi ?

— J'aurais dû… Je voulais le prévenir, mais je n'aurais jamais pensé…

— Prévenir Paul de quoi ?

— S'il vous plaît, racontez-moi ce qui s'est passé ?

Charlotte rapporta ce qu'elle avait été en mesure d'apprendre de Paul et de la police.

— Il s'était mis en tête cette idée démente qu'un parfait inconnu s'était introduit chez nous. Du moins jusqu'à votre coup de téléphone.

— J'avais trouvé les clés de Paul dans mon cabinet. Il avait dû croire que Hitchens les avait dérobées.

Charlotte essuya une larme sur sa joue.

— Je ne sais pas si je vais pouvoir supporter ça encore très longtemps. Ces derniers jours, Paul est tellement… J'allais prendre rendez-vous avec vous de toute façon, pour parler de lui…

— Je ne peux pas discuter de mes patients, expliqua Anna. Pas même avec leurs conjoints.

— Bien sûr, je comprends bien. Mais il faut que je vous dise ce qui s'est passé.

— Je ne sais vraiment pas si…

— Je vous en prie. Je pensais que Paul allait mieux, mais son état a empiré. Il perd la raison.

Anna hésita, puis :

— Continuez.

— Il entend des choses au milieu de la nuit. Des choses que moi, je n'entends pas. Quelqu'un taperait sur une vieille machine à écrire que je lui ai achetée. Et maintenant il *trouve* – elle entoura le mot de guillemets aériens – dans la machine des messages qui, d'après lui, auraient été écrits par les deux victimes de Kenneth Hoffman. Et il a déjà dû vous parler de ses cauchemars ?

— En effet, répondit Anna prudemment.

— Je ne sais pas quoi penser. Des messages de l'au-delà ?

Elle secoua la tête, fouilla son sac à main à la recherche d'un mouchoir en papier et se tamponna les joues, puis les yeux.

— À moins de croire aux fantômes, ce qui n'est pas mon cas, la seule explication possible, c'est qu'il ait écrit ces messages lui-même.

Le menton de Charlotte tremblait.

— Qu'est-ce que je dois faire ? Je me fais tellement de souci pour lui. Il a eu une année si pénible. La tentative de meurtre, la convalescence, les cauchemars. Je pensais que son idée de se replonger dans ce qui lui est arrivé, d'écrire sur le sujet, pourrait l'aider, mais c'est tout le contraire qui se produit. À mon avis, écrire là-dessus, c'est comme… c'est comme être entraîné dans une sorte de trou noir.

— Je lui parlerai. Je le ferai venir pour des séances supplémentaires.

— J'ai tellement peur qu'il… Vous ne pensez pas qu'il pourrait tenter quelque chose qui… Vous savez, pour se faire du mal ?

Anna plissa le front.

— Qu'avez-vous observé ?

Charlotte hésita.

— Je ne sais pas. Rien que je puisse identifier précisément. Mais ça fait si longtemps qu'il est déprimé, et maintenant il a ces… Est-ce que ce sont des hallucinations ? Je ne sais pas quel autre nom leur donner. Et là, ces messages sur la machine, qui est comme la version écrite des voix qu'il entend. Et si le prochain message lui demandait de se suicider ?

— Si je relève quoi que ce soit qui m'amène à penser que votre mari est susceptible de mettre sa vie en danger, je prendrai les mesures appropriées.

— Ce sont bien des hallucinations, n'est-ce pas ? Je veux dire, est-ce que ce sont des hallucinations s'il le fait exprès ?

— Où voulez-vous en venir ?

— Les bruits qu'il prétend entendre, le message tapé à la machine, au début je me disais que c'était dans sa tête, que même s'il écrivait les messages, il le faisait de manière inconsciente, à son insu. Mais s'il fait cela en connaissance de cause ? Alors à quoi j'ai affaire ? Pourquoi me jouerait-il cette comédie ? Pour essayer de me rendre folle, *moi* ?

— Je ne vois pas pour quelle raison il ferait cela.

— Alors ce sont des hallucinations ?

— Je l'ignore.

— Est-ce qu'on lui a prescrit quelque chose qui pourrait lui chambouler le cerveau, lui donnant une sorte d'effet secondaire bizarre ?

— Non.

Charlotte déchiquetait le mouchoir en papier qu'elle avait dans la main.

— Je ne sais pas quoi faire. Je ne sais pas comment l'aider.

Anna lui demanda d'attendre un moment. Elle alla dans son cabinet, prit les clés qu'elle avait mises de côté pour Paul et les donna à Charlotte quand elle revint dans l'entrée de la maison.

— Ce n'est pas à vous de prendre tout ça sur vos épaules, lui recommanda Anna. C'est mon travail d'aider Paul à traverser cette période. Il faut lui laisser le temps nécessaire pour s'en sortir.

— S'il vous plaît, ne lui dites pas que je suis venue.

— Pourquoi ne lui diriez-vous pas ? Cela pourrait lui être d'une grande aide, de vous savoir inquiète à ce point.

— Je ne sais pas, dit-elle, plus à elle-même qu'à Anna. Je ne sais vraiment pas.

Charlotte se retourna vers la porte, puis s'arrêta.

— Quand je disais que je ne croyais pas aux fantômes, vous n'avez pas réagi. J'imagine que vous avez tout vu dans votre métier. Avez-vous jamais été confrontée à quelque chose qui donnerait à penser que des messages pourraient effectivement provenir de...

Ses joues s'empourprèrent, comme si la gêne l'empêchait de terminer sa phrase.

— Ce que j'essaie de vous demander, c'est si un de vos patients a déjà reçu un message de l'*au-delà*.

Anna lui sourit.

— Je n'ai pas fait cette expérience, non.

— Je ne sais même pas si cela doit me réconforter. Si ces deux femmes mortes essayaient réellement de communiquer avec mon mari, eh bien, ça prouverait au moins que Paul n'est pas fou.

31

Une fois remis de sa rencontre avec Harold Foster, Paul se rendit au Connecticut Post Mall.

Il avait besoin de marcher un peu, de rassembler ses idées avant d'entreprendre quoi que ce soit d'autre. Il erra donc d'un bout à l'autre du centre commercial, sans entrer dans une seule boutique, mais échouant finalement dans l'espace restauration, où il commanda un café et s'assit pour le boire.

Il était parti de chez lui avec un très vague plan en tête. Parler au mari de Jill Foster, puis à Gilford Lamb, le conjoint de l'autre victime, Catherine. Il songeait également à contacter Angelina Rogers, la professeure de sciences politiques de West Haven qui avait aussi eu une liaison avec Hoffman, et que Gwen Stainton avait interviewée.

La rencontre avec le mari de Foster ne s'était pas bien passée, mais il n'allait pas renoncer à son projet pour autant. Il savait qu'il n'y avait aucune raison de penser que ces discussions se passeraient bien. Il était sûrement le seul à chercher à pénétrer l'âme de Hoffman. Peut-être que tous les autres protagonistes de cette histoire voulaient simplement oublier cette sale affaire. Foster allait jusqu'à refuser que l'on prononce le nom de l'assassin de sa femme en sa présence. Paul craignait que ce ne soit la femme de Kenneth, Gabriella, qui se montre la plus réticente à parler. Si quelqu'un était impatient de reprendre le cours normal de sa vie, c'était sans doute elle. Et pourtant, elle était la mieux placée pour connaître les secrets de la personnalité de Hoffman.

Pour l'heure, Paul avait besoin de se vider la tête. L'espace restauration du centre commercial ne permettait pas tout à fait le même isolement qu'une cellule de garde à vue, mais il s'en contenterait.

Assis là à regarder des mères de famille avec leurs poussettes, des adolescents qui traînaient et ricanaient, un couple âgé mutique assis l'un en face de l'autre, il se demanda si sa quête méritait d'être poursuivie.

Quel que soit le nombre de gens à qui il parlerait, de questions qu'il poserait, rien ne garantissait qu'il obtiendrait un jour les réponses qu'il cherchait.

Les gens commettaient parfois des actes abominables. Fin de l'histoire.

Mais il n'y avait pas que ça maintenant.

Quelque chose n'était pas normal.

Cette putain de machine à écrire.

Paul avait épuisé toutes les explications rationnelles concernant ces messages. Si déstabilisant que cela aurait pu être d'apprendre que Gavin Hitchens s'était introduit chez lui, il aurait été soulagé de trouver une réponse à ce mystère qui ne nécessite pas l'intervention inopinée de fantômes.

La seule autre issue logique à ce problème voulait que ce soit lui l'auteur de ces messages. Mais il n'était pas encore prêt à en accepter l'idée. Faire une crise de somnambulisme, passe encore. Mais inventer des messages d'outre-tombe et n'en garder aucun souvenir ? Il ne fallait pas pousser.

C'était de la folie.

Pourtant, quand on avait exploité toutes les ressources de la raison, il ne restait que l'hypothèse la plus insensée : était-il possible que la machine fût une sorte de canal de communication pour Jill Foster et Catherine Lamb ? Ces deux femmes mortes essayaient-elles vraiment d'entrer en contact avec lui ?

Non.

Peut-être.

N'y avait-il pas de hasard ? Dans ce cas, une main invisible avait guidé Charlotte jusqu'à ce vide-greniers. Une force qu'il lui était impossible de comprendre avait ordonné à sa femme de descendre de voiture et de jeter un coup œil aux vieilleries que ces gens essayaient de refourguer.

Et cette force savait que, lorsqu'elle verrait cette vieille Underwood, elle se dirait aussitôt qu'elle ferait un cadeau idéal pour son mari.

Le plus gros du travail surnaturel était accompli.

Une fois l'objet dans la maison, Jill et Catherine pouvaient commencer à attirer son attention.

— Putain, c'est n'importe quoi ! s'écria Paul.

— C'est à moi que vous parlez ?

Paul se retourna. Une femme était assise à la table d'à côté. Il lui donnait entre quatre-vingts et quatre-vingt-cinq ans. Elle soufflait sur un gobelet en carton, d'où dépassaient la ficelle et l'étiquette d'un sachet de thé.

— Je suis désolé, dit Paul. Veuillez excuser ma grossièreté. Je… Je pensais tout haut.

Le visage ridé de la vieille femme se fendit d'un sourire.

— C'est un des premiers signes.

Cette remarque dérida Paul pour la première fois de la journée.

— Dans mon cas, vous avez peut-être bien raison.

— Est-ce que ça va ? demanda-t-elle en saisissant la ficelle de son sachet de thé pour l'immerger à plusieurs reprises dans son gobelet.

— Très bien. Merci.

— Vous m'avez l'air d'être un jeune homme perturbé.

Il se força de nouveau à sourire.

— J'ai connu des jours meilleurs.

La vieille dame hocha la tête. Après ce qui avait ressemblé à un moment de réflexion, elle dit :

— Je viens ici tous les jours boire une tasse de thé. J'attends ce moment avec impatience. C'est le clou de ma journée.

— C'est sympa, dit-il, encore qu'il ne sache pas trop si c'était « sympa » ou triste.

— J'observe les gens et je m'imagine leurs existences, ce qu'ils vivent. Je lisais des livres autrefois, mais j'ai du mal à me concentrer maintenant. Alors j'invente des histoires dont les gens que je croise sont les personnages.

Paul pensa qu'il était temps de se mettre en route.

— Très souvent, quand je vois un homme assis là, en train de prendre un café, c'est qu'il attend que sa femme ait fini de faire ses achats. Mais je ne pense pas que ce soit votre cas.

— Et pourquoi ça ?

— Vous n'avez pas les yeux rivés sur votre montre ou votre téléphone. Donc vous n'attendez personne. Vous êtes venu ici tout seul.

— Vous êtes fine observatrice.

La femme hocha la tête d'un air satisfait.

— Merci.

Puis, penchant la tête de côté, elle demanda :

— Qu'est-ce qui est *n'importe quoi* ?

D'entendre ses paroles en écho dans la bouche de cette gentille petite vieille lui fit un choc.

Et puis après tout, songea-t-il.

Il serait peut-être plus facile de poser cette question à une inconnue qu'à quelqu'un qu'il connaissait bien.

— À votre avis, demanda-t-il sur un ton hésitant, est-ce que les morts peuvent nous parler ?

La femme réagit comme si c'était la question la plus banale qu'on lui ait jamais posée.

— Bien entendu.

Elle sortit le sachet de thé et le posa sur une serviette en papier.

— Mon mari me donne tout le temps des nouvelles. Il est mort en octobre 1997. Il était malade depuis longtemps et il savait ce qui l'attendait. Et, quatre mois plus tard, on m'a livré une douzaine de roses. Il supposait qu'il ne verrait pas le mois de février, alors il avait commandé mon bouquet de Saint-Valentin en septembre.

Elle sourit.

— Qu'est-ce que vous dites de ça ?

— Eh bien, dit Paul. Ce devait être quelqu'un.

Elle but une petite gorgée de thé.

— Il avait ses moments.

Paul se leva. Il enfonça sa serviette en papier dans son gobelet vide.

— Je vous souhaite une bonne journée, dit-il.

Il jeta le gobelet dans la poubelle et se dirigea vers l'escalator qui descendait de l'espace restauration à la partie principale du *mall*. Il se retourna pour jeter un dernier regard à la vieille dame, souhaitant lui faire un geste amical de la main, mais elle avait disparu.

32

Il décida de s'arrêter chez Gilford Lamb.

L'ex-directeur des ressources humaines de West Haven n'était pas retourné travailler après le meurtre de sa femme. Son congé exceptionnel initial s'était transformé en arrêt maladie prolongé. D'après ce que Paul avait entendu dire, il ne s'était jamais remis de la mort de sa femme.

Paul chercha son adresse sur Internet. Il habitait du côté de Derby dans une maison à étage toute simple. Il se gara dans l'allée à côté d'un monospace Chrysler vieux de vingt ans. En descendant de voiture, il remarqua la pelouse négligée qui disparaissait sous les mauvaises herbes, le garde-corps tordu qui bordait les marches du perron, la peinture qui s'écaillait sur la façade.

Bon Dieu, songea Paul. *Et ça fait seulement huit mois*.

Quand il appuya sur le bouton de la sonnette, il n'entendit rien. Elle devait être cassée.

Il frappa à la porte.

Pas trop fort, la première fois. Mais, comme personne ne répondait, il fit une nouvelle tentative, en tambourinant avec le poing cette fois.

De l'intérieur lui parvint un « Une minute » étouffé.

La porte s'ouvrit dix secondes plus tard. Un Gilford Lamb pas rasé considéra Paul à travers des lunettes réparées avec de l'adhésif, cligna deux fois des yeux, et dit :

— Paul ?

— Salut, Gil.

— Ben, ça alors, qu'est-ce qui t'amène ?

Paul supposait qu'il avait dans les quarante-cinq ans, mais il en paraissait plus de soixante. Son crâne s'était dégarni et ses cheveux grisonnaient, et il devait avoir perdu une quinzaine de kilos depuis leur dernière rencontre, il y avait environ neuf mois de cela. Sa chemise à carreaux était à moitié sortie d'un jean dont le dernier passage au lave-linge semblait remonter à la présidence de Bush père.

— J'étais dans le coin, je me suis dit que j'allais passer. Ça fait un moment.

— Tu m'étonnes. Entre donc.

Il ouvrit la porte, et Paul eut envie de déguerpir à l'instant où il posa le pied dans la maison. L'endroit sentait la sueur, l'urine, l'alcool et la viande rancie. Le salon, ou ce qui en avait été un autrefois, était jonché d'un amas de journaux, de magazines et de bouteilles. Contre toute attente, on y trouvait aussi un circuit de train sur la moquette sale. Mais la locomotive à vapeur miniature aurait eu bien du mal à en faire le tour, étant donné que certaines portions de voie étaient recouvertes d'objets tombés là, dont un manteau et un écran d'ordinateur HS.

— Tu veux boire quelque chose ? proposa Gilford.

— Non, ça ira.

— Eh bien, moi, je crois que je vais prendre un verre.

Et il disparut brièvement dans la cuisine. Paul entendit le *pshhit* familier d'un opercule de canette. Gilford revint avec une Bud Light à la main.

— Purée, c'est génial de te voir !

Son sourire paraissait sincère.

— Il n'y a pas longtemps encore, je me demandais ce que tu devenais.

— Moi aussi, ça me fait plaisir, dit Paul qui faisait de son mieux pour ne pas montrer qu'il était choqué de constater à quel point la vie de Gilford semblait être partie en vrille.

— Assieds-toi.

Paul n'en avait aucune envie, mais il ne voyait pas comment refuser cette invitation. Il ôta de vieux magazines – des revues scientifiques, des magazines de modélisme ferroviaire, et même quelques bandes dessinées – du coussin taché d'un fauteuil inclinable tandis que Gilford posait ses fesses sur une couche de journaux qui faisait office de housse de canapé. Il se tortilla pour se mettre à son aise.

— Je n'ai pas beaucoup de visites en ce moment, dit-il. En fait, la vérité, c'est que je n'en ai aucune. J'ai des nouvelles des ressources humaines à l'occasion, mais c'est à peu près tout. Tu sais probablement que je suis toujours en congé.

— Moi aussi, mais je pense reprendre en septembre.

— Ta tête, c'est guéri ?

— Presque. Et toi ?

— Oh, dit-il en souriant. Je ne reviendrai jamais. Je vais vivre sur mon arrêt maladie le plus longtemps possible, et puis je démissionnerai. Je ne mettrai plus jamais les pieds sur le campus.

— Comment tu t'en sors… ? demanda Paul en s'efforçant de ne pas regarder autour de lui.

— Je vis au jour le jour, dit-il en gloussant. J'en ai plus grand-chose à foutre.

Paul ne voyait pas l'intérêt de tourner autour du pot.

— Le coup a été rude.

— Hmm ?

— Catherine.

Gilford le dévisagea un moment, impassible, puis détourna le regard.

— Oui, enfin…

Il promena son regard dans la pièce, comme s'il était capable de voir à travers les murs.

— Je suppose que la culpabilité m'a bouffé.

Paul frissonna.

— La culpabilité ?

— J'aimais cette femme plus que tout au monde. Vraiment.

— Je n'en doute pas, dit Paul avec ménagement. Mais je ne comprends pas ton sentiment de culpabilité. Tu n'as rien à te reprocher à propos de ce qui lui est arrivé, Gil.

Il concentra son attention sur Paul et déclara :

— Rien à me reprocher ? Je suis pourtant persuadé du contraire.

— Le seul coupable, c'est Kenneth.

— Kenneth, répéta doucement Gilford Lamb.

— J'insiste : tu n'as rien à te reprocher.

— C'est peut-être lui qui lui a tranché la gorge, mais c'est moi qui l'ai poussée vers lui. Je me suis éloigné. J'étais… je ne sais pas. J'étais devenu distant. Elle faisait partie du décor. Pendant six ans d'affilée, j'ai zappé son anniversaire. On pourrait penser que je ne l'aimais plus, mais ce n'est pas vrai. C'est juste... C'est juste que je ne faisais plus du tout attention. Je vivais dans ma bulle. Je me rends compte maintenant que je l'ai poussée dans les bras d'un autre homme. Et pas n'importe quel homme : un tueur fou.

— Personne ne l'a vu venir, objecta Paul. Personne n'aurait cru Kenneth capable de ce genre de chose.

— Ça n'a plus d'importance, de toute façon. Alors, dis-moi, qu'est-ce qui t'a conduit jusqu'à ma porte cet après-midi ? Je t'ai vu regarder autour de toi quand tu es entré ici. Je sais que j'ai tout de l'ermite au cerveau dérangé, mais je ne suis pas malade au point de ne pas savoir quand quelqu'un me ment. Ce n'est pas parce que tu passais dans le coin que tu as décidé de passer dire bonjour.

— C'est vrai.

— Alors, qu'est-ce qui t'amène ?

— J'ai beaucoup pensé à Kenneth dernièrement.

— Moi, je n'ai jamais arrêté.

— Je m'en doute. Je ne peux pas vraiment l'expliquer, mais certaines choses se sont produites récemment et elles m'ont poussé à chercher des réponses.

— Des réponses à quoi ?

— À la question : pourquoi a-t-il fait ça ?

— Quel genre de choses ?

Paul hésita. Comment dire à un homme que sa femme décédée vous envoie des messages ? Il décida de courir le risque, d'évoquer au moins les derniers développements impliquant Hoffman.

— Crois-tu possible, demanda lentement Paul, que les objets que nous utilisons dans notre vie quotidienne soient... comment dire ça... possèdent une sorte d'énergie leur permettant de conserver un peu de nous ?

— Quoi ?

— Je m'exprime mal. Mais imaginons que tu possèdes un objet ayant appartenu à ta grand-mère. Un miroir, par exemple. Penses-tu que ce miroir renferme une part de son âme ?

Gilford but une gorgée de Bud Light.

— Où veux-tu en venir, Paul ?

— Si je te disais que je suis entré en possession d'un objet qui a une histoire particulièrement sombre, et que les individus qui l'ont utilisé essaient de communiquer avec moi, mais d'une façon que je serais bien en peine d'expliquer ?

— J'imagine que je te répondrais : qu'est-ce que tu me chantes ?

— C'est une longue histoire, mais je pense avoir la machine à écrire.

Gilford plissa les yeux.

— La quoi ?

— La machine à écrire. Celle que Kenneth… Celle sur laquelle il a obligé Catherine et Gill à taper leurs excuses.

Gilford le dévisagea.

— Sans blague.

Paul hocha la tête.

— Ce serait quelque chose.

— Ouais, acquiesça Paul.

— Et qu'est-ce qui te fait croire que c'est la même machine à écrire ?

Paul s'humecta les lèvres, qui étaient toutes sèches.

— Eh bien, pour commencer, c'est la même marque. Et la police n'a jamais retrouvé celle de Kenneth. Alors il est au moins possible que ce soit celle-là.

Après un temps d'arrêt, il ajouta :

— J'y ai trouvé des messages. Des mots sur des feuilles de papier que j'y avais insérées. Des mots qui demandaient pourquoi Kenneth leur avait fait ça.

Gilford se pencha en avant.

— Et qui pose la question ?

— Catherine et Jill.

— Eh bien, ce serait vraiment stupéfiant.

Paul attendit de voir s'il avait quelque chose à ajouter. Puis il demanda :

— Tu as des idées ou des questions ?

— J'en ai, répondit-il en hochant très lentement la tête.

Paul s'avança doucement dans son fauteuil.

— Je t'écoute.

— Il suffit de jeter un coup d'œil à la ronde pour deviner que je ne suis pas au mieux de ma forme. Je ne suis pas un de ces accumulateurs compulsifs cinglés qu'on voit dans ce programme de téléréalité vivre au milieu de leurs déchets dans une parfaite indifférence. Je sais que c'est une porcherie. J'ai conscience de vivre dans un trou à rats. Le fait est que je n'en ai absolument rien à foutre. Et je n'en ai plus rien à foutre de rien depuis que ce fils de pute m'a enlevé Catherine. Je sais que je n'en ai plus pour longtemps, qu'un soir je vais boire jusqu'à en crever, ou que je vais oublier quelque chose sur le feu et incendier cette baraque ou que je vais sortir le flingue que je garde dans ma commode et me faire sauter le caisson, un scénario que j'envisage tous les jours, sans exception. Cela m'éviterait sûrement l'humiliation de finir comme ces doux dingues qu'on voit errer dans les rues en poussant un caddie contenant toutes leurs possessions.

Gilford Lamb s'accorda une pause pour reprendre son souffle, puis il poursuivit :

— Pourtant jamais, pas une seule fois au cours de ces huit derniers mois, une idée aussi ridicule que celle que tu viens d'exposer ne m'a traversé la tête. J'ai beau en avoir bavé, je n'ai jamais perdu le contact avec la réalité. Mais cela semble être ton cas, mon ami, et je compatis. Je sais que toi aussi tu en as bavé. Le conseil que je te donnerais, avant qu'il ne soit trop tard, c'est de te faire aider, de trouver quelqu'un à qui en parler, parce que j'ai comme l'impression que le coup que tu as reçu à la tête a été plus violent que tu l'imagines.

— J'en parle avec quelqu'un, dit Paul.

— Un neurologue, j'espère.

— Aussi.

— Eh bien, c'est tant mieux, conclut Gilford. Ta visite aura été un vrai plaisir, Paul, encore que je n'en comprenne toujours pas vraiment l'objet. La prochaine fois que tu es dans le coin, si tu éprouves le besoin de revenir me voir, j'espère que tu ne le prendras pas mal si je te demande dès maintenant de passer ton chemin.

33

Paul eut la chance de tomber sur Angélique Rogers. Il n'avait pas eu besoin de chercher l'adresse de la professeure de sciences politiques de West Haven. Deux ans auparavant, elle avait organisé à son domicile le lancement de son livre sur les femmes pendant la guerre de Sécession, et Paul et Charlotte y avaient assisté. Des exemplaires étaient en vente, et Paul en avait acheté un. Il avait été séduit par le sujet de l'ouvrage qui s'intéressait au rôle des femmes pendant cette période particulière de l'histoire du pays, mais son style académique rendait sa lecture extrêmement pénible. Il n'avait pas pu aller au bout du premier chapitre. Depuis, le livre était resté sur l'étagère de son bureau, et, comme il avait assuré à Angélique qu'il l'avait apprécié de bout en bout, il redoutait qu'elle ne lui demande un jour quel chapitre il avait préféré.

Elle habitait sur Park Boulevard, à Stratford, dans une vaste maison de plain-pied avec une façade revêtue de pierres de parement. La route n'était séparée du détroit que par une étroite bande côtière. La vue était magnifique. Long Island n'était rien d'autre qu'une langue de terre posée sur l'horizon.

Un SUV de couleur verte était garé dans l'allée, hayon ouvert. Le coffre était à moitié rempli de bagages et de sacs. Paul tourna dans l'allée au moment où Angélique sortait de la maison en tirant une petite valise à roulettes. Quand elle l'aperçut qui descendait de sa Subaru, elle ouvrit de grands yeux étonnés.

— Paul, ça alors !

Elle avait conservé une trace d'accent français. Un jour, elle avait raconté à Paul qu'elle avait quitté Paris pour l'Amérique alors qu'elle n'avait que dix ans. Ses deux parents s'étaient vu proposer des postes d'enseignants à l'université de Cornell. Quand elle parlait, il était évident qu'elle n'était pas d'ici, mais, comme elle s'était coupée de la France depuis plusieurs dizaines d'années, il était difficile d'identifier ses origines. C'était une femme menue, avec des cheveux blond cendré qui lui tombaient par mèches devant les yeux.

Il l'attendit à l'arrière de sa voiture et tendit la main pour prendre la valise quand elle arriva à sa hauteur.

— Laisse-moi faire.

Il se saisit de la valise et la glissa dans le coffre.

— Merci, dit-elle, mais ne te vexe pas si Charles la change de place. Il organise le coffre comme s'il faisait une partie de Tetris.

Charles, se rappela Paul, n'était pas le nom de son ex-mari. Angélique remarqua son expression interloquée et sourit.

— Mon nouveau copain. On a loué une maison trois semaines dans le Maine.

— C'est formidable.

— Tu as l'air en forme.

Il n'en était pas persuadé, mais il accepta le compliment avec un haussement d'épaules.

— Excuse-moi de débarquer à l'improviste.

Elle sourit.

— Personne ne vient ici par accident. J'habite un peu hors des sentiers battus.

— C'est vrai, je ne suis pas là par hasard.

Paul lui exposa son projet, aussi succinctement qu'il put, et en mettant cette fois de côté tout ce qui avait trait à la machine à écrire.

— Tu cherches à comprendre comment Kenneth fonctionne, en fait.

— En résumé, oui. Tu as dit à la journaliste que ça t'avait surprise.

— Qui ne l'a pas été ? C'est une énigme, notre Kenneth. J'ai été sous le charme un moment. Je n'aurais jamais cru être du genre à…

Un homme grisonnant, mince et bronzé, en short, sortit de la maison à grands pas.

— Où étais-tu passée ? lança-t-il à Angélique. Il y a encore la bouffe à…

Il s'interrompit quand il vit qu'elle discutait avec quelqu'un.

— Oh, désolé.

Angélique fit les présentations. Elle mentionna que Paul était un collègue sans préciser ce qui lui était arrivé.

— J'ai acheté cette voiture à Charles, dit Angélique.

— Elle est entrée dans la concession et je me suis dit, tant pis si je ne vends pas de voiture à cette femme, mais je veux son numéro de téléphone.

— Chéri, commence à remplir la glacière avec ce qu'il y a sur le côté du droit du frigo, dit-elle.

Si Charles comprit qu'on le mettait sur la touche, il n'en laissa rien paraître.

— Bien sûr. Ravi d'avoir fait votre connaissance, Paul.

Celui-ci hocha la tête. Alors que Charles retournait à l'intérieur, Angélique dit :

— Si tu as quelque chose à me demander, c'est le moment ou jamais.

— Parle-moi de lui.

Elle jeta un coup d'œil en direction du détroit.

— Comme je l'ai dit, c'est une énigme. C'était un charmeur. Tu savais qu'il était poète à ses heures ?

— À ce qu'il paraît.

— Il m'arrivait parfois de trouver, sur mon mail interne ou sous ma porte, un court poème qu'il avait tapé à la machine. De petits poèmes d'amour. Franchement mauvais, en fait.

Elle adressa à Paul un sourire entendu.

— J'imagine qu'un professeur de lettres serait plus doué pour ce genre d'exercice, mais Kenneth enseigne la physique et les maths, qui ne sont pas des disciplines particulièrement romantiques. Mais il a essayé.

— Tu te rappelles certains d'entre eux ?

Elle fit non de la tête.

— Ils étaient peu mémorables, et j'ai fini par les jeter. Je me souviens d'un, sur la beauté des formes féminines, *l'un des plus glorieux accomplissements de la nature*.

Elle rit.

— C'était gênant. Quand j'y repense, je me demande quels indices, qui m'auraient donné une idée de ce dont il était capable, je n'ai pas su relever.

C'était le même poème qu'il avait testé sur Charlotte, se rappela Paul. Peut-être n'avait-il qu'un poème en lui.

— Je vais te raconter une histoire. Après notre... est-ce que le mot *badinage* est trop précieux ? Encore qu'à l'époque il est possible que j'aie pris cela plus au sérieux. Enfin, bref, c'était terminé depuis un certain temps, et lui et moi, nous nous sommes retrouvés au même moment dans le salon des professeurs. Sans parler ni interagir d'aucune façon, mais j'étais consciente de sa présence. C'était embarrassant. J'ai essayé de l'éviter. J'allais partir quand j'ai reçu un appel sur mon portable m'apprenant que mon fils, Armand, avait été blessé. Il avait huit ans, à l'époque, une voiture l'avait renversé sur un passage piéton près de l'école. Il avait été transporté à l'hôpital. Dieu merci, sa vie n'était pas en danger, mais c'était sérieux. J'ai failli m'évanouir. Mon mari était en déplacement professionnel à l'étranger. Kenneth m'a emmenée à l'hôpital, je n'étais pas en état de conduire, et il a passé toute la nuit là-bas avec moi. Je lui ai dit de rentrer chez lui, mais il ne voulait rien savoir. Dieu sait ce qu'il a dit à Gabriella pour expliquer son absence, mais il m'a tenu compagnie, est allé chercher un médecin après que j'étais restée des heures sans nouvelles. Il a pris soin de moi. Sans jamais donner à penser qu'il attendait quoi que ce soit en retour. Il a vu que j'avais besoin d'aide, alors il m'a aidée... et c'est cet homme qui a égorgé ces femmes.

Paul décida de faire une nouvelle tentative auprès de Harold Foster.

Il se rappela un livre qu'il avait lu autrefois. Il avait été écrit par une chroniqueuse judiciaire légendaire de Miami. Souvent, quand elle contactait les proches d'une victime de meurtre dans l'espoir d'ajouter quelques détails personnels à son article, on lui raccrochait au nez. Elle attendait quelques minutes et recommençait, prétextant qu'ils avaient été coupés. Souvent, dans l'intervalle, il se trouvait un autre membre de la famille pour vouloir parler à la presse, faire savoir au monde que quoi que les flics aient pu en dire, leur parent décédé était quelqu'un de bien, et pas un voyou qui avait eu ce qu'il méritait.

La situation de Harold n'était pas tout à fait comparable, mais lui aussi pouvait avoir changé d'avis.

Après sa visite à Angélique, Paul prit un itinéraire qui le faisait passer devant la Milford Savings & Loan. Alors qu'il approchait de la banque, il aperçut Foster, qui en sortait par l'entrée principale et se dirigeait vers le parking attenant. Paul se rangea rapidement le long du trottoir, coupa alors le moteur et descendit de son véhicule. Le banquier était pratiquement arrivé à la hauteur de sa voiture quand il vit Paul approcher. Il l'attendit.

— Harold, dit Paul d'une voix qui se voulait agréable.

Foster resta interdit.

— Depuis notre dernier échange, j'espérais que vous seriez maintenant disposé à répondre à quelques questions.

— C'est quoi, votre problème ? Foutez-moi la paix.

— Écoutez, je suis sincèrement désolé, mais si vous ne voulez pas m'aider maintenant, alors je reviendrai demain. Et si vous ne voulez toujours pas m'aider, je reviendrai le jour d'après.

— Monsieur Davis, je comprends que vous ayez vécu une expérience traumatisante. Mais je vous prie de croire que j'ai moi-même subi un certain nombre de désagréments dont j'ai un peu de mal à me relever. Vous ne pouvez pas vous rentrer ça dans le crâne, si épais et cabossé soit-il ?

— Je vous dis à demain, alors.

Foster poussa un soupir exaspéré.

— Très bien. Qu'est-ce que vous voulez à la fin ?

Maintenant que Foster semblait avoir capitulé, Paul devait trouver le courage de poser sa question. Il hocha la tête d'un air penaud. Se sentit rougir.

— La vérité, c'est que je n'ai en réalité qu'une seule question à vous poser et que vous allez la trouver étrange.

Foster se raidit.

— Depuis le décès de votre femme, avez-vous jamais... avez-vous jamais eu la sensation... c'est là que ça devient bizarre, mais soyez indulgent... qu'elle essayait d'entrer en contact avec vous d'une manière ou d'une autre ?

— Je vous demande pardon ?

— N'avez-vous jamais eu l'impression qu'elle vous parlait ? Vous savez, l'impression qu'on a quand on perd un être cher, qu'il est, d'une certaine manière, toujours à vos côtés ?

— Un être cher, reprit platement Harold Foster.

— Oui.

— Vous êtes sérieux ?

— Oui.

— Et pourquoi me posez-vous cette question ?

Paul hésita.

— Je vous serais reconnaissant de bien vouloir y répondre sans que j'aie à m'expliquer.

— Très bien. Je vais répondre à votre foutue question.

Un sourire narquois passa sur son visage.

— Parfois, en effet, j'imagine Jill en train de me parler. J'entends sa voix dans ma tête.

— Vraiment ? dit Paul, qui sentit son cœur faire un petit bond d'encouragement.

— Vraiment.

— Et vous l'entendez dire quoi ?

— Elle me dit : « Petit veinard, Kenneth Hoffman t'a rendu un sacré service, pas vrai ? »

Paul en resta bouche bée. Il était non seulement choqué par ce qu'il venait d'entendre, mais aussi par le fait que Harold Foster était à présent prêt à prononcer le nom du meurtrier de sa femme.

— Et vous savez ce que je lui réponds ? poursuivit-il. Je lui dis : « Tu as bien raison. » Voilà ce que je lui réponds. Hoffman m'aura débarrassé d'une salope, sournoise et infidèle. Je ne me suis jamais senti aussi bien depuis qu'elle est morte, si vous voulez tout savoir. C'est comme si j'avais été guéri du cancer. J'ai l'impression de pouvoir recommencer ma vie.

Paul se demanda si la stupéfaction qu'il ressentait se lisait sur sa figure.

— Franchement, ça a été tellement plus simple qu'un divorce. Combien de fois j'ai envisagé de le demander, mais la perspective des démarches à accomplir m'arrêtait. Les disputes, les récriminations, les avocats, les nuits sans sommeil, le partage des biens. C'est sans fin. Comme il serait facile d'éviter tout ça en tuant simplement son conjoint. Bien entendu, je ne serais jamais passé à l'acte. Je n'y aurais même jamais pensé. Mais, grâce à Hoffman, j'ai aujourd'hui conscience que le meurtre représente un formidable gain de temps. Je me demande parfois si je ne devrais pas lui faire un chèque.

Après ça, Paul ne voyait pas quelle autre question lui poser.

— Est-ce que ça éclaire votre lanterne ? demanda Foster.

Comme Paul ne disait rien, l'homme déverrouilla sa voiture, se mit au volant et démarra le moteur.

Paul était toujours planté là quand Foster s'éloigna.

Il se rendit compte, quand il tourna dans sa rue, que la voiture de Charlotte était juste devant lui. Elle mit son clignotant, s'engagea dans leur allée, et il vint se ranger juste derrière elle. Ils descendirent de voiture au même moment.

— Salut, dit Charlotte en marchant vers lui.

— Salut.

Elle s'approcha de lui avec hésitation, les yeux baissés, comme une fille pourrait le faire si elle voulait inviter un garçon à danser. Mais ce n'était pas de la timidité. Elle semblait presque apeurée.

— J'ai fait quelque chose dont je voudrais te parler, parce que je n'ai pas envie que tu le découvres toi-même et que tu te fâches parce que je ne te l'aurais pas dit.

— De quoi parles-tu ? demanda-t-il, inquiet.

— Je suis allée voir le Dr White, répondit-elle en le regardant droit dans les yeux.

Paul ne dit rien.

— Je me fais tellement de souci pour toi, Paul. Tu me fais très peur. Je ne regrette pas d'être allée la voir. Tu peux te mettre en colère autant que tu voudras, ça m'est égal. Il fallait que je lui parle.

Paul n'était pas en colère. Il posa les mains sur les épaules de sa femme.

— Tout va bien.

Puis, après un silence :

— Qu'est-ce qu'elle a dit ?

— Que veux-tu qu'elle m'ait dit ? répondit Charlotte, les yeux remplis de larmes. Elle n'a pas le droit de dire quoi que ce soit. Tu es son patient. Moi pas.

— Qu'est-ce que tu lui as dit, alors ?

— Que je ne savais pas ce qui t'arrivait. Tu as agressé un homme ! Tu rentres à la maison pour repartir aussitôt. Je ne sais pas où tu vas, qui tu vas voir. Tu as peut-être l'impression de devenir fou, eh bien, figure-toi que moi aussi.

Il voulut la prendre dans ses bras, mais elle résista, puis il insista, et elle se laissa faire.

— Je suis désolé.

— Il faut que tu m'écoutes. Je veux que tu te fasses aider. Je veux que tu me promettes que, si le Dr White ne peut rien pour toi, tu iras voir quelqu'un d'autre. Que tu vas aller au fond des choses. Que tu vas comprendre pourquoi... tu fais ce que tu fais.

— J'ai essayé. J'ai passé ma journée à parler avec des gens.

— Qui ça ?

Paul le lui dit, provoquant un soupir inquiet.

— Tu penses vraiment qu'impliquer toutes ces personnes est la meilleure chose à faire ? Plus tu parles, plus de gens penseront que tu es...

Elle ne termina pas sa phrase.

— Plus de gens penseront que je suis quoi ?

— Rien.

— Dingue ? Plus il y aura de gens qui me prendront pour un dingue ? C'est ce que tu voulais dire ?

— Ce n'est pas ce que... Je n'en peux plus. C'est trop pour moi.

Elle se retourna. Elle avait toujours ses clés à la main, et elle ouvrit la porte d'entrée. Elle entra, ferma la porte derrière elle, laissant Paul planté là dans l'allée.

Je suis en train de la perdre, pensa-t-il. *Si elle ne me croit pas, qu'est-ce que je vais devenir ?*

Sans le soutien de Charlotte, il n'était pas certain d'avoir la force de se sortir de ça. Quoi que fût ce *ça*.

La porte s'ouvrit de nouveau. Charlotte se tenait là, en larmes.

— Qu'est-ce qui ne va pas ? demanda-t-il. Qu'est-ce qu'il y a ?

— Ce n'est plus drôle, Paul.

— Qu'est-ce que tu racontes ?

— Pourquoi tu fais ça ? Pourquoi tu me fais ça à *moi* ?

— Charlotte, de quoi parles-tu ?

Elle pointa un doigt par-dessus son épaule. Paul lui passa devant et se rua à l'intérieur, montant les marches qui conduisaient à la cuisine deux à deux. Arrivé sur le palier, il se figea.

Le sol de la cuisine était jonché de feuilles de papier.

Des feuilles volantes. Le même genre de papier qui alimentait son imprimante. À première vue, vingt, peut-être trente feuilles. Éparpillées dans la pièce.

Une phrase dactylographiée sur chacune d'elles.

Paul se pencha pour commencer à les ramasser, une par une. À les lire. Il s'efforçait de ne pas trembler, mais chaque feuille dans ses mains était comme une feuille d'arbre dans la tempête.

Du sang partout

Des éclats de rire pendant que nous hurlions

Qu'avons-nous fait pour mériter ça ?

Notre infidélité ne méritait pas une condamnation à mort

Paul leva les yeux de la liasse de feuilles et tourna son regard vers la porte du bureau.

L'Underwood lui rendit son regard.

Paul se sentit observé et se retourna : Charlotte se tenait en haut des marches.

— Dis-moi juste la vérité. Est-ce que c'est toi ?

Il la regarda droit dans les yeux.

— Non. Je le jure.

Elle hocha la tête, très lentement, se tourna vers la machine à écrire et dit :

— Alors il va falloir se débarrasser de cette saloperie.

34

Paul n'eut pas besoin de réfléchir longtemps pour élaborer un plan.

— On la prend, on la met dans le coffre, on roule jusqu'au milieu du pont, et on la balance dans la Housatonic.

— Oui. On pourrait faire ça, acquiesça Charlotte. Je n'ai rien contre l'idée.

Paul la dévisagea d'un air sceptique.

— J'entends un *mais*.

— Si c'est ce que tu veux, très bien, mais tu as intérêt à le faire de nuit. Si tu balances quelque chose dans la rivière, tu es bon pour te prendre une amende. Pour dépôt d'ordures sauvage. Et comment te justifierais-tu si la police venait à passer par là ? Pourquoi jeter une machine à écrire d'un pont ? Quelle histoire leur raconterais-tu ? Et, même la nuit, il y a probablement des caméras de surveillance.

Paul secoua lentement la tête.

— Il n'y a pas un autre pont, un autre endroit où…

Charlotte leva la main.

— Écoute, pour l'instant, sortons-la d'ici. On discutera plus tard de l'endroit où on pourra s'en débarrasser définitivement.

Elle réfléchit un moment pendant qu'ils se tenaient là, épaule contre épaule, à regarder l'Underwood.

— Le garage ?

Paul se mordilla la lèvre.

— En quoi ça réglera le problème ? S'il y a vraiment quelque chose avec ce truc, ce n'est pas en le changeant de pièce que ça va s'arrêter.

— La jeter dans la rivière non plus, mais là ou dans le garage, tu ne l'entendras plus la nuit, dit Charlotte. Cette... *chose* pourra taper autant de messages qu'elle voudra dans le garage. Tant qu'on ne le sait pas, on n'aura pas à s'en soucier.

— D'accord, dit-il avec un soupçon de défaite dans la voix. Ça marche.

Il saisit la machine par en dessous. Il se rendit compte que c'était la première fois qu'il la déplaçait.

— C'est lourd, ce machin, fit-il remarquer.

— Je te l'ai dit. C'est un frigo avec des touches.

En veillant à ne pas glisser sur les feuilles de papier par terre, Paul traversa la cuisine et descendit au rez-de-chaussée. Au pied des marches, à angle droit avec la porte d'entrée, se trouvait la seconde porte – équipée elle aussi d'un verrou – qui conduisait dans le garage. Charlotte passa devant Paul, tourna le verrou et lui tint la porte ouverte. Comme il s'agissait d'une porte intérieure, elle était pourvue de charnières à ressort, pour qu'elle se referme toute seule, afin de prévenir de possibles émanations accidentelles de monoxyde de carbone.

Elle actionna l'interrupteur. Le garage était encombré de cartons, de plusieurs vieilles bicyclettes, de meubles inutiles.

— Là, dit Paul en désignant du menton quelque chose dans le coin.

Charlotte montra du doigt un ancien coffre à couvertures poussé contre le mur.

— Ça, là ?

Paul acquiesça de la tête, passant le poids de la machine d'un bras à l'autre.

— Oui. Ouvre-le, voir s'il y a quelque chose à l'intérieur.

Le coffre faisait environ un mètre de long pour une cinquantaine de centimètres de haut et de profondeur. Charlotte souleva l'abattant.

— Il y a un paquet de vieux *Life* et de *National Geographic*.

— Bon sang, pourquoi on a ça, nous ? Ils étaient à mes parents. Tu ne peux pas dégager la place nécessaire en les poussant ?

Charlotte se mit à genoux et commença à empiler les magazines sur le côté, créant un espace sur la gauche.

Il se pencha et posa la machine à écrire au fond du coffre. Après avoir lâché prise, il plia les doigts pour rétablir la circulation de son sang.

— Elle pèse son poids, cette saloperie. C'est bon, ferme-le.

Charlotte referma le couvercle du coffre tandis que Paul promenait son regard dans la pièce.

— Quoi ? demanda-t-elle.

— Je cherche quelque chose de lourd à poser dessus.

— Bon sang, Paul, ce n'est pas le clown de *Ça*. Il ne va pas jaillir et nous sauter dessus.

Paul n'avait rien à lui répondre. Il dénicha trois cartons d'emballage sur le côté desquels on avait griffonné le mot *livres* au marqueur noir. Il les posa sur le dessus du coffre.

— Ça devrait faire l'affaire, dit-il. Ces cartons pèsent une tonne.

Il tapa dans ses mains, comme pour les épousseter.

Charlotte s'accrocha à son bras.

— Tu penses pouvoir te détendre un peu maintenant ?

Comme il ne disait rien, elle insista :

— Paul ?

— Il y a encore quelqu'un à qui je voudrais parler.

— Qui ?

— Gabriella Hoffman, dit-il, et il vit le doute s'immiscer dans les yeux de sa femme.

— Ça va t'avancer à quoi ?

— Ce n'est pas parce que j'ai enfermé cette machine à écrire dans une boîte que je ne me pose plus de questions.

— Je ne sais pas, Paul. C'était peut-être une erreur. Tu as besoin de mettre tout ça derrière toi, à mon avis, de ne plus vouloir tout ressasser.

Elle jeta un coup d'œil au coffre lesté par les cartons de livres.

— Je n'aurais jamais dû acheter cette chose.

— Et s'il devait en être ainsi ?

— Qu'est-ce que tu veux dire ?

— Et si tout cela faisait partie d'une sorte de plan ?

Charlotte détourna le regard, refusant d'écouter.

— Laisse-moi parler. Quelle que soit la manière dont on peut expliquer l'existence de ces messages, il est possible que cette machine à écrire ait appartenu à Kenneth Hoffman, que ce soit celle sur laquelle il a contraint ces femmes à écrire leurs excuses. Quelle chance avais-tu d'être attirée par ce vide-greniers en particulier, de tomber sur cette machine, par hasard ? D'acheter un objet qui soit lié à quelqu'un que je connais, à un problème sur lequel je pensais éventuellement écrire ? Quelle était la probabilité que ça se produise ?

— Faible, dit Charlotte tout bas.

— Exactement. Quasi nulle. Alors que c'est bien plus crédible si c'était prédéterminé d'une façon ou d'une autre. Et si une sorte de force t'avait guidée jusque-là ?

— Bon sang, Paul. Quelle force ? Le plan de qui ?

— Je ne sais pas. Tu as retrouvé les propriétaires de la maison ?

— Je te l'ai dit, j'ai passé des coups de fil, mais je n'ai pas encore eu de retour.

— Ça n'a aucune importance, si ça se trouve. On n'est peut-être pas censés savoir. La machine à écrire *est*, tout simplement. Elle n'a pas d'autre histoire que ce que Hoffman leur a fait écrire dessus. Elle vit dans ce *moment*-là.

— On dirait un épisode de *Twilight Zone*.

Paul ne put se retenir de rire.

— Tu m'étonnes. Mais je pense que je dois aller jusqu'au bout, quoi que je découvre à la fin. Et il faut pour cela que je parle à Gabriella et, à la toute fin, à Kenneth, qui pourra...

— Attends une minute. Kenneth ?

— Gabriella pourrait peut-être faciliter les démarches, si elle est d'accord.

— Pourquoi le serait-elle ?

— Elle refusera peut-être. Mais ça vaut le coup d'essayer.

Il saisit Charlotte par les épaules.

— Qui sait. Peut-être qu'elle a autant besoin de réponses que nous.

— Je viendrai avec toi.

— Non, ça ira. C'est quelque chose que je dois faire seul.

Charlotte paraissait en être moins sûre que lui.

— Je m'inquiète pour toi. À t'imaginer là-bas poser des questions qui ont l'air...

— ... folles ?

Elle soupira, résignée. Ils traversèrent le garage jusqu'à la porte qui les ramènerait à l'intérieur de la maison. En la refermant, Paul jeta un dernier coup d'œil au coffre à couvertures, puis il éteignit la lumière.

35

— J'avais peur que vous ne refusiez de me voir, avoua Paul à Gabriella Hoffman.

— Pas du tout, répondit-elle en lui ouvrant la porte. Cela me semble la moindre des choses.

Au lieu de passer à l'improviste comme il l'avait fait avec les autres, Paul avait téléphoné à Gabriella pour lui demander de le recevoir. Elle n'avait pas cherché à connaître l'objet de sa visite, si bien qu'il en vint à se demander si elle ne s'était pas attendue à ce qu'il l'appelle, un jour ou l'autre.

Même si Paul et Kenneth avaient été collègues, Paul n'avait jamais mis les pieds au domicile des Hoffman. C'était une imposante maison à étage, dans le nord de Milford, en retrait de la route. Paul s'attendait à un certain degré de laisser-aller, pas nécessairement comparable à ce qu'il avait trouvé chez Gilford Lamb, mais, lorsqu'une tragédie frappe un foyer, certaines choses sont parfois délaissées.

Or le jardin était magnifiquement entretenu. Des massifs fleuris, des arbustes parfaitement taillés. Il se rangea le long d'un Toyota RAV4 noir, sonna à la porte, et on le fit entrer.

Gabriella, grande, mince, des cheveux argentés mi-longs, était décrite comme une femme de quarante-neuf ans dans l'article de Gwen Stainton, mais en paraissait davantage. Malgré cela, elle avait l'air en forme, et gardait la tête haute, comme si elle n'avait à rougir de rien.

Elle lui dit qu'ils seraient plus à l'aise dans la cuisine pour bavarder, et elle l'y conduisit. Elle posa une cafetière à moitié pleine et deux mugs sur la table. Ils s'assirent l'un en face de l'autre.

— J'ai souvent songé à prendre contact avec vous, dit-elle.

— Vraiment ?

— Quand on découvre qu'on a été mariée à un monstre, on ne peut pas s'empêcher de se sentir responsable de certaines de ses monstruosités.

— Je ne vous reproche rien. Ça ne m'a jamais effleuré.

Gabriella sourit et lui tapota la main.

— C'est gentil à vous. La vérité, c'est que je n'ai jamais trouvé le courage de vous contacter. Et malgré mon désir sincère d'offrir mes condoléances, quelque chose, n'importe quoi, à Harold et à Gilford, je dois admettre qu'il m'a fait défaut pour ça aussi. Qu'est-ce que je leur dirais ? Et ce n'est pas en leur apportant une douzaine de muffins faits maison que tout sera pardonné. Plusieurs fois j'ai essayé d'écrire, à eux, et à vous, mais chaque fois mes lettres ont fini à la corbeille.

Paul ne savait pas quoi dire.

Gabriella continua :

— Je lisais un jour une histoire qui a eu lieu au Canada. Un militaire respecté s'est révélé être un tueur en série, et sa femme ne s'était jamais doutée absolument de quoi que ce soit. Je pense à elle, et je me demande comment elle fait pour se lever chaque matin en sachant qu'elle a vécu avec cet homme sans rien deviner, et qu'elle aurait peut-être pu faire quelque chose ?

— Je préfère ne pas imaginer.

— Ce que Kenneth a fait n'est pas aussi horrible mais, mon Dieu, on n'en est pas loin. S'il y a une chose dont il faut se réjouir, c'est que vous ayez survécu.

— Eh bien, dit Paul. Je suppose que oui.

Elle posa une main sur son bras.

— Je crois que nous nous sommes croisés quelques fois à des événements organisés par la faculté.

— En effet.

— Vous étiez au courant ?

Paul tressaillit.

— Au courant de quoi ?

— Que Kenneth se tapait toutes les femmes qui le voulaient bien ?

Sa crudité le décontenança un instant. Il avait honte de la réponse qu'il allait donner.

— Oui.

— Comme tout le monde, je suppose.

— Je ne peux pas parler pour les autres, mais c'est probable. Et maintenant, face à vous, je me sens complice d'une certaine manière. Ce n'est pas dans ma nature de porter des jugements moralisateurs mais, si j'avais critiqué le comportement de Kenneth, cela aurait peut-être changé les choses.

— Oh, je ne voulais pas vous culpabiliser. Je me posais juste la question. Ne vous en veuillez pas. J'étais parfaitement au courant.

— Ah bon ?

— Oh, je vous en prie. Je savais qu'il me trompait à l'occasion. Je savais quel genre d'homme il était.

Encore que d'apprendre qu'il en voyait deux en même temps m'a quelque peu surprise.

— Oui, je veux bien le croire.

Elle posa les mains à plat sur la table et redressa sa colonne vertébrale, comme pour signaler un changement de sujet dans la conversation.

— Kenneth parlait souvent de vous. En fait, il continue à le faire.

— Vraiment ?

— Je lui rends visite tous les quinze jours. Qu'on le croie ou non, il est bourrelé de remords. Surtout à votre propos. Vous étiez un bon ami.

— Je ne sais pas ce qui me surprend le plus. Qu'il parle de moi ou que vous lui rendiez visite en prison.

— Il est toujours mon mari.

— Vous n'avez jamais... Pardonnez-moi, ça ne me regarde probablement pas, mais vous n'avez jamais eu envie de mettre un terme à ce mariage ? Ses infidélités seraient en elles-mêmes un excellent motif de divorce, alors, après ce qu'il a fait...

Au moment même où Paul posait la question, il prit brusquement conscience de l'endroit où il était assis.

Il se trouvait dans la cuisine des Hoffman. Là où ça s'était passé. Son regard s'égara sur la table. Se pouvait-il que ce soit la même ? Était-ce là qu'on avait posé la machine à écrire ? Était-il assis sur la chaise sur laquelle Jill Foster avait été ligotée ? Ou Catherine Lamb ?

Quelle force de caractère il avait fallu pour nettoyer cet endroit après qu'il les eut égorgées ? Y avait-il encore du sang incrusté dans le grain du bois ? Était-ce ici que deux femmes avaient demandé grâce, espérant que des excuses tapées à la machine pourraient les sauver ?

— Paul ?
— Veuillez m'excuser, qu'est-ce que vous dites ?
— Je vous avais perdu, on dirait.
— J'avais la tête ailleurs. Vous disiez ?
— C'est vous qui parliez. Vous vous demandiez pourquoi je n'avais pas divorcé de Kenneth.
— Je suis désolé. Cela ne me regarde pas.
— Si difficile à concevoir que cela puisse paraître, lui aussi est une victime. Une victime de ses propres pulsions. Depuis qu'il est en prison… il a tenté de mettre fin à ses jours. À ma connaissance, il a fait au moins une tentative. Kenneth est mon mari. Pour le meilleur ou pour le pire. C'est le serment que j'ai fait. Les serments ne sont pas des paroles en l'air, vous savez.
— Kenneth a prononcé les mêmes vœux. À propos de la fidélité et du renoncement à toutes les autres femmes.
Gabriella sourit d'un air triste.
— On ne peut pas dire qu'il les ait respectés, n'est-ce pas ?
Paul frissonna.
— Et la maison. Vous n'avez pas pensé à la vendre, à quitter Milford ?
— Si vous croyez que c'est facile. Votre femme est dans l'immobilier, n'est-ce pas ?
— Oui.
— Elle sait probablement à quel point il est difficile de vendre une maison dans laquelle s'est déroulé un drame. Avec le temps, peut-être, mais ce que Kenneth a fait est encore bien trop présent dans l'esprit des gens.
Elle marqua une pause.
— Pour moi, ça le sera toujours.
Elle but une gorgée de café, posa son mug.

— Alors, qu'y a-t-il de si important que vous éprouviez le besoin de venir me voir ?

Mieux valait ne pas tourner autour du pot.

— J'aimerais voir Kenneth.

— Ah ?

— Je me disais que ça pourrait m'aider si vous lui parliez, prépariez le terrain, et que vous lui demandiez de m'inscrire sur la liste des visiteurs autorisés.

Elle réfléchit un moment à sa demande avant de déclarer :

— Cela ne devrait poser aucun problème, mais je dois vous demander pourquoi.

— Au début, je voulais juste le voir pour lui parler. Ces huit derniers mois… même si je sais qu'ils ont été très pénibles pour vous, ont été assez difficiles pour moi. Je crois souffrir de stress post-traumatique. Je fais des cauchemars récurrents, j'ai des pertes de mémoire. Il y a même des moments où il m'arrive de percevoir des choses que je crois réelles, mais qui ne le sont pas.

Gabriella le dévisagea avec un étonnement compatissant.

— Mon Dieu, c'est affreux, mais pensez-vous que le voir vous aidera en quoi que ce soit ?

— Je me trompe peut-être totalement, mais je le pense, oui. Je pense que le fait de me confronter directement à lui, d'en faire de nouveau une personne réelle, au lieu d'une sorte de démon qui vient hanter mes nuits, va pouvoir m'aider.

Si le fait de comparer son mari à un démon la blessa, elle n'en laissa rien paraître.

— Je suis en train d'écrire sur ce qui m'est arrivé. J'ignore la forme que cela prendra. Des mémoires, un roman, ou peut-être simplement quelque chose que j'écris pour moi et qui ne sera jamais lu par personne. Mais je pense que le processus m'aide à accepter ce qui s'est passé. J'ai parlé à ceux qui ont été affectés par les crimes de Kenneth.

Gabriella plaqua sa main sur sa bouche.

— Oh, non. Vous voulez dire Harold et…

— Oui.

Elle semblait mortifiée.

— Qu'est-ce qu'ils vous ont dit ? Comment… Non, ne me dites rien. Je ne pense pas être prête à entendre ça.

— Je comprends.

Gabriella prit quelques instants pour se ressaisir.

— Vous consultez quelqu'un, je suppose.

— Effectivement.

— Il pense que c'est une bonne idée ?

— Elle. Elle ne m'a pas semblé convaincue, mais elle ne s'y oppose pas. En fait, elle veut bien m'accompagner, si Kenneth accepte que je lui rende visite.

— Vous avez dit *au début*. Il y a une autre raison pour laquelle vous voudriez le voir ?

— Avant de répondre à cette question, j'aimerais vous demander autre chose, quelque chose qui va peut-être vous sembler bizarre.

— Je vous écoute.

— Vous n'avez jamais l'impression d'être… hantée par les femmes que Kenneth a tuées ?

Elle inclina légèrement la tête de côté, comme si elle n'avait jamais imaginé qu'on puisse lui poser cette question.

— Je suppose que oui.

— Comment cela se manifeste-t-il ?

— Je ne sais pas… Parfois, j'imagine que je peux les voir, à cette table. Qui me demandent pourquoi.

— D'accord, et quand vous les voyez, jusqu'à quel point vous paraissent-elles réelles ?

— Bien trop réelles. Je veux dire, même si je n'ai pas été témoin de ce qui s'est passé, je peux m'en faire une idée très nette, malheureusement.

Gabriella concentra son attention sur Paul :

— Pourquoi me posez-vous cette question ?

C'est parti.

— Il est possible que sa machine à écrire soit en ma possession.

Le visage de Gabriella se figea.

— Je vous demande pardon ?

— Je pense que la machine sur laquelle Kenneth a obligé ses victimes à taper leurs excuses est chez moi.

— Ce n'est pas possible. On ne l'a jamais retrouvée. Comment pourriez-vous l'avoir ? Kenneth s'en est débarrassé le soir des meurtres. La police ne l'a jamais trouvée. Non, c'est tout simplement impossible.

Avant qu'il ait pu lui en dire davantage, elle demanda :

— Quel genre de machine est-ce ? Décrivez-la-moi.

— C'est une Underwood. Un très vieux modèle. En métal noir. L'ancienne machine à écrire manuelle typique. Ma femme l'a achetée récemment lors d'un vide-greniers.

Gabriella semblait faire un effort de mémoire.

— C'est drôle, je l'avais sous les yeux tous les jours, et maintenant je ne me rappelle plus si c'était une Royal, une Remington ou une Olympia. Des marques qui me ramènent à mon enfance. Mais oui, notre vieille machine à écrire était peut-être une Underwood, c'est possible. Mais il y en a des millions. On en trouve dans presque n'importe quelle boutique d'occasion. Qu'est-ce qui vous fait croire que c'était la nôtre ?

Paul avait réfléchi à la manière dont il répondrait à cette question.

— C'est un sujet dont je serais prêt à discuter avec Kenneth.

— Vous devriez me le dire, dit-elle en se rembrunissant. Après tout ce que j'ai enduré avec cet homme, j'ai bien le droit de savoir ce que vous me cachez.

— J'aimerais d'abord lui en parler. S'il souhaite vous faire part de ce que je lui aurai dit, cela ne me pose aucun problème.

Cette réponse n'eut pas l'air de la satisfaire, mais elle n'insista pas. Alors qu'elle s'apprêtait à lui demander autre chose, ils furent interrompus par le bruit d'un pick-up qui s'arrêtait devant la maison.

— Mon fils est rentré, dit-elle.

— Est-ce que vous pourriez prendre contact avec Kenneth et lui transmettre ma demande ?

Gabriella se leva, à l'évidence impatiente d'accueillir son fils.

— Je vais voir ce que je peux faire. Parfois ces choses-là peuvent s'organiser plus facilement qu'on ne le pense. Et quel est le nom de la personne que vous voudriez emmener ?

Paul le lui donna. Elle acquiesça de la tête et se dirigea vers la porte d'entrée.

Elle s'ouvrit avant qu'elle ne l'atteigne. Leonard Hoffman, qui portait toujours son tablier taché de crème glacée, entra dans la maison.

Il regarda Paul et s'exclama :

— Vous !

36

— Bonjour, Leonard, dit Paul.

— Vous vous connaissez ? demanda Gabriella, surprise.

— C'est le sale type dont je t'ai parlé.

— Attends, quoi ?

— Leonard passe assez souvent dans notre rue pour vendre ses glaces, expliqua Paul, sur la défensive. La dernière fois, je l'admets, j'ai fait état d'un certain lien entre lui et moi.

Gabriella parut aussi déçue qu'en colère.

— Qu'est-ce qui vous a pris ? Pourquoi avoir mêlé mon fils à ça ? Vous ne pensez pas qu'il a suffisamment souffert de ce que son père a fait ?

— Je suis navré, je…

— Il m'a appelée pour dire qu'un homme lui avait posé des questions sur son père, mais je ne m'étais pas imaginé que c'était vous.

Paul regarda Leonard d'un air penaud.

— Je suis désolé. Je n'avais pas l'intention de vous faire de la peine.

— Leonard, pourquoi ne vas-tu pas manger un petit quelque chose pendant que je raccompagne ce monsieur ?

Le jeune homme hésita, ne sachant pas trop s'il était prêt à être mis de côté.

— D'accord, finit-il par dire, et, lançant un coup d'œil par-dessus son épaule avant de disparaître dans la cuisine, il ajouta : Je ne veux plus vous revoir ici.

— Vraiment, je suis désolé, assura Paul à Gabriella.

— Il y a un sujet que nous n'avons pas eu l'occasion d'aborder, dit-elle tout bas, c'est à quel point ça a été dur pour Len.

— J'imagine bien que…

— Non, vous ne pouvez pas. Len n'a pas été l'enfant le plus facile du monde à élever. Il a connu son lot de difficultés, mais vous pouvez dire ce que vous voulez sur Kenneth, il adore son fils et il a toujours été là pour lui.

— Quel est son… ?

— Leonard n'a pas de « problème », si c'est le mot que vous alliez utiliser. Bien qu'il ait juste toujours été un peu plus lent que les autres enfants, il n'y a rien qui cloche chez lui. Il n'était peut-être pas destiné à suivre des études supérieures, mais maintenant il a ce travail de marchand de glaces qui a beaucoup fait pour lui redonner confiance en lui. Pouvez-vous imaginer ce que ça a été pour lui de voir son père envoyé en prison pour ce qu'il a fait ? Dieu merci, il est sorti du système scolaire depuis quelques années maintenant. Les autres gamins lui auraient fait vivre un calvaire.

— Je ferais mieux d'y aller, reconnut Paul.

— Peut-être, en effet.

Mais Paul n'avait fait aucun mouvement vers la porte, et Gabriella en devina la raison.

— Je le ferai quand même pour vous. Je contacterai Kenneth, et la prison.

— Merci. Je peux vous donner mon numéro de portable ?

Elle alla chercher un stylo et un bout de papier.

— Quand j'ai parlé à Leonard, dit Paul avec hésitation, il a dit que c'était ma faute.

— Quoi donc ?

— Si je n'étais pas tombé sur Kenneth par hasard, il aurait pu échapper à la police.

— Cela vous surprend ? Je pense que, à un certain niveau, Leonard ne peut pas y croire. Qu'il doit y avoir des circonstances atténuantes. Que son père n'a pas pu faire ce dont on l'accuse.

Paul hocha la tête.

— Merci pour le temps que vous m'avez consacré, Gabriella.

Il était près de vingt-deux heures quand Paul arriva chez lui.

Une fois à l'intérieur, il ferma la porte d'entrée à clé. Alors qu'il s'apprêtait à monter l'escalier, son regard fut attiré par la porte du garage.

Il tendit la main vers la poignée, puis la retira.

Pas la peine de vérifier.

Mais plus il restait planté là, plus il savait qu'il allait devoir se rassurer. Comme lorsque vous retournez chez vous pour vérifier que vous avez bien éteint la gazinière. Vous savez que vous l'avez fait, vous savez qu'elle est éteinte, mais il faut que vous en ayez le cœur net.

Il tourna le verrou, ouvrit la porte, et passa la main à l'intérieur pour actionner l'interrupteur. Il se faufila entre les divers cartons et meubles jusqu'à atteindre le coin opposé du garage, où les cartons de livres étaient empilés sur le coffre à couvertures.

C'est n'importe quoi. Évidemment qu'elle est là-dedans.

Il retint son souffle, aux aguets. Si les touches fonctionnaient toutes seules à l'intérieur du coffre, il les entendrait.

Et il n'entendait rien.

Ce qui était bon signe, non ?

Et même s'il s'était passé quoi que ce soit dans ce coffre depuis que Paul y avait déposé la machine, il n'avait pas laissé de papier. Elle ne pouvait donc rien communiquer.

Non, minute.

Ce n'était pas vrai.

Et ces feuilles éparpillées dans la cuisine ? Comment avaient-elles pu se trouver là ?

Comment ces feuilles avaient-elles été insérées dans la machine ? Et comment diable en étaient-elles sorties ?

Paul commença à retirer les cartons de livres du coffre. Quand il l'eut débarrassé, il s'agenouilla, glissa sa main dans la rainure sous l'abattant afin de pouvoir le soulever facilement.

Vas-y.

Soulève et regarde à l'intérieur.

Il prit une grande inspiration et souleva le couvercle.

— Paul !

— Bon sang ! s'écria-t-il en laissant retomber le couvercle et en se retournant brusquement. Son cœur cognait dans sa poitrine.

Charlotte avait passé la tête dans l'encadrement de la porte entrebâillée du garage.

— Qu'est-ce que tu fabriques ? Je t'ai entendu rentrer, mais tu n'es pas monté.

— Tu m'as fichu une trouille bleue, dit-il, toujours à genoux.

— Que se passe-t-il ?

— Rien... je vérifiais. C'est tout.

Il se retourna vers le coffre et souleva le couvercle, éclairant l'intérieur.

La machine à écrire était toujours là et il n'y avait pas de feuille enroulée autour du cylindre.

La gorge serrée, Paul abaissa le couvercle et se releva.

— Alors ? demanda Charlotte.

— Elle est là.

— Bien sûr qu'elle est là. Allez, viens te coucher !

Il hocha la tête, penaud, traversa le garage, éteignit la lumière et ferma la porte derrière lui.

37

Le lendemain, peu après midi, Paul était devant son ordinateur portable quand son téléphone sonna.

— C'est arrangé pour demain, lui annonça Gabriella Hoffman. Pour vous deux.

— Je ne sais pas comment vous remercier. Il a accepté de me voir ?

— Oui.

Il appela ensuite Anna White pour lui dire qu'ils étaient attendus pour une visite au parloir avec Kenneth Hoffman, si elle était toujours partante.

— Je le suis, répondit-elle sans hésitation.

Il lui faudrait annuler ses rendez-vous de la journée et s'assurer de la disponibilité de Rosie, une infirmière retraitée qui habitait à côté et passait voir son père chaque fois qu'Anna devait s'absenter un certain temps.

— On prendra ma voiture.

Paul allait demander pourquoi, puis il se dit que, s'il avait affaire à quelqu'un ayant subi un traumatisme crânien et dont tout indiquait qu'il était limite paranoïaque, il préférerait lui aussi prendre le volant.

— Comme vous voudrez, dit-il. Je passe chez vous, et on ira avec votre voiture.

— Charlotte n'a donc pas voulu nous accompagner ? demanda Anna alors qu'ils sortaient de son allée en marche arrière.

L'établissement pénitentiaire dans lequel Kenneth purgeait sa peine se trouvait près de Waterbury. Anna estimait qu'il y en aurait pour presque une heure de route. Elle entra l'adresse dans le GPS intégré de son SUV Lincoln. Ils commenceraient par prendre la route de Derby jusqu'à la Highway 34, obliquant légèrement vers l'ouest avant de remonter vers le nord sur la 8.

— Elle savait que j'essayais d'arranger cette visite mais, quand elle a su que vous aviez accepté de m'accompagner, elle a pensé que c'était mieux ainsi. Elle m'a dit qu'elle était venue vous voir.

Anna lui lança un regard en coin.

— Je lui avais conseillé de le faire. Il n'y avait aucune raison de garder ça secret. Elle s'inquiète pour vous.

— Aujourd'hui plus que jamais.

— C'est que vous traversez plus d'épreuves qu'avant.

— Il n'y a pas que ça. Elle semble juste plus… attentionnée. En dehors des moments où elle me croit totalement cinglé. Quoi qu'il en soit, elle a décidé de prendre une journée de son côté et de quitter la ville. Sa mère vit à Tribeca, et elle ne l'a pas vue depuis des semaines. Elles ne sont pas vraiment proches, en fait, cela m'a un peu surpris, mais bon, je l'ai déposée à la gare ce matin. Connaissant Charlotte, elle trouvera aussi le temps de faire un saut chez Bloomingdale avant de prendre son train.

Anna fit une embardée pour éviter un nid-de-poule. Trop tard. Un bruit de ferraille se fit entendre à l'arrière de la voiture. On aurait dit qu'il provenait de l'intérieur du véhicule. Anna répondit avant que Paul puisse poser la question :

— Des clubs de golf.

— Ah, vous jouez ?

— Un peu. Chaque fois, il me manque un nouveau club. Mon père n'arrête pas de les utiliser pour taper quelques balles dans le jardin et il ne les remet jamais en place.

Elle changea de sujet :

— Qu'espérez-vous retirer de cette rencontre avec Kenneth, au juste ?

— Je n'en attends rien de précis. Je verrai comment ça se passe.

Elle remarqua une enveloppe en papier kraft sur ses genoux.

— Qu'est-ce qu'il y a là-dedans ?

— Quelque chose que je veux lui montrer, si on me le permet.

— Je peux voir ?

Il sortit plusieurs feuilles de l'enveloppe. C'étaient les messages qu'il avait trouvés dans la machine et ceux éparpillés sur le sol.

Anna y jeta plusieurs coups d'œil pendant que Paul les feuilletait à son intention.

— Je ne sais tout simplement pas quoi en penser, Paul.

— C'est une preuve.

— De quoi, exactement ?

Il lui lança un regard.

— Vous pensez peut-être que c'est la preuve de ma folie. Je pense pour ma part que c'est la preuve que

Jill et Catherine Lamb essaient d'entrer en contact avec moi.

Anna préféra ne pas répondre.

Ils firent encore quelques kilomètres sans échanger un mot, puis Paul rompit le silence :

— Parlez-moi de Frank, de votre père.

— Eh bien, c'est un homme merveilleux. Un animateur à la retraite. Il a travaillé pour la Warner Bros., il a même connu Walt Disney. Il continue à regarder des dessins animés tous les jours sans exception. Il vit avec moi depuis le décès de ma mère. Depuis un an environ... les problèmes ont commencé. Confusion mentale. Il me prend parfois pour ma mère, sa femme. À d'autres moments, il veut que je l'emmène lui rendre visite. Je crains que nous ne soyons sur la mauvaise pente.

— Ça arrive.

Elle pinça les lèvres avant de continuer :

— Il m'a tellement soutenue et pendant si longtemps. Il me demande maintenant de lui trouver un endroit. Il craint d'être un fardeau pour moi.

Elle se pinça de nouveau les lèvres, comme si cela pouvait refouler les larmes.

— Il dit que je n'ai aucune raison de le garder à la maison.

— Il n'essaierait pas de vous culpabiliser ?

— Ce n'est pas du tout ça. Il se fait sincèrement du souci pour moi.

Elle laissa échapper un petit rire.

— Il veut que je mette le nez dehors. Vous savez comment il a appelé notre déplacement d'aujourd'hui, en prison ? Une excursion amusante.

Paul rit.

Anna se tut un moment. Puis :

— Je ne sais pas ce que je vais faire. Ce que je vais devoir finir par faire. Pour l'instant, ça va, on se débrouille, mais dans six mois ? Difficile à dire. La visite de cette unité d'élite de la police l'a sérieusement secoué.

Elle regarda en direction de son passager et sourit.

— Vous n'imaginez pas le nombre de psys qui ont une vie personnelle totalement chaotique. Nous prodiguons des conseils aux autres pour qu'ils reprennent leur vie en main alors que la nôtre est une vraie cata !

Elle eut un ricanement d'autodérision.

— Nous sommes les évangélistes qui se font prendre avec une prostituée alors qu'ils font la morale aux masses.

Paul sourit.

— Nous sommes des gens comme les autres, poursuivit Anna. Des gens comme les autres, avec un morceau de papier qui en jette encadré au mur. Au bout du compte, nous avons les mêmes doutes que tout un chacun. Est-ce que l'on progresse ? Est-ce que l'on sert à quelque chose ? Est-ce que l'on aide vraiment nos patients ?

— Vous m'avez aidé, dit Paul.

La bouche d'Anna forma un petit sourire forcé.

— J'espère bien. Et pourtant nous sommes là, en route pour aller rencontrer un meurtrier. Et je ne vois absolument pas quel bien cela pourrait vous faire.

— C'est une plongée dans l'inconnu pour nous deux.

— J'aimerais que ce GPS puisse nous dire si on a pris la bonne décision.

Paul regarda ses mains cramponnées au volant. Il ne vit aucun pansement.

— Comment va votre doigt ? demanda-t-il.

Elle lui décocha un sourire.

— Il a bien cicatrisé, merci.

Une sensation agréable envahit Paul. Il avait envie de toucher Anna, d'effleurer son bras. D'avoir un contact physique avec elle, si insignifiant fût-il. Il se revit lui tenant la main sous l'eau du robinet, épaule contre épaule.

Ils n'échangèrent presque plus un mot pendant la demi-heure qui suivit. Jusqu'à ce que la voix du GPS ordonne à Anna de quitter l'autoroute à la prochaine sortie. Quelques kilomètres et virages plus tard, ils aperçurent au loin un bâtiment entouré d'une clôture métallique particulièrement haute couronnée de grosses spires de barbelés.

— Ça ne ressemble vraiment pas à une garderie, fit remarquer Anna.

— Non, admit Paul.

Il se tourna vers elle alors que la voiture approchait des grilles.

— Tout d'un coup, je ne sais plus trop si c'est une bonne idée.

— Rien ne vous oblige à aller plus loin. Je peux faire demi-tour.

Paul pressa ses lèvres l'une contre l'autre.

— On est sur place. Autant aller jeter un œil. Si on m'envoie ici pour ce que j'ai fait à Hitchens, peut-être que, Kenneth et moi, on finira dans la même cellule.

38

Charlotte n'avait pas menti à Paul au sujet de Manhattan. Ni même pas au sujet de sa visite à sa mère. Elle avait l'intention d'aller la voir, si elle avait le temps. Et Paul avait raison quand il avait dit pour plaisanter en la déposant à la gare de Milford qu'elle trouverait bien un moment pour faire un saut chez Bloomingdale.

Or elle n'allait à New York pour aucune de ces raisons.

Elle descendit du train, entra dans le terminal de Grand Central, et en ressortit par le marché. Puis elle héla un taxi presque aussitôt sur Lexington.

— Soixante-troisième et Park Avenue, dit-elle en claquant la portière.

Le taxi prit la direction du sud, le chauffeur mal rasé et en surpoids se décalant dans la file de gauche pour tourner dans la Quarante et unième. Un long bloc d'immeubles plus loin, il remonta la Troisième Avenue vers le nord pendant que Charlotte tentait de couper le son de la mini-télévision fixée à la séparation devant elle.

— Belle journée, dit le chauffeur.

Charlotte n'avait pas envie de parler de la pluie et du beau temps.

Comme d'habitude, la circulation était dense, mais un quart d'heure plus tard le taxi ralentissait sur la Soixante-troisième Rue, à quelques centaines de mètres de Park Avenue.

— Vous descendez où ? demanda le chauffeur.

— Ici, n'importe où. Arrêtez-vous là.

Le taxi visa le côté gauche de la rue. Charlotte glissa une coupure de dix et deux billets d'un dollar dans le plateau sous le panneau en Plexiglas et descendit. Sur le trottoir, elle leva les yeux pour déchiffrer le numéro des immeubles. Elle ne s'était jamais rendue à cette adresse, mais elle savait, pour avoir consulté Google Maps de bonne heure le matin même, que sa destination devait pratiquement se trouver devant elle.

Elle vit la plaque.

BENJAMIN MARKETING

C'était un repère en bronze discret, guère plus grand qu'une plaque d'immatriculation, fixé sur le côté de l'immeuble à hauteur d'homme, près d'une porte à tambour, que Charlotte poussa. Elle se retrouva dans un petit hall revêtu de marbre. Un vigile leva les yeux derrière le comptoir d'accueil.

— Je peux vous aider ?

— Je viens voir Hailey Benjamin, dit-elle, sachant qu'il était probablement inutile de préciser le nom de l'entreprise.

— Un instant, fit-il en décrochant un téléphone.

Charlotte avait anticipé cette situation. Elle attendait la question.

— Votre nom ? demanda le vigile en la regardant.

— Charlotte Davis.

L'agent de sécurité répéta le nom dans le combiné, raccrocha et dit :

— Vous pouvez monter. Seizième étage.

Charlotte monta dans l'ascenseur, imaginant la réaction de Hailey quand on lui avait donné le nom de la personne qui demandait à la voir. Elle devait être tellement stupéfaite que la femme de son ex-mari se trouve dans le hall de cet immeuble qu'elle pouvait difficilement refuser de la rencontrer au seul motif qu'elle n'avait pas rendez-vous.

Alors que la cabine passait le quatrième étage, Charlotte se demanda si Hailey allait informer son mari, Walter, de sa présence. Walter Benjamin était le président de Benjamin Marketing, et si, théoriquement, elle travaillait pour lui, il s'agissait plutôt d'un partenariat, d'après ce que Charlotte avait entendu dire.

Quand les portes de la cabine s'ouvrirent au seizième étage, Hailey était là, devant le mur sur lequel le nom de l'entreprise s'étirait sur plus de six mètres en grandes lettres bleues.

— Charlotte, dit-elle sur un ton mi-accueillant mi-interrogatif.

— Hailey.

— Tu as pris une journée pour profiter de la ville ? demanda Hailey avec un sourire forcé.

— Quelque chose comme ça. On peut se parler quelque part ?

— Euh, bien sûr. De quoi s'agit-il ? Il est arrivé quelque chose ? Est-ce que tout va bien ?

— Trouvons d'abord un endroit discret.

Hailey glissa un mot à l'homme à la réception avant de conduire Charlotte le long d'un corridor vitré jusqu'à une porte sur laquelle s'étalaient les mots CONFERENCE ROOM B.

À l'intérieur, une table en verre rectangulaire suffisamment grande pour accueillir une dizaine de personnes. Hailey tira une chaise chrome et cuir noir pour Charlotte avant de s'asseoir elle-même sur celle d'à-côté.

— Je peux t'offrir quelque chose ? De l'eau gazeuse ? Un cappuccino ?

— Non. Hailey, je sais que toi et moi n'avons pas exactement été les meilleures amies du monde pendant toutes ces années.

Hailey ne dit rien, attendant la suite.

— Mais il ne s'agit pas de moi mais de Paul. Je sais qu'au fond tu dois encore tenir à lui, et…

— Bien sûr que je tiens à Paul. Ce n'est pas parce que ça n'a pas marché entre nous que je n'ai pas de sentiments pour lui. Nous avons eu un enfant ensemble. Que se passe-t-il ? Ça ne va pas ? Il est malade ? Cela a un rapport avec ce qui lui est arrivé ?

— Oui… et non. Il n'est plus lui-même. Il… Il croit à des choses qui n'ont aucun sens.

— Comme quoi ?

— Pour commencer, il entend des choses.

— Comment ça ? Des voix, tu veux dire ? Paul entend des voix ?

— Pas exactement. Mais…

La porte s'ouvrit. Un homme entra : grand, les cheveux gris, vêtu d'un costume bleu foncé et d'une chemise blanche portée col ouvert, sans cravate.

— Charlotte ?

— Walter.

Elle commença à se lever, mais il fit un geste des deux mains, comme s'il avait le pouvoir de la maintenir assise sur son siège grâce à une force qui émanait d'elles.

— Je t'en prie, reste assise. Quel plaisir de te voir. Il y a un souci avec Paul ?

— Pourquoi demandes-tu cela ? demanda Charlotte d'une voix teintée de méfiance.

— C'est juste que...

Il s'interrompit, regarda Hailey.

— J'ai dit à Walter que tu étais dans l'ascenseur, reconnut Hailey, et nous avons tout de suite pensé que Paul avait des ennuis. Il est retourné voir le neurologue ? C'est ça ?

— Non, dit Charlotte. C'est un problème différent. Si je suis venue ici, c'est parce qu'il faut que vous sachiez que Paul traverse une très mauvaise passe, et je ne pense pas pouvoir y faire face seule.

Hailey haussa les épaules dans un geste d'impuissance.

— Parle-moi de ces voix qu'il entend.

— Bon sang, il entend des voix ? s'exclama Walter.

— Je n'ai jamais parlé de voix, précisa Charlotte. Il s'agit plutôt de bruits, pendant la nuit, des bruits que je n'entends pas.

— C'est une bonne chose que tu nous en parles, dit Walter. Merci.

Charlotte lui jeta un regard.

— Merci ?

— Eh bien, c'est bon à savoir. À cause de Josh.

Walter se tourna vers sa femme.

— Je n'ai pas raison ? S'il y a quelque chose qui ne tourne pas rond chez Paul, il faut qu'on soit au courant.

— Qu'est-ce que tu veux dire par là ? demanda Charlotte.

Hailey la regarda d'un air confus.

— C'est juste que si Paul est instable, eh bien, on devra en tenir compte quand ce sera votre tour d'avoir Josh chez vous.

— Moi, je n'ai aucun problème, rappela Charlotte. Et je ne suis pas en train d'insinuer que Paul serait *dangereux*.

— Bien sûr que non, s'empressa de dire Hailey. Mais je ne peux pas m'empêcher de me soucier de l'environnement de Josh. Cela pourrait être très perturbant pour lui s'il est témoin de... crises de la part de son père. Il est rentré très contrarié de sa dernière visite chez vous.

Walter secouait la tête de gauche à droite, comme s'il avait anticipé cette situation.

— Nous savons que Paul n'est pour rien dans ce qui lui est arrivé. Il n'a pas demandé à cet homme de l'agresser. C'est une terrible tragédie, à tout point de vue. Mais nous devons gérer les conséquences, que cela soit juste ou pas.

— Non mais je rêve ! s'exclama Charlotte.

— Eh bien, s'il est paranoïaque, poursuivit Walter, il est tout simplement hors de question de laisser Josh sans surveillance avec lui.

— Je suis obligée de donner raison à Walter, appuya Hailey.

Charlotte repoussa sa chaise et se leva.

— Je suis ravie de vous savoir à ce point concernés, dit-elle.

— Non, Charlotte, je t'en prie, protesta Hailey en posant la main sur son bras.

Charlotte la retira d'un geste brusque.

— Je suis venue ici pour chercher un soutien, ou, à défaut, un peu de compréhension, peut-être même pour y voir un peu plus clair. Mais regardez ce que vous êtes en train de faire. Vous voulez profiter des malheurs de Paul pour obtenir la garde exclusive de Josh.

— C'est ridicule, déclara Hailey.

— Comment oses-tu ? renchérit Walter.

— C'est ce que vous voudriez, hein ? La garde exclusive. Chasser Paul de la vie de son fils. Dans son état, il a besoin de l'amour de son fils plus que jamais. Il a besoin de se savoir aimé.

— C'est absurde, dit Hailey. Je ne ferais jamais ça à Josh ni à son père.

— C'est exactement ce que vous semblez laisser sous-entendre. Ça vous faciliterait peut-être l'existence que Paul en vienne à se suicider.

Hailey hoqueta et eut un mouvement de recul.

— D'où est-ce que tu sors ça ? Comment peux-tu dire une chose pareille ? Paul est *suicidaire* ?

Charlotte éclata en sanglots :

— Je ne sais pas ! Je ne sais plus rien.

Elle se ressaisit rapidement.

— Je dis juste que ça vous faciliterait les choses.

Elle fixa son regard sur Walter.

— Comme ça, vous pourriez arrêter de vous plaindre sans arrêt d'être pris dans les bouchons sur le FDR quand vous venez à Milford.

— Je crois qu'il est temps que tu t'en ailles, Charlotte, dit Walter.

— Je suis entièrement d'accord.

Alors qu'elle se dirigeait vers la porte de la salle de conférence, elle s'arrêta, comme si elle avait oublié quelque chose.

Elle se retourna et regarda Hailey.

— Comment as-tu fait pour entrer l'autre jour ? demanda-t-elle.

— Quoi ?

— Chez nous. Tu as ouvert la porte avant qu'on descende vous ouvrir. Tu as une clé ? Tu as un double de celle de Josh ?

— Qu'est-ce que tu insinues à la fin ? demanda Hailey.

Charlotte s'en alla sans leur adresser un mot de plus.

39

Paul et Anna ne furent pas autorisés à apporter grand-chose dans l'enceinte principale de la prison. Clés de voiture, sac à main, portefeuille, et même la petite monnaie : il fallut tout inspecter. Le gardien demanda ce qu'il y avait dans l'enveloppe de Paul. Des « papiers », répondit celui-ci. Le gardien l'ouvrit et jeta un coup d'œil à l'intérieur, assez longtemps pour constater qu'elle contenait bien des papiers et rien d'autre – peut-être s'attendait-il à y trouver deux ou trois joints –, mais pas pour voir ce qui y était imprimé. Et il autorisa Paul à les conserver.

— Vous avez eu de la chance, lui souffla Anna alors qu'on leur faisait franchir deux grilles.

On avait pris les dispositions nécessaires pour que la rencontre avec Kenneth Hoffman se fasse dans une pièce séparée du parloir commun. Paul n'avait jamais mis les pieds dans une prison – Anna lui confia qu'elle avait effectué deux « sorties de terrain » dans des établissements pénitentiaires pendant sa formation –, et il se surprit à tenter d'enregistrer tous les détails durant leur trajet jusqu'au lieu de rendez-vous. Les parpaings des murs peints en vert pâle, le fracas métallique des grilles, l'odeur d'hommes affligés. Cela ressemblait étrangement à un lycée, sauf que, à la place des fenêtres, il y avait des barreaux et que, à la place de gamins qui se bousculaient dans les couloirs, il y avait des gens sans espoir.

Et puis cette sensation qu'à tout moment quelqu'un pouvait vous planter un couteau entre deux côtes.

Paul avait une dizaine de questions à poser au gardien, bâti comme une armoire à glace, qui les escortait à travers la prison. Y avait-il déjà eu une émeute ? une évasion ? Est-ce que les familles ou amis des détenus essayaient vraiment de dissimuler des limes dans des gâteaux ? Mais, ne voulant pas passer pour un idiot, il les garda pour lui.

— Nous y voilà, dit le gardien comme ils arrivaient devant une porte métallique percée, à hauteur d'homme, d'un judas de quelques centimètres de diamètre.

Il la déverrouilla et les fit entrer dans un espace glauque et gris d'une dizaine de mètres carrés. À l'exception de la caméra d'angle fixée près du plafond, il n'y avait là rien d'autre qu'une table et trois chaises ; deux d'un côté, une de l'autre. Paul remarqua l'anneau métallique boulonné au plateau de la table, et les taquets qui fixaient les pieds au sol.

— Asseyez-vous, dit le gardien, en indiquant d'un geste les deux chaises côte à côte. Je reviens.

Il partit en fermant la porte derrière lui.

Ils s'assirent.

Au bout de trois minutes, Paul regarda Anna et lui dit :

— J'espère qu'ils ne nous ont pas oubliés.

Huit minutes plus tard, la porte s'ouvrait à nouveau. Le gardien entra, suivi de Kenneth Hoffman.

Paul se leva et considéra celui qui avait été son ami, sidéré par ce qu'il voyait. Dans sa combinaison orange à manches courtes, Hoffman, qui devait probablement faire plus d'un mètre quatre-vingts, s'était voûté, comme si un énorme rocher invisible était posé sur sa nuque. Et lui qui avait pesé dans les quatre-vingts kilos paraissait en avoir perdu quinze. Ses bras étaient fins et noueux, et sous sa barbe grise clairsemée – Paul l'avait toujours connu rasé de près –, ses joues étaient creusées. Il avait perdu presque tous ses cheveux, et la peau rose de son crâne se devinait à travers ses dernières mèches grises.

Tout cela en huit mois de temps.

Mais ce qui le frappait le plus, c'était ses yeux. Ils n'avaient aucun éclat, aucune profondeur. On avait l'impression qu'ils étaient recouverts de papier paraffiné.

Des yeux morts.

— Paul, dit Hoffman d'une voix basse et plombée.

— Kenneth, répondit Paul.

Il allait lui tendre la main, mais on leur avait défendu tout contact physique.

— Et vous êtes ? demanda Hoffman en regardant Anna, toujours assise.

— Docteur Anna White.

— Une psy, j'imagine.

Il sourit, découvrant des dents brunies.

— Vous n'êtes pas ici pour me faire un examen rectal.

— Asseyez-vous, dit le gardien, puis, avant de passer la porte, à Paul et à Anna : Si vous avez besoin de quoi que ce soit, criez.

Hoffman s'assit. Depuis qu'elle s'était présentée, il n'avait pas quitté Anna des yeux.

— Ça peut paraître totalement stupide, dit Paul, mais tout ce qui me vient, c'est de te demander comment ça va ?

Kenneth esquissa un sourire.

— Au poil.

— Merci de nous recevoir.

— Je n'ai pas beaucoup de visites, dit-il avec un haussement d'épaules. Ça fait plaisir de briser la monotonie. Et tu es la première personne de West Haven à venir me voir. J'aurais pensé que tu aurais été le tout dernier. Comment ça se passe, là-bas ?

— Je n'y suis pas encore retourné. Je suis en congé, dit Paul sans la moindre ironie.

— Ah, oui, j'oubliais, dit Kenneth.

Il regarda Paul droit dans les yeux.

— Si tu es venu ici réclamer des excuses, je peux t'en faire.

Paul jeta un coup d'œil à Anna. Celle-ci haussa imperceptiblement les sourcils. Elle savait que ce n'était pas nécessairement ce à quoi Paul s'attendait, et même si cela avait été le cas elle supposait qu'il ne s'était pas attendu à les obtenir si vite.

— Je regrette de t'avoir entraîné dans ce gâchis, déclara Kenneth. Enfin, j'ai fait ce que j'ai cru bon de faire sur le moment, mais j'aurais voulu que ça se passe différemment.

Il marqua un temps d'arrêt.

— Comme j'allais me faire prendre de toute façon, je suis content que tu aies survécu.

Il sourit avec ironie.

— Se débarrasser de deux cadavres aurait déjà été suffisamment pénible, mais trois ? Je serais probablement mort d'une crise cardiaque si j'avais dû creuser une troisième tombe.

Il sourit, retourna ses mains pour montrer ses paumes.

— En tout cas, j'aurais eu de sacrées ampoules.

Paul se tenait les mains jointes devant lui et sourit.

— Ça fait plaisir de te revoir.

Anna avait remarqué une marque au creux du poignet gauche de Kenneth, qui ressemblait à une cicatrice récente.

— J'ai été surpris d'apprendre que Gabriella te rendait visite.

— C'est une sainte, vraiment.

— J'aurais pensé qu'elle ne voudrait plus entendre parler de toi.

Kenneth haussa les épaules.

— Va comprendre, dit-il avec un sourire sardonique. Ça doit être le pouvoir magnétique que j'exerce sur les femmes, même sur celles que j'ai trompées.

Il regarda Anna.

— Qu'en pensez-vous ?

— Même Charles Manson avait ses admiratrices, répondit Anna sur un ton égal.

— Ouch, ça pique.

Il posa les yeux sur l'enveloppe sur la table, puis demanda à Paul :

— Alors, qu'est-ce qui t'amène ?

— Trois raisons, je suppose, répondit-il lentement en se préparant mentalement à aborder le sujet. Ces derniers huit mois ont été éprouvants. Il y a la guérison physique, bien sûr. Qui déjà n'a pas été de tout repos. Mais il y a aussi la guérison psychologique. Tu me hantes, Kenneth. Tu viens me visiter presque toutes les nuits. J'ai cherché différents moyens de faire face à ça, et j'ai pensé que te rencontrer pourrait m'aider à avancer. M'asseoir en face de toi pour me rappeler que tu n'es pas une sorte de… je ne sais pas, de force malfaisante et toute-puissante, mais juste un homme. Rien de plus. Tu n'es plus que l'ombre de toi-même. Tu ne serais pas une grande menace pour quiconque.

Paul se pencha en avant.

— Tu es brisé, Kenneth. Tu es un pauvre homme brisé qui a tenté de mettre fin à ses jours. Si bien que, ce soir, quand j'irai me coucher, c'est cette image de toi que j'emporterai avec moi dans mon sommeil. Pas celle de l'homme qui a tenté de me tuer, mais celle d'un homme pitoyable au bout du rouleau.

Kenneth soutint le regard de Paul.

— Content de pouvoir rendre service. Raison numéro deux ?

— Je voulais te demander pourquoi. Pourquoi un homme que je pensais connaître a fait quelque chose d'aussi monstrueux. Que s'est-il passé ? demanda Paul en se tapotant la tempe. Qu'est-ce qui a pété là-dedans pour te pousser à faire ce que tu as fait ? Le sais-tu seulement ?

Kenneth sembla prendre la question au sérieux.

— Tu crois que je ne me suis pas posé cette question un millier de fois depuis que c'est arrivé ? Je pense qu'en chacun de nous… en toi, en moi, même en vous, docteur White, il y a un démon qui ne demande qu'à se libérer. La plupart d'entre nous savent comment le garder enfermé. Nous le mettons sous clé dans une prison personnelle avec les barreaux de la morale. Mais, parfois, il arrive à écarter ces barreaux, juste assez pour s'échapper. Et s'il est resté longtemps captif, quand il finit par nous fausser compagnie, il veut rattraper le temps perdu.

Il sourit.

— Est-ce que ça répond à ta question ?

— Non, répondit Paul. Mais on n'obtiendra sans doute pas mieux.

— Et la raison numéro trois ?

Anna jeta un coup d'œil à Paul et à l'enveloppe sous sa paume.

— Les vide-greniers, ça te parle ? Des gens qui sortent leur camelote sur le trottoir pour les vendre aux gens qui passent en voiture dans leur quartier.

— Bien sûr. Je n'en ai pas fait depuis une éternité.

— Charlotte a déniché un objet intéressant dans une vente l'autre jour à Milford.

— Ah.

— Une vieille machine à écrire. Une Underwood.

Kenneth cligna des yeux.

— Et alors ?

— C'est bien sur une Underwood que tu as obligé Catherine et Jill à taper leurs excuses ?

— En effet.

— Je vais te raconter une histoire que tu ne vas pas croire, mais ça m'est égal. Ça va peut-être te faire rire, mais je n'en ai rien à foutre. La machine qui se trouve chez moi est, j'en suis certain, celle sur laquelle tu as obligé Catherine et Jill à taper leur repentir avant de les tuer.

Hoffman se renversa sur sa chaise et croisa les bras. Pendant plusieurs secondes, il parut interloqué, puis il gloussa.

— Ce n'est pas possible, dit-il. On ne l'a jamais retrouvée.

— Eh bien, si. Pas la police, je te l'accorde, mais quelqu'un l'a fait.

— N'importe quoi. Je l'ai balancée dans une benne à ordures. Qui a dû être vidée le lendemain.

L'Underwood a disparu depuis longtemps au fond d'une décharge.

— Non.

Il souleva le rabat de l'enveloppe et sortit les pages, qu'il disposa sur la table, une par une, afin que Hoffman puisse les lire. Celui-ci examina chaque feuille à mesure qu'on les posait devant lui.

— Qu'est-ce que c'est que ça ?

— Des messages. Des femmes que tu as tuées.

Kenneth releva la tête pour regarder Paul droit dans les yeux.

— Quoi ?

— Ils sont apparus dans la machine. Tout seuls.

Kenneth inclina la tête sur la droite, puis sur la gauche, un peu comme un chien qui n'arrive pas à interpréter ce qu'il voit.

— C'est une blague ?

— Non.

Kenneth éclata de rire, mais son hilarité paraissait forcée.

— Non, sérieusement. Ça, dit-il en tapotant une des pages de l'index, c'est du foutage de gueule intégral.

Paul secoua lentement la tête. Il remarqua qu'Anna s'était légèrement écartée de la table. C'était son moment.

— J'aurais aimé que ce soit une plaisanterie. Moi aussi j'étais sceptique au début. J'entendais taper pendant la nuit, alors qu'il n'y avait que Charlotte et moi à la maison. J'admets avoir envisagé des explications alternatives pendant un certain temps. La première était que quelqu'un s'introduisait dans la maison pour le faire. La seconde, que j'étais en train de perdre la tête et que j'écrivais ces messages sans même m'en rendre compte. Mais j'ai écarté ces deux théories. Et je crois que le Dr White ici présente me donnera raison, n'est-ce pas ?

Paul regarda Anna, guettant un acquiescement de la tête qui ne vint pas.

— Enfin, bref, continua-t-il. Il ne me restait plus qu'une seule explication possible. À savoir qu'il existe des forces qui échappent à notre entendement, et que Catherine et Jill tentent de communiquer avec moi. Qu'elles cherchent des réponses.

— Tu n'as pas oublié les matières que j'enseignais, Paul ? Les maths, la physique ? J'évoluais dans un monde rationnel. Et ce que tu me racontes là est délirant.

— Ce serait délirant si ces messages étaient sortis d'une autre machine que celle dont tu t'es servi.

Kenneth examina à nouveau les lignes de texte. Il passa le doigt sur les caractères.

— Le *h*, dit-il d'une voix à peine audible.

— Il est légèrement décentré. Et le *o* est à peine marqué. Ton Underwood faisait ça ?

Kenneth sembla faire un effort de mémoire.

— Je pense savoir ce qu'il se passe, dit-il.

Paul et Anna attendirent.

— Toi et ta psy, vous êtes en train de me jouer un tour. J'ignore de quoi il retourne exactement, et je ne sais absolument pas pourquoi cette idée vous est venue, mais c'est l'explication à laquelle je vais me tenir, parce que je suis sûr à cent pour cent que ce que tu me racontes n'est qu'un tissu de conneries.

— Pourquoi ? demanda Paul. Pourquoi ne serait-il pas possible qu'on ait affaire à un phénomène qui échappe à notre compréhension ?

Kenneth posa ses paumes à plat sur la table et martela sa réponse.

— Je te l'ai dit. La machine à écrire. Je l'ai jetée.

— Quelqu'un a dû la repérer au milieu des ordures. Avant qu'on ne vienne vider la benne. Cette personne ne savait absolument pas comment elle avait atterri là, et s'en foutait. Après quoi elle s'est retrouvée chez quelqu'un, et ces gens l'ont sortie un jour pour la vendre avant de quitter Milford. Dis-moi que ça n'a pas pu se passer ainsi.

Pour la première fois, le visage de Kenneth exprima le doute.

— À l'extrême limite, c'est possible. Mais ces messages ? Là, je ne marche pas.

Il les examina une dernière fois.

— Qu'est-ce que tu regardes ? demanda Paul.

— Les *e*, ils bavent un peu…

Hoffman parut avoir l'esprit ailleurs un moment, puis il leva les yeux.

— La justice n'a pas la machine, mais elle a les lettres…

— Les lettres que tu as obligé Catherine et Jill à écrire, dit Paul, devançant la pensée de Kenneth. Bien sûr. Ils pourraient comparer ces messages à ceux qu'ils ont sous scellés. Dans le temps, les caractères d'imprimerie étaient comme des empreintes digitales. Ils permettaient de savoir à quelle machine on avait affaire.

Le visage de Paul s'éclaira et il se tourna vers Anna.

— Comment n'y ai-je jamais pensé ? Vous croyez que je pourrais avoir accès à ces scellés ?

— Je n'en sais rien, répondit Anna. C'est possible.

Kenneth ne partageait pas l'excitation de Paul.

— Est-ce qu'il y a du sang dessus ? Est-ce qu'il y a du sang sur la machine à écrire ?

— Je n'en ai pas vu, en tout cas, dit Paul après un moment de réflexion.

Il y avait le sang de Josh, bien sûr, quand il s'était coincé le doigt dedans, mais Paul savait qu'il était inutile d'en faire mention.

— Mais il pourrait y avoir des traces, je suppose, sous les touches. J'imagine que la personne qui l'a vendue l'a nettoyée du mieux qu'elle a pu. Qui achèterait une machine à écrire d'occasion couverte de sang séché ?

Hoffman plissa le front. Ses yeux firent lentement le tour de la pièce avant de revenir se poser sur Paul.

— Qu'est-ce que tu vas en faire ? demanda-t-il. De l'Underwood.

— Pourquoi me poses-tu cette question ?

Hoffman secoua la tête avec colère.

— Je veux juste savoir.

— Je n'y ai pas vraiment réfléchi. Pour l'instant, je vais la garder chez moi.

— Tu vas l'apporter à la police ?

Paul se tourna à nouveau vers Anna.

— Je devrais, si c'est une preuve ?

Elle haussa les épaules. Kenneth répondit avant elle :

— À quoi cela servirait ? Tu veux relever mes empreintes dessus ? dit-il en riant. Ils m'ont eu. Tu penses qu'ils veulent m'inculper une deuxième fois ? Me condamner à sortir dans deux cents ans au lieu de cent ?

40

Paul et Anna n'échangèrent pas un mot avant d'avoir quitté la prison et de s'être retrouvés dans la voiture. Une fois les portières fermées, ils soupirèrent à l'unisson comme s'ils étaient restés en apnée deux heures durant.

Anna se tourna vers Paul :

— Ça va ?

— J'ai un peu la tremblote, mais oui, ça va. Et vous ?

— Tout va bien.

Elle se surprit à sourire, presque malgré elle.

— C'était assez excitant, en fait. Flippant, mais excitant.

— *Flippant* est un terme de psychologie ?

Elle rit.

— Quasiment.

— Il... Il ne me fait plus peur.

— Vous le lui avez bien fait comprendre.

Paul resta silencieux pendant qu'Anna faisait démarrer la voiture et sortait du parking de la prison.

— L'espace d'une seconde, il m'aurait presque fait pitié. Quand il évoquait ce démon caché en chacun de nous. J'ai trouvé que ça faisait presque sens, d'une certaine manière.

— Ou alors ce n'était qu'un prétexte. Écoutez, je voulais m'excuser pour tout à l'heure. Quand vous avez dit que j'en étais arrivée aux mêmes conclusions que vous concernant la source de ces messages, je ne me suis pas montrée d'un grand soutien.

— J'ai remarqué.

— J'aurais dû dire quelque chose.

— C'est peut-être moi qui vous dois des excuses. Je n'aurais pas dû prétendre lire dans vos pensées.

Elle hésita.

— À mon avis, Hoffman n'est pas convaincu que ces lettres aient été réellement écrites par Catherine et Jill, que deux femmes mortes communiquent avec vous par le truchement de cette machine.

Un autre temps d'arrêt.

— J'ai également du mal à le croire.

— Vous n'êtes donc pas prête à envisager la possibilité qu'il existe dans ce monde des forces qui échappent à notre compréhension ? Vous pensez ce genre de chose impossible ? Parce que, personnellement, j'ai plus ou moins épuisé toutes les autres options.

Anna regardait fixement droit devant elle à travers le pare-brise.

— Il fera presque nuit quand on sera rentrés.

— Ce n'est pas ce que vous appelez l'évitement, en psychologie ?

Elle lui lança un regard en coin.

— Je vais vous confier quelque chose que je ne devrais sans doute pas vous dire.

— Je vous écoute.

— Il y a douze ans, et même plus longtemps encore, ma mère a commencé à ne pas aller bien. Ce fut un long déclin. La vie est si injuste à cet égard, vous savez ? Parfois, je me dis que ce serait tellement mieux si on partait comme ça.

Elle souleva une main du volant et claqua des doigts.

— Sans jouer les prolongations. Ça peut être vraiment éprouvant pour tout le monde.

— Bien sûr.

— Il y a quelque chose que je n'ai jamais dit à personne. Ni à mon père, ni à aucun de mes amis, ni à mon ex-mari, même si on était déjà séparés à l'époque.

Paul hocha la tête.

— D'accord.

Ils avaient récupéré la route principale, prenaient de la vitesse.

— C'était un mardi soir, il était un peu plus de trois heures du matin.

Elle s'interrompit, inspira par le nez pour se donner du courage.

— Je dormais à poings fermés. Et j'ai entendu ma mère me parler. Aussi distinctement que je vous parle là maintenant. Elle a dit, et je ne l'oublierai jamais, elle a dit : « Il est temps de venir me dire au revoir. » Je me suis réveillée, et je continuais à l'entendre répéter ça dans ma tête. J'ai regardé le réveil, il était trois heures onze. Je ne veux pas en faire des tonnes, mais ma mère est née un onze mars.

Paul hocha lentement la tête.

— Elle était en soins continus à l'hôpital à ce moment-là. Je savais que c'était irrationnel. Je savais qu'elle ne pouvait pas vraiment me parler de cette manière, mais j'ai senti que je devais aller à l'hôpital.

Je me suis habillée à la va-vite, j'ai fait le trajet en voiture le plus vite possible et je suis entrée dans sa chambre.

La voiture passa sur une bosse et les clubs de golf à l'arrière s'entrechoquèrent comme un paquet de vieux ossements.

Paul se rendit compte qu'il retenait sa respiration.

— Que s'est-il passé ?

— Elle était éveillée. Elle regardait la porte. Comme si elle guettait mon arrivée. Elle a souri et a tendu la main vers moi.

Anna se couvrit la bouche de la main. Une larme coula sur sa joue. Il lui fallut un moment avant de pouvoir continuer.

— Elle était si petite, sa main. Un peu de peau et d'os. Je l'ai prise, et elle m'a dit, je le jure, elle m'a dit : « Je suis contente que tu aies reçu mon message. » Je sais que cela peut paraître dingue, mais c'est ce qui s'est passé.

Les yeux humides, elle lança un regard à son passager.

— C'est un truc de fou, non ?

Paul secoua lentement la tête.

— Non, pas du tout.

— Je suis restée à côté d'elle et, vingt minutes plus tard, elle était partie.

Paul ne savait pas quoi dire.

— J'ai appelé mon père, je l'ai réveillé, lui ai raconté un mensonge, comme quoi l'hôpital m'avait appelée. Que maman était morte. Je lui ai dit que j'étais en route pour l'hôpital.

Elle renifla.

— Je ne pouvais pas lui dire la vérité.

— Non, dit Paul.

— Comment aurais-je pu lui expliquer que j'étais déjà sur place ? Comment lui dire qu'elle était entrée en contact avec moi, et pas avec à lui ? Pourquoi n'a-t-elle pas aussi prévenu mon père d'une manière ou d'une autre ?

— Peut-être a-t-elle essayé, mais il ne l'a pas entendue.

Anna mit le clignotant et se rangea sur le bas-côté. Une fois à l'arrêt, elle enclencha la position parking.

— Désolée, dit-elle, mais j'ai besoin d'un peu de temps.

Elle laissa les larmes affluer. Elle montra du doigt la boîte à gants. Paul l'ouvrit, repéra une boîte de mouchoirs en papier. Il en arracha une demi-douzaine qu'il tendit à Anna.

— Bon sang, c'est tellement gênant.

Elle se tamponna les yeux, puis se moucha. Elle laissa tomber ses mains sur ses cuisses.

— Pour ne pas dire très peu professionnel. C'est moi qui suis censée garder la tête sur les épaules.

— Tout va bien.

Je peux la toucher. Ce n'est pas grave.

Paul tendit le bras et posa la main sur la sienne. D'une voix douce, il lui dit :

— Si vous l'avez caché à votre père, cela signifie que vous y croyez.

Elle le regarda.

— Même si je n'y croyais pas, même si ce n'était qu'un rêve et que je sois arrivée à l'hôpital par pure coïncidence, je n'ai pas pu le dire à mon père parce que lui y aurait peut-être cru. Et imaginez le mal que ça lui aurait fait. Si bien que je ne me suis jamais résolue à lui en parler.

Elle retira sa main pour la poser sur celle de Paul et la serrer.

— Je vous assure que ça m'a hantée pendant toutes ces années. Ça me fait du bien d'en parler enfin à quelqu'un.

Paul résista à l'envie de l'enlacer. Il brûlait de le faire.

— Bon, dit-elle, libérant sa main pour remettre la voiture en prise et jetant un coup d'œil dans son rétroviseur afin de vérifier qu'elle pouvait s'engager sans risque sur la chaussée, je suppose que l'essentiel c'est que la question reste ouverte, mais je ne peux pas statuer sur la réalité de ce qui vous est arrivé. Je n'en sais tout simplement rien.

— Je comprends.

Bon sang, je voudrais tant la prendre dans mes bras.

Mais ils avaient repris la route, Anna écrasant l'accélérateur. Quelques kilomètres plus loin, elle reprit la parole :

— Je pense que cette sortie vous aura fait du bien. S'il en ressort que Kenneth Hoffman n'est plus le croque-mitaine que vous imaginiez dans vos cauchemars, alors, rien que pour cela, elle en valait la peine.

— Je suppose, oui. Et j'ai pu lui montrer ces messages. Peut-être… Peut-être que j'espérais qu'il les prendrait au sérieux. Si cela avait été le cas, j'aurais pu me dire que je n'étais plus le seul à croire à l'invraisemblable.

— J'ai l'impression que ça l'a secoué. Encore que je ne sache pas trop ce qui l'a le plus troublé. Les messages, ou le fait que vous soyez entré en possession de ce qui pourrait être sa machine à écrire.

Le portable de Paul sonna. Il le sortit de sa veste et se rembrunit en découvrant le nom de la personne qui appelait.

— Qu'est-ce qu'elle me veut ? dit-il plus pour lui-même qu'à l'attention d'Anna.

— Qui est-ce ? voulut-elle savoir.

Paul mit le téléphone à son oreille.

— Hailey, est-ce que tout va bien ? Est-ce que Josh… Quoi… ? Charlotte est venue à ton bureau et quoi… ? Oui, j'ai effectivement eu quelques moments difficiles, mais… Je sais que Josh a une clé. Pourquoi est-ce qu'elle… ? D'accord, d'accord… d'accord. Merci de m'en informer… D'accord… Au revoir.

Il garda le téléphone en main, sans se donner la peine de le remettre dans sa veste.

— C'était bizarre, dit-il, en regardant droit devant lui.

— Que s'est-il passé ?

— Charlotte a dit qu'elle rendrait visite à sa mère aujourd'hui, mais elle est allée voir Hailey, soi-disant parce qu'elle se fait du souci pour moi, et qu'elle voulait avoir son avis. Et puis il y a eu une embrouille à propos de la clé de Josh, et…

— Qu'est-ce qu'il y a, Paul ?

Il secoua la tête, comme si cela pouvait clarifier ses idées.

— Je pensais à quelque chose dont je vais devoir parler à Charlotte en rentrant à la maison.

Anna préféra ne pas insister.

— D'accord.

Elle se rangea dans son allée à côté de la voiture de Paul et coupa le moteur. Elle leva les yeux vers la fenêtre de la chambre de son père, remarqua que la lumière était allumée.

— Merci encore pour tout, dit Paul en tirant la poignée de sa portière.

— Je vous en prie. Merci à vous. Ce fut une journée peu ordinaire.

Paul s'immobilisa. Il regarda à Anna et sut, à cet instant précis, ce qu'il avait envie de faire. Quelque chose qui lui était interdit. Et qu'il ne ferait pas.

— Il est temps que je file, dit-il en souriant. Je vous revois à notre prochaine séance.

— Oui, bien sûr.

Il descendit, claqua la portière, trouva ses clés, et déverrouilla sa voiture. Anna attendit qu'il soit sorti de l'allée et qu'il se soit éloigné dans la rue avant de descendre à son tour et d'entrer dans sa maison.

Sur le chemin du retour, Paul se sentit submergé par la culpabilité.

Il n'avait pourtant rien à se reprocher, il n'était pas passé à l'acte, mais le simple fait d'avoir éprouvé ces sentiments le remplissait de remords. Juste au moment où Charlotte se montrait d'un soutien sans faille, l'épaulait, l'aidait à traverser la pire crise de son existence, voilà qu'il se sentait attiré par une autre femme.

Il avait passé tant de temps dernièrement avec Anna. Il pouvait lui confier des choses qu'il se sentait incapable de raconter à qui que ce soit d'autre. Elle l'écoutait.

Bien sûr, crétin. C'est son boulot.

Quand il se raisonnait, Paul ne se faisait pas d'illusions. Sa sollicitude n'était que la manifestation de son professionnalisme. Il serait idiot d'y voir autre chose.

Sauf que cela ne changeait rien aux sentiments qu'il éprouvait, lui.

Il fallait qu'il les chasse de son esprit. Toute autre relation avec Anna White que celle de patient à thérapeute était vouée à l'échec.

Ce que Paul avait besoin de cultiver, de *récompenser* et de *nourrir*, c'était sa vie avec Charlotte.

Ne rends pas ton existence plus compliquée qu'elle ne l'est.

Il s'efforça donc de chasser Anna de ses pensées en faisant le bilan de son entrevue avec Kenneth Hoffman.

Cette rencontre avait-elle été utile ? Anna avait-elle raison de dire que, au moins, cette confrontation directe avait diminué la stature terrifiante de Kenneth ? Paul avait effectivement eu affaire à un homme brisé. Les jours et les semaines à venir allaient permettre de vérifier si cette entrevue avait été positive. Est-ce que les cauchemars allaient se raréfier ? Allait-il cesser d'entendre la voix de Kenneth dans sa tête ?

Il mit son clignotant, tourna dans sa rue, puis se rangea dans l'allée derrière la voiture de Charlotte.

Il y avait malgré tout de bonnes nouvelles : il se rappelait le trajet qu'il venait de faire pour rentrer chez lui.

Alors qu'il descendait de voiture avec lassitude, il se rendit compte qu'il n'avait rien avalé depuis des heures. En se rendant là-bas, Anna et lui avaient dit pour plaisanter qu'ils mangeraient à la cantine de la prison, mais, une fois à l'intérieur, ils avaient perdu l'appétit. Il supposa que Charlotte devait être rentrée de New York. Peut-être qu'elle avait préparé le dîner et lui avait mis une assiette de côté…

Oh, bon sang.

La porte d'entrée était grande ouverte.

41

— Charlotte ! appela Paul en se précipitant à l'intérieur.

Il claqua la porte derrière lui et monta les marches deux à deux jusqu'à la cuisine. Au moment où il parvint sur le palier, Charlotte contournait l'îlot de la cuisine, l'air inquiet.

— Quoi ? demanda-t-elle.

— La porte était ouverte. J'ai eu peur. Je ne savais pas si…

— Je l'ai laissée ouverte. Tu sais, tu avais parlé de faire installer un système d'alarme, de faire changer les serrures ? Eh bien, j'ai trouvé quelqu'un et j'ai pris les devants. J'avais pris un rendez-vous en fin de journée, après mon retour de New York. Nous avons de nouvelles serrures. J'avais laissé la porte entrebâillée pour que tu puisses entrer. J'imagine que le vent l'a ouverte en grand. Bon sang, tu as les nerfs en pelote, on dirait.

— Je suis désolé, dit-il en jetant un coup d'œil par-dessus son épaule pour s'assurer que la porte d'entrée était bien claquée : Je vais aller la fermer à clé.

Il dévala l'escalier, tourna le verrou et remonta à l'étage. Charlotte se tenait près de l'îlot.

— Donne-moi tes clés, dit-elle.

Il lui tendit son trousseau. Une seule clé, à première vue identique à la sienne, était posée sur le comptoir en granite. Charlotte prit son trousseau, retira sa clé de l'anneau puis la remplaça par la nouvelle. Elle glissa ensuite son ancienne clé dans la poche avant de son jean.

— Tu as fait ça à cause de Hailey ?

— Quel rapport avec Hailey ? demanda Charlotte avec nervosité.

— Elle m'a appelé.

— J'allais t'en parler, dit Charlotte avec l'expression d'une femme prise en flagrant délit de mensonge. Je savais que Hailey risquait de me balancer. Tu te rappelles l'autre jour, la façon dont elle s'est invitée dans la maison.

— Tu ne penses tout de même pas qu'elle serait venue ici en douce et qu'elle…

— Je n'en sais rien, d'accord ? dit-elle, sur la défensive.

— Qu'est-ce que tu leur as raconté ?

— Je leur ai dit que j'étais inquiète pour toi. Alors vas-y, accable-moi. Je me fais un sang d'encre à ton sujet, et, franchement, je serais incapable de prédire ce que tu vas faire ensuite. Pas après ces derniers jours. Pas depuis que j'ai rapporté cette saleté et que je l'ai posée sur ton bureau.

Paul jeta un coup d'œil vers la porte ouverte de la petite pièce, comme pour confirmer que la machine n'y était plus. Mentalement, il poussa un soupir de soulagement en ne la voyant pas. Il savait où elle était, mais, cette fois, pas question de retourner dans le garage pour s'en assurer.

On pouvait se laisser emporter par la paranoïa.

— Quoi qu'il se passe, quelle qu'en soit la cause, dit Charlotte avec prudence, je vois que ça te mène au bord de…

Paul lui décocha un regard.

— Écoute-moi jusqu'au bout. Et si Hailey avait tout manigancé ? Elle avait une clé. Elle pouvait entrer. Et si c'était une histoire de garde ? Et si elle et ce connard prétentieux de Walter étaient en train de te piéger, qu'ils essayaient de te faire passer pour psychologiquement inapte afin d'obtenir la garde exclusive de Josh ?

— Non ! affirma-t-il avec fermeté. Elle ne ferait jamais une chose pareille ! Elle ne ferait pas ça à Josh. Elle ne l'éloignerait pas de moi.

— Parfois, insista Charlotte, on n'imagine pas de quoi les gens sont capables.

Paul soupira, secoua la tête d'un côté et de l'autre d'un air affligé.

— Je viens de passer l'après-midi à me confronter à cette vérité.

Il lui raconta sa visite en prison.

— Tu es content de l'avoir fait ?

Il lui répondit que oui, et lui expliqua pourquoi.

— C'est bien, dit-elle. Tu sais ce qui me ferait plaisir ?

— Quoi ?

— Une soirée où on ne parlerait d'aucun de ces sujets. Rien sur Hoffman. Rien sur les machines à écrire. Rien sur tes démêlés judiciaires avec ce connard de Hitchens.

— Oh, lui. Il s'est passé tellement de choses que j'avais presque oublié que je pourrais moi-même aller en prison.

Il essaya de rire.

— Arrête.

— D'accord.

— Je veux une soirée qu'on ne consacre qu'à nous.

— Vendu.

— Tu as dîné ?

— J'ai tellement faim que je mangerais un plateau-repas d'avion.

Il se percha sur un des tabourets de l'îlot pendant que Charlotte sortait une assiette déjà préparée du réfrigérateur.

— Cannellonis épinards-ricotta et sauce tomate. Désolée, j'ai mangé les miens il y a une heure environ. Je mourais de faim.

Elle mit l'assiette au micro-ondes, puis sortit une bouteille de vin blanc du frigo.

— J'ai ça, aussi.

Elle trouva un tire-bouchon dans le tiroir, ouvrit la bouteille et remplit deux verres à pied.

Elle lui en tendit un, et souleva le sien pour porter un toast.

— À un nouveau commencement. Aux mauvaises choses que l'on va laisser derrière nous, et aux bonnes qui nous attendent.

Avec un enthousiasme forcé, Paul trinqua avec elle, et but.

— Je n'aurais pas mieux dit.

Charlotte, son verre à la main, se retourna vers le micro-ondes pour voir où en était le dîner de son mari.

— Trois minutes.

— Je vais me débarbouiller.

Il laissa son verre et se dirigea vers l'escalier qui montait au dernier étage.

— Fais vite.

Quand il redescendit, son dîner l'attendait et Charlotte remplissait son verre.

— J'ai bien l'intention de me soûler et de faire des bêtises, déclara-t-elle avec un air faussement sérieux.

Paul sourit en reprenant place sur son tabouret.

— Ce plan me va, dit-il en prenant son verre et en le vidant d'un trait.

— Remets-moi ça, dit-il en reposant son verre.

Charlotte le remplit à ras bord, puis considéra le reliquat au fond de la bouteille.

— Heureusement que j'en ai plusieurs en réserve, dit-elle.

Paul découpa les cannellonis avec la tranche de sa fourchette et souffla dessus avant d'y goûter.

— Pas mauvais.

Charlotte ouvrit le frigo en souriant.

— Je veux juste que tu sois heureux. (Elle considéra la seconde bouteille qu'elle avait sortie en faisant la moue : Un bouchon à vis.) C'est trop bas de gamme pour toi ?

— Tu plaisantes ? Je ne saurais même pas faire la différence entre un chablis et un rosé pamplemousse.

— C'est vrai, d'ailleurs plus on boit, moins ça a d'importance.

Elle ouvrit la bouteille, la posa sur l'îlot, à disposition. Paul vint à bout de son second verre en quelques gorgées. Aussitôt son verre vidé, Charlotte le remplit.

— Tu me pardonnes ? demanda-t-elle.

— Pour ?

— Pour avoir parlé à Hailey et au Dr White ?

— Oui.

— Si les rôles étaient inversés, tu n'aurais pas fait la même chose ?

Paul réfléchit à la question.

— J'imagine que si.

Il avait liquidé son dîner et repoussé son assiette.

— Tu te demandes ce qu'il y a pour le dessert ? demanda Charlotte.

— Ça ira. Je n'ai plus faim.

— Tu en es bien sûr ? fit-elle en posant son verre.

Elle fit le tour de l'îlot, tourna le visage de son mari vers elle et posa ses lèvres sur les siennes.

Paul réagit aussitôt. Il se laissa glisser du tabouret, enlaça Charlotte et l'attira contre lui. Elle glissa sa langue dans sa bouche tandis qu'il prenait ses fesses à pleines mains.

Charlotte passa une main entre eux, sentit son érection sous son jean. Elle se recula légèrement, créant un espace suffisant pour défaire sa ceinture et le bouton du haut de sa braguette. Quand son jean commença de tomber, elle put glisser la main dans son caleçon, tandis que Paul sortait son chemisier de son pantalon et faisait courir ses mains sur la peau nue de son dos, vers l'agrafe de son soutien-gorge.

— Tu vas me prendre là, sur l'îlot ? murmura-t-elle.

— Si c'était un îlot au milieu de l'océan, peut-être, mais je crois qu'un lit serait peut-être plus confortable que le granite.

— Eh bien, Roméo, si on doit migrer jusque dans la chambre, tu ferais mieux de remonter ton pantalon pour ne pas trébucher dans l'escalier.

— Sage conseil.

— Éteins les lumières en montant. Et emporte cette bouteille.

Quand ils eurent fini, Paul se glissa nu hors du lit, entra en chancelant dans la salle de bains le temps de pisser, guidé par le clair de lune qui filtrait par les stores. Il se laissa retomber sur le matelas, les yeux au plafond. Charlotte, nue, les couvertures autour des chevilles, avait à peine bougé depuis qu'ils avaient fini de faire l'amour. La seconde bouteille de vin et les deux verres, tous vides, étaient posés sur sa table de nuit.

— Waouh, dit-elle tout bas.

— Tu m'étonnes, fit Paul en tendant la main au-dessus du drap pour lui caresser le bras. Je ne suis plus tout jeune, tu sais.

— Bienvenue au club.

— Je parlais des quatre verres de vin…

— Cinq.

— Peu importe. Je les sens passer.

— C'est ce que je dis, bienvenue au club.

Paul se tourna sur le côté et se rapprocha de sa femme. Celle-ci trouva assez d'énergie pour rouler sur le flanc afin qu'il puisse se blottir contre elle, en chien de fusil.

— Couvertures, dit-elle.

Paul les remonta sur eux. Il passa son bras autour de Charlotte, lui caressa les seins et enfonça sa tête dans son oreiller.

Quelques secondes plus tard, il ronflait.

Il rêvait qu'il avait besoin d'aller aux toilettes, ce qui n'était guère étonnant. Alors qu'il émergeait peu à peu, ouvrant brièvement les yeux, il se fit la réflexion que c'était normal quand on avait descendu deux bouteilles de vin avant de se mettre au lit.

Il tenta d'ignorer le message d'alerte de sa vessie et referma les yeux. Tous les deux avaient à peine bougé. Paul était toujours tout contre Charlotte, le bras posé sur sa hanche.

Il l'entendait respirer doucement.

Il faillit se rendormir, mais il était forcé d'affronter le caractère inévitable de la situation. Il allait devoir se lever. La question restait de savoir s'il allait pouvoir se désimbriquer de Charlotte sans la réveiller.

Pour commencer, il décolla avec précaution son bras de sa hanche et laissa les couvertures retomber sur elle. Ensuite, il se rapprocha tout doucement du bord du lit en veillant à ne pas entraîner les couvertures avec lui.

Ce faisant, il opéra un retournement sur lui-même de manière à tourner le dos à Charlotte et à se retrouver face au mur, de son côté du lit.

La chambre était plongée dans l'obscurité, et, entre-temps, la lune avait changé de place, si bien que presque plus aucune lumière ne passait à travers les stores.

Il se demanda quelle heure il était. Il craignait qu'il ne soit quatre ou cinq heures du matin. Il ne voulait pas que l'aube soit si proche. Il était fatigué, et comptait dormir encore plusieurs heures une fois qu'il se serait remis sous les couvertures. Une ou deux heures du matin, voire trois, ce serait très bien.

L'écran de son radio-réveil sur sa table de chevet n'affichait rien.

Il se demanda du coup si l'électricité n'était pas coupée. S'il y avait eu une coupure momentanée, « 12:00 » clignoterait sur l'écran du réveil. Mais là, il n'y avait rien. Il se dit que c'était une heure curieuse pour une panne de réseau. Il n'y avait ni vents forts ni tempête d'aucune sorte.

Mais, une minute…

Une lueur perceptible émanait du radio-réveil. Comme si l'affichage fonctionnait mais à un dixième de sa puissance habituelle.

Couché sur le ventre, il tendit le bras gauche vers l'appareil.

Sa main rencontra un obstacle.

Comme s'il avait heurté un mur invisible.

Il tâtonna. Un objet froid et métallique était posé sur la table de chevet entre lui et le radio-réveil. Il le poussa légèrement, mais l'objet ne bougea pas. Il tâta l'objet. Une face était lisse, mais il la contourna et sentit d'innombrables disques qui s'enfonçaient légèrement sous ses doigts.

Paul sentit un frisson glacé le parcourir de la tête aux pieds.

Sans plus se soucier de réveiller Charlotte, il fit pivoter ses jambes hors du lit et tâtonna dans l'obscurité sous l'abat-jour de la lampe de chevet pour trouver l'interrupteur.

Il alluma la lumière.

Et poussa un cri.

Il criait encore quand il tomba du lit sur le dos. Mais son cri s'était mué en mots.

Non, non, non !

Charlotte se redressa dans le lit, droite comme un i, repoussant les couvertures.

— Paul ?

Elle se retourna brusquement, s'attendant à le voir à ses côtés, mais elle ne distingua que sa tête qui dépassait du bord du lit.

Elle vit l'expression d'effroi sur son visage, puis suivit son regard.

Et elle aussi se mit à crier.

La machine à écrire trônait là sur la table de chevet, tournée vers le lit.

— Oh, mon Dieu !

Et puis le silence retomba dans la chambre tandis qu'ils regardaient la masse de métal noir.

— Paul, chuchota Charlotte.

Il ne répondit pas. Il ne la regarda pas.

— Paul, répéta-t-elle.

Lentement, il reporta son attention sur elle. Il ouvrait de grands yeux horrifiés.

— Paul, il y a une feuille dedans.

C'était vrai. Une feuille de papier était enroulée autour du cylindre de la machine. Avec trois mots tapés dessus.

Paul s'agenouilla lentement, puis il se mit debout et s'approcha de la machine, comme s'il avait devant les yeux un serpent enroulé sur lui-même, prêt à frapper.

Sans la toucher, il se pencha vers la machine et lut le message laissé sur la feuille :

`Nous sommes revenues`

42

Nu et tremblant, il recula d'un pas.

— Ce n'est pas possible. Putain, je rêve, non !

Charlotte était au milieu du lit, à genoux, fixant avec incrédulité la vieille machine à écrire.

— Paul, comment… comment est-ce possible ?

Il se tourna vers elle et s'écria :

— Je n'en sais rien ! Ce n'est pas possible. Ce doit être un cauchemar. Je dois me réveiller. Je dois me réveiller. Ça ne peut pas être réel !

Il se prit la tête à deux mains, comme s'il posait pour *Le Cri* d'Edvard Munch.

— Je dormais, continua-t-il. J'étais juste là. À moins d'un mètre. Comment s'est-elle retrouvée ici ? Elle ne peut pas être ici. Elle n'est *pas* ici.

— Paul, Paul, écoute-moi. Paul ?!

Il la regarda, les yeux écarquillés.

— Quoi ?

— Ce n'est pas un rêve, Paul. Cette saloperie est bien sur ta table de chevet.

— Comment est-ce possible ?

Il se retourna brusquement.

— Il y a quelqu'un dans la maison ! dit Charlotte. Forcément !

À cet instant, Paul n'était pas disposé à défendre l'idée d'une explication surnaturelle. Il quitta la chambre en courant, pieds nus. Charlotte l'entendit dévaler l'escalier en criant.

Où es-tu ?

Charlotte sortit du lit et attrapa un grand tee-shirt dans sa commode.

Montre-toi, salopard !

Elle l'enfila par la tête, puis ramassa le caleçon de Paul par terre et courut vers l'escalier.

Espèce de salaud, si tu es là, je te trouverai !

Quand elle atteignit la cuisine, toutes les lumières étaient allumées, ainsi que le petit bureau de Paul. Mais il n'était pas là. Elle descendit au rez-de-chaussée. La porte d'entrée était toujours fermée à clé, mais pas la porte de communication avec le garage. Elle l'ouvrit, trouva la lumière déjà allumée.

Paul était au fond du garage, regardant fixement l'intérieur du coffre.

— Elle était là. Elle était *là* !

Il secoua la tête avec colère.

— Merde ! Merde, merde et merde ! J'avais oublié de remettre les livres dessus.

Il pointa du doigt les cartons qu'il avait retirés du coffre lors de sa dernière visite dans le garage, quand il avait vérifié que la machine à écrire était bien à sa place.

— Elle est sortie, dit-il tout bas sur un ton de stupéfaction. Elle s'est échappée.

— Paul, tu entends ce que tu dis.

— Quoi ?

— Tu en parles comme s'il s'agissait d'un... animal.

— Elle a changé de place. Elle s'est *déplacée*.

— Elle n'a pas pu changer de place ! C'est impossible ! Pas toute seule !

— Alors comment tu expliques ça ?

Charlotte prit un instant pour reprendre son calme, puis déclara :

— Appelle le Dr White.

— Quoi ?

C'était comme s'il y avait une barrière invisible entre eux qui l'empêchait de comprendre ce qu'elle lui disait.

Elle traversa le garage, lui tendit son caleçon.

— Bon sang, enfile ça. Il fait froid ici.

— Il était ouvert. Le coffre, il était ouvert quand je suis entré, dit-il en jetant un regard implorant à Charlotte. Comment est-ce possible ? Comment ?

— Paul, je t'en prie.

— La porte d'entrée était fermée à clé. Avec une nouvelle serrure !

— Oui, dit-elle doucement.

Il reconstitua les pièces du puzzle en hochant la tête.

— Alors, nous voilà plus ou moins fixés : il n'y avait personne là-dedans.

Il sourit, comme s'il s'agissait d'une bonne nouvelle.

— Tu ne comprends donc pas ? Personne n'est entré. C'est elle qui a fait ça toute seule.

— Paul.

Il devint rouge de colère.

— Qu'est-ce que ça pourrait être d'autre, bordel !

Elle eut un mouvement de recul.

— Tu veux bien l'appeler, s'il te plaît ?

— Qu'est-ce que tu racontes ? Ce n'est pas un problème *psychologique*. C'est un putain d'exorciste qu'il me faut. Cette chose est *possédée*. Il y a des gens qui font ça. Je le sais. Ils viennent chez vous et vous débarrassent des esprits malfaisants. Ce devrait être facile en l'occurrence. Ce n'est pas une maison. C'est juste cette *chose*.

— Si tu ne l'appelles pas, je vais le faire.

— Tu ne comprends donc rien ?

— Je crois que si.

Elle se tourna vers la porte, retourna à l'intérieur de la maison. Alors qu'elle montait l'escalier, la porte s'ouvrit derrière elle, et Paul commença à la poursuivre.

— Tu ne l'appelleras pas.

— Tu ne pourras pas m'en empêcher.

— C'est le milieu de la nuit, bon sang !

— Ça m'est égal.

Paul la rattrapa, saisit l'ourlet de son tee-shirt pour stopper sa progression.

— Lâche-moi ! s'écria Charlotte en tombant à terre. Son genou gauche heurta l'arête d'une marche. Bon sang ! Tu me fais mal !

— Je t'en prie, ne fais pas ça.

Il la retenait, l'empêchait de monter les marches. Elle donna un coup en arrière avec son bras, à l'aveuglette, frappant Paul sur la tempe. Groggy, il tomba sur le côté et lâcha prise. Il se frotta la tempe.

— Oh, mon Dieu, s'exclama-t-elle en se rendant compte de l'endroit où elle l'avait frappé. C'est là que tu...

— Ça va, dit-il en retirant sa main.

— Je suis désolée. Mais Paul, tu as besoin d'aide.

Elle se releva et réussit à atteindre la cuisine sans qu'il tente de la retenir.

— Je n'ai pas besoin d'aide, marmonna-t-il en la suivant.

— Si. Tu as besoin de mon aide, et de l'aide du Dr White. Nous voulons tous t'aider.

— Bon sang, ne sois pas aussi condescendante. Comment cette machine à écrire a fait pour monter deux volées de marches et se poser toute seule à côté de ma tête, d'après toi ? Comment tu expliques *ça* ?

— Qu'est-ce qu'elle a fait, Paul ? Est-ce qu'elle s'est mise à marcher ? À voler ? Est-ce qu'elle a tourné le bouton de la porte du garage en se servant de ses toutes petites touches ? Est-ce qu'elle a traversé les murs ?

— Elle a fait *quelque chose* ! Si elle n'est pas montée toute seule, explique-moi comment c'est arrivé ?

Des larmes commençaient à perler au coin des yeux de Charlotte.

— S'il te plaît, ne m'oblige pas...

— T'obliger à quoi ?

— Ne m'oblige pas à le dire. Je suis ici pour t'aider, pour te soutenir.

— Tu m'as senti sortir du lit ?

— J'étais soûle, dit Charlotte. La terre aurait pu trembler que je ne l'aurais pas remarqué.

— Ne dis pas de bêtises. J'étais collé à toi. J'avais passé mon bras autour de toi.

— Je n'ai pas senti que tu te levais quand tu as trouvé cette chose sur ta table de chevet. Peut-être que tu t'es levé à un autre moment. Paul, je dis simplement qu'on doit envisager la possibilité...

— Que je perde la tête ?

— Ce n'est pas ce que j'ai dit.

Elle leva les bras au ciel.

— Je ne sais pas quoi faire ! Dis-moi, toi, ce que je dois faire ?

— Pour commencer, tu peux virer cette saloperie de la maison.

— D'accord, très bien. Si c'est ce que tu veux, je m'en occupe tout de suite.

Elle monta l'escalier en trombe, Paul à ses trousses.

— Tu vas faire quoi ? demanda-t-il.

— Tu verras bien.

Elle retourna dans la chambre, passa devant le lit jusqu'à la baie vitrée qui ouvrait sur le petit balcon. Elle commença par tirer les stores, puis déverrouilla et fit coulisser la baie. Une brise fraîche s'engouffra dans la pièce, le doux clapotis des vagues qui léchaient la plage en musique de fond.

— Charlotte ? interrogea Paul, qui se tenait au pied du lit.

— Écarte-toi de mon chemin, dit-elle en le bousculant.

Elle saisit la machine à écrire par en dessous et, avec un grognement, la souleva de la table de chevet.

— C'est lourd, laisse-moi t'aider.

— Je t'ai demandé de t'écarter.

Elle y mit toutes ses forces. Le dos cambré, la tête penchée en arrière, elle transporta la machine à grand-peine à travers la pièce. Une fois sur le balcon, elle prit une grande inspiration, puis souleva l'Underwood et la posa en équilibre sur le garde-corps.

Charlotte se retourna vers Paul, qui se tenait sur le seuil du balcon, apparemment subjugué par ses allées et venues.

— Si tu penses que cette chose est vivante, eh bien, je suis sur le point de la tuer.

— Attends.

— Tu es sérieux ? demanda-t-elle d'un air stupéfait.

— Oui… attends.

La machine à écrire vacillait en équilibre précaire sur la rambarde. Charlotte n'avait qu'à retirer sa main pour qu'elle aille s'écraser sur l'allée en ciment.

— Je… J'apprécie ce que tu fais, dit Paul. Vraiment. Mais si…

— Si quoi ?

— Si elles avaient encore des choses à dire ?

Charlotte ferma brièvement les yeux, indiquant par là qu'elle était à bout.

— Je sais, je sais. Je suis totalement d'accord avec toi : il faut s'en débarrasser. Simplement, je ne suis pas sûr qu'elle doive être fracassée en mille morceaux.

— On fait quoi, alors ? demanda-t-elle, et avant que Paul ait pu proposer quoi que ce soit, elle lui fit cette suggestion : Je vais la mettre dans le coffre de ma voiture. Après j'irai la déposer dans un endroit où on ne la retrouvera pas. Qu'en dis-tu ?

Paul réfléchit à sa proposition.

— OK, d'accord.

— Mais je ne le fais qu'à une seule condition. Tu dois appeler le Dr White.

Paul hésita.

— Je ne sais pas. Je ne vois pas ce qu'elle pourra y faire.

— Je vais la lâcher, l'avertit-elle en désignant la machine à écrire d'un mouvement de tête. Crois-moi, je me fous de ce qui arrivera à ce truc. Je ne demande qu'à la voir exploser en menus morceaux. Tu devrais, toi aussi, mais je suis prête à agir à ta façon. Prends ton téléphone et appelle-la.

Paul se retourna. Maintenant que la machine à écrire n'était plus sur la table de chevet, il pouvait voir l'heure. Il n'était pas trois ou quatre heures du matin, comme il l'avait pensé, mais seulement une heure et vingt-trois minutes.

— Il est tard, protesta-t-il. Je vais la réveiller.

— Et alors ?

— Je vais le faire, mais mettons d'abord ça dans le coffre de ta voiture.

— Très bien, mais c'est toi qui la portes, d'accord ? J'ai failli me casser les bras rien qu'en la trimbalant jusqu'ici.

Paul sortit sur le balcon et, prudemment, prit la machine des mains de Charlotte. Il fut parcouru d'un frisson en prenant l'Underwood dans ses bras, comme s'il s'agissait d'un bébé démoniaque.

— Faisons ça vite.

Charlotte le devança dans l'escalier, prit ses clés de voiture dans un bol de la cuisine au passage. Elle lui tint la porte d'entrée, puis appuya sur la télécommande pour ouvrir le coffre de sa voiture, qui s'entrebâilla et qu'elle finit par ouvrir en grand.

Paul se pencha au-dessus de l'ouverture et déposa la machine sur le plancher. Il y avait là une petite bâche roulée dont il recouvrit la machine, comme pour l'étouffer. Puis il claqua le hayon du coffre.

Il s'épousseta les mains et les frotta sur son caleçon, comme si le contact avec la machine l'avait contaminé. Puis il se retourna vers Charlotte.

Et craqua.

— Oh, mon Dieu, dit-il avant de fondre en larmes.

Il se couvrit le visage de ses mains.

— Oh, mon Dieu, qu'est-ce qui se passe ? Qu'est-ce qui se passe ?

Les pleurs se transformèrent en sanglots déchirants.

Charlotte le serra dans ses bras.

— Laisse aller, dit-elle. Laisse aller.

Il l'enlaça mollement.

— Je n'en peux plus, ce n'est plus possible.

— Ça va s'arranger. On va s'en débarrasser. Elle est dans la voiture.

Charlotte se mit soudain à pleurer elle aussi.

— Je regrette tellement, dit-elle en enfouissant son visage dans le creux de son épaule. Mais tellement !

— Ce n'est pas ta faute, parvint à dire Paul entre deux sanglots. Tu ne pouvais pas savoir.

— Je n'aurais pas dû… Je n'aurais jamais dû… C'était une mauvaise idée, ajouta-t-elle en sanglotant. Sur le moment… ça paraissait…

— Tais-toi, dit Paul, dont la respiration était devenue heurtée et superficielle. Je sens, je sens que je vais tourner de l'œil.

— Viens. Rentrons à la maison.

Elle l'accompagna jusqu'à la porte. Une fois à l'intérieur, elle mit le verrou, s'assura que la porte du garage était également fermée, et tous les deux montèrent péniblement l'escalier. Elle réussit à le soutenir jusqu'à la table de la cuisine, où il se laissa tomber sur une chaise.

Il pleurait toujours. Il posa ses coudes sur la table, se prit la tête dans les mains.

— C'est peut-être une sorte de dépression nerveuse, dit-il. Je veux bien l'admettre. Je ne vois pas ce que ça pourrait être d'autre. Je dois… Je dois avoir fait ces choses. Forcément.

Charlotte lui tendit son téléphone.

— Le Dr White, dit-elle.

Il hocha la tête en signe de capitulation. Il regarda sa main, qui tremblait.

— Appelle-la, toi. Je ne peux pas. Je ne sais même pas si je serai capable de tenir le téléphone.

Charlotte trouva le numéro dans les contacts de Paul, le tapota avec son doigt.

— Je tombe sur la messagerie au bout de trois sonneries, dit-elle.

— Ça doit être le numéro de son cabinet. Insiste. Elle va finir par l'entendre à l'autre bout de la maison.

Elle termina l'appel, rappela. La quatrième tentative fut la bonne.

Une Anna White paniquée décrocha :

— Allô, oui ? Qui est à l'appareil ? C'est vous, Paul ?

— Je suis désolée, dit Charlotte, après s'être identifiée. Paul ne va pas bien. Pas bien du tout.

— Dites-moi ce qui se passe, demanda calmement Anna.

— Il tremble, il n'arrête pas de pleurer. Il faut que vous veniez. Il a besoin de vous parler, il…

— Charlotte, s'il est dans un état psychotique, alors…

— Qu'est-ce que ça veut dire ? Comment je suis censée…

— Laissez-moi lui parler.

— Elle veut te parler, dit Charlotte à Paul.

Il acquiesça faiblement, stabilisa sa main en prenant le téléphone, qu'il colla à son oreille.

— Oui ?

— Paul ?

— Oui.

— Parlez-moi.

Il ne dit rien. Il n'arrivait visiblement pas à trouver les mots.

— Paul ?

Finalement, au prix d'un grand effort, il en prononça deux avant de rendre le téléphone à sa femme.

— Aidez-moi.

43

Quand Anna White finit par arriver, près d'une heure plus tard, Paul s'était un peu repris. Il n'avait jamais apprécié les alcools forts, mais il s'était envoyé deux shots de vodka pour calmer ses nerfs.

— J'espère que ce n'était pas une mauvaise idée, dit Charlotte, une fois Anna assise à la table de la cuisine.

Pour quelqu'un qui était dans son lit moins d'une heure auparavant, Anna était alerte et à l'écoute. Elle était venue en survêtement, les cheveux tirés en queue de cheval, sans rouge à lèvres ni maquillage.

— Ce n'est pas grave, dit-elle. Comment allez-vous, Paul ?

— Mieux.

— Racontez-moi en détail tout ce qui s'est passé.

Il lui dit tout, y compris que Charlotte et lui avaient descendu deux bouteilles de vin et avaient fait l'amour. Toutefois, l'histoire ne démarrait réellement qu'avec la découverte de la machine à écrire à côté du lit.

— Elle est toujours là-haut ?

Paul fit non de la tête.

— Nous l'avons sortie de la maison. Elle est dans la voiture de Charlotte.

Il secoua lentement la tête, avec résolution.

— Elle ne reviendra pas ici à moins qu'elle ne parvienne à s'échapper d'un coffre verrouillé.

Anna ne fit aucun commentaire.

Paul se pencha plus près d'elle et dit tout bas :

— Soit cette chose est montée toute seule ce soir, guidée par l'esprit de ces deux femmes, soit c'est moi, et je n'en ai aucun souvenir.

Il soupira.

— Qu'est-ce qui serait pire ? Si c'est moi qui l'ai transportée là-haut, qui ai écrit tous ces messages, qui ai fait tout ça, est-ce que ça veut dire que je suis fou, ou que je suis d'une manière ou d'une autre possédé par les fantômes de Jill et de Catherine ? Anna, bon sang, aucune réponse ne me convient.

— À discuter ici avec vous, vous ne me donnez pas l'impression d'être déconnecté de la réalité, Paul.

— Il y a pourtant quelque chose de dingue. C'est soit moi, soit la situation.

Anna sortit son téléphone.

— Je dois appeler mon père. J'ai été obligée de le réveiller avant de partir. Je ne voulais pas qu'il se réveille et ne me trouve pas à la maison.

— Je comprends.

— Papa ? dit-elle dans le téléphone. Je voulais vérifier que tout allait bien. D'accord. Je te rappelle dans une demi-heure, à moins que tu penses pouvoir te rendormir.

Elle hocha la tête.

— D'accord. Je t'aime, papa.

Elle rangea son téléphone au moment où Charlotte sortait le sien.

— Tu appelles qui ? demanda Paul.

Elle le regarda.

— Bill.

— Bill ? Pourquoi…

— C'est ton ami. Cela pourrait peut-être t'aider s'il venait… Bill ?

Elle se retourna, s'éloigna vers l'escalier où elle ne serait pas dérangée par Paul et Anna.

— Ça vous ferait peut-être du bien de lui parler, dit Anna.

— Je ne veux surtout pas qu'elle le réveille au milieu de la nuit.

Anna parvint à sourire.

— Mais moi, ça ne vous a pas dérangé.

— Désolé.

— Je plaisante. Que souhaitez-vous faire, Paul ? Si vous le voulez, je peux vous faire admettre.

— Admettre ?

Elle posa la main sur son bras.

— En observation. Pendant un jour ou deux. Je sais que vous avez résisté dans le passé, mais une fois que vous aurez été évalué par un psychiatre, et il y en a deux, excellents, auxquels je peux vous recommander, on pourra envisager un traitement.

— Des médocs ?

— Oui.

— Je ne veux pas prendre de médicaments.

— Vous voulez en rester à la vodka ?

Il se renfrogna.

— Où voulez-vous en venir ?

— Je dis que l'alcool est une forme d'automédication. Il existe peut-être d'autres approches, plus productives. Mais, en tant que psychologue, je ne peux pas vous faire d'ordonnance. C'est pourquoi une évaluation effectuée par un psychiatre pourrait se révéler très utile.

— C'est votre solution ? Me faire interner chez les fous et me shooter aux médicaments.

— Nous n'y sommes pas obligés, dit-elle d'une voix ferme et mesurée. Tant que vous ne présentez pas un danger pour vous-même ou autrui, personne ne vous y forcera.

— Je me demande ce qu'en pense Charlotte.

— Pourquoi ne pas le lui demander ?

Bien qu'encore à portée de voix, Charlotte était allée s'asseoir sur la première marche de l'escalier. Elle parlait à Bill dans son téléphone :

— Je m'en veux de t'appeler au milieu de la nuit, mais j'ai pensé que tu voudrais être au courant pour Paul.

— Qu'est-ce qui se passe... une minute, j'allume la lumière... qu'est-ce qu'il y a ? s'enquit Bill.

— Sa thérapeute vient d'arriver. Il a totalement craqué nerveusement.

Charlotte renifla, avant d'ajouter :

— Il est en vrac.

— Tu pleures ?

— Bien sûr que je pleure.

— D'accord, d'accord. Que veux-tu que je... ?

— Une minute, Paul me demande quelque chose.

— Tu crois que je devrais aller à l'hôpital ? demanda Paul.

— L'hôpital. Qu'est-ce que tu veux dire ?

— En psychiatrie, précisa-t-il. Ç'est une option. Ils pourraient me surveiller et me donner quelque chose. Pour me détendre, j'imagine.

— Merde, non, dit Bill, qui les entendait parler.

— Attends, dit Charlotte à Paul.

Puis, dans le téléphone :

— J'essaie de parler à Paul.

— Passe-le-moi, dit Bill.

Charlotte tendit le téléphone à son mari.

— Bill veut te parler.

Paul porta le téléphone à son oreille.

— Désolé. Charlotte n'aurait pas dû te réveiller.

— Ne t'en fais pas pour ça. C'est quoi, cette histoire d'hôpital ?

— J'en discute avec Anna.

— Tu ne vas pas te faire hospitaliser. C'est hors de question.

— Mais ils vont peut-être...

— Non, tu écoutes ton copain Bill. Aller dans ce genre d'endroit, ça ne va que te déboussoler davantage. Ces endroits sont remplis de fous, et tu n'es *pas* fou. Tu m'entends ? Une fois que tu les auras laissés t'enfermer, ils ne te laisseront plus sortir.

— Je ne sais pas.

— Écoute, reprit Bill, comment te sens-tu, là, maintenant ? À cet instant précis ?

— Flageolant.

— Suffisamment pour te faire interner ?

— J'en sais rien. Tu as peut-être raison.

— Évidemment que j'ai raison. Et si tu te donnais un jour ou deux. Je suis en déplacement demain... merde, on est déjà demain, mais, à mon retour, on se fait un truc tous les deux pour te changer les idées. Mais pas de squash. On ne prend aucun risque avec ta caboche. Qu'est-ce que tu en dis ?

Paul acquiesça lentement d'un mouvement de tête.

— Tu es toujours là ? demanda Bill.

— Ouais. Bon, d'accord, je vais faire ça. Je vais attendre deux jours voir comment ça se passe. Charlotte a viré la machine à écrire.

— Eh bien, voilà qui est réglé. Accroche-toi, mon pote.

Paul rendit le téléphone à Charlotte et se tourna face à Anna, laquelle se tenait à présent près de la table de la cuisine.

— Vous pouvez rentrer chez vous, lui dit-il. Ça va aller.

44

Charlotte resta éveillée la plus grande partie de la nuit, attendant que Paul s'endorme. Bien qu'à bout de nerfs, l'épuisement finit par avoir raison de lui. Après qu'il eut succombé, elle se glissa dans le lit à côté de lui.

Chaque fois qu'il s'agitait ou faisait un bruit, elle se réveillait.

Peu après sept heures, le sentant tout à fait éveillé, elle demanda :

— Comment vas-tu ?

— C'est arrivé pour de vrai, tout ça ?

— J'en ai bien peur.

Il se retourna vivement vers la table de chevet. Ne voyant rien dessus qu'une lampe et son radio-réveil, il déclara :

— J'ai pensé qu'elle aurait pu revenir.

Charlotte n'avait rien à répondre à cela. Elle ne savait pas trop si Paul tentait de blaguer. Il roula sur le dos et fixa le plafond.

— Je suis désolé de t'avoir fait subir ça.

— Ça ne fait rien, dit-elle en se soulevant sur un coude et en se tournant face à lui. Quand tu dis « désolé », qu'est-ce que ça signifie exactement ?

Il tourna légèrement la tête pour la regarder.

— Je n'en sais rien. Je suppose que…

— Tu supposes que quoi ?

— Je sais que j'ai pu donner l'impression d'avoir dormi toute la nuit, mais j'ai eu aussi de longs moments de veille. Que j'ai passés à réfléchir.

— D'accord. Et à quoi réfléchissais-tu ? demanda-t-elle avec précaution.

— Je me disais qu'Anna… le Dr White, avait peut-être raison.

— À quel sujet ?

— Que je devrais me faire interner.

— Tu veux aller à l'hôpital ?

— Je ne le *veux* pas, mais je me demande si ce n'est pas la seule option rationnelle. En même temps, je n'arrête pas de penser à ce que Bill a dit, qu'une fois qu'ils vous ont enfermés, ils ne vous laissent plus sortir. Si je pouvais y aller, je ne sais pas, deux ou trois jours, ce serait peut-être suffisant pour y voir plus clair.

— Tu pourrais en reparler avec le Dr White, je suppose.

Il parvint à hocher la tête, la nuque encore enfouie dans l'oreiller.

— Tu as l'air… presque calme, lui fit observer Charlotte. Certainement bien plus calme qu'au milieu de la nuit.

— Il n'y a qu'une seule explication possible à ces phénomènes. Et maintenant que je l'ai acceptée, j'imagine que je me sens un peu plus serein.

— Et quelle est cette explication ?

— Pense à tous les trous de mémoire que j'ai eus. Les trajets en voiture dont je n'avais pas souvenir. Les SMS et messages oubliés. Le pressing. Cette voiture sur le trottoir d'en face que je ne me rappelais pas avoir vue, le malaise que j'ai fait en apercevant un break qui ressemblait à celui de Kenneth. J'ai dû me lever pendant la nuit pour aller chercher la machine à écrire et la poser à côté du lit. Je l'ai fait, forcément. Et je ne me le rappelle pas.

— Alors tu n'en es plus à croire que... qu'elle a fait ça toute seule.

Il lui sourit tristement.

— Non, mais imagine un peu la scène, dit-il en gloussant. Une machine à écrire qui ouvre la porte. Monte l'escalier. C'est comique quand on y pense.

— Je suppose que l'aspect amusant de la chose m'a échappé.

Il fit la grimace.

— Je ne vais pas te le reprocher.

Charlotte rejeta les couvertures et sortit du lit.

— Je vais me faire porter pâle aujourd'hui.

— Non.

— Si. Tant pis s'il y a de gros mandats qui me passent sous le nez.

— Non, tu n'es pas obligée de faire ça. Ça va aller. Je vais contacter le Dr White pour lui demander si ça ne vaudrait pas le coup que je me fasse admettre en observation.

— À mon avis, c'est plutôt Bill que tu devrais écouter. Pourquoi ne te donnes-tu pas deux ou trois jours ? Tu le feras après, si tu es toujours décidé.

Paul se redressa.

— D'accord.

— Et tu dois rappeler cet avocat.

— Le rappeler ?

— Je te l'ai dit. Il a téléphoné hier. Il pense pouvoir t'obtenir une condamnation avec sursis, qu'il y a des circonstances atténuantes à la pelle, et que le tribunal y sera sensible. Mais il faut que tu voies ça avec lui.

— Quand a-t-il appelé ?

— Je t'ai dit tout ça hier soir.

— Tu vois ? fit-il en se tapotant la tête avec l'index. J'ai besoin d'un réglage.

— Et moi, je pense que tu as besoin de mettre ton projet sur pause. De ne plus parler à des maris éplorés et à des épouses délaissées. De ne plus t'enfermer dans ton bureau pour écrire sur ce qui t'est arrivé. Tu as besoin de mettre le nez dehors. Tu as besoin de *faire* des choses.

Paul réfléchit à son conseil.

— Je ne sais même pas si ça me tient encore à cœur. J'ai revu Kenneth. Peut-être que mes démons ont été exorcisés. Ou qu'il est temps de passer à autre chose. Je ne suis pas obligé de faire de mon expérience un chef-d'œuvre littéraire, dit-il en souriant. Je laisse le Pulitzer à un autre.

Il réussit à persuader Charlotte d'aller travailler.

— Je t'assure que ça va aller, lui dit-il.

Et il le crut jusqu'au moment où elle quitta la maison pour se rendre à son agence immobilière.

Mais, quand il se retrouva seul dans la maison, l'angoisse s'empressa de combler le vide. Il fut incapable d'empêcher certaines pensées de lui traverser l'esprit.

1. C'est moi. Je l'ai fait.

2. Non. Je ne l'ai pas fait. Je n'aurais pas pu le faire.

3. Quelqu'un est entré et l'a fait.

4. Non, les serrures ont été changées. Personne n'a pu entrer.

5. Alors c'est peut-être bien moi.

6. À moins que les fantômes de Catherine et Jill soient...

RÉELS.

Il évita son bureau. Même s'il n'avait pas envisagé d'abandonner son projet, il savait qu'il n'aurait pas été en mesure d'écrire ce matin-là. Il était incapable de se concentrer. Cela aurait été impossible.

S'il n'arrivait à rien de ce côté-là, peut-être pourrait-il faire quelque chose de concret. Se focaliser sur les points 3 et 4. S'assurer, une bonne fois pour toutes, que la maison était sécurisée.

Il vérifia qu'aucune fenêtre, y compris celles du troisième niveau, auxquelles seule une mouche humaine aurait pu avoir accès, ne présentait de point faible. Il constata qu'elles étaient toutes correctement verrouillées. La porte principale du garage était fermée et ne présentait aucune trace d'effraction.

Paul alla chercher une échelle dans le garage et la transporta jusqu'au deuxième étage, éraflant la peinture des murs avec les pieds en négociant les virages, afin d'atteindre la seule trappe d'accès au grenier. Lampe de poche à la main, il grimpa en haut de l'échelle et écarta la trappe carrée d'un coup de coude. Puis il monta un barreau supplémentaire et passa la tête à travers l'ouverture.

Il alluma la lampe de poche et balaya lentement le grenier sur trois cent soixante degrés. Il n'y avait là-haut rien d'autre que des chevrons et de l'isolant. Ils ne s'en étaient jamais servis comme espace de stockage. Il était trop pénible d'y monter quoi que ce soit, puis, plus tard, de le redescendre.

Il rangea l'échelle dans le garage.

Bon. Voilà qui était fait.

À présent, il aurait presque voulu que la machine à écrire ne soit pas enfermée dans le coffre de la voiture de Charlotte. Si elle avait été là, il la placerait à côté de l'ordinateur portable, la regarderait et lui dirait : « Je suis là. De quoi aimeriez-vous parler ? »

À un moment donné, le téléphone sonna. C'était Anna.

— Je voulais prendre de vos nouvelles, dit-elle.

— Ça va. Merci encore d'être venue en pleine nuit.

— J'ai un créneau à quatorze heures si ça vous dit.

Paul réfléchit un moment.

— Non, ça ira.

— Vous êtes sûr ? Vous n'étiez pas en grande forme il y a quelques heures.

— Ne vous inquiétez pas. Je pense être parvenu à une sorte de… de prise de conscience. Une acceptation.

— Et qu'avez-vous accepté, Paul ?

Il ne dit rien.

— Vous êtes toujours là ?

— Oui.

— Écoutez, je vous réserve ce rendez-vous de quatorze heures. Si vous changez d'avis, vous n'avez qu'à passer. Inutile de téléphoner.

— D'accord. C'est bon à savoir.

Anna lui dit au revoir et Paul rangea son téléphone.

Charlotte avait raison. Il avait besoin de mettre le nez dehors.

Ce n'était pas pour autant qu'il devait sauter dans sa voiture et rouler jusqu'à Mystic. Mais un peu d'air frais ne lui ferait pas de mal. Peut-être une promenade jusqu'au centre-ville. Un déjeuner quelque part.

En passant la porte d'entrée, il fut presque repoussé à l'intérieur, comme par une bourrasque, alors qu'il n'y avait pas un souffle d'air.

C'étaient des notes de musique qui avaient failli le faire tomber à la renverse.

Di-di, didli-di, di-di, di-da, di-da, di-da-di.

Le Tastee Truck de Leonard Hoffman… Stationné presque en face. Leonard n'était pas au volant. Il était vraisemblablement au comptoir, situé sur le flanc de la camionnette que Paul ne pouvait pas voir. Leonard avait manifestement été arrêté par un ou plusieurs gamins du quartier. Paul aperçut alors une paire de tibias sous le châssis du véhicule.

Il se rencogna dans l'embrasure de la porte d'entrée. Il ne voulait avoir aucun contact avec Leonard. Il ne voulait pas le voir. Il envisagea de retourner à l'intérieur de la maison mais finit par se dire qu'il pouvait rester là jusqu'à ce que la camionnette s'éloigne dans la rue.

Le véhicule tangua très légèrement sur ses suspensions quand quelqu'un se déplaça à l'intérieur. Puis Leonard apparut, qui se remit au volant et démarra.

Alors que la camionnette sortait de son champ de vision, Paul découvrit qui avait été le client du marchand de glaces.

C'était un homme avec un cône de crème glacée à la main. Entre vingt-cinq et trente-cinq ans. Son visage était sévèrement contusionné et son front bandé. Il avait un bras en écharpe.

Bon sang, se dit Paul. *Ce type a pris une méchante dérouillée.*

Et il sut alors qui se tenait en face de lui.

Le regard de Gavin Hitchens traversa la rue et se fixa sur lui. Gavin sourit et donna un coup de langue à sa crème glacée.

Paul sentit ses entrailles se liquéfier.

Il le dévisagea à son tour plusieurs secondes avant de trouver la force de se rapprocher de lui. Il l'apostropha en traversant la rue :

— Qu'est-ce que vous me voulez ?

Hitchens ne bougea pas, lécha de nouveau sa glace.

— J'avais envie d'une glace, répondit-il.

— Je parie que ce type passe aussi dans votre quartier, dit Paul en s'arrêtant à moins de trois mètres de lui. Foutez-moi le camp.

Hitchens hocha lentement la tête.

— Dès que j'aurai fini. Je ne peux pas conduire et manger une glace d'une seule main.

Hitchens prit une dernière bouchée, jeta le cône aux pieds de Paul, puis s'éloigna lentement sur le trottoir vers sa voiture, en boitant sévèrement. Il ouvrit la portière côté conducteur et s'assit au volant avec précaution.

Paul le suivit du regard jusqu'à ce qu'il ait atteint le bout de la rue, tourné et disparu.

Assise à son bureau, Anna White jeta un coup d'œil à la pendule murale de son cabinet.

Il était presque trois heures de l'après-midi.

Paul Davis ne s'était pas montré.

45

C'était presque l'heure à laquelle Charlotte serait rentrée à la maison si elle avait eu une petite journée. Mais un couple de Boston était passé à l'agence à l'improviste. Ils se baladaient en voiture dans Milford quand ils avaient repéré une maison à la vente sur Elmwood Street, à un demi-pâté de maisons du détroit. C'était une magnifique demeure sur trois niveaux, fortement influencée par le style Cape Cod. Des bardeaux de cèdre, un balcon au deuxième étage. Un garage pour deux voitures. Et, sur le devant, une pancarte à vendre avec CHARLOTTE DAVIS écrit dessus.

Charlotte envoya un SMS à Paul pour lui dire qu'elle rentrerait tard. Il avait l'habitude de ce genre de message.

Elle fit visiter la maison d'Elmwood au couple, puis les promena en ville pour leur montrer d'autres propriétés.

Quand ils eurent fini, il était déjà pratiquement vingt et une heures trente.

Charlotte avait emporté une petite serviette remplie de documents divers et de prospectus immobiliers.

Elle décida de la mettre dans le coffre de sa voiture, hors de vue.

Elle sortit la télécommande de son sac à main et pressa sur la touche d'ouverture du coffre. Des lumières clignotèrent et le coffre s'entrebâilla de quelques centimètres. Elle le souleva et posa la serviette à côté de la machine à écrire dissimulée sous une bâche.

Elle retroussa la bâche et regarda, brièvement, l'Underwood découverte. Puis elle rabattit la bâche et claqua le hayon du coffre. Elle s'assit au volant, démarra le moteur, alluma les phares et prit le chemin du retour.

Elle aperçut les lumières qui clignotaient en tournant dans sa rue.

Il y en avait tant qu'elles étaient presque aveuglantes. Il était difficile de dénombrer les véhicules devant elle. Elle distinguait au moins deux voitures de police, une ambulance et même ce qui ressemblait à un camion de pompiers.

Ils semblaient regroupés devant chez elle ou juste un peu plus loin. Dans un cas comme dans l'autre, la rue était inaccessible.

Un agent de police, planté au milieu de la chaussée, lui fit signe de s'arrêter. Elle baissa sa vitre.

— La route est fermée, madame.

— Ma maison est juste là, dit-elle en pointant le doigt. Je peux avancer au moins jusque-là ?

Ses paroles produisirent un certain effet.

— *Cette* maison ?

Elle confirma d'un mouvement de tête.

— D'accord, allez-y.

— Que se passe-t-il ?

— Avancez.

Elle remonta sa vitre et fit le reste du trajet en roulant au pas, passa devant un véhicule de patrouille de la police de Milford et se rangea dans l'allée derrière la voiture de Paul. Quand elle ouvrit la portière, une fonctionnaire de police l'attendait.

— Vous habitez ici ? demanda-t-elle.

— Oui.

— Votre nom ?

— Que se passe-t-il ?

— Votre nom, madame ?

— Charlotte Davis. Est-ce qu'on pourrait me dire ce qu'il se passe ?

— Attendez ici, s'il vous plaît.

— Je peux entrer chez moi ?

— Attendez ici.

L'agent s'éloigna, se frayant un chemin entre les véhicules d'urgence qui bloquaient la rue. Charlotte la vit discuter avec quelqu'un. Un Noir d'une quarantaine d'années, en civil, qui portait une sorte de badge à la ceinture.

L'homme regarda dans sa direction et s'approcha.

— Vous êtes madame Davis ?

— Oui. Que se passe-t-il ?

— Je suis l'inspecteur Arnwright, de la police de Milford.

— Personne ne veut me dire de quoi il s'agit. Donnez-moi une seconde. Je veux avertir mon mari que je suis rentrée.

— Comment s'appelle votre mari, madame ?

— Quoi ? Paul. Paul Davis.

Charlotte avait atteint la porte d'entrée, qu'elle essaya d'ouvrir sans clé. Comme cela ne marchait pas, elle manipula fébrilement le trousseau qu'elle avait gardé à la main.

— Madame Davis, lui dit Arnwright avant qu'elle ait pu insérer la clé dans la serrure, j'ai une pénible nouvelle à vous annoncer. Il y a eu un accident.

Charlotte se tourna vers l'inspecteur.

— Qu'est-ce que vous racontez ? Quel genre d'accident ?

— Il y a eu... une noyade.

— Quoi ?

L'inspecteur hocha la tête avec gravité.

— On a trouvé un homme sur la plage. Son corps a été rejeté sur le rivage.

— Pourquoi... ? Qu'est-ce que vous dites ?

— L'homme était habillé et il avait encore son portefeuille dans la poche de son jean. Nous avons trouvé un permis de conduire et d'autres papiers d'identité.

— Oh, s'il vous plaît, non. Il n'a pas pu. Il m'avait dit que ça irait. Il m'avait *promis*.

— Il vous a dit que ça irait ?

— C'est une erreur, déclara Charlotte d'un air de défi. Ça ne peut pas être lui.

— Eh bien, je vais y venir, madame Davis, mais vous semblez laisser entendre que votre mari traversait une mauvaise passe.

— Il... Il était très stressé... entre autres choses.

— Quelles autres choses ?

Charlotte se mit à jacasser.

— Le Dr White, elle a envisagé de le faire interner, mais il refusait d'aller à l'hôpital, il voulait attendre d'aller mieux, et maintenant que la machine à écrire n'est plus dans la maison et ne peut plus lui envoyer de messages il a probablement pensé que les choses allaient s'arranger mais si...

— Madame Davis, pas si vite. C'est quoi cette histoire de machine à écrire ? Et vous avez parlé du Dr White ? Anna White ?

Charlotte s'emporta :

— Pourquoi me posez-vous ces questions ? À qui sont ces papiers que vous avez trouvés ?

— Nous avons trouvé plusieurs pièces d'identité au nom de Paul Davis dans le portefeuille, annonça Arnwright avec tact. Certaines avec photo. Si je vous interroge sur l'état d'esprit de votre mari, c'est que, comme je l'ai dit, il était habillé normalement. Il n'était pas en maillot de bain. Nous n'en sommes qu'au premier stade de l'enquête, mais il semblerait qu'il se soit noyé en avançant dans l'eau jusqu'à ne plus avoir pied.

— Oh, mon Dieu, répéta Charlotte. Non, je vous en prie, non.

Elle se mit à balancer la tête d'avant en arrière.

Arnwright posa la main sur son épaule.

— Madame Davis, je suis sincèrement navré…

— C'est lui ? demanda-t-elle en pointant le doigt vers la rue.

Arnwright se retourna. Deux hommes poussaient un brancard vers l'arrière d'une ambulance. Un drap recouvrait le corps étendu dessus.

— Paul ! s'écria-t-elle avant de se mettre à courir.

— Madame Davis, s'il vous plaît, attendez ! dit Arnwright en trottinant derrière elle. Mais Charlotte avait pris une bonne longueur d'avance.

— Arrêtez ! lança-t-elle aux brancardiers.

L'un des deux hommes la regarda et articula un *merde* silencieux.

Ils cessèrent de pousser le brancard le temps d'ouvrir les portières arrière de l'ambulance, ce qui permit à Charlotte de s'en approcher et de se cramponner au garde-corps.

— C'est lui, n'est-ce pas ? demanda-t-elle, manifestement incapable de se résoudre à tirer le drap pour découvrir le visage qu'il cachait.

Les brancardiers interrogèrent Arnwright du regard. Tout le monde se tut pendant que l'inspecteur décidait de ce qu'il fallait faire.

Il hocha la tête.

Le brancardier leva suffisamment le drap pour découvrir la tête du mort.

C'était un homme, les cheveux mouillés et emmêlés, le visage souillé par le sable de la plage. Mais ses traits étaient intacts, et même dans cet état Paul Davis était facile à identifier.

— Non ! gémit Charlotte.

Ses genoux se dérobèrent, et elle s'effondra dans la rue.

46

Le lendemain, lorsque Anna White trouva l'inspecteur Joe Arnwright sur le pas de sa porte, elle pensa qu'il devait avoir du nouveau sur Gavin Hitchens. Il était passé la veille à son cabinet pour confirmer que Paul Davis, qui avait été arrêté pour l'agression de Hitchens, était également un de ses patients.

Anna était entre deux rendez-vous et prenait des notes quand elle entendit sonner à la porte de la maison principale.

— Inspecteur ? dit-elle. Entrez.

Il sourit d'un air sombre. Une expression qui ne présageait rien de bon.

— Que se passe-t-il ? demanda-t-elle.

— Vous vous rappelez que nous avons parlé de Paul Davis hier. Au sujet de M. Hitchens.

— En effet, dit-elle sur un ton de regret. Une situation désolante à tout point de vue. Il y a du nouveau ?

— Je crains qu'il ne soit mort hier soir.

— Gavin Hitchens ?

— Non, M. Davis.

Anna resta figée pendant cinq secondes. Lentement, elle leva les deux mains et se couvrit la bouche.

— Oh, mon Dieu, murmura-t-elle en baissant les bras et en cherchant quelque chose pour se soutenir.

Elle s'approcha d'une chaise qui se trouvait là et s'appuya d'une main sur son dossier :

— C'est terrible. C'est affreux. Que s'est-il passé ?

— Une noyade. C'est ce que tout semble indiquer.

Anna était comme frappée de stupeur.

— Une noyade ? Comment a-t-il pu se noyer ? Il ne possédait pas de bateau à ma connaissance.

— Il semblerait que M. Davis ait mis fin à ses jours.

Anna vacilla.

— Il faut que je m'asseye, dit-elle. Venez dans mon cabinet.

Une fois dans la pièce, elle prit le fauteuil qu'elle occupait quand elle recevait ses patients en consultation. Joe Arnwright s'assit en face d'elle.

— C'est tellement... Je n'arrive pas à y croire.

Elle se mordilla l'extrémité du pouce.

— C'est impossible.

Elle regarda l'inspecteur d'un air implorant.

— Vous êtes sûr que ce n'est pas un accident ? Il est peut-être tombé de la jetée ? Quelque chose comme ça ?

— Sa femme nous a dit qu'il vous consultait depuis un certain temps, qu'il était profondément perturbé par un certain nombre de choses. Et, bien entendu, je sais maintenant que Kenneth Hoffman avait failli le tuer il y a huit mois de cela. Que cet événement n'a pas été sans conséquences.

— En effet. Nous sommes même allés le voir, cette semaine, en prison.

— Vous avez fait ça ? Pour quelle raison ? demanda Arnwright, perplexe.

La psychologue s'expliqua du mieux qu'elle put, et l'inspecteur prit des notes dans le petit calepin qu'il avait à la main.

— Cela expliquerait qu'il ait pu vouloir attenter à ses jours ?

— Au contraire, j'ai eu l'impression que cette visite lui avait fait du bien. Je n'arrive pas à... C'est horrible. Comme va sa femme ? Comment va Charlotte ?

— Elle est totalement anéantie, comme vous pouvez l'imaginer. Elle me disait que M. Davis souffrait d'une sorte de délire.

Anna tira un mouchoir en papier d'une boîte qui se trouvait là. Elle s'en tamponna les yeux et le roula en boule entre ses doigts.

— Je ne sais pas trop comment répondre à cela. Je suppose, pour faire court, que la réponse est oui.

— Une histoire de machine à écrire possédée, poursuivit Arnwright, sans la moindre nuance de dérision ou de scepticisme.

— Oui.

— Il croyait que c'était la machine sur laquelle Kenneth Hoffman avait obligé ses victimes à écrire des lettres d'excuses.

— C'est exact.

— Je ne suis pas un expert en santé mentale, mais avait-il été diagnostiqué comme schizophrène ?

— Non.

— Il était dépressif ?

— Il était assurément déprimé, mais je ne le pensais pas dépressif au sens clinique du terme.

— Cependant, recevoir des messages de personnes décédées et entendre des voix, ce n'est pas un peu la même chose ? N'est-ce pas un symptôme de schizophrénie ? Sa femme a dit qu'il écrivait les messages lui-même mais qu'il n'avait pas conscience de le faire.

Anna soupira.

— Je comprends que vous puissiez penser cela. Et maintenant, avec le recul...

Elle ne parvint pas à terminer sa phrase.

— Avez-vous craint qu'il ne puisse se faire du mal ? Qu'il ne puisse mettre fin à ses jours ? Est-ce qu'un de ces prétendus messages aurait pu l'inviter à se suicider, à se noyer dans le détroit ?

— Je ne...

— Vous vous êtes récemment rendue à son domicile, je crois que c'était avant-hier soir ? Il avait eu une crise ?

— Oh, mon Dieu, qu'ai-je fait ? dit Anna en commençant à se recroqueviller sur elle-même. Qu'est-ce que je n'ai pas fait, plutôt ?

Comme les larmes venaient, elle prit d'autres mouchoirs.

— Je lui ai suggéré d'aller à l'hôpital, de se faire admettre en observation pendant quelques jours. Mais il a refusé ma proposition.

— Pourquoi ?

— Son ami l'en a dissuadé.

— Quel ami ?

— Bill. Je ne connais pas son nom de famille, mais je crois qu'il travaille avec Charlotte. Elle est agent immobilier.

Arnwright feuilleta son calepin à rebours.

— Bill Myers ?

— C'est possible. Charlotte lui a téléphoné quand j'étais là. Bill a demandé à parler à Paul, après quoi Paul a souhaité ne pas être hospitalisé. Il en est peut-être venu à prendre cette décision tout seul, remarquez. Paul ne croyait avoir aucun problème de santé mentale, encore que, vers la fin, il semblait plus enclin à envisager l'idée qu'il était peut-être responsable.

— Responsable ?

— Des phénomènes étranges qui se produisaient.

— Vous êtes d'accord avec sa femme ? C'est bien lui qui écrivait ces messages ?

Anna regarda l'inspecteur, les yeux rougis.

— Oui.

Arnwright acquiesça de la tête et referma son calepin.

— Il semblerait donc que M. Davis, dans un état de grande détresse, se soit immergé dans le détroit de Long Island avec des intentions suicidaires et soit parvenu à ses fins. En tant que professionnelle qui traitait M. Davis, pouvez-vous me dire quoi que ce soit qui irait à l'encontre de cette conclusion ?

Anna était tiraillée. Dire non, c'était admettre qu'elle n'avait pas fait son travail, qu'elle n'avait rien pu faire pour lui. Dire non, c'était admettre sa responsabilité.

Dire oui serait mentir.

— Non, murmura-t-elle. Non, je ne vois pas ce qui pourrait contredire cette conclusion.

Arnwright lui offrit un petit hochement de tête compatissant.

— Pour ce que ça vaut, docteur White, nous sommes tous passés par là. Nous essayons tous de faire de notre mieux.

— Pas moi, dit Anna White. Loin s'en faut.

47

— Je l'ai tué, déclara Bill Myers. J'ai tué Paul.

— Je vous demande pardon ? dit l'inspecteur Arnwright. Que voulez-vous dire ?

Ils se rencontraient au Corner Restaurant, sur River Street, une tasse de café posée devant chacun d'eux. Arnwright avait suggéré à l'ami de Paul de commander quelque chose à manger, mais celui-ci avait décliné, disant qu'il n'avait guère d'appétit. Ce fut à ce moment-là qu'il fit ce qui sonna à l'oreille de l'inspecteur comme une confession.

— Monsieur Myers, si vous êtes sur le point d'avouer quelque chose, je suis dans l'obligation de vous informer que…

— Ce n'est pas du tout ça, dit Bill en agitant la main en l'air. Je ne l'ai pas traîné dans le détroit et je ne lui ai pas enfoncé la tête sous l'eau, nom d'un chien, mais c'est tout comme.

Il ferma les poings, les ouvrit, les serra à nouveau.

— C'est juste que je n'arrive pas à croire qu'il ait fait ça. Je n'y arrive pas. Il n'était pas fou.

Il se pencha plus près d'Arnwright.

— Il traversait une sale période, mais je n'aurais jamais imaginé qu'il ferait un truc pareil. Autrement, je lui aurais dit de suivre le conseil de sa thérapeute, de se faire hospitaliser. Mais non, il a fallu que je l'en dissuade.

Il grimaça.

— Je vais devoir vivre avec ça pendant le restant de mes jours. C'est ce que je voulais dire quand j'ai dit que je l'avais tué. Je l'ai dissuadé d'obtenir l'aide dont il avait manifestement grand besoin.

— Il est difficile de savoir ce qui passe par la tête des gens. Quand avez-vous vu M. Davis pour la dernière fois ?

— Nous nous sommes retrouvés pour une partie de squash l'autre jour, mais on ne s'est pas vraiment donnés à fond. Il avait été blessé à la tête, et il n'aurait même pas dû jouer à mon avis, mais il en avait ras le bol de se ménager. Au bout de quelques minutes, il est revenu à la raison, et notre partie a tourné court.

— Comment vous a-t-il paru ?

— Perturbé. Vous êtes au courant pour ses cauchemars ? Cette histoire de machine à écrire.

— Oui.

— Alors, je ne vous apprends rien.

— Étiez-vous des amis proches, Paul et vous ?

Bill hésita.

— Amis, c'est sûr. Peut-être pas super proches. On s'est rencontrés à la fac, Uconn, et on est restés en contact. On s'est retrouvés tous les deux à Milford. Il savait ce que je faisais dans la vie, et quand Charlotte s'est lancée dans l'immobilier il m'a demandé de lui mettre le pied à l'étrier. On lui a trouvé une place à l'agence.

— Donc tous les trois, vous étiez amis.

— J'imagine. Oui, bien sûr.

— Êtes-vous marié, monsieur Myers ?

— Je l'ai été, je ne le suis plus.

Il sembla hésiter à faire une confidence au policier.

— Laissez-moi vous raconter une histoire.

— Je vous écoute.

— J'avais une cousine, qui habitait Cleveland. Et, au tournant de la vingtaine, elle a commencé à se persuader qu'elle était harcelée par Margaret Thatcher.

— La Première ministre britannique ?

Bill acquiesça.

— Elle prétendait qu'elle lui envoyait des messages, par voie télépathique. Mais seulement, voilà : ses parents ont voulu croire qu'elle disait vrai. Que, d'une façon ou d'une autre, pour des raisons qu'ils ne pouvaient expliquer, la Première ministre de Grande-Bretagne en voulait personnellement à leur fille. Et vous savez pourquoi ?

— Je crois, oui.

— Parce que, l'autre possibilité, à savoir que leur fille était sérieusement dérangée, était encore plus horrible à concevoir. Ils étaient dans le déni. À la fin, bien sûr, ils ont été obligés d'accepter le fait que ma cousine Michele délirait. Et le délire paranoïaque s'est imposé comme la seule explication rationnelle.

— Et vous avez le même sentiment concernant Paul et son obsession pour cette machine à écrire.

Bill eut un haussement d'épaules.

— Et qu'est devenue Michele ? demanda Arnwright.

— Elle a sauté du Hope Memorial Bridge dans la Cuyahoga River à l'âge de vingt-quatre ans.

L'inspecteur Arnwright dut attendre près d'une minute après avoir frappé à la porte de Gavin Hitchens.

Quand on finit par lui ouvrir, il haussa imperceptiblement les sourcils. Il savait que Hitchens avait été sérieusement amoché par Paul Davis, qu'il avait subi un traumatisme crânien, qu'il s'était fait une entorse au coude et blessé au genou. Si bien que le bras en écharpe, la tête pansée et le genou bandé étaient prévisibles. L'inspecteur s'attendait simplement à ce que Hitchens porte autre chose qu'un simple boxer.

— Ouais ?

Arnwright se présenta. Hitchens hocha la tête d'un air entendu.

— Laissez-moi deviner, dit-il avec un sourire mauvais, ce fils de pute veut me faire inculper pour harcèlement. L'enfoiré m'envoie à l'hôpital et c'est moi le type dangereux.

— Vous parlez de M. Davis, dit Arnwright avec prudence.

— C'est ça, il a porté plainte contre moi ? Parce que s'il dit que j'ai fait quoi que ce soit, c'est faux.

— Qu'est-ce qu'il aurait pu dire, d'après vous ?

— Écoutez, d'accord, j'étais dans sa rue. Je regardais sa maison. Mais c'est tout. Je me payais une glace.

— Et c'était quand, ça ?

Hitchens cligna des yeux.

— Attendez. C'est pour ça que vous êtes ici ou pas ?

— Si vous pensez que je suis ici pour Paul Davis, eh bien, vous avez raison. Alors, c'était quand ?

— Hier, vers midi.

— Vous avez eu des mots ?

Hitchens haussa les épaules.

— Il m'a dit de dégager, ce que j'ai fait. Fin de l'histoire.

— Mais il y a beaucoup d'animosité entre vous.

— Waouh, je comprends pourquoi vous êtes inspecteur.

— Quelle est l'origine de ce différend ?

— Je me suis déjà expliqué. J'ai fait une déposition. Ce Davis est un malade mental. Il pense que j'essayais de le rendre cinglé, un truc dans le genre, mais, croyez-moi, il n'a pas besoin de moi pour ça.

— Avez-vous reparlé à M. Davis plus tard dans la journée ?

— Non, ça s'est arrêté là.

— Quelles étaient vos intentions en vous rendant devant sa maison ?

Gavin Hitchens détourna le regard.

— J'en sais rien. J'étais là, c'est tout.

— Essayiez-vous de lui faire peur ? De l'intimider ? De lui donner à penser que vous alliez vous venger ?

— Il ne m'aurait peut-être jamais vu s'il n'était pas sorti à ce moment-là. On ne peut pas faire peur à quelqu'un s'il ne sait pas que vous êtes là.

Arnwright le dévisagea quelques secondes de plus.

— Très bien, conclut-il. Désolé pour le dérangement.

Alors qu'il se retournait pour partir, Gavin le retint :

— Hé, minute. C'est tout ?

Arnwright se retourna.

— C'est tout.

— Est-ce que ce salaud va aller en taule pour ce qu'il m'a fait ?

— J'en doute.

48

Le lendemain, Charlotte Davis s'assit sur le lit qu'elle avait partagé avec son mari et regarda par la baie vitrée les reflets du soleil sur les eaux du détroit de Long Island.

Elle avait des choses à faire, mais elle avait du mal à se mettre à l'ouvrage.

Elle finit par se lever et ouvrit la penderie pour choisir un costume à la demande de l'entreprise de pompes funèbres. Paul n'en avait qu'un de bon. Son statut de professeur lui permettait d'assister à presque n'importe quelle réception en veston, jean et cravate. Même pendant les cérémonies de remise de diplômes, il pouvait se contenter de porter sous sa toge une tenue de ville élégante mais décontractée. Charlotte se fit la réflexion que la dernière fois que Paul avait mis un costume, c'était pour assister à l'enterrement d'un cousin à Providence.

Et ce serait pour son propre enterrement qu'il en porterait un à nouveau.

Charlotte décrocha un complet bleu foncé de la tringle, l'étala sur le lit. Il n'avait pas été sorti depuis son dernier passage au pressing. L'étiquette était encore dessus. Elle retira la veste du cintre, l'exposa à la lumière de la fenêtre, la retourna.

Les employés du pressing avaient oublié une petite tache dans le dos, mais était-ce vraiment important ? Même si le cercueil était ouvert, personne ne la verrait. Elle remarqua que le pantalon assorti était resté si longtemps sur le cintre qu'il était marqué aux genoux, mais, une fois encore, qui verrait quoi que ce soit au-dessous de la ceinture ? Seul le haut du corps serait visible, non ?

Charlotte n'avait même pas discuté avec le directeur de l'entreprise de pompes funèbres de la possibilité d'un cercueil fermé. Ce n'était pas comme si Paul était mort dans un terrible accident de voiture. La noyade avait laissé son visage relativement intact. Il était, en un mot, présentable. Elle décida de repasser le pantalon, malgré tout. Et d'essayer de faire partir la tache sur le dos de la veste. Il méritait au moins ça.

Son portable sonna.

Elle l'avait laissé sur la commode. Elle fit un pas vers l'appareil, jeta un coup d'œil à l'écran pour voir qui appelait.

`Bill`

Elle garda le téléphone en main plusieurs secondes, le laissant sonner six fois avant de rejeter l'appel.

Elle n'avait pas envie de lui parler. Pas maintenant. Elle ne lui avait pas adressé la parole depuis qu'il avait appelé au milieu de la nuit et dissuadé Paul d'aller à l'hôpital. Bill n'était pas le seul dont elle ne prenait pas les appels. Elle ignorait aussi ceux de Hailey.

À l'exception d'un seul.

L'ex-femme de Paul, son mari, Walter, et leur fils allaient assister au service le lendemain. Hailey avait confié à Charlotte que Josh était anéanti par la mort de son père. Il ne s'était arrêté de pleurer que pour dormir, et s'il avait fini par tomber de sommeil, c'était uniquement parce que ses pleurs l'avaient épuisé.

— La bonne nouvelle, avait dit Charlotte, c'est que Walter et toi allez obtenir ce que vous vouliez si fort : la garde exclusive de Josh.

Hailey avait eu un hoquet de stupeur. Avant qu'elle ait pu réagir, Charlotte avait mis fin à l'appel. Quand Hailey avait essayé de rappeler, Charlotte n'avait pas décroché.

Elle installa la planche à repasser dans la petite buanderie du bas et y plaça le pantalon de costume. En attendant que le fer chauffe, elle monta à la cuisine boire une tasse de café. Elle avait déjà préparé une cafetière mais n'en avait pas encore bu. Elle n'avait pas non plus pris la peine de prendre un petit déjeuner.

L'îlot de la cuisine était recouvert de près d'une douzaine de cadavres de bouteilles. Elle en repoussa deux pour se ménager un espace. Elle sortit une petite assiette du placard et du beurre du frigo. Elle glissa une tranche de pain complet dans le toaster, mais, avant qu'elle ait pu abaisser la manette de mise en marche, on sonna à la porte.

Elle s'inspecta. Elle n'était plus en pyjama, mais c'était à peine mieux : jean et tee-shirt, cheveux tirés en arrière, pas de maquillage. Elle n'était pas prête pour des visiteurs venus à l'improviste lui présenter leurs condoléances.

Elle soupira, dévala l'escalier pieds nus et jeta un coup d'œil à travers l'étroite fenêtre qui bordait la porte d'entrée.

C'était Anna White.

Charlotte déverrouilla la porte, l'ouvrit en grand.

— Docteur White ?

— Madame Davis, je suis désolée de vous déranger dans un moment pareil, mais auriez-vous quelques instants à m'accorder ?

Charlotte leva les bras en l'air dans un geste dérisoire. C'était loin d'être accueillant, mais elle dit :

— Bien sûr, entrez donc.

— Merci, dit Anna, qui la suivit dans l'escalier.

— J'ai laissé mon fer branché, lui expliqua Charlotte quand elles furent dans la cuisine. Je reviens tout de suite.

Elle disparut au rez-de-chaussée.

Anna considéra les cartons vides sur l'îlot. Alors qu'elle se tournait lentement pour embrasser le reste de la pièce, son regard tomba sur la porte ouverte de la pièce qui avait été le mini-bureau de Paul.

Elle sentit un frisson courir le long de sa colonne vertébrale.

Elle vit l'Underwood, posée sur la table de travail à côté de l'ordinateur portable.

Anna supposa qu'il s'agissait de *la* machine. Celle dont Paul croyait qu'elle lui envoyait des messages d'outre-tombe. La machine qui l'avait sans doute poussé au bord de la folie. La machine qui avait joué un rôle déterminant dans son suicide.

Paul avait dit qu'elle était dans la voiture de Charlotte, qu'elle ne reviendrait pas dans la maison à moins qu'elle soit assez futée pour déverrouiller le coffre.

Elle s'approcha lentement du bureau et entra. D'une main prudente, Anna toucha la machine du bout des doigts, comme si elle était électrifiée.

Elle éprouva en fait une sensation comparable à une décharge électrique, mais elle savait qu'il n'en était rien. Il s'agissait d'une réaction émotionnelle. Le capot métallique était froid et lisse au toucher.

Cela lui fit penser à ce film de Stanley Kubrick, dans lequel le singe tend le bras pour toucher la stèle noire. Craintivement au début, puis, quand il comprend que le monolithe ne va pas le mordre, il se met à le tripoter fébrilement.

Anna fit courir ses doigts sur les touches, enfonça la barre d'espace.

La machine n'avait rien de menaçant, mais comment diable était-elle revenue ici si…

— Docteur White ?

Anna se retourna et vit Charlotte sur le seuil.

— Vous m'avez fait peur, dit Anna, qui désigna la machine d'un mouvement de tête. Il fallait juste… que je la voie. Comment s'est-elle retrouvée ici ? Paul avait dit qu'elle était enfermée dans votre voiture.

Charlotte lui lança un regard interrogateur.

— C'est moi qui l'ai déposée là.

— Ah, d'accord, bien entendu.

— Ne me dites pas que vous avez pensé qu'elle était revenue ici par ses propres moyens.

— Non, non, pas du tout, dit Anna en rougissant. Je suis juste surprise de la voir.

— J'avais besoin de libérer l'espace de mon coffre, alors je l'ai transportée jusqu'ici. Quand je trouverai le temps de m'occuper des affaires de Paul, dit-elle d'une voix qui commençait à se briser, il faudra que je décide quoi en faire.

— Je suppose qu'à votre place j'aurais…

— Vous auriez quoi ?

— Cela ne me regarde pas. Je ne suis pas en position de juger.

— Non, dites-moi.

Anna hésita.

— Je crois que je serais partie pour Stratford, que je me serais arrêtée sur le pont et que j'aurais jeté cette chose dans la Housatonic.

Le menton de Charlotte trembla. Il lui fallut un certain temps avant de pouvoir répondre.

— C'était exactement le souhait de Paul. J'aurais dû le laisser faire.

— Il n'est pas trop tard.

Charlotte hocha lentement la tête et dit :

— Il faut peut-être juste que j'en aie le cœur net.

Anna laissa cette réponse faire son chemin, mais ne la commenta pas.

Elle sortit du bureau et retourna devant l'îlot, où elle se planta à côté d'un tabouret, ne voulant pas s'y asseoir avant d'y avoir été invitée.

— Je préparais son costume, dit Charlotte. Le pantalon est froissé et il y a une sorte de tache au dos de la veste. C'est idiot, non ? Comme si on allait le remarquer.

— Ce n'est pas idiot. Il est important pour vous que tout soit tel que vous le souhaitez. Et vous voulez faire les choses bien pour Paul.

Anna regarda les cartons vides.

Charlotte n'attendit pas la question.

— Je vais devoir trier les affaires de Paul tôt ou tard.

— Vous avez déjà pris les devants, manifestement.

— Hier j'errais dans la maison et je le voyais partout. Ses livres, ses vêtements, ses CD. Je sais que le deuil vient de commencer, mais ces souvenirs, où que je me tourne, vont le faire durer indéfiniment. Mieux vaut arracher le pansement tout de suite.

— Je suppose que c'est une façon comme une autre de gérer la situation, mais vous allez peut-être un peu vite en besogne.

— Vous désapprouvez.

— Je n'ai pas dit ça. Je connais des gens qui ont fait face à la perte d'un être cher de cette façon. J'ai connu une femme qui avait perdu son fils adolescent dans un accident de voiture : elle avait débarrassé sa maison de tout ce qui lui faisait penser à lui. Une semaine après sa mort, vous ne vous seriez jamais douté qu'il avait vécu là.

— Ça l'a aidée ?

— À oublier sa douleur ? Non.

Charlotte resta silencieuse un moment. Puis :

— Cet inspecteur est passé hier soir. Arnwright.

— Il est venu me voir aussi.

— Il avait déjà sonné à ma porte deux ou trois fois pour me poser des questions sur Paul, mais je suppose que la visite d'hier était sa dernière. Le rapport officiel du coroner a été publié : Paul est bien mort par noyade.

— Je suis désolée.

— L'inspecteur m'a informée qu'ils ne pouvaient pas retenir officiellement la thèse du suicide. Parce qu'on ignore quelles étaient ses intentions, et qu'il n'a pas laissé de lettre d'adieu. Mais, au regard de son comportement des dernières semaines, c'est l'explication la plus probable. Ils ont donc classé ça en « mort accidentelle ».

Ses yeux rougirent.

— Comme s'il était parti faire une randonnée et qu'il était tombé dans un ravin.

Charlotte soupira. Elle releva la tête et regarda Anna droit dans les yeux.

— Qu'est-ce que vous faites ici ?

La question eut sur Anna l'effet d'une gifle. Elle puisa dans ses réserves intérieures et déclara :

— Je suis venue vous dire que j'étais désolée.

— Vous l'avez déjà dit il y a cinq secondes.

— C'est... différent. Je suis désolée d'avoir abandonné Paul. De lui avoir fait faux bond. Vous êtes venue à moi. Vous m'avez prévenue. Vous aviez peur qu'il ne fasse une bêtise. J'aurais dû en faire davantage.

Charlotte posa sur elle un regard d'acier.

— Je suppose, en effet.

Quelques secondes suffire à Anna pour se rendre compte qu'il n'y avait pas grand-chose à ajouter.

— Je n'aurais pas dû...

Elle s'arrêta alors qu'elle se dirigeait vers l'escalier.

— J'aimerais assister à la cérémonie et présenter mes condoléances. Elle a lieu demain ?

— À quatorze heures.

— J'y serai.

— Merveilleux, dit Charlotte avec un sarcasme non dissimulé. Maintenant, si vous voulez bien, j'ai un costume à repasser.

49

Anna avait cru qu'il y aurait plus de monde.

Ils furent une quarantaine à se présenter aux obsèques, qui se tinrent dans une petite église sur Naugatuck Avenue. Comme Charlotte et Paul n'étaient affiliés à aucune paroisse de Milford, l'entreprise de pompes funèbres avait trouvé un pasteur qui non seulement voulait bien officier, mais avait également accepté de dire quelques mots sur le défunt.

La mère de Paul, qui vivait dans une maison de retraite à Hartford, avait été amenée ici en voiture par un des employés. Nonagénaire, des jambes et des bras fins comme des brindilles, on la fit entrer dans l'église en fauteuil roulant et on lui trouva une place sur le devant, dans l'allée centrale. Tout indiquait qu'elle n'avait pas conscience de ce qui se passait autour d'elle.

À un moment donné, Anna crut apercevoir Arnwright au fond de l'église, après quoi elle le perdit de vue.

Plusieurs personnes appartenaient à l'évidence au West Haven College. Anna entra dans l'édifice religieux en même temps qu'une femme qui, après un bref échange de banalités, lui apprit qu'elle était la présidente de l'université. Elle présenta Anna à quelques collègues de Paul. Celle-ci oublia leurs noms sitôt après les avoir entendus. Quand on lui demandait comment elle avait connu Paul, elle répondait simplement : « C'était un ami. »

Elle avait honte de faire état de leur relation. Tout le monde aurait su alors qu'elle l'avait trahi. Et sa honte était redoublée parce qu'elle ne voulait pas en faire état.

Non que certaines personnes présentes ne soient pas déjà au courant. Charlotte, bien entendu, et aussi Bill Myers, qui, à l'écart, sur le côté de l'église, était en train de revoir des notes. Anna le reconnut pour avoir vu sa photo, ici ou là, sur des pancartes d'agence immobilière.

Elle réussit également à identifier Hailey et Walter. C'était le couple avec le petit garçon en larmes, qui ne pouvait être que Josh. Un Paul miniature en costume marron, cravate rouge et souliers cirés. Il était assis avec sa mère et son beau-père au premier rang, à gauche dc l'allée centrale, tandis que Charlotte était assise sur la droite. Ils ne se saluèrent pas et n'échangèrent pas un regard.

Anna fut surprise de voir Charlotte aussi isolée. Elle était à l'extrémité du banc. Anna supposa que la place à côté d'elle devait être réservée à un membre de la famille, mais quand il eut fini de relire ses notes, ce fut Bill qui vint l'occuper. Il avait l'air de connaître les deux femmes et l'homme qui partageait le même banc que lui et Charlotte. Anna en déduisit qu'ils devaient tous travailler pour la même agence immobilière. Bill serra Charlotte dans ses bras pour la réconforter, et fut imité par les autres.

Elle ne semblait entourée que par ses collègues de travail. Le trajet depuis New York était peut-être trop éprouvant pour sa mère.

Anna remonta le bas-côté sur la droite et se glissa le long d'un banc au milieu de l'église. Elle se retrouva assise à côté d'un homme en costume gris qui se tourna et lui adressa un signe de tête.

— Bonjour, dit-il.

Anna le salua d'un hochement de tête.

Il tendit la main.

— Harold Foster.

— Anna White.

Foster ?

Il y avait probablement des tas de Foster à Milford, mais Anna était pratiquement certaine que le mari de Jill Foster se prénommait Harold.

Il avait dû deviner la question qui lui brûlait les lèvres.

— Oui, dit-il. Ce Foster-là. Ma femme travaillait à West Haven.

— Paul et vous étiez amis ?

— … Pas vraiment. Mais il y a un lien, je suppose.

Il prit un moment pour formuler sa pensée.

— Ma femme, Catherine Lamb, et maintenant Paul. Tous victimes, d'une façon ou d'une autre.

Anna comprenait son raisonnement.

— En venir à mettre fin à ses jours, dit Foster en secouant la tête. On ne peut qu'imaginer le tourment qu'il endurait.

Anna ne put qu'acquiescer de la tête. Elle fut soulagée de voir le pasteur s'avancer vers la chaire.

— On dirait que ça va commencer, fit-elle observer.

L'officiant prit place. Il lut plusieurs passages de la Bible qu'Anna ne reconnut pas mais qu'elle supposa être pertinents. Elle n'avait jamais été particulièrement croyante, et ses parents n'avaient jamais été très pratiquants. Le pasteur demanda à Bill Myers de dire quelques mots. Bill se leva, pressa la main de Charlotte et gravit les marches qui conduisaient à la chaire.

— Bon sang, c'est dur, commença-t-il en sortant de sa poche une liasse de feuilles pliées qui renfermaient ses réflexions. S'il fallait résumer Paul en deux mots, je dirais que c'était un *chic type*. C'est ce qu'il était. Un chic type. Mais il était plus que ça. C'était un bon mari, et un père merveilleux pour son fils, Josh.

Bill regarda le garçon qui paraissait tout petit, flanqué de sa mère et de son beau-père sur le banc du premier rang, les yeux baissés sur ses genoux. Il releva brièvement la tête en entendant son prénom.

— Et le fait que Josh soit un garçon formidable dit quelque chose des qualités humaines de Paul. C'était aussi un éducateur dévoué. Qui se souciait de ses étudiants. Je sais que tous les membres de l'université qui sont présents aujourd'hui dans cette église diraient la même chose de lui.

Bill s'éclaircit la voix, remua ses feuilles. Il semblait avoir perdu le fil de son texte. Il retourna les pages, montrant brièvement ses notes griffonnées à l'assemblée.

— Ah, voilà. Désolé, dit-il. Je suis un peu nerveux... J'ai fait la connaissance de Paul pendant nos années de fac, et après ça, nous nous sommes un peu perdus de vue. Puis, quelques années plus tard, nous avons repris contact, ici, à Milford. Je suis heureux d'avoir renoué le fil, même si cela n'aura été que pour quelques années. Ces derniers mois n'ont pas été faciles pour Paul. Il souffrait d'un traumatisme qu'il n'arrivait manifestement pas à surmonter. Je pense que, pour ses proches, les signes étaient là, sous nos yeux, mais que nous n'avons pas su les voir. Nous pensions que les choses finiraient par s'arranger. Il y a une leçon à tirer de cette tragédie, et elle est valable pour chacun d'entre nous : quand nous voyons des amis dans la difficulté, nous nous devons d'être là pour eux. Nous devons faire tout notre possible pour qu'ils se fassent aider. Nous ne pouvons pas partir du principe qu'ils s'en sortiront tout seuls.

Bill marqua une pause.

— À cet égard, j'ai trahi Paul, et je vais devoir vivre avec ça pendant le restant de mes jours.

Il y eut quelques murmures dans l'église. Quelqu'un dit tout bas : « Il est trop dur avec lui-même. »

Bill remua à nouveau ses feuilles, et renifla. Il avait l'air au bord des larmes.

— J'avais écrit encore beaucoup de choses, mais pour être honnête, je ne ferais que me répéter. Il va nous manquer.

Il lança un regard en direction du cercueil, qu'on avait refermé avant la cérémonie.

— Tu vas nous manquer, vieux. Tu vas vraiment nous manquer.

Il descendit de la chaire et retourna s'asseoir à côté de Charlotte, tête baissée. Elle lui donna deux petites tapes dans le dos.

La cérémonie terminée, Harold Foster se leva brusquement et passa devant d'autres proches du défunt afin d'être parmi les premiers à sortir de l'église. Peut-être faisait-il partie de ces gens, songea Anna, qui quittent le match de base-ball au milieu de la neuvième manche pour s'épargner la cohue à la sortie du parking.

Elle aussi voulait quitter les lieux le plus vite possible, et elle balaya l'église du regard à la recherche de l'issue la moins encombrée. Mais, avant qu'elle ait pu se décider, elle entendit une voix derrière elle.

— Triste, hein ?

Elle frissonna. Elle connaissait cette voix. Elle se retourna et se retrouva nez à nez avec Gavin Hitchens, vêtu d'un jean, d'un veston au col râpé et d'une cravate à carreaux desserrée.

Elle n'avait pas vu ce que Paul lui avait fait. Il avait un bras en écharpe et le front bandé. Anna supposa qu'il soulageait une jambe parce qu'il se soutenait en se tenant d'une main ferme au dossier d'un banc.

— Gavin.

— Un flic est passé chez moi pour me poser des questions bizarres sur Paul, sans jamais me dire qu'il était mort. Mais j'ai appris depuis qu'il s'était noyé, dit-il en secouant la tête. Une vraie tragédie.

— Ne vous approchez pas de moi.

Alors qu'elle commençait à se retourner, il lui dit :

— J'ai de bonnes nouvelles, en revanche.

Anna se figea.

— Les poursuites ont été abandonnées, annonça Gavin avec un grand sourire. Ils ont fait écouter trois enregistrements au père de ce soldat mort et il a été incapable de reconnaître ma voix. En plus de ça, le time-code de la vidéo de surveillance du café déconne complètement. Impossible d'établir ma présence sur les lieux avec certitude. Alors, voilà, dit-il avec un grand sourire. Je suis un homme innocent.

— Il y a une grande différence entre non coupable et innocent.

— Mais je me disais qu'on pourrait reprendre nos séances. J'aimais bien nos petites conversations.

Anna était sur le point de lui tourner le dos, incapable de supporter son petit air suffisant une seconde de plus, quand elle vit Arnwright qui se frayait un chemin pour arriver jusqu'à eux. Gavin surprit son regard, se retourna et vit l'inspecteur.

Celui-ci échangea un hochement de tête avec Anna, ce qui l'amena à penser qu'il voulait lui parler, mais ce n'était pas le cas.

— Monsieur Hitchens, dit-il.

— Quoi de neuf ? demanda Gavin avec désinvolture.

Arnwright sourit.

— Devinez quel time-code de système de surveillance fonctionne parfaitement bien ? En plus d'être parfaitement lisible ?

— Je ne sais pas de quoi vous parlez.

— Une maison, à Devon.

Gavin pâlit.

— Hein, quoi ?

Arnwright semblait prendre sur lui pour ne pas se fendre d'un grand sourire.

— Oui. Il semblerait que des gens aient perdu leur chien. Toute la scène a été filmée.

Arnwright se tourna vers Anna :

— Ravi de vous avoir vue, docteur White. Je vous souhaite une bonne journée.

Elle eut l'impression qu'on la congédiait, mais elle s'éloigna avec un sentiment de soulagement. Hitchens allait peut-être recevoir le châtiment qu'il méritait. Cette rencontre fortuite l'avait suffisamment retardée et elle était désormais une des dernières personnes à se trouver encore présentes dans l'église.

Charlotte et Bill étaient juste devant elle. Tous deux marchaient tête baissée, épaule contre épaule.

Ils seraient bientôt dehors, où beaucoup attendaient de dire quelques mots à Charlotte, ou bien à Hailey et son fils.

Elle s'efforça de chasser Gavin de ses pensées. Si cela se révélait nécessaire, elle demanderait une injonction d'éloignement. Elle en toucherait un mot à Arnwright.

Elle avait déjà décidé de ne pas offrir d'autres paroles de réconfort ou de regret à Charlotte. Elle était échaudée par sa visite de la veille. Une fois les portes de l'église franchies, elle se dirigea vers sa voiture. Une fois de plus, elle avait confié son père à sa voisine retraitée, mais elle n'aimait pas abuser de la gentillesse des gens.

Anna suivait l'ami et la veuve de Paul le menton rentré dans la poitrine. Si elle avait gardé la tête haute, elle n'aurait peut-être pas vu Bill tendre le bras pour chercher la main de Charlotte. Il la trouva et ne se contenta pas de la serrer. Il entrelaça ses doigts aux siens dans un geste qui lui parut plus qu'amical.

Presque intime.

C'est un moment difficile, raisonna Anna.

Presque aussi vite qu'il l'avait trouvée, il lâcha la main de Charlotte et fourra la sienne dans sa poche de pantalon.

Après quoi il se pencha tout près de Charlotte pour lui murmurer quelque chose à l'oreille.

Trois mots.

Anna, qui était suffisamment près, les entendit, mais elle se demanda aussitôt si c'étaient bien ceux-là qu'il avait employés.

Ils avaient pourtant été aussi distincts que si on les avait chuchotés à sa propre oreille.

Bill avait dit : « Ça a marché. »

50

Oui, pensa Charlotte. *Ça avait marché.*

Mais ce n'était pas parce qu'ils avaient réussi leur coup qu'ils devaient commencer à se montrer imprudents. Qu'est-ce qui avait pris à Bill de lui prendre la main comme ça et de lui chuchoter ces mots à l'oreille alors qu'il y avait des gens tout autour. Bien sûr, on s'attendait à ce qu'il la réconforte, mais il fallait qu'il soit un peu moins démonstratif.

C'était maintenant qu'ils devaient se montrer particulièrement vigilants.

Charlotte craignait déjà d'avoir commis une erreur en rapportant tous ces cartons vides. La façon dont le Dr White les avait regardés l'avait rendue nerveuse. Elle espérait que son explication avait été convaincante. La vérité était qu'elle avait eu hâte de se mettre à emballer les affaires de Paul dès que Bill et elle avaient pris leur décision.

Mais ils devaient être prudents.

C'était exactement la raison pour laquelle elle avait ignoré les appels de Bill depuis la mort de Paul. Ils ne devaient pas se parler, cela aurait pu être mal interprété. Bien sûr, une conversation téléphonique épisodique pouvait s'expliquer, au cas où on leur poserait des questions. Il était néanmoins plus sage qu'ils ne se parlent pas du tout au téléphone. C'était aussi la règle que Charlotte avait fixée au cours des mois qui avaient précédé la mort prétendument accidentelle de Paul. Même si Bill et Charlotte travaillaient ensemble, il y avait une limite aux appels que l'on pouvait attribuer à leurs activités professionnelles.

Ils avaient très souvent l'occasion de se parler au travail. En tête à tête. Ces interactions-là ne laissaient aucune trace.

Et, bien sûr, il y avait toutes ces maisons vides.

Les biens qui se retrouvaient sur le marché n'étaient pas tous occupés. Beaucoup de gens avaient déjà déménagé quand ils mettaient leur maison en vente. Certaines avaient été construites par des promoteurs, attendant leurs premiers acheteurs.

Quand vous entriez dans ce genre de maison pour vous envoyer en l'air, vous n'aviez pas à vous soucier du retour inopiné du propriétaire.

La plupart de ces maisons vides avaient été « mises en scène ». On les avait meublées pour que les lieux aient l'air habités. On avait garni les étagères de livres. Disposé des magazines en éventail sur les tables basses. Accroché des tableaux aux murs. Une coupe de fruits – en plastique, de préférence – sur la table de la cuisine. Une pièce pouvait être aménagée en chambre d'enfant, une autre en chambre d'adolescent, avec des posters de sportifs au mur. Et ils arrangeaient également une chambre parentale avec lit king size, parure de lit luxueuse et coussins décoratifs assortis.

Charlotte et Bill avaient accès à de nombreuses habitations de ce genre.

C'était non seulement bien meilleur marché que l'hôtel – et pour ne prendre aucun risque, il aurait fallu qu'ils en trouvent un loin de Milford –, mais encore vous n'aviez pas à utiliser de carte de crédit. Vous n'aviez pas non plus à vous inquiéter de laisser votre voiture garée devant la maison de votre collègue de travail.

Ils plaisantaient souvent sur le fait qu'il était bien plus commode d'avoir une liaison quand on travaillait dans l'immobilier.

Leur autre sujet de plaisanterie, du moins jusqu'à ce que Kenneth Hoffman manque de le tuer, était que Paul avait été bien gentil de les réunir. En passant un coup de fil à son ancien camarade de fac, devenu agent immobilier, pour voir s'il avait quelques conseils à prodiguer à sa femme qui débutait dans le métier.

« Envoie-la-moi, lui avait répondu dit Bill. Je vais voir ce que je peux faire. »

Charlotte était passée à l'agence. Elle avait tout de suite plu à Bill, qui avait appris avec grand intérêt qu'elle avait ambitionné, à un moment donné, une carrière d'actrice.

« Ça pourra te servir, lui avait-il dit. Tu vas te retrouver à travailler pour un vendeur et un acheteur, pour les deux partis, et les deux doivent croire que ton seul souci est de leur obtenir la meilleure offre. Certains talents d'actrice te seront fort utiles. »

Bill possédait quelque chose qui lui avait plu à elle également.

Il était tout ce que Paul n'était pas. Plus sûr de lui, plus séduisant, en meilleure forme physique. Et, même s'il avait un mariage raté derrière lui, il n'avait pas d'enfants, et son ex-femme était remariée et vivait en France. Charlotte avait rapidement compris que

Paul avait un passif émotionnel assez volumineux pour remplir la soute d'un 747. Il y avait toujours un problème avec son ex. Organiser les visites de Josh, les changements de programme permanents. Devoir écouter ses jérémiades sur la superficialité de Walter et l'étalage qu'il faisait de ses relations. Son véritable grief, Charlotte le savait, était que Hailey avait trouvé mieux que lui. Elle avait déniché un fonceur, un homme ambitieux, un homme qui ne passait pas ses soirées à corriger des copies et à rédiger le cours de la semaine à venir sur Ralph Waldo Emerson, mais qui sortait rencontrer de gros bonnets et des propriétaires de clubs sportifs pour leur expliquer comment accroître leur visibilité.

C'était Charlotte qui avait hérité du type qui passait ses soirées à corriger des copies et à rédiger son cours de la semaine sur Ralph Waldo Emerson.

Et qu'y avait-il de mal à ça ? se demandait-elle parfois. Peut-être rien. Sauf quand vous aviez brusquement pris conscience que vous aspiriez à davantage.

C'était Bill qui l'avait réveillée, qui l'avait arrachée à son petit confort.

Il dégageait une telle énergie. Quand ils ne négociaient pas des ventes, il partait passer un long week-end à Londres avec une femme qu'il venait de rencontrer. Ou bien il montait au Québec en voiture pour faire du ski, et s'il revenait le dos en compote, ce n'était pas sur les pistes qu'il se l'était abîmé. Comme après ce week-end montgolfière au bras d'une autre conquête.

Il semblait… électrique.

Et il possédait même *plusieurs* costumes.

Bill était toujours à l'affût de nouvelles expériences. *Je pourrais être une nouvelle expérience*, s'était dit Charlotte.

Un jour, elle avait demandé à Paul :

« Est-ce que tu as déjà pensé à remplir un sac de lingerie Agent Provocateur, de filer à New York, de prendre une chambre au Plaza et de me baiser comme un malade ? »

À quoi Paul avait répondu : « Agent qui ? »

Alors, un jour que Bill et elle organisaient une visite « portes ouvertes » à laquelle personne ne s'était présenté pendant presque une heure, elle avait tenté la même question.

Il l'avait regardée et avait répondu : « Ce soir, c'est bon pour moi. »

Ils ne prirent pas de chambre au Plaza. Du moins, pas ce soir-là. En revanche, ils exécutèrent un rituel d'autoflagellation morale. Peut-être parce qu'ils pensaient que c'était la réaction qu'on attendait d'eux.

« On va dire que ça n'est pas arrivé, avait dit Charlotte affalée sur les couvertures dans l'immense chambre principale d'une maison de style ranch de trois cents mètres carrés, qui était proche des écoles, disposait d'un sous-sol aménageable, et avait vu son prix baisser de dix mille dollars la semaine précédente.

— Je sais, dit Bill. Ce n'est… Paul est mon ami. Enfin, c'était mon ami. Peut-être plus tant que ça maintenant. Ce sont des choses qui arrivent, mais cela ne se reproduira plus. »

Et cela s'était reproduit, souvent.

Un soir, au lieu de faire visiter un appartement à une femme venue de Stamford, comme elle l'avait raconté à Paul, elle était dans une maison vide plongée dans l'obscurité, la tête sur les cuisses de Bill qui lui avait dit : « J'aimerais qu'il n'y ait que toi. » Elle avait levé les yeux et demandé : « Quoi ? Qu'est-ce que ça veut dire ?

— Y a-t-il une solution ? Une solution pour ne plus avoir à faire ça dans une putain de maison différente chaque fois ? Une solution pour ne plus avoir à faire semblant ? Pour pouvoir aller où on veut et faire ce qu'on veut ? Parce que, si elle existe, c'est ce que je voudrais. Juste toi et moi. »

Ce qui impliquait, bien entendu, qu'elle quitte Paul. Qu'elle *divorce* de lui.

C'était faisable. Ce serait compliqué. Très déplaisant. Cela prendrait du temps. Mais c'était faisable.

Paul avait déjà vécu un divorce et, d'après les histoires qu'il lui avait racontées, cette expérience avait bien failli le détruire. Il faut dire qu'il n'avait rien fait pour simplifier la tâche de Hailey quand elle avait demandé la séparation. Beaucoup de supplications. De coups de téléphone nocturnes. Le refus de voir les choses telles qu'elles étaient devenues.

Le refus d'accepter que c'était *terminé*.

« Je me suis ridiculisé, concédait-il. Je n'arrêtais pas de me dire que je pourrais la reconquérir alors qu'il était évident que sa décision était déjà prise. »

Il avait été réticent à s'engager à nouveau, tellement il redoutait un nouvel échec.

« Mais il y a quelque chose chez toi, avait-il avoué à Charlotte, qui fait que je suis prêt à faire le grand saut. »

Et il avait sauté.

Et voilà que Charlotte allait lui annoncer la nouvelle dont elle savait qu'elle le détruirait : « J'ai rencontré quelqu'un. Et devine qui c'est ! Ton vieux copain de fac, Bill ! »

Elle était pourtant prête à franchir le Rubicon. Ce serait horrible mais, se disait-elle, si vous ne cherchez pas votre propre bonheur dans la vie, personne ne le fera à votre place.

Elle voulait être heureuse avec Bill.

Et puis Paul avait frôlé la mort.

Il était tombé sur Kenneth Hoffman au moment où celui-ci se débarrassait des deux femmes qu'il avait assassinées. Kenneth l'avait frappé à la tête. Paul s'était écroulé. Kenneth s'était agenouillé à côté de lui pour l'achever.

Et puis la police était entrée en scène.

En son for intérieur, Charlotte était prête à admettre que ses sentiments avaient été mitigés. Si seulement ce coup unique porté à la tête de Paul avait été fatal. Elle n'y aurait été pour rien. Elle aurait été irréprochable. Une innocente bénéficiaire.

Il s'en était fallu de si peu.

Charlotte se demandait si elle devait se sentir coupable d'avoir ce genre de pensée. Parce que ce n'était pas le cas. Le sentiment qui l'accablait, c'était la *frustration*. C'était un peu comme vérifier votre billet de loterie en pensant que vous avez tous les bons numéros, puis de vérifier à nouveau et de vous apercevoir qu'il vous en manque un.

Paul avait survécu. La thérapie avait suivi. Il avait dû se mettre en congé de West Haven pendant qu'il se rétablissait, et ce rétablissement avait été long et ponctué de nombreuses rechutes. Il y avait les cauchemars qui le réveillaient à trois heures du matin, trempé de sueur froide et hurlant.

Paul Davis était un homme brisé.

« Tu ne peux pas le faire maintenant, lui avait dit Bill. Tu ne peux pas demander le divorce à un homme qui se remet d'une tentative de meurtre. Pense aux conséquences pour nous. À l'agence ? Dans cette ville ? Toi, la femme qui aura quitté un type au fond du trou, au moment où il avait plus que jamais besoin de ton soutien, et moi, le type pour lequel tu l'auras quitté. Je peux t'assurer d'une chose : on ne vendra plus une seule maison dans le secteur. »

Après avoir réfléchi à tous ses arguments, Charlotte n'avait plus dit un mot.

« Quoi ? lui avait demandé Bill. À quoi penses-tu ? »

Et elle lui avait répondu :

« Il y a peut-être un autre moyen ? »

51

Anna White doutait encore d'avoir entendu correctement la phrase chuchotée par Bill. Peut-être que Bill Myers n'avait pas murmuré les mots : « Ça a marché », à l'oreille de Charlotte au moment où ils sortaient de l'église ensemble. Mais qu'est-ce que cela pouvait être d'autre ? Qu'est-ce qui ressemblait à « Ça a marché » mais qui n'était pas « Ça a marché » ?

Certainement pas « C'était à chier ». Bill n'aurait pas dit cela à propos de la cérémonie, sauf à tourner en dérision son petit discours à la mémoire de Paul. Il avait peut-être estimé que son éloge funèbre n'était pas à la hauteur. Qu'il aurait dû être plus éloquent. Et il avait glissé ces trois mots à l'oreille de Charlotte en guise d'excuses. Il aurait pu mieux faire. À moins qu'il ait cherché à être rassuré, espérant qu'elle lui dirait qu'il se trompait, que les paroles qu'il avait eues pour Paul venaient du cœur et qu'elles n'étaient certainement pas « à chier ».

Oui, pensa Anna. *C'était peut-être ça.*

Et quand bien même il aurait dit ce qu'elle avait cru entendre au départ ? « Ça a marché » pouvait se rapporter à un certain nombre de choses. À la cérémonie elle-même. Aux paroles du pasteur.

Et cependant Anna n'arrivait pas à se défaire de l'impression que Bill avait voulu dire quelque chose de bien différent.

Si elle n'avait entendu que ces trois mots, elle aurait peut-être pu passer outre. Mais s'y ajoutait ce qu'elle avait vu quelques secondes avant que Bill ne se penche à l'oreille de Charlotte.

La façon dont il lui avait pris la main.

Il ne s'était pas contenté de la prendre. Il avait entrelacé ses doigts aux siens. Les avait pressés.

Anna se dit qu'elle surinterprétait ce geste. Dans des moments pareils, les gens se comportaient bizarrement. Charlotte avait perdu son mari. Elle avait du chagrin. Il était logique qu'elle accepte le réconfort d'un ami.

Mais, après ça, Bill Myers avait eu un geste qu'Anna ne parvenait pas à s'expliquer. Il avait rapidement retiré sa main pour la fourrer dans sa poche.

Comme s'il craignait que quelqu'un ait pu le voir.

Anna continua à marcher derrière eux à la sortie de l'église. Quand Charlotte et Bill émergèrent au grand jour, ils tombèrent sur des gens qui attendaient de pouvoir présenter leurs condoléances à Charlotte. Chacun la serra dans ses bras. Bill resta en retrait pour lui laisser un peu d'espace.

Anna passa lentement devant le petit groupe, descendit les marches et se dirigea vers le trottoir. Mais, au lieu de rejoindre sa voiture, elle se posta près de la rue et observa la scène.

Elle réfléchit encore à la signification à donner à ce : « Ça a marché. »

Cela ne veut rien dire.

Elle avait néanmoins le sentiment persistant que Bill avait prononcé ces mots sur un ton de conspirateur. Que c'était leur secret.

Qu'ils avaient réussi quelque chose.

Non, se reprit Anna. *Je cherche juste un moyen de soulager ma conscience.*

Elle avait à peine fermé l'œil depuis la mort de Paul. Elle était incapable de se défaire d'un sentiment de culpabilité. Le suicide de Paul était la preuve qu'elle n'avait pas été à la hauteur. Elle aurait dû insister pour qu'il se fasse hospitaliser ce soir-là. Elle aurait dû lui dire que son ami Bill avait eu tort de le dissuader de…

Bill l'avait dissuadé d'aller à l'hôpital.

« Ça a marché. »

L'expression suggérait l'exécution réussie d'un plan. Quel plan ? Un plan qui aurait eu pour objectif la mort de Paul ?

Pouvait-on *suicider* quelqu'un ? Non, impossible.

À moins de l'y pousser d'une manière ou d'une autre. L'amener au bord de la folie. Lui faire croire l'incroyable.

« Ça a marché. »

Anna avait accepté l'idée qu'il n'y ait qu'une seule explication aux messages trouvés dans cette vieille Underwood : c'est Paul qui les avait tapés. Il n'en avait peut-être pas conscience, mais c'était lui. Ses trous de mémoire étaient la preuve que cela était possible.

Il y avait cependant quelque chose dans les hallucinations de Paul qui ne laissait pas de l'interroger. Pour le dire simplement, elles étaient insuffisamment élaborées. Elles étaient limitées. Trop spécifiques. Elles n'étaient pas au niveau de celles d'autres patients qu'elle avait reçus au fil des années. Certains avaient échafaudé des complots d'une grande complexité.

Un homme qu'elle avait suivi trois ans auparavant était convaincu que le président russe Vladimir Poutine essayait de lui laver le cerveau pour qu'il livre des secrets d'État. Poutine communiquait avec lui à travers différents appareils électroménagers, y compris son mini-four. Ce qui, en soi, était déjà suffisamment étrange, mais pour quelle raison cet homme aurait-il été ciblé pour livrer des informations secrètes alors qu'il travaillait pour Dairy Queen ?

Cet emploi n'était qu'une couverture, lui avait-il expliqué. En fait, il était en contact avec des gens de la CIA et de la NSA. C'est pourquoi tout son délire se tenait.

Elle avait beau contester ses affabulations avec des questions logiques, il avait toujours une réponse toute prête pour contrarier le bon sens. Elle avait fini par l'adresser à un psychiatre, qui l'avait mis sous traitement afin de contenir sa paranoïa.

Mais Paul, eh bien, Paul n'était pas comme ça.

Son délire ne reposait pas sur de multiples hallucinations et théories du complot. Il était loin d'être élaboré. Il était restreint. Pour tout le reste, Paul Davis avait tout d'un individu parfaitement sain.

Il ne correspondait pas au profil.

Il ne se comportait pas comme un homme en proie à des hallucinations. Pour croire que Paul avait écrit lui-même ces messages, il fallait forcer la proverbiale cheville carrée dans le trou rond.

Et s'il n'avait jamais eu d'hallucinations ?

Les messages étaient bien réels. Mais ils n'émanaient pas de ces deux femmes mortes.

« Ça a marché. »

Comment s'y prendre ? se demanda-t-elle. Comment faire croire à quelqu'un quelque chose d'aussi extravagant ?

La foule se dispersait. L'information s'était discrètement répandue que Paul serait incinéré, et qu'il n'y aurait par conséquent pas de déplacement au cimetière pour une inhumation. Tous ceux qui avaient voulu transmettre quelques paroles de réconfort à Charlotte se dirigeaient à présent vers le parking. Des portières de voiture s'ouvrirent et claquèrent, des moteurs reprirent vie.

Le pasteur sortit pour dire quelques mots à Charlotte. Bill, qui l'avait rejointe, se tenait à côté en hochant la tête avec gravité pendant que le religieux parlait.

Et puis ce fut terminé.

Charlotte remercia le pasteur, lui serra la main, puis se retourna et prit la direction du parking. Bill marchait à ses côtés. Peut-être allait-il la raccompagner chez elle.

Non. Charlotte sortit une clé de son sac à main, déverrouilla sa voiture. Bill lui ouvrit la portière.

Un vrai gentleman.

Ils discutaient. Bill dit quelque chose qui poussa Charlotte à secouer la tête. Après quoi elle sembla regarder au loin, comme pour s'assurer que personne ne les observait.

Anna feignit l'indifférence. Elle regarda sa montre, mais continua de surveiller la scène du coin de l'œil.

Avant de prendre le volant, Charlotte posa la main sur le dessus de la portière. Bill Myers posa la sienne par-dessus et l'y laissa dix bonnes secondes. Puis Charlotte retira sa main, s'assit sur le siège conducteur et claqua la portière. Bill recula quand elle démarra le moteur, et il se tourna dans la direction d'Anna.

D'un geste rapide, il ramena les pans de sa veste de costume sur le devant et la boutonna. Après quoi il mit une main dans la poche de son pantalon et traversa le parking vers une autre voiture.

Anna était pratiquement certaine de savoir ce qu'il venait de faire. Elle n'aurait toutefois pas été en mesure de le jurer sous serment devant un tribunal. On se serait moqué d'elle. On aurait raillé ses extraordinaires facultés d'observation.

Elle était pourtant certaine qu'il faisait de son mieux pour dissimuler une érection.

Ce qui n'était pas une réaction habituelle lors d'un enterrement.

Bill monta dans une voiture, la démarra, tourna à gauche sur Naugatuck. Charlotte était sortie quelques secondes plus tôt, prenant à droite.

Anna se hâta jusqu'à son propre véhicule et s'installa au volant. Elle ne savait pas quoi faire. Pour rentrer chez elle, il aurait fallu qu'elle prenne à gauche à la sortie du parking, mais elle se surprit à tourner à droite.

Elle allait suivre Charlotte.

Est-ce qu'elle voulait lui parler une dernière fois ? En commençant par lui répéter à quel point elle s'en voulait d'avoir abandonné Paul ? Pour ensuite lui demander ce que Bill Myers avait voulu dire quand il lui avait murmuré ces trois mots à l'oreille ?

Sérieusement, qu'espérait-elle obtenir en faisant ça ?

C'était une idée stupide.

Et puis le déclic se fit.

Elle filait la mauvaise voiture. C'était à Bill Myers qu'elle voulait parler.

Elle jeta un coup d'œil dans ses rétroviseurs, opéra un rapide demi-tour et suivit l'autre véhicule.

52

— Ce serait tellement mieux s'il passait sous un bus, dit Bill à Charlotte, un soir, quelques semaines auparavant, alors que Paul la croyait en train d'aider un couple de retraités à évaluer le prix de leur maison en front de mer sur East Broadway. En réalité, Bill et Charlotte étaient nus dans le jacuzzi, à l'arrière d'une jolie maison de trois chambres sur Grassy Hill Road proposée à 376 000 dollars.

— Tu disais ? demanda Charlotte, qui avait du mal à entendre à cause du bouillonnement des jets.

— Rien. C'était stupide.

— Non, dis-moi.

Alors il se répéta.

— C'est stupide parce que tu ne peux pas attendre que ce genre de chose se produise, commenta Charlotte. Tu ne peux pas attendre que le chauffeur de bus quitte la route des yeux. Tu ne peux pas attendre qu'un piéton commette l'erreur de ne pas regarder des deux côtés.

Après un moment de réflexion, elle ajouta :

— La seule façon pour que ça marche serait de pouvoir faire en sorte que Paul *décide* de se jeter sous le bus.

Bill frotta ses pieds contre les siens sous l'eau.

— Eh bien, ce n'est pas vraiment possible.

Elle se rapprocha, tendit le bras sous l'eau et prit son sexe d'une main ferme.

— Ce ne doit pas forcément être un bus, dit-elle en le caressant.

Elle lui fit part de son idée. Idée que l'état psychologique dans lequel se trouvait Paul favorisait grandement. Elle avait pensé à tous les détails.

— C'est... carrément barré, dit Bill qui parvenait à se concentrer malgré la distraction.

— Je ne pense pas, mais je vais avoir grand besoin d'aide. D'un soutien technique, notamment.

— Tu peux développer ?

— Est-ce qu'on peut régler une sonnerie de téléphone de manière à ce qu'elle joue ce qu'on veut ? Par exemple, si j'enregistre quelque chose, est-ce que je peux en faire une sonnerie ?

Bill, fermant brièvement les yeux, répondit qu'il était presque certain que c'était faisable.

— Et je dois trouver une vieille machine à écrire. Dans tous les articles que j'ai lus, il est question d'une Underwood. Il faut qu'on en trouve une. Pas nécessairement une réplique exacte, mais un modèle ressemblant. Ce qui joue en notre faveur, c'est qu'il est vraisemblable que la vraie soit dans la nature quelque part. Elle n'a jamais été retrouvée.

— Tu en es sûre ?

Continuant d'agiter la main de haut en bas, elle sourit.

— J'ai appelé la police. Je leur ai raconté que je travaillais pour un musée du crime qui s'ouvrait à New York et leur ai expliqué que la machine à écrire ferait une excellente pièce à exposer. Ils m'ont dit qu'ils n'avaient pas pu la récupérer.

Bill lui promit de faire le tour des antiquaires. Il connaissait même deux ou trois magasins de fournitures de bureau susceptibles de proposer ce genre d'article, comme objet de déco. Et on pouvait toujours compter sur eBay et Craiglist.

— Pas d'achat en ligne, avertit Charlotte. Pas de trace.

— Une minute, dit Bill.

Il ferma les yeux, frissonna, eut une sorte de hoquet. Charlotte retira sa main.

— C'est là qu'il va falloir se montrer créatifs, poursuivit-elle. Paul doit croire que c'est *la* machine qui a servi juste avant les meurtres.

Ils taperaient tous les messages à l'avance, proposa-t-elle. Bill pourrait lui souffler l'idée de laisser du papier dans la machine s'il n'y pensait pas lui-même. Charlotte lui ferait faire une clé de façon qu'il puisse s'introduire dans la maison et dissimuler les messages. Ou elle s'en chargerait elle-même. Elle pourrait les glisser dans la machine ou bien les éparpiller au gré des opportunités.

Comme le matin où Paul avait voulu voir les gens chez qui Charlotte prétendait avoir acheté l'Underwood. Elle n'avait pas appelé l'agence pour dire qu'elle serait en retard : elle avait appelé Bill pour signaler que la maison serait vide pendant une heure environ. Il y était allé et avait glissé un message dans la machine. Le matin où Paul s'était levé tard et avait trouvé Charlotte sous la douche, elle était déjà descendue dans son bureau pour mettre un message en place.

Au cours de la semaine qui suivit, ils réglèrent les détails. Avec un nouveau téléphone, elle enregistra les bruits du clavier en tapant sur les touches. Elle en fit une sonnerie. Le téléphone, mis en veille, serait laissé sur le dessus d'un des placards de la cuisine, programmé pour sonner uniquement quand Charlotte composerait son numéro avec son portable. Elle garderait celui-ci sous son oreiller et passerait les appels une fois Paul endormi.

Ils avaient procédé à quelques essais concluants.

Bill apporta quelques idées :

— Rappelle-lui des conversations qui n'ont jamais eu lieu. Demande-lui s'il est passé prendre des choses que tu lui aurais soi-disant demandé d'aller chercher. Persuade-le que sa mémoire lui joue des tours.

Cette suggestion plut à Charlotte. Elle pourrait raconter à Paul qu'elle avait vu une voiture garée devant la maison, la même que celle qu'il avait aperçue quelques jours auparavant. Sauf, bien entendu, qu'il n'en aurait jamais parlé. Elle pourrait envoyer des SMS depuis son téléphone, ce qui le plongerait dans la perplexité quand il recevrait les réponses.

— Et je pourrais aller voir sa thérapeute, et Hailey. Leur confier toutes les choses inquiétantes dont j'ai été témoin. Instiller l'idée qu'il est en train de perdre la tête.

Elle sourit.

— Ça fait plaisir de jouer à nouveau la comédie. Je ne me vois pas gagner un Emmy, mais tu seras mon lot de consolation.

Bill avait imaginé ce qu'il appelait le *coup de grâce*.

— Un soir, on tente le tout pour le tout. Tu le fais boire, tu mets quelque chose dans son verre, et tu lui fais le grand jeu au lit. J'entre dans la maison et je pose cette putain de machine à écrire juste à côté de lui. Si *ça*, ça ne le rend pas dingue, il est plus coriace que nous deux réunis.

Charlotte dit qu'elle ferait croire à Paul qu'elle avait fait changer les serrures. Ce qui achèverait de le convaincre de l'intervention de forces surnaturelles.

Ils dénichèrent une machine à écrire convaincante chez un antiquaire de New Haven. Les messages furent tapés.

Bill repéra néanmoins une énorme faille dans leur plan.

— Tout ça est censé le rendre dingue, le pousser à bout et faire en sorte qu'il se jette sous ce bus métaphorique.

— Exact.

— Mais s'il ne le fait pas ?

Charlotte sourit.

— Oh, j'ai aussi prévu ce cas de figure.

53

Anna n'était pas experte en matière de filature automobile.

Elle avait grandi en regardant *200 dollars plus les frais*, *Miami Vice* et *Cagney et Lacey*, et, dans ces séries, quand les détectives devaient filer quelqu'un, cela semblait toujours d'une facilité déconcertante. Ils n'avaient à se soucier ni de la circulation, ni des feux rouges, ni des piétons qui textotaient en traversant la rue. La route était toujours dégagée devant eux.

Le seul moyen de ne pas perdre de vue la voiture de Bill Myers consistait quasiment à grimper sur son pare-chocs.

Elle essayait de conserver ses distances quand elle le pouvait, mais elle avait si peur de le perdre qu'elle le collait de trop près. Elle était sûre qu'il se savait suivi.

Mais ce n'était peut-être pas si grave. Ne voulait-elle pas lui parler ? Elle le suivait moins pour découvrir ce qu'il manigançait que dans l'idée de trouver un moment pour échanger quelques mots avec lui.

Tout à fait.

Mais qu'est-ce qu'elle lui dirait ? Qu'est-ce qu'elle allait lui demander ? Elle commençait à penser qu'elle avait peut-être agi à la légère.

Myers la conduisit dans un secteur agréable du sud de Milford. Il mit son clignotant et tourna dans un lotissement sur Viscount Drive, à quelques dizaines de mètres de la plage. Il habitait dans un alignement de maisons mitoyennes, et tourna dans l'allée privée de l'une d'elles.

Elle poursuivit sa route.

Elle avait prévu de s'arrêter, de lui faire signe pour engager la conversation, mais elle s'était affolée. Elle continua jusqu'au premier panneau stop et tourna.

Elle fit le tour du pâté de maisons et revint se garer devant la maison de Bill. Elle coupa le moteur et resta là, pétrifiée par la peur et l'indécision.

Frapper à la porte ou partir ?

Pendant qu'elle réfléchissait à ce qu'elle devait faire, elle sortit son téléphone. Elle avait besoin d'une distraction. Elle décida de vérifier si elle avait de nouveaux messages. Elle avait mis son portable en mode silencieux pendant la cérémonie funéraire. Elle avait pu recevoir un SMS, un mail ou un appel.

Justement, il y avait deux mails et un message vocal. Elle écouta d'abord ce dernier.

C'était Rosie, la voisine qui gardait un œil sur son père pendant son absence et qui lui demandait quand elle comptait rentrer. Elle avait un rendez-vous chez l'ophtalmologue à seize heures. Anna la rappela immédiatement pour lui dire qu'elle serait bientôt de retour, bien avant son rendez-vous chez le médecin.

Puis elle reporta son attention sur les mails. L'un d'eux était un courrier indésirable, et l'autre avait été envoyé par quelqu'un qui lui demandait si elle prenait de nouveaux patients. Anna tapota sur la flèche et s'apprêtait à répondre quand elle manqua faire une crise cardiaque.

Quelqu'un tambourinait à la vitre.

Elle fut si surprise qu'elle laissa tomber le téléphone sur ses genoux et porta la main à sa poitrine. C'était Bill Myers, penché en avant, le nez collé à la vitre.

— Je peux vous aider ? demanda-t-il.

En revenant chez lui, Bill Myers était très remonté. Il voulait voir Charlotte, il avait *besoin* de voir Charlotte. Pas à l'église, mais en privé. Elle l'avait mis sur la touche et, évidemment, il comprenait qu'il faille faire preuve de prudence. Mais ils n'avaient pas traversé tout ça pour se priver l'un de l'autre. Il avait besoin d'elle. Il avait besoin d'elle à tout point de vue.

C'était la frustration qui lui avait fait prendre sa main à la sortie de l'église. Mêler ses doigts aux siens. Ce qu'il avait eu envie de faire, là, dans l'église, c'était l'embrasser à pleine bouche, la prendre devant tout le monde.

Voir leurs têtes.

Il n'était cependant pas stupide à ce point. Et il lui avait déjà fait savoir quelques minutes auparavant ce qu'il avait en tête. Assis au premier rang, à côté d'elle, il lui avait pris la main et l'avait discrètement amenée jusqu'à son entrejambe pour qu'elle sente à quel point il était dur.

Charlotte avait gratifié son érection d'un petit pincement furtif avant de retirer sa main pour la reposer sur ses propres cuisses.

Il y avait vu un bon présage. Il en espérait un, car Charlotte l'évitait depuis la mort de Paul. Elle ne prenait pas ses appels, ignorait ses messages. Elle lui avait pourtant bien fait comprendre que, lorsqu'ils en auraient fini, il faudrait qu'ils se montrent discrets. Il ne fallait surtout pas éveiller les soupçons.

N'empêche qu'il avait des questions à lui poser. Par exemple, combien de temps allaient-ils jouer cette comédie ? Ils travaillaient ensemble, après tout. Combien de temps encore avant qu'il puisse passer la nuit l'un chez l'autre ? Ça ne regardait personne ce qu'ils faisaient désormais. Paul était mort. Charlotte n'avait-elle pas le droit d'aller de l'avant ?

Mais, putain, ça avait marché, exactement comme il le lui avait murmuré. Encore mieux qu'il l'avait imaginé.

Il allait et venait dans la maison. Fébrile. Anxieux.

Il jeta par hasard un coup d'œil par la fenêtre, vit un SUV Lincoln garé de l'autre côté de la rue. Il avait remarqué cette voiture dans son rétroviseur en rentrant chez lui. Il plissa les yeux pour essayer d'apercevoir le conducteur.

C'était une femme, et sa tête lui disait quelque chose. Il l'avait vue à l'église. Qu'est-ce qu'elle pouvait bien lui vouloir ?

Il n'y avait qu'un seul moyen de le savoir.

Il sortit par la porte d'entrée, traversa la rue et, pendant que la femme avait le nez dans son portable, il s'avança pour cogner à sa vitre. Ce qui la fit sursauter. Il lui demanda si elle avait besoin d'aide.

Elle baissa sa vitre.

Pensant qu'elle ne l'avait peut-être pas entendu à travers le carreau, Bill répéta sa question :

— Je peux vous aider ?

— Monsieur Myers ?

— Oui ?

— Je suis Anna White. Paul était mon…

— Je sais qui vous êtes, dit-il avec un hochement de tête. Vous étiez là, l'autre soir, quand Paul... quand les choses ont vraiment dégénéré.

— Je suis désolée de vous déranger. J'espérais vous aborder pendant l'office, mais je vous ai raté. Et maintenant me voilà, comme une idiote, à essayer de trouver le courage de vous parler. J'hésitais à vous déranger dans un moment pareil, Paul étant votre ami.

Bill la dévisagea un instant.

— Euh, c'est que...

— Ce ne sera pas long. Je veux juste échanger quelques mots.

— Entrez donc.

Elle descendit de voiture, la verrouilla et marcha jusqu'à la porte d'entrée avec lui.

— J'ai trouvé votre éloge très sincère.

— Merci, dit-il avec un haussement d'épaules.

Il lui ouvrit la porte et l'invita à passer au salon. Anna prit place dans un fauteuil moelleux.

— Comment va Charlotte ?

— Eh bien, elle est effondrée, bien sûr.

— J'imagine. Je suis passée la voir, après que c'est arrivé. Mais je crois que c'était une erreur. Elle vous a parlé de ma visite ?

— Non. Alors, de quoi vouliez-vous me parler ?

— Je suppose que je voulais vous dire la même chose qu'à Charlotte. Que je m'en voulais terriblement. Que j'avais le sentiment d'avoir trahi votre ami. Ça me pèse beaucoup.

— Eh bien, vous n'êtes pas la seule. On a tous une part de responsabilité dans sa mort.

— Vous l'aviez vue venir ? demanda-t-elle d'un air grave.

— Comme je l'ai dit à l'église, je suppose qu'on a tous vu des signes. Charlotte, la première. Et, chaque fois que je croisais Paul, je voyais bien qu'il était très perturbé.

— Perturbé, soit. Mais aviez-vous remarqué quoi que ce soit qui vous donne à penser qu'il mettrait fin à ses jours ?

— Enfin, voyons. Pensez à tout ce qui se passait. La tentative de meurtre, les cauchemars, l'idée que sa machine à écrire était possédée ? Ça a dû être spécial, l'autre soir.

— Effectivement.

— Je ne sais pas comment il a fait. Sans réveiller Charlotte.

— Vous voulez dire...

— Descendre au garage, remonter avec la machine, la poser juste à côté du lit. Merde, je n'arrive toujours pas à comprendre. C'est vous, l'experte. Vous pensez qu'il savait ce qu'il faisait ? Est-ce qu'il souffrait d'une sorte de dédoublement de la personnalité ? Qu'une partie de lui-même faisait tous les trucs avec la machine à écrire et qu'une autre était pétée de trouille ?

— Je l'ignore.

— Eh bien, si *vous*, vous ne savez pas, malgré vos compétences, j'imagine qu'on ne saura jamais.

— Donc, rétrospectivement, vous n'êtes pas surpris que Paul ait mis fin à ses jours ?

— Comment dit-on déjà ? Choqué mais pas surpris ?

— Je comprends. C'est la raison pour laquelle je suis un peu perplexe.

— Perplexe ?

— Par rapport à l'autre soir.

— Oui ?

— Ce qui me déconcerte, c'est ce que vous avez dit à Paul quand vous l'avez eu au téléphone.

— De quoi parlez-vous ?

— Quand il a été question qu'il aille à l'hôpital, vous le lui avez déconseillé.

L'espace d'un instant, Bill ne trouva plus ses mots.

— Je ne crois pas être allé aussi loin.

— Je vous demande pardon ?

— J'ai peut-être mis en avant les inconvénients d'une hospitalisation, mais ce n'est pas comme si je lui avais dit de ne *pas* le faire.

— J'ai eu l'impression que vous étiez plutôt catégorique. Vous l'avez persuadé de ne pas y aller.

— Je ne vois pas pourquoi vous me mettez ça sur le dos, dit-il, sur la défensive. C'est vous, sa thérapeute, bon sang. Si vous estimiez qu'il aurait dû être interné en psychiatrie, vous n'auriez pas dû tenir compte de mon avis.

— Je ne pouvais pas faire interner Paul contre sa volonté, pas s'il ne présentait aucun danger immédiat pour lui-même, et, à ce moment-là, je n'étais pas sûre que c'était le cas. Mais vous venez de me dire que vous aviez vu des signes donnant à penser qu'il pourrait se faire du mal. Qu'il pourrait mettre fin à ses jours. Et vous venez également de me dire que vous pensiez qu'il écrivait lui-même les messages, qu'il déplaçait la machine à écrire *lui-même*. Qu'une partie de son esprit faisait tout cela, pendant qu'une autre partie n'en avait pas conscience.

— Ce n'est pas *exactement* ce que j'ai dit.

Anna sourit.

— Vous avez raison. J'ai peut-être légèrement interprété.

— Je ne vois toujours pas où vous voulez en venir, docteur White.

— Que les choses soient claires, je ne me dégage pas de mes responsabilités. Mais je ne comprends pas pourquoi vous avez dissuadé votre meilleur ami de recevoir des soins psychiatriques plus intensifs au moment où, d'après tout ce que vous m'avez dit, vous croyiez qu'il était suicidaire et qu'il effectuait certaines actions dont il n'était pas conscient.

— Vous déformez les choses. C'était mon ami. C'est un peu facile de refaire le match après coup, vous savez ? C'est quand il est trop tard qu'on se rend compte qu'on avait les signes sous les yeux ?

— C'est vrai. Je comprends parfaitement.

Il y eut un silence entre eux.

Bill le rompit :

— Je ne sais pas quoi vous dire d'autre.

Il se leva, indiquant à Anna qu'il était temps qu'elle s'en aille.

— Qu'est-ce qui a « marché » ? demanda-t-elle, toujours assise, en levant les yeux vers lui.

— Hein ?

— À l'église, quand nous sommes sortis, vous avez dit à Charlotte : « Ça a marché. » Je me suis demandé à quoi vous faisiez référence. Qu'est-ce qui a marché ?

Il la regarda fixement pendant deux secondes et dit :

— Je ne me rappelle pas avoir dit ça. Vous avez dû vous tromper.

Bill esquissa un sourire alors qu'il s'approchait de la porte. Et puis la mémoire lui revint d'un coup :

— Ah, ça y est, je me rappelle. J'ai effectivement dit ça. Je faisais allusion à mon petit discours. Je l'avais écrit au bureau, sur l'ordinateur, et impossible de l'imprimer. Il n'y avait pas un chat là-bas, parce que tout le monde était parti pour la cérémonie, alors j'ai appelé Charlotte – comme si elle n'avait pas d'autres chats à fouetter dans un moment pareil –, et elle m'a dit que l'imprimante faisait des siennes, que c'était probablement un bourrage papier, alors je l'ai ouverte, et elle avait raison. J'ai retiré le papier, et j'ai pu imprimer mon éloge funèbre. D'où cette allusion. À l'imprimante. Que j'ai réussi à faire fonctionner.

Anna acquiesça de la tête.

— Tout s'éclaire.

Il lui ouvrit la porte en souriant.

— Passez une bonne journée.

— Vous de même.

Elle se leva, quitta la maison et se dirigea vers sa voiture.

Il fallait que Bill sache, là, maintenant, tout de suite, ce qu'Anna White avait dit quand elle avait rendu visite à Charlotte. Si Charlotte rejetait son appel, il irait frapper à sa porte.

Pourvu qu'on n'ait pas un problème.

54

Quand elle fut de nouveau au volant de sa voiture, et avant de démarrer le moteur, Anna White se frappa légèrement le front avec le plat de la main.

— Crétine !

C'était aussi simple que ça. Une imprimante qui n'imprimait pas.

Après quoi, grâce au conseil de Charlotte, c'était devenu une imprimante qui imprimait.

« Ça a marché. »

Tout s'expliquait.

Elle s'était laissé emporter par son imagination. Elle avait démarré au quart de tour. Trois petits mots et voilà que Bill Myers et Charlotte Davis complotaient pour faire sombrer Paul dans la folie.

Bientôt, elle croirait que le 11 Septembre était un coup des services secrets, que les médecins avaient un remède contre le cancer mais le gardaient pour eux, et qu'il y avait vraiment eu des extraterrestres à Roswell.

Ce genre de préjugés n'allait-il pas à l'encontre de tout ce qu'elle avait appris au cours de sa vie professionnelle ? On n'évalue pas ses patients en trois secondes. On prend en compte tous les faits.

On les interroge. On creuse sous la surface pour chercher des indices qui ne sautent pas immédiatement aux yeux. Ce qu'elle avait fait, c'était partir de la conclusion, puis de chercher uniquement les éléments qui la corroboreraient.

— Tu es stupide, stupide, stupide, martela-t-elle, et elle démarra le moteur.

Elle se sentait honteuse, certainement, idiote, bien sûr, mais en aucune manière soulagée. Si Bill et Charlotte étaient de mèche – bon sang, voilà une expression qui ne lui était pas venue à l'esprit depuis des années –, alors sa responsabilité serait en partie diminuée. Son incapacité à anticiper le comportement autodestructeur de Paul serait atténuée.

Sur le trajet du retour, elle se dit que si elle avait montré son jeu à Bill Myers, si elle avait laissé échapper qu'elle le soupçonnait d'avoir commis un acte monstrueux, elle se serait sentie obligée de lui écrire une lettre d'excuses.

Cela aurait été la seule chose décente à...

Anna pila.

Derrière elle, un klaxon beugla.

Elle se rangea brusquement sur le bas-côté. Son cœur battait à se rompre quand elle mit le SUV en position parking.

Lui *écrire* une lettre d'excuses.

Elle repensa à la cérémonie quand Bill Myers évoquait son bon ami Paul.

Le moment où il avait perdu le fil et avait dû chercher dans ses notes, retourner les feuillets.

De l'endroit où elle était assise, Anna avait clairement vu des pages griffonnées.

À la main.

Il n'avait pas imprimé son discours.

Bill Myers lui avait menti.

55

Pendant la phase de préparation, Charlotte s'était rangée à l'avis de Bill : rien ne garantissait, quels que soient leurs efforts pour le pousser dans cette direction, que Paul se suicide.

— Il faudra peut-être que tu lui forces un peu la main, dit Charlotte.

Pour cette conversation, ils n'étaient pas dans le jacuzzi, mais assis dans la voiture de Bill, garée derrière un magasin de meubles. Il occupait la place du conducteur, les mains cramponnées au volant, bien qu'ils soient à l'arrêt.

— Charlotte.

— Tu devais bien savoir qu'on serait sans doute obligés d'en passer par là.

Bien sûr qu'il le savait. Mais il avait essayé de se raconter des histoires, de se persuader qu'ils pourraient arriver à leurs fins sans se salir les mains. Enfin, sans se salir *littéralement* les mains.

— Écoute, il va peut-être aller jusqu'au bout de lui-même, voulut le rassurer Charlotte, qui cherchait à voir les choses du bon côté. Mais, à un moment ou à un autre, il faudra bien qu'on...

C'était quoi l'expression que mon père utilisait tout le temps ?... Qu'on arrête de tortiller.

Après avoir dissimulé les messages, et après que Charlotte avait parlé au Dr White et rendu visite à Hailey à Manhattan, et après que Bill avait réussi à placer la machine à écrire sur la table de chevet juste à côté de Paul, ils pensaient pourtant avoir fait le maximum pour pousser Paul à bout.

Mais, quand le Dr White était venue en pleine nuit et qu'elle avait conseillé à Paul d'aller à l'hôpital, Charlotte avait paniqué. Elle avait appelé Bill pour lui demander de dissuader son ami de se ranger à l'avis de sa psy. Ils auraient du mal à concrétiser leur projet si Paul était interné.

Bill l'avait donc convaincu de changer d'avis.

Mais comment s'y prendre. S'il fallait donner un petit coup de pouce au suicide de Paul, quelle était la façon la plus efficace de parvenir à leurs fins ? Une fois ses premières réticences surmontées, Bill avait eu quelques bonnes idées. La meilleure était de faire en sorte que Paul « saute » du balcon du premier étage, ou de celui de la chambre principale, un étage au-dessus. Mais était-ce assez haut ? Et si Paul en réchappait, et s'il racontait à la police ce que Bill avait fait ? (Ce serait forcément Bill, Charlotte n'ayant pas la force physique pour le pousser dans le vide.)

Bill était certain que cela marcherait. Si Paul survivait à la chute, il lui tordrait le cou.

Si bien que, lorsque l'inspecteur Arnwright lui annonça que Paul s'était noyé, elle n'eut pas besoin de feindre le choc. Pourquoi Bill ne lui avait-il pas dit qu'il avait changé ses plans ? Peut-être parce qu'elle aurait alors moins d'efforts à faire pour paraître vraiment choquée.

Elle avait été incapable de se résoudre à parler à Bill pendant ces premiers jours. Leur première conversation s'était tenue lors des obsèques. *Sois prudente*, se répétait-elle constamment. *Donne-toi le temps*.

Bientôt, ils se retrouveraient. Bientôt, il pourrait lui dire pourquoi il avait décidé de noyer Paul. Elle se demandait comment il s'y était pris. Est-ce qu'il était passé à la nuit tombée, l'avait invité à faire un tour sur la plage ? Et puis, d'un coup, l'avait empoigné, fait tomber dans l'océan et lui avait maintenu la tête sous l'eau ?

Peu importe, c'était fait.

Bill et elle allaient pouvoir envisager une vie à deux. Son absence était aussi douloureuse pour elle qu'elle l'était pour lui. Elle espérait qu'elle le désirerait toujours autant qu'à ce moment précis.

Mon Dieu, pourvu que je ne me lasse pas de lui aussi.

Non, non, impossible. Le lien qui les unissait était à nul autre pareil.

Cela avait été une expérience intéressante, tout ça. Charlotte avait beaucoup appris sur elle-même, sur ce dont elle était capable. Et elle avait beaucoup appris sur Bill, aussi.

Elle savait que sa conscience le tourmentait plus que la sienne. Elle espérait que ce ne deviendrait pas un problème par la suite.

Que lui avait-il dit un soir ?

« Ce qu'on est en train de faire, tu sais que c'est mal. »

À quoi elle n'avait mis qu'une seconde pour rétorquer :

« Si tu devais t'en inquiéter, tu aurais dû m'en faire part il y a longtemps. »

56

Le téléphone sonna sur le bureau de l'inspecteur Joe Arnwright.

— Arnwright.

C'était l'accueil.

— J'ai là une Dr White qui voudrait vous voir.

— Bien sûr, envoyez-la-moi.

Arnwright trouva étrangement opportun que le Dr White choisisse ce moment précis pour passer le voir. Il avait, sur son bureau et sur l'écran de son ordinateur, le rapport d'autopsie de Paul Davis. Le travail d'enquête était bouclé. Il était toutefois impossible de conclure, catégoriquement, au suicide. Il était entré dans l'eau et il s'était noyé. Est-ce que c'était son intention ? En l'absence de lettre d'adieu, impossible de connaître son état d'esprit.

Une chose paraissait certaine : il n'était pas allé faire trempette. Les gens, en général, n'allaient pas nager en jean, chemise et chaussures.

Il était possible qu'il soit tombé d'une jetée qui se trouvait à proximité et que son corps ait été rejeté sur le rivage. Il y avait un dock au bout d'Elaine Road. Et il y avait cet affleurement rocheux à Pond

Point, vers l'ouest. Peut-être qu'il était allé se promener par là-bas et avait perdu l'équilibre.

Les entretiens qu'Arnwright avaient conduits avec sa femme, son ex-femme, ses amis et sa thérapeute dessinaient néanmoins le portrait d'un homme profondément perturbé.

Pourtant il y avait un petit détail qui tracassait Arnwright. Il était vraisemblablement sans importance. Mais il le tourmentait quand même. Une dernière visite à Charlotte Davis serait peut-être nécessaire même s'il n'avait pas envie d'importuner une femme qui venait de perdre son mari avec une question qui pourrait se révéler totalement superflue.

Anna White apparut sur le seuil du bureau des inspecteurs. Arnwright se leva et lui adressa un signe de la main. Anna se fraya un chemin entre plusieurs bureaux avant de parvenir à celui de l'inspecteur.

— Je sais, j'aurais dû appeler, mais…

— Ça ne fait rien. Asseyez-vous. Je peux vous offrir quelque chose à boire ?

Anna déclina. Ils s'assirent tous les deux. Arnwright referma le dossier qui était sur son bureau et réduisit la taille de la fenêtre sur son écran.

— Hitchens vous a encore causé des ennuis ? demanda Joe Arnwright. Parce qu'on le tient, pour cette affaire d'enlèvement de chien.

— Je suis contente de l'apprendre. Mais ce n'est pas pour ça que je suis venue vous voir, dit Anna avec un soupir. Je ne sais même pas si j'ai bien fait de le faire.

Joe Arnwright attendit.

— Vous savez, quand vous êtes venu chez moi l'autre jour, je vous ai dit à quel point je me sentais responsable de ce qui est arrivé à Paul.

L'inspecteur acquiesça de la tête.

— Je vous ai dit que j'avais le sentiment de l'avoir abandonné, et ce sentiment ne m'a pas quittée, si bien que, concernant cette chose qui me tracasse, je dois interroger mes propres motifs. Il est possible en effet que je cherche subconsciemment un moyen d'atténuer cette culpabilité.

— Ça ne peut pas être si subconscient que ça si vous en avez conscience.

— Vous marquez un point.

— Alors, qu'est-ce qui vous tracasse ?

Anna prit une seconde pour calmer les battements de son cœur et déclara :

— Je ne pense pas que Paul était délirant.

— Que voulez-vous dire ?

— Selon moi, il n'avait aucun problème. Certes, il était déprimé, mais je ne pense pas qu'il imaginait les choses qu'il prétendait entendre pendant la nuit. Je pense qu'il entendait *quelque chose*, mais j'ignore quoi. Et je ne pense pas non plus que c'est lui qui écrivait les messages qu'il trouvait dans la machine à écrire. Ni consciemment ni inconsciemment. Je ne pense pas qu'il avait des hallucinations. Je ne pense pas qu'il souffrait d'une quelconque pathologie mentale.

Arnwright se laissa aller contre le dossier de sa chaise et réfléchit à ce qu'Anna White venait de dire.

— D'accord.

— J'admets néanmoins que, les derniers jours, Paul s'était montré extrêmement agité en raison de ce qui se passait chez lui. Et la nuit où je l'ai vu pour la dernière fois, il était complètement bouleversé.

— Du coup, je ne vois pas trop où vous voulez en venir. Vous ne croyez pas à son suicide ?

— Je ne dis pas ça.

— Alors vous pensez qu'il s'est suicidé.

— Je n'en sais rien.

Joe Arnwright sourit.

— Docteur White, je...

— Je pense qu'il *aurait pu* le faire, mais je pense aussi qu'il ne l'a peut-être pas fait.

— Vous penchez donc pour l'hypothèse d'un accident ? Parce que cela reste du domaine du possible.

Anna se mordit la lèvre inférieure.

— Je n'aurais pas dû venir. Je suis en train de me ridiculiser.

— Non, pas du tout. Dans mon métier, docteur White, on se fonde souvent sur une intuition, une impression. En avez-vous une concernant ce qui est arrivé ?

— Oui, j'en ai une.

— Et quelle est-elle ?

— Que si Paul s'est bien suicidé, c'est qu'il y a été poussé.

— Poussé ?

Anna hocha la tête. Il lui fallut faire un effort surhumain pour prononcer les paroles suivantes :

— Et s'il n'a pas lui-même mis fin à ses jours, quelqu'un s'en est chargé.

Elle posa les mains sur ses cuisses avec résolution, comme si elle venait d'épeler le mot le plus difficile à un concours d'orthographe.

— Vous êtes en train d'insinuer que quelqu'un aurait pu tuer M. Davis ?

— Je pense que c'est une possibilité, oui, répondit Anna, la gorge serrée.

— Qu'est-ce qui vous fait supposer cela ?

— C'est à cause de ce qu'il a dit, laissa-t-elle échapper.

— Que Paul a dit ?

— Non, pas lui. Son ami, Bill Myers. Je l'ai entendu murmurer : « Ça a marché » à Charlotte.

— C'est tout ? Juste ces trois mots ?

Anna opina d'un air penaud.

— Quand je lui ai demandé ce qu'il entendait par là, il m'a sorti une histoire d'imprimante qu'il avait réussi à faire fonctionner pour avoir un exemplaire de l'éloge funèbre qu'il a prononcé. Sauf que le discours qu'il a lu n'était pas imprimé, mais écrit à la main. Je l'ai vu. Il m'a menti.

— Soit, dit Arnwright, qui fit de son mieux pour atténuer le scepticisme dans sa voix.

— J'ai aussi interrogé M. Myers sur le fait qu'il avait dissuadé Paul d'aller à l'hôpital.

Elle marqua un temps d'arrêt.

— Comme s'il voulait s'assurer que Paul resterait sous sa coupe. Presque comme s'il ne voulait pas que Paul s'échappe, se fasse aider.

Arnwright fit la moue.

— Très bien, vous insinuez donc que tout ce qui s'est passé autour de cette machine à écrire était un coup monté ?

Anna fit oui de la tête.

— Pourquoi ?

Une fois encore, les mots eurent du mal à franchir ses lèvres :

— Je pense que Bill Myers et Charlotte Davis ont une liaison.

— Vous avez des preuves ?

Anna hésita.

— Pas vraiment.

— Donc, là encore, c'est juste une impression.

— C'est la façon... dont ils se tenaient la main. Et... je suppose que c'est tout. Une question de langage corporel, dit-elle avec un nouveau serrement de gorge. Au fil des années, j'ai appris à décrypter ce genre de signaux.

— Langage corporel, répéta Arnwright.

— Je sais. J'ai l'air ridicule.

— Vous pensez que M. Davis aurait été victime d'un coup monté. Comment diable s'y seraient-ils pris ?

— Je... Je n'en ai aucune idée. Il y a autre chose.

— Oui ?

— Les cartons.

— Les cartons ?

— Quand j'ai rendu visite à sa femme, après sa mort, elle avait amassé des cartons vides.

L'inspecteur la dévisagea, attendant la suite.

— Elle était sortie récupérer des tas de cartons vides pour commencer à emballer les affaires de Paul. Qui fait ça aussi rapidement après la mort d'un proche ? Comme si... Comme si elle ne pouvait pas attendre.

Joe Arnwright prit une longue inspiration, posa les deux mains à plat sur son bureau.

— Autre chose ?

— Non, répondit Anna, qui se sentait de plus en plus mal à l'aise.

— Eh bien, je vous remercie de vous être déplacée jusqu'à nous. Tout cela nous sera très utile.

Il se leva, invitant la thérapeute à faire de même.

— Je sais ce que vous pensez.

— Et je pense quoi ?

— Que j'essaie de me dédouaner. Que j'ai élaboré cette fiction pour me décharger de la responsabilité de la mort de Paul.

— Ce n'est pas ce que je pense.

— Je me suis sentie obligée de venir vous voir.

— Et je suis heureux que vous l'ayez fait. Si besoin est, je sais où vous joindre.

Le Dr White comprit qu'on la poussait vers la sortie. Elle se leva et dit :

— Presque toutes les discussions que j'ai eues dernièrement, je les ai regrettées juste après. J'imagine que je vais ajouter celle-ci à la liste.

Elle prit congé sur un hochement de tête et sortit du bureau des inspecteurs.

Arnwright se rassit et rouvrit le dossier sur son bureau, ainsi que le rapport affiché sur son écran.

Il lut, pour la cinquième fois peut-être, l'inventaire de ce qu'on avait trouvé sur le corps de Paul Davis.

Il y avait le portefeuille, bien entendu. Bien que son corps ait été ballotté par les vagues après qu'il s'était – vraisemblablement – noyé dans les eaux du détroit de Long Island, pour ensuite être rejeté sur la plage, le portefeuille n'avait pas été délogé de la poche revolver de son jean. Il y était bien enfoncé, et les premiers agents dépêchés sur les lieux l'avaient extirpé non sans mal du vêtement mouillé.

Sa montre, une Timex bon marché, était toujours à son poignet gauche. Elle fonctionnait encore. Ses chaussures de marche Rockport, lacées serrées, étaient restées à ses pieds. On avait retiré de la poche avant de son pantalon une facturette de station-service, des mouchoirs en papier froissés, trois pièces de 5 cents, quatre de 25, une de 10, ainsi qu'une coupure d'un dollar.

C'était tout. Aucun de ces objets n'avait été entraîné hors des poches de Paul Davis pendant son séjour dans l'eau.

Ce qui avait troublé Arnwright, c'était moins ce qui se trouvait dans ses poches que ce qui ne s'y trouvait pas.

Il repensa au soir du drame, quand la femme de Paul Davis s'était retrouvée devant la porte d'entrée de sa maison. Elle était fermée à clé. Charlotte Davis avait son trousseau à la main, et s'était servie d'une clé pour l'ouvrir.

Qui l'avait fermée à clé ? On pouvait supposer que Paul Davis s'en était chargé en quittant la maison pour se rendre sur la plage, sur la jetée ou ailleurs.

Dans ce cas, où était la clé ?

Pourquoi n'y avait-il pas de clé dans sa poche ?

57

Charlotte ne fut pas surprise de voir son téléphone s'éclairer et de lire le nom de Bill sur l'écran. Il ne s'était pas écoulé deux heures depuis la cérémonie funéraire qu'il l'appelait déjà. Bravo pour la discrétion. Cela dit, un homme qui vous prend la main pour la poser sur son sexe au milieu d'un service funèbre, outre un manque de subtilité, a manifestement un problème avec la frustration.

Si elle ignorait l'appel, il la rappellerait sans relâche.

Alors elle l'accepta.

— Allô ?

— Il faut qu'on parle.

— Tiens, Bill, dit-elle en affectant un ton désinvolte. C'est gentil à toi d'appeler. Je me répète, mais j'ai trouvé ce que tu as dit sur Paul adorable. Ça venait droit du cœur. Il aurait été touché.

Bill marqua un temps d'arrêt. Il lui fallut une seconde pour comprendre. Soit elle n'était pas seule dans la pièce, soit elle pensait que son téléphone était sur écoute. Elle n'avait aucune raison de croire une chose pareille, mais pourquoi prendre le risque ? En fait, elle était allée sur Internet pour se renseigner sur les appareils d'écoute et les endroits où on les dissimulait généralement, après quoi elle avait fouillé la maison pour s'assurer qu'il n'y en avait aucun.

Pas folle, la guêpe. Ce n'est pas elle qui aurait murmuré « Ça a marché » au milieu d'une église bondée.

— Oui, eh bien, merci, dit Bill. C'est vrai, ça venait du cœur.

— La maison paraît tellement vide sans lui.

— Oui, j'imagine. Euh… comme j'ai dit, il y a quelque chose dont il faudrait que je te parle. En tête à tête.

Charlotte soupira. Il était peut-être temps. D'ailleurs, elle aussi voulait discuter de certaines choses avec lui.

— Très bien. Je ne bouge pas.

— Je suis là dans quelques minutes, dit-il avant de raccrocher.

Est-ce qu'il voulait lui dire comment il s'y était pris ? Est-ce qu'il était rongé par la culpabilité et ressentait le besoin de vider son sac ? D'ailleurs, est-ce qu'elle tenait à connaître tous les détails ? Tout ce qui comptait, c'était que c'était fait.

Elle estima que Bill arriverait chez elle dans une vingtaine de minutes, mais, un quart d'heure plus tard, on sonnait à la porte. Elle jeta un coup d'œil par la fenêtre du premier étage avant de descendre l'escalier en courant. Elle ne pouvait pas le voir derrière la porte, mais elle repéra sa voiture garée un demi-pâté de maisons plus loin dans la rue.

Il avait fait preuve d'un peu de bon sens cette fois. Elle n'était pas encore prête à ce que les gens voient la voiture de Bill garée devant chez elle.

Elle descendit l'escalier et ouvrit la porte. Bill entra en coup de vent. Alors qu'il montait à la cuisine, il lança sans se retourner :

— On a un problème.

Elle se hâta derrière lui.

— De quoi tu parles ?

Il prit une bière dans le frigo, dévissa la capsule et but une longue gorgée.

— Tu es seule ? demanda-t-il avec méfiance.

— Oui.

— À ta manière de parler au téléphone, j'ai cru que peut-être...

— J'étais prudente. Mais ici, ça ne risque rien. Dis ce que tu as à dire.

Il s'adossa à l'îlot.

— Bon, tu vas être furax, parce que c'est ma faute, mais tu vas devoir passer outre pour qu'on puisse gérer la situation.

— Tu vas cracher le morceau, oui !

Il leva les yeux au plafond. Il n'arrivait pas à la regarder en face.

— Quelqu'un m'a entendu quand je t'ai parlé tout bas.

— Quoi, quand ça ?

— À l'église. Ce que j'ai dit en sortant. Que ce qu'on avait fait avait *marché*.

— Putain, Bill ! Je rêve ! Qui ? Qui t'a entendu ?

— La psy. Anna White.

— Comment tu le sais ?

— Elle était là et elle m'a vu. Elle est venue chez moi, bordel ! Elle a commencé par parler de choses et d'autres, et puis elle m'a rappelé que j'avais dissuadé Paul d'aller à l'hôpital. Et elle a demandé si c'est à ça que je faisais allusion quand je t'ai dit que ça avait marché.

Charlotte secoua la tête d'un air incrédule.

— Tu es un idiot.

— D'accord, d'accord, je suis un idiot.

— Et me mettre la main sur ta queue en plein milieu de…

— C'est bon ! hurla-t-il. J'ai pigé ! Je suis un connard. On peut oublier ça et s'occuper de ce qui se passe là, maintenant ?

Alors qu'il exprimait sa frustration en secouant la tête, ses yeux se posèrent sur la machine à écrire.

— Bon sang, tu as rapporté ce truc à l'intérieur ?

— J'avais besoin de place dans le coffre, dit-elle en désignant d'un geste les cartons qui couvraient encore la presque totalité de l'îlot. Bon, réfléchissons deux minutes.

Sa voix était plus calme.

— Qu'est-ce que le Dr White a contre nous au juste ? Elle t'a entendu prononcer trois mots, et elle te soupçonne de t'être opposé à l'hospitalisation de Paul. Ce n'est rien. Ce n'est absolument rien. Qu'est-ce que tu lui as répondu quand elle t'a demandé des explications ?

— Que je parlais de l'imprimante du bureau.

— Quoi ?

— Si elle pose la question, je t'ai appelée pour ça. Parce que je n'arrivais pas à imprimer mon discours.

Charlotte avait l'air excédé.

— Et elle est censée croire que la première chose que tu m'as dite après les obsèques de mon mari, c'est que tu as finalement pu faire fonctionner une imprimante.

— J'ai dû improviser. L'important, c'est qu'elle a eu l'air d'y croire. Je m'inquiète davantage pour l'autre truc, le fait d'avoir dissuadé Paul d'aller à l'hôpital.

Charlotte réfléchissait.

— Non, c'est bon. Ce que tu as dit était parfaitement logique sur le moment. Pourquoi aurais-tu voulu que ton ami se fasse interner en psychiatrie ? Ce sont des endroits horribles. Tu as eu une réaction naturelle. Tu t'inquiètes pour rien. Laisse courir.

— Elle a dit qu'elle était aussi passée te voir.

— Oui, mais c'était pour dire qu'elle était désolée, qu'elle avait mal interprété les signaux annonçant le suicide de Paul. Elle s'en voulait à mort. C'est probablement pour ça aussi qu'elle est allée te voir. Elle veut se décharger de sa responsabilité sur toi.

Il prit une autre longue gorgée au goulot.

— Je suppose, mais je n'ai pas aimé sa façon de poser ses questions. J'ai eu un mauvais pressentiment.

— Eh bien, oublie. Même si elle allait à la police, qu'est-ce qu'elle a contre nous, au juste ? Tu penses que l'inspecteur Arnwright va en avoir quelque chose à foutre ? Le rapport du légiste, toutes les dépositions, les nôtres, celles du médecin et de Hailey ? Tout indique le suicide.

— Ouais. C'est vrai. D'accord.

Il se fendit d'un grand sourire.

— Et le plus beau dans tout ça, c'est que c'est vrai.

Charlotte fit un pas dans sa direction.

— Quoi ?

— Eh bien, à moins que tu aies toi-même traîné Paul dans l'eau pour le noyer, il l'a vraiment fait. C'est pour ça que j'ai dit que ça avait marché. Tu croyais quoi ? Il s'est vraiment foutu en l'air.

Charlotte le dévisagea, bouche bée.

— Pendant tout ce temps, je m'étais demandé pourquoi tu ne m'avais pas dit que tu allais le faire ce soir-là. On en avait parlé. Je m'étais préparée.

— Pourquoi crois-tu que je t'aie appelée si souvent avant la cérémonie ? demanda Bill. J'étais aussi sonné que toi.

— Oh, mon Dieu, dit Charlotte tout bas. Tu n'as pas tué Paul. Nous n'avons pas tué Paul.

Bill sourit.

— Parfois, les choses s'arrangent d'elles-mêmes.

58

Anna quitta les locaux de la police de Milford avec le sentiment de s'être ridiculisée.

— Idiote, dit-elle tout bas en montant dans son SUV.

Elle retourna chez elle. L'après-midi était déjà bien avancé, et il fallait qu'elle rentre pour libérer Rosie afin qu'elle puisse aller à son rendez-vous, si bien qu'elle n'allait pouvoir prendre aucun patient de la journée.

Même si l'inspecteur Arnwright avait rejeté son hypothèse, Anna restait persuadée que quelque chose clochait sérieusement. Elle avait appris depuis le début de sa carrière professionnelle à cerner les gens, et elle était persuadée que Charlotte et Bill avaient manigancé quelque chose.

Et que Paul n'était pas le seul à avoir été trompé.

La première dupe, c'était elle. À présent elle ne pouvait s'empêcher de se demander si Charlotte ne lui avait pas joué la comédie quand elle s'était présentée à l'improviste à son cabinet pour lui dire à quel point elle s'inquiétait pour son mari.

J'ai été manipulée, songea Anna. *J'ai servi à corroborer leur version*.

Si Charlotte et Bill avaient une liaison, comme elle le soupçonnait, et comploté contre Paul, qui était mieux placé pour confirmer l'instabilité mentale de Paul que la psy du mort ?

Mais, si ses soupçons étaient avérés, que pouvait-elle faire ? Elle n'avait confié à Arnwright qu'une simple intuition et si elle n'arrivait pas à convaincre la police de s'intéresser de plus près à la mort de Paul, que pouvait-elle faire sinon mener l'enquête elle-même ?

Je ne suis pas Nancy Drew.

Elle n'allait pas se mettre à fouiner comme un détective amateur dans un banal roman policier. Elle était dans le monde réel. Et elle ne savait absolument pas comment on s'y prenait. Elle n'avait pas l'intention de tenter une nouvelle filature en voiture. Elle n'allait pas non plus planquer des micros chez Charlotte ou au domicile de Bill.

Tout ce qu'elle savait faire, c'était parler aux gens. Et plus encore, les *écouter*. Et les observer. Elle savait voir sous la surface, là où la vérité était enfouie.

Elle voulait parler à Charlotte à nouveau. La dernière fois, elle n'avait pas éveillé en elle les soupçons qu'elle nourrissait à présent. Anna voulait la regarder droit dans les yeux quand elle lui poserait certaines des questions qu'elle avait posées à Bill Myers.

Et, évidemment, elle l'interrogerait sur l'appel qu'il lui avait soi-disant passé au sujet de l'imprimante. Et qui était du grand n'importe quoi.

Anna était persuadée qu'elle sortirait de ce tête-à-tête avec la certitude que ses soupçons étaient fondés ou qu'elle avait fait fausse route. Même si ses soupçons étaient tangibles, elle n'aurait peut-être pas suffisamment d'éléments pour convaincre la police d'ouvrir une enquête, mais, au moins, elle aurait une idée de ce qui s'était vraiment passé.

Il faut que je sache.

Elle aurait toujours la mort de Paul sur la conscience. Elle se sentirait toujours responsable. La notion de responsabilité comportait différents degrés.

De retour chez elle, elle libéra la voisine et alla voir son père, Frank, qu'elle trouva dans le jardin en train de taper des coups d'approche avec un fer neuf. Anna imagina les centaines de balles de golf qui devaient joncher les bois derrière la maison.

Elle entreprit ensuite de réorganiser son emploi du temps. Quand elle eut terminé, il était près de dix-neuf heures, l'heure de préparer quelque chose à dîner.

— Papa, dit-elle après l'avoir retrouvé sur son rameur, dans sa chambre, ça te va une pizza congelée ? Je sais que ça ne fait pas rêver, mais la journée a été rude.

— Ça me va, Joanie, dit-il en tirant sur la barre de son rameur.

Sachant qu'il serait partant, mais ressentant néanmoins le besoin de s'excuser, elle avait déjà préchauffé le four. Quand elle retourna dans la cuisine, il était temps d'enfourner la pizza.

Une demi-heure plus tard, elle était à table avec son père. Il la dévisagea et demanda :

— Qu'est-ce qui te tracasse, ma chouquette ?

Le petit nom qu'il lui donnait depuis qu'elle était enfant. Si bien que, pour le moment au moins, il savait qu'elle était sa fille.

— Je dois affronter quelqu'un. Et j'appréhende de le faire.

Frank sourit tristement

— Ne t'en fais pas. Je peux le supporter.

— Oh, mon Dieu, papa, pas *toi*, dit-elle en posant la main sur la sienne.

— Si tu as quelque chose à me dire, je peux encaisser.

— Ça n'a rien à voir avec toi, je t'assure.

— Bon, d'accord.

— Je vais peut-être devoir sortir ce soir.

— Très bien.

— Et j'ai besoin de savoir si je peux te laisser seul. Je ne peux pas encore abuser de la gentillesse de Rosie.

— Pas de problème.

Elle était soulagée que son père ne semble plus traumatisé par la visite des flics de choc. Il paraissait n'en avoir gardé aucun souvenir.

— Qu'est-ce que tu dois faire ?

— Trouver le courage nécessaire, déjà.

Nouveau hochement de tête.

— Si tu changes d'avis, je me disais qu'on pourrait aller rendre visite à ta mère ce soir.

Cette faculté qu'il avait de perdre brusquement le contact avec la réalité ne manquait jamais de l'étonner. Être suffisamment perspicace pour deviner qu'elle était préoccupée, et ensuite proposer une sortie fondée sur une illusion.

— On verra, dit Anna.

Il offrit de faire la vaisselle – il n'y avait guère qu'une plaque de cuisson à nettoyer, deux assiettes et deux verres à laver. Anna lui dit que ce serait formidable. Elle voulait qu'il se sente utile chaque fois que c'était possible.

Quand il eut terminé et qu'il fut retourné dans sa chambre pour regarder la chaîne des dessins animés, elle se prépara du thé. Quand il fut infusé, elle s'en versa une tasse et s'assit à la table de la cuisine pour le boire.

Elle resta là près d'une heure.

— Tôt ou tard, dit-elle tout bas, tu vas devoir le faire.

Mais ça ne l'empêchait pas pour autant de boire une autre tasse de thé pendant qu'elle y réfléchissait.

59

Bill et Charlotte décidèrent qu'il fallait fêter ça.

Et pourquoi pas ? Ils n'auraient jamais dû s'inquiéter d'être arrêtés pour meurtre pour la bonne raison – la nouvelle venait de tomber, les amis ! – qu'ils n'avaient jamais tué personne.

D'accord, ils avaient peut-être *poussé* Paul à mettre fin à ses jours, mais qui serait en mesure de le prouver ? Il n'y avait aucune preuve matérielle. Pas d'empreintes, pas d'ADN, pas de cheveux ni de fibres pour les compromettre. Aucun de ces indices matériels dont il était question à la télévision.

Les pages de faux messages de Catherine et Jill ne constituaient pas des preuves. Elles avaient été tapées sur cette machine et, jusqu'à preuve du contraire, Paul en était l'auteur. La seule chose dont Bill pensait devoir s'occuper, c'était le smartphone supplémentaire dont la sonnerie imitait le bruit des touches.

Il tira une chaise de cuisine jusque devant les placards, monta dessus et récupéra l'appareil qui était resté là depuis qu'ils avaient mis leur plan à exécution. Il était branché à une prise proche du plafond qui avait été installée à l'origine pour alimenter un spot directionnel.

Il descendit de la chaise, téléphone à la main.

— Inutile de le jeter, dit-il. Je n'ai qu'à changer la sonnerie.

Il passa plusieurs secondes à bidouiller les réglages du téléphone avant de le poser, écran retourné, sur l'îlot.

— C'est fait, nous avons effacé nos traces.

— Qui se soucie de ce qu'Anna White a entendu ? J'aurais pu te sucer au milieu de l'église qu'ils ne pourraient rien y redire.

— On a eu ce qu'on voulait en gardant les mains propres. Purée, je dois admettre que je ne m'y attendais pas.

— Tu es bien plus malin que tu en as l'air.

— C'est bien possible. Mais c'est sur toi que tout reposait. Ta présence était indispensable. Il fallait que tu joues le jeu. Tu mériterais un oscar.

Elle avait sorti une bouteille de vin du frigo et en était déjà à son troisième verre. Bill, lui, avait entamé sa quatrième bière. Finis, les rendez-vous dans des maisons vides. Si quelqu'un passait, sa présence ici était tout à fait légitime. Il réconfortait la veuve.

Il envisageait même de lui dispenser un réconfort bien plus poussé plus tard dans la soirée.

— Non, vraiment, c'est ce qu'on appelle le crime parfait, dit-elle. Et tu sais pourquoi ? Parce qu'il n'y a pas eu de crime.

— D'ailleurs, est-ce qu'il y a une loi qui punit ce qu'on a fait ?

Il pointa la machine du doigt.

— Même si quelqu'un arrivait à prouver qu'on s'est servis de ce truc pour rendre ton mari cinglé, est-ce illégal ? On pourrait toujours prétendre que c'était une sorte de blague qui a mal tourné. Ou mieux encore, qu'on *aidait* Paul.

— Aidait ?

— Non, ce n'est pas le mot. Qu'on voulait l'*inspirer*. Exactement ce que tu lui as dit quand tu la lui as offerte. Il voulait écrire sur Kenneth et ce qu'il lui avait fait, et nous l'avons simplement encouragé dans ses efforts en le mettant dans l'ambiance. C'est tout. On ne pouvait pas savoir que ça l'entraînerait sur ce chemin-là.

— Un peu tiré par les cheveux, non ?

— On parle dans le vide, de toute façon. Ça n'ira jamais jusque-là.

Il devint songeur.

— Je n'arrive toujours pas à croire qu'il l'ait fait. Je veux dire, comment on s'y prend ? Si tu tombes d'un bateau ou quelque chose dans le genre, et que tu n'arrives pas à regagner la rive, évidemment, tu te noies. Tu ne peux rien y faire. Mais marcher dans l'eau jusqu'à se noyer ? Une fois que tes poumons commencent à se remplir, ton instinct de survie reprend le dessus, non ? Tu essaies de sauver ta peau, tu fais demi-tour et tu retournes sur la rive en courant.

— Non, ça peut arriver. J'ai vu des histoires semblables aux infos… Mon Dieu, ça a dû être affreux, dit-elle d'un air sombre.

Elle regarda Bill, et ses yeux s'embuèrent.

— L'eau est si froide.

Elle mima un frisson, mais le froid qu'elle ressentait était réel.

Ce fut un moment étrange pour elle. Elle en était presque à regretter ce qu'ils avaient enclenché.

— Écoute, lui rappela Bill. C'est fait. On ne se retourne pas. On regarde devant nous.

Il prit Charlotte dans ses bras.

— Tout est fini à présent. Nous avons fait nos choix, maintenant il faut vivre avec.

Il la serra plus fort.

— Nous avons obtenu ce que nous voulions.

— Tu m'as fait peur un moment. J'ai cru que tu te dégonflais, que tu avais une crise de conscience.

— Plus maintenant.

Il baissa la tête pour l'embrasser. Elle posa la main sur sa nuque et se pressa contre lui.

— À la bonne heure, dit Bill en se détachant assez longtemps pour prendre sa respiration. Il la saisit par les hanches et la souleva pour l'asseoir sur l'îlot de façon à ce que son visage soit à la même hauteur que le sien. Elle enroula ses jambes autour de ses reins, croisa ses chevilles, l'immobilisant. Ils s'explorèrent l'un l'autre pendant une minute avant que Charlotte ne pose ses mains sur son torse et le repousse doucement.

— Là-haut, dit-elle.

Quelques secondes plus tard, ils se retrouvaient dans le lit où Charlotte et Paul avaient passé leur dernière nuit ensemble. Si elle éprouvait quelque scrupule à ce sujet, elle n'en montra rien. Le sexe avec Bill fut rapide et animal. La seconde étreinte dura plus longtemps mais ne fut pas moins passionnée.

À ce moment-là, la nuit était déjà tombée. Ils étaient étendus tous les deux, épuisés et alanguis. Le clair de lune qui filtrait par les stores zébrait leur nudité.

— C'est probablement la chose à ne pas dire, dit Bill en jetant un coup d'œil au radio-réveil, qui affichait 21:57, mais je mangerais bien un morceau.

— Puisque tu me tends la perche, je vais dire que ça fait deux heures que tu as la bouche pleine.

Elle se tourna sur le côté, jeta une jambe sur lui, le plaquant contre le matelas.

— Reste où tu es. Ferme les yeux.

— Il se pourrait que j'aie plus faim que sommeil.

— Oh, tais-toi. Je suis épuisée et tu devrais l'être aussi.

— Ma queue aurait bien besoin d'un petit somme, c'est sûr.

— Ferme les yeux, répéta-t-elle.

Ce qu'il fit. Moins d'une minute plus tard, il l'entendait respirer doucement sur son oreiller. Et, peu après, il sombrait à son tour.

Mais, quand il rouvrit les yeux, il eut l'impression de n'avoir dormi que quelques minutes. Il jeta un coup d'œil au réveil. En effet, il n'était que 22:14. Il avait à peine dormi un quart d'heure.

Quelque chose l'avait réveillé.

Un bruit.

Ça ressemblait à...

Non, impossible.

Il se redressa sur le coude et tendit l'oreille. La seule chose qu'on entendait était le souffle régulier de Charlotte.

Ce n'était rien, pensa-t-il. Il devait avoir rêvé ce qu'il croyait avoir entendu.

Il reposa sa tête sur l'oreiller, ferma les yeux.

Et les rouvrit aussitôt en entendant de nouveau le bruit.

Tac-tac. Tac. Tac-tac-tac.

En bas.

60

— Réveille-toi ! chuchota Bill à Charlotte.

Elle grogna, ouvrit les yeux.

— Quoi ?

— Chut ! (Il avait posé un index sur ses lèvres.) Écoute.

Tac. Tac-tac-tac.

Elle cligna deux fois des yeux.

— Ce n'est rien, dit-elle d'une voix pâteuse.

— Tu n'entends pas ?

— C'est le téléphone. Tu n'as pas changé la sonnerie.

Bill réfléchit à cette possibilité.

— Ouais, c'est peut-être ça. J'aurais dû le tester.

— Tu t'en occuperas demain matin, dit-elle en reposant sa tête sur l'oreiller.

— Mais attends. Quelqu'un doit bien appeler pour qu'il sonne.

Charlotte souleva de nouveau la tête, se tourna pour regarder sa table de chevet.

— Qu'est-ce que j'ai foutu de...

Elle se rapprocha du bord du lit, regarda par terre, tâtonna de la main.

— Le voilà.

— Quoi ?

— Mon téléphone. J'ai dû le faire tomber de la table. Quand il a touché le sol ça a déclenché un appel vers ce numéro.

Cette explication ne tranquillisa Bill qu'un bref instant.

— Ton téléphone ne va pas déclencher un appel rien qu'en tombant par terre.

— Pourtant ça arrive parfois. Ton téléphone est dans ta poche ou dans ton sac et puis quelqu'un qui fait partie de tes contacts reçoit un appel de toi.

Depuis qu'ils se parlaient en chuchotant, plus aucun bruit de machine à écrire ne se faisait entendre.

— Ça arrive, oui, dit Bill.

— Ou alors, quelqu'un a fait une erreur ou un démarcheur commercial a composé ce numéro.

— On avait prévu cette éventualité, lui rappela-t-il. On avait programmé ton téléphone pour qu'il sonne uniquement quand tu l'appelais. Le reste du temps, il était sur silencieux.

— Ah, oui. Il y a peut-être eu un bug, alors. Il accepte d'autres appels maintenant.

— Je vais descendre pour l'éteindre complètement.

Elle lui saisit le bras.

— Reste ici.

Il n'insista pas, laissa retomber sa tête sur l'oreiller et fixa le plafond.

Tac-tac. Tac-tac-tac. Tac.

— Et merde, dit-il, et il repoussa les couvertures.

Charlotte soupira.

— Je dormais vraiment, tu sais.

— Puisque je descends, tu veux quelque chose ? demanda-t-il en enfilant son boxer.

— Tu as encore faim ?

— On n'a pas vraiment dîné.

— Je suppose que non. Rapporte-moi des crackers et du fromage à tartiner.

— C'est tout ?

— Bon sang, vas-y.

Elle se laissa retomber sur le lit et ramena les couvertures au-dessus de sa tête. En quelques secondes, elle se sentit sombrer de nouveau.

Et puis ce fut à son tour d'être réveillée par un bruit maintenant familier.

Tac-tac. Tac. Tac-tac-tac.

Et puis :

Ding !

Elle ouvrit les yeux et s'assit dans le lit. Elle tendit le bras du côté de Bill, mais sa main ne rencontra que le matelas. Il n'était pas là.

Ding ?

C'était le son que produisait une machine à écrire quand vous arriviez en bout de ligne. Le signal qui vous indiquait d'actionner le retour chariot. Mais elle ne l'avait pas enregistré sur la sonnerie programmée du téléphone.

On aurait dit une vraie machine à écrire.

Comme celle qui se trouvait en bas.

Elle regarda le réveil – 22:34. Eh bien, elle s'était rendormie rapidement.

Mettre ce téléphone en mode silencieux et aller chercher quelque chose à grignoter ne prenait pas autant de temps. Pourquoi Bill restait-il en bas à faire l'andouille avec cette machine ?

— Je rêve, dit-elle en se glissant hors des couvertures.

Alors qu'elle enfilait un tee-shirt XXL, elle ne put s'empêcher de se demander si elle n'avait pas troqué un homme pour lequel elle n'éprouvait plus aucun sentiment pour un emmerdeur de première.

— Hé ! appela-t-elle en se dirigeant vers la porte de la chambre. Qu'est-ce que tu fous ?!

En approchant du palier, elle remarqua que la lumière n'était pas allumée dans la cuisine.

— Bill ? Qu'est-ce qui se passe ?

Pas de réponse.

— Tu me fais peur. Dis-moi quelque chose, bon sang !

Elle descendit lentement l'escalier, marche après marche. Aux aguets.

Aucun son ne parvenait d'en bas. Même la machine à écrire s'était tue.

— Bill ?

Au moment de poser le pied dans la cuisine, sa main chercha l'interrupteur.

Un jeune homme très grand, massif, se tenait juste en face d'elle. Ce n'était assurément pas Bill. Le premier indice était qu'il était tout habillé.

Le second c'était le badge sur lequel était inscrit son prénom : LEN.

— Salut, dit-il avant de refermer ses battoirs autour de son cou.

Charlotte eut à peine le temps de crier.

61

Il fallut à Anna trois tasses de thé, suivies de deux verres de vin pour qu'elle se décide à faire ce qu'elle savait devoir faire.

Pourtant, maintenant qu'elle avait trouvé le courage d'une confrontation avec Charlotte Davis, elle s'inquiétait d'être partie trop tard.

Il faisait nuit dehors. Il était vingt-deux heures passées.

Il y avait de fortes chances que Charlotte soit déjà couchée. Avec ou sans Bill Myers.

Holà, pensa-t-elle.

Pourquoi n'avait-elle pas envisagé cette possibilité ? Que, si elle se décidait à aller voir Charlotte, elle trouverait Myers chez elle.

Il fallait qu'elle cesse ce genre de spéculation. Elle se cherchait des excuses pour se défiler.

Je vais le faire.

Et quand bien même elle prendrait Charlotte par surprise, en la tirant peut-être du lit ? Cela pouvait jouer en sa faveur. Elle savait qu'elle ne trouverait pas le sommeil cette nuit-là, elle pouvait bien en priver quelqu'un d'autre, non ?

Quant à Myers, elle chercherait sa voiture. Si, arrivée sur place, elle la voyait dans l'allée de Charlotte, alors elle aviserait.

Et il était tout à fait possible que Charlotte ne soit pas chez elle. Qu'elle soit chez Myers.

Est-ce qu'elle retournerait chez lui ? Elle se déciderait en temps utile.

Elle monta à l'étage et toqua doucement à la porte de son père.

— Ohé, il y a quelqu'un ?

Elle poussa la porte. Frank était sous les couvertures, dans son pyjama.

— Désolée, dit-elle. Je vais faire ce dont je te parlais. Je n'en aurai pas pour longtemps.

— Quelle heure est-il ?

— Tard. Rendors-toi.

— Où vas-tu ?

— Je te raconterai tout ça demain matin. Rosie ne sera pas là. Il est trop tard pour lui demander de venir s'occuper de toi. Ça va aller si je te laisse seul un moment ?

Son père lui assura que oui.

Redescendue, elle enfila une veste légère, éteignit quelques lumières et choisit de sortir de la maison en passant par l'aile abritant son cabinet. Alors qu'elle traversait la pièce, elle entendit le *ding* familier annonçant la réception d'un mail. Elle se glissa derrière son bureau et découvrit non pas un, mais cinq nouveaux messages de patients concernant leurs rendez-vous reportés.

Anna ouvrit son agenda à côté de son ordinateur, nota les nouvelles heures de rendez-vous, puis répondit rapidement pour confirmer les changements. Après quoi elle sortit par la porte qui se trouvait sur le côté, la ferma à clé, sauta dans son SUV et partit.

Elle répéta dans sa tête les questions qu'elle comptait poser à Charlotte. Y avait-il un moyen de la faire trébucher ? D'arriver à lui faire dire des choses qu'elle ne voulait pas révéler ? Pendant qu'elle buvait son thé – beaucoup moins en buvant le vin –, elle avait griffonné quelques idées sur une serviette en papier.

Moins des questions que des signaux à guetter, ces petits détails qui trahissent les gens quand ils mentent, par exemple.

Gagner du temps en répétant une question. Les clignements d'yeux répétés. Les longs silences suivis de réponses alambiquées. Un langage impersonnel – moins de *je* et de références aux noms d'autres personnes, et plus de *lui* ou *elle*.

Bien entendu, l'une des autres réactions envisageables de la part d'un menteur était l'agression.

Anna espérait qu'on n'en arriverait pas là.

62

Charlotte mit un moment pour remettre le jeune homme corpulent qui l'avait plaquée contre le mur et lui serrait le cou.

Elle ne l'avait pas reconnu tout de suite. Elle n'était pas habituée à le voir en dehors de son petit camion. Mais il ne lui fallut que quelques secondes pour se rappeler les fois où elle lui avait acheté un cornet. Elle se rappela également que c'était le fils de Kenneth Hoffman.

Leonard.

Que faisait-il ici ? Chez elle ? Pourquoi essayait-il de la tuer ? Et où était Bill ? Qu'était-il arrivé à…

Oh, mon Dieu !

Du coin de l'œil, elle l'aperçut, gisant sur le sol, à droite de l'îlot de la cuisine. Il était inerte, et sa tête formait avec ses épaules un angle bizarre, comme si on lui avait tordu le cou.

Charlotte ne décela aucun signe de respiration.

Elle avait elle-même le plus grand mal à respirer. Elle voulait hurler, mais, comme aucun son ne sortait de sa bouche, elle tenta d'articuler quelques mots.

— Arrêtez, dit-elle d'une voix rauque. S'il vous plaît, arrêtez... j'étouffe...

Elle se débattit pitoyablement, essayant de le gifler, mais autant repousser un ours avec une tapette à mouches. Leonard l'avait plaquée contre le mur en la soulevant légèrement de sorte que ses pieds touchaient à peine le sol. Elle ne pouvait pas prendre appui pour lui donner des coups de pied.

Elle se sentait partir. Son cerveau était privé d'oxygène. Jetant des regards paniqués autour d'elle, elle surprit un mouvement dans l'encadrement de la porte du petit bureau de Paul.

Quelqu'un se tenait là.

Une femme.

— Pas elle, Leonard, dit Gabriella Hoffman. Nous devons lui parler.

Leonard relâcha son étreinte sur le cou de Charlotte. Elle redescendit de quelques centimètres et, lorsqu'il retira ses mains, elle se laissa tomber à quatre pattes en hoquetant. Alors qu'elle s'efforçait de faire revenir l'air dans ses poumons, Gabriella s'avança dans sa direction et s'arrêta devant elle.

Charlotte leva les yeux, son cou présentant déjà des contusions violacées.

— Qu'avez-vous fait à Bill ? demanda-t-elle d'une voix rauque.

— Ne vous inquiétez pas pour lui. Vous avez déjà assez de souci à vous faire pour vous.

— Je... Je vous connais.

— Nous avons dû nous croiser lors de réceptions à la faculté une fois ou deux, dit la femme de Kenneth Hoffman. Je suis Gabriella. Et vous êtes Charlotte.

Son regard se déplaça vers le corps de Bill.

— Lui, je ne le connais pas. Qui est-ce ?

— Bill, répondit Charlotte d'une voix tremblante. Bill Myers.

— Un professeur de West Haven ? Sa tête ne me dit rien.

— Non. Nous travaillons ensemble dans l'immobilier.

— On dirait que vous ne faites pas que travailler ensemble. Voici mon fils, Leonard.

Le jeune homme hocha la tête.

— La plupart des gens m'appellent Len.

Charlotte, qui respirait de nouveau normalement, demanda :

— Est-ce qu'il... ? Est-ce que Bill est mort ?

— Oui. Leonard lui a brisé le cou.

Charlotte se releva lentement, puis recula d'un pas. Leonard restait sur le côté comme un gorille apprivoisé attendant des instructions.

— Qu'est-ce que vous voulez ? demanda Charlotte. Pourquoi êtes-vous ici ?

Gabriella désigna l'Underwood d'un geste de la main.

— Pour ça.

— La machine à écrire ?

— Oui.

— Eh bien... qu'est-ce qu'elle a ?

— Votre mari est allé voir Kenneth en prison avec une histoire à dormir debout à propos de ces femmes, celles qu'on a accusé mon mari d'avoir tuées, qui, à l'en croire, essayaient de communiquer avec lui à travers cette machine.

— Oui, dit Charlotte dans un murmure.

— Paul a fait une belle peur à Kenneth. Non pas à cause de ces messages ridicules.

— Je ne comprends pas.

— Ce que j'avais besoin de voir, de retrouver, c'était ça.

Une fois encore, elle désigna l'Underwood. Mais l'autre jour, quand nous sommes passés, elle n'était pas là.

Charlotte écarquilla les yeux.

— Vous êtes déjà venus ici ?

— Votre mari a dit que la machine était dans le coffre de votre voiture, mais je ne l'ai pas cru, répondit Gabriella avec un sourire. Il devait pourtant dire vrai, parce qu'elle n'était pas dans la maison. Alors nous sommes revenus. Nous allions vous demander vos clés de voiture, puis nous avons vu la machine posée juste là.

— Vous avez vu Paul… ?

— Leonard et moi voulions juste lui parler. Au sujet de la machine, et des lettres. Nous l'avons trouvé dehors. Il était sorti faire une petite promenade.

Gabriella sourit.

— Les choses ne se sont pas très bien passées. Quand il a compris mon souci, il est devenu très agité. Et, quand Leonard ici présent a voulu le calmer, il a couru vers la plage.

— Oh, mon Dieu, dit Charlotte, qui se tourna vers le rejeton pataud de Gabriella. Il ne s'est pas suicidé. C'est vous qui l'avez tué.

Leonard avait presque l'air chagrin.

— Je ne l'ai pas vraiment fait exprès. J'imagine que j'ai gardé sa tête sous l'eau un peu trop longtemps.

Gabriella soupira.

— Nous avons pris les clés de Paul et fouillé votre maison, mais il ne mentait pas. La machine ne s'y trouvait pas.

— Je… Je ne comprends toujours pas pourquoi…

— Comme je viens de vous le dire, les messages censés jaillir de la machine étaient ridicules. Pendant un moment, ils ont décontenancé Kenneth, il l'a reconnu lui-même, mais il a fini par comprendre que c'était nécessairement une sorte de farce. Une mise en scène. Toutefois, poursuivit Gabriella d'une voix lente, il reste possible, quoique improbable, qu'il s'agisse de la machine de mon mari.

— Je ne comprends pas, murmura Charlotte.

— Kenneth m'a contactée après la visite de Paul. Il m'a dit que je devais agir avant que Paul ne fasse quoi que ce soit, comme demander à la police de comparer ses messages aux lettres d'adieu laissées par Catherine et Jill.

Elle tenait à la main quelques feuilles de papier qu'elle avait apportées.

— Alors j'étais en train de me livrer à une petite comparaison.

Elle agita une des feuilles sous le nez de Charlotte.

— Ce sont des notes que j'avais prises quand je suivais un cours de philosophie en auditrice libre à West Haven il y a quelques années de cela.

Elle sourit.

— C'est l'un des avantages qu'il y a à être mariée à un professeur d'université.

Elle fixa presque rêveusement un point au loin.

— J'ai toujours aimé le toucher des vraies machines à écrire. C'est tellement plus *satisfaisant* qu'un ordinateur. Vous ne trouvez pas ?

Gabriella mit fin à l'évocation de ses souvenirs d'un petit mouvement de tête. Elle pointa l'Underwood du doigt. Une feuille de papier y était insérée, frappée d'une ligne de caractères.

— Vous vous rappelez : « Le temps est venu pour tous les hommes de bonne volonté de venir en aide au parti » ?

Charlotte fit non de la tête.

— Vous êtes trop jeune. C'était cette phrase qu'on vous faisait taper pour tester une machine. Une phrase claire et précise. C'est ce que j'étais en train de faire. C'est ce bruit que vous avez entendu. J'allais comparer mes notes de cours à ce que je venais de taper, quand votre M. Myers a surgi sans crier gare.

Charlotte essayait de comprendre ce qui était en train de se passer, à savoir que le processus qu'elle avait initié était sur le point de lui exploser à la figure. Son regard revenait sans cesse se poser sur le corps sans vie de Bill.

Malgré son état de panique et de confusion, elle parvint à demander :

— Et si c'était la même machine à écrire, qu'est-ce que ça changerait ?

— Oh, beaucoup de choses, répondit Gabriella.

Elle se pencha et plongea son regard dans les entrailles de l'Underwood.

— Et on dirait que Kenneth avait raison d'être inquiet.

— Qu'est-ce que vous racontez ? demanda Charlotte.

Gabriella leva la main.

— Du sang. Il y a du sang séché sur les touches.

Elle regarda Charlotte.

— C'est vraiment stupéfiant que vous soyez tombée dessus. Lors d'un vide-greniers, c'est ça ? Quelle était la probabilité ? Quelqu'un a dû la trouver au milieu des ordures avant que la benne ne soit vidée, ou bien à la décharge. Et puis elle a été mise en vente dans une allée privée, et, de toutes les personnes qui auraient été susceptibles de l'acheter, le hasard vous a choisie, vous.

— Je ne l'ai pas achetée pendant un vide-greniers ! Et ce sang est celui de Josh !

— Josh ?

— Le fils de Paul. Il s'est coincé les doigts dedans. Vous avez raison, il aurait été vraiment étonnant qu'il s'agisse de la même machine. Et ce n'est pas le cas.

Gabriella se rembrunit.

— Je ne comprends pas.

— Je ne l'ai pas achetée lors d'un vide-greniers. Je l'ai trouvée chez un antiquaire. Nous... Bill et moi... cherchions une machine qui ressemble à celle sur laquelle Kenneth a obligé ces femmes à écrire leurs excuses.

Gabriella arborait une expression sincèrement perplexe.

— Pourquoi ?

Une larme s'échappa de l'œil droit de Charlotte et roula sur sa joue.

— Nous avons fait quelque chose d'horrible. D'absolument horrible.

Gabriella, intriguée, sourit et dit :

— On dit qu'une bonne confession procure la paix de l'âme.

Le sourire se transforma en rictus grimaçant.

— Encore que Kenneth ne serait peut-être pas entièrement d'accord avec ça.

Charlotte lui décrivit à grands traits la machination que Bill et elle avaient ourdie.

— Mais pourquoi avoir fait ça ? demanda Gabriella avec une expression d'étonnement.

— Nous voulions lui faire croire qu'il perdait la tête, répondit Charlotte, la gorge serrée. Et ensuite, quand nous… quand il serait mort… tout le monde aurait conclu au suicide. Sauf que nous avons vraiment cru qu'il s'était suicidé.

L'étonnement de Gabriella se mua en irritation.

— Nous nous sommes donc inquiétés pour rien ? dit-elle en faisant courir ses doigts sur la barre d'espace de l'Underwood. Tout ça, c'est vous et votre *amant* qui l'avez mijoté ?

— Oui ! s'exclama Charlotte avec un enthousiasme soudain. Vous n'avez pas à vous en faire ! Et je ne comprends même pas pourquoi vous étiez inquiète. C'est quoi, le problème avec le sang ? Pourquoi est-ce que cela vous tracassait ?

Gabriella jeta un coup d'œil au cadavre de Bill, puis posa sur Charlotte un regard compatissant.

— Chaque fois que vous pensez en avoir fini, il reste toujours une dernière chose à faire.

63

Anna White roulait lentement sur Point Beach Drive. L'odeur iodée et vivifiante du détroit lui parvenait par la vitre entrouverte. La dernière fois qu'elle avait dû chercher la maison des Davis, il faisait nuit et, de nouveau, elle devait se fier à l'éclairage artificiel pour repérer les numéros des habitations.

Elle se souvenait que la maison se trouvait vers le bout de la rue, même si elle ne se rappelait aucun détail en particulier.

Mais elle finit par repérer la voiture de Charlotte Davis dans l'allée et, à son grand soulagement, le seul autre véhicule qui y était garé était celui de Paul. Elle ne vit pas la voiture de Bill Myers. Si elle était passée devant un peu plus haut dans la rue, elle ne l'avait pas remarquée.

Par chance, il y avait une place de stationnement juste devant la maison des Davis. Elle coupa le moteur, descendit de voiture et ferma doucement la portière. Elle ne tenait pas particulièrement à annoncer sa présence avant d'avoir sonné à la porte.

Elle avait des papillons dans le ventre, comme on dit. Avait-elle raison de faire ce qu'elle faisait ? Ne se fourvoyait-elle pas totalement ? N'avait-elle pas déjà eu ce débat intérieur avant de partir de chez elle ?

Une chose dont elle ne croyait plus avoir à s'inquiéter, c'était de réveiller Charlotte Davis. Un coup d'œil au premier étage lui montra toute une série d'ampoules allumées au niveau de la cuisine. Charlotte ne serait pas montée se coucher sans les avoir éteintes.

Elle remonta l'allée et se planta devant la porte.

Allez, sonne. Ce n'est pas maintenant que tu vas faire machine arrière.

Elle posa son doigt sur le bouton et appuya.

La sonnette avait peut-être fonctionné, mais Anna ne l'entendit pas. Le carillon avait été masqué, exactement au même moment, par un autre son, bien plus bruyant.

Un cri de femme.

Un hurlement strident, effrayant, qui traversa Anna de part en part comme un vent glacé et la fit frissonner.

En toute logique, elle aurait dû fuir, retourner à sa voiture le plus vite possible, verrouiller les portières et appeler la police. Mais elle était bien placée pour savoir que les gens ne se comportaient pas toujours de manière rationnelle en situation de panique.

Ils réagissaient parfois de manière purement instinctive.

Et l'instinct d'Anna lui commandait d'aider les gens. Elle y avait consacré sa vie.

Elle essaya immédiatement d'ouvrir la porte, au cas où elle n'aurait pas été fermée à clé.

Elle ne l'était pas.

Elle poussa la porte avec tant de force que celle-ci pivota aussi loin qu'il était possible sur ses gonds et vint rebondir contre le mur. Anna se précipita à l'intérieur et allait gravir les marches quatre à quatre quand elle dut s'arrêter.

Quelqu'un descendait l'escalier.

Et ce fut à son tour de crier.

64

— On peut trouver une solution, implora Charlotte. On peut résoudre ça. J'en suis persuadée.

— Je ne vois pas comment, rétorqua Gabriella. Elle jeta un coup d'œil à son fils, qui fit un pas de plus vers Charlotte.

— Leonard est grand et fort, vous pouvez... vous pouvez évacuer le corps de Bill. L'abandonner quelque part, loin d'ici ! Personne ne sait que Bill est venu me voir ce soir !

— Où est sa voiture ?

— Un peu plus haut dans la rue. Vous pouvez la prendre ! Je vous donnerai les clés. Elles sont là-haut, dans son pantalon. Vous vous débarrassez de la voiture et de son corps.

Une idée lui vint brusquement à l'esprit :

— Je pourrais vous aider ! Conduire la voiture ! Tout ce que vous voudrez.

— Et vous ne direz jamais rien à personne ?

— Absolument ! affirma Charlotte avec animation.

Gabriella fit un geste en direction de la table sur laquelle était posée la machine.

— Asseyez-vous. Discutons.

Charlotte s'empressa d'obéir. Elle tira une chaise, s'assit. Gabriella prit place de biais par rapport à elle.

— Pourquoi parlerais-je ? demanda Charlotte. J'admets avoir fait quelque chose de mal. De très mal. Si je racontais un jour à quelqu'un ce qui s'est passé ici ce soir, il faudrait aussi que je parle de tout le reste. Alors je tiendrai ma langue. Pour vous protéger, vous, mais aussi pour me protéger, moi.

Gabriella hocha lentement la tête.

— Moi aussi, j'ai mal agi. Quand j'ai égorgé ces deux femmes. Mais ma motivation était pure. Elle était juste. Ces femmes avaient couché avec mon mari. Elles avaient bafoué les liens sacrés du mariage. Je n'ai fait que leur donner une bonne leçon. C'est pour cette raison que je voulais leurs excuses. Par *écrit*. J'avais la morale pour moi. Oh, je sais que tout le monde ne verra pas les choses de cette manière. On pourrait soutenir que mon mari ne valait pas mieux. Mais c'était *mon* mari. J'avais fait un serment, tout comme lui. Pour le meilleur et pour le pire. Et il s'est racheté.

Charlotte ne dit rien.

— Et bien que nous ayons toutes les deux commis des actes répréhensibles, je pense que vous et moi sommes très différentes. Ce que vous avez fait était tellement égoïste, tellement égocentrique. Vous avez comploté pour tuer votre mari afin de pouvoir vous mettre en ménage avec cet homme.

Elle secoua la tête d'un air réprobateur.

— Vos mauvaises actions ont contribué à ridiculiser l'institution du mariage, les miennes à la défendre.

La lueur d'espoir qu'on aurait pu apercevoir dans les yeux de Charlotte était en train de s'éteindre.

— Je comprends ce que vous dites, vraiment, mais…

Gabriella lui intima le silence d'un geste de la main.

— Je ne pense pas que vous soyez quelqu'un à qui je peux faire confiance.

— Mais si ! Je…

— Où sont les toilettes ? demanda Len.

Les deux femmes tournèrent leurs regards vers le jeune homme, qui se tenait à une des extrémités de l'îlot.

— Il faut que j'y aille, dit-il avec un haussement d'épaules.

Charlotte se leva d'un bond.

— Je peux vous montrer le chemin, dit-elle avec une hospitalité forcée.

Elle commença à traverser la pièce, le doigt pointé. Son trajet l'amenait près de l'escalier qui descendait à la porte d'entrée.

— Non ! dit Gabriella.

L'ordre était autant destiné à Charlotte qu'à son fils.

Alors qu'elle approchait du palier, Charlotte se précipita.

— Leonard !

En dépit de sa corpulence et de sa nature pataude, le jeune homme réagit vivement. Il tourna les talons et se lança à la poursuite de Charlotte.

Il tendit le bras et réussit à l'attraper par les cheveux, la tirant brusquement en arrière comme une marionnette sur un fil. Puis il la projeta contre le mur à l'endroit où il l'avait d'abord immobilisée en lui serrant le cou.

Elle poussa un cri.

Gabriella pencha la tête de côté. Venait-elle d'entendre sonner à la porte ? Difficile à dire avec tout ce raffut. Elle repoussa sa chaise et s'approcha.

Leonard saisit Charlotte par le bras droit et l'envoya valser en direction des marches comme un ours jetant une poupée de chiffon. Charlotte partit en vol plané dans l'escalier. Elle atterrit sept marches plus bas, sa tête venant d'abord heurter une contremarche en bois avec un craquement de batte de base-ball frappant une balle.

Leonard et sa mère se précipitèrent en haut de l'escalier et regardèrent le corps sans vie de Charlotte dégringoler les dernières marches.

Et la porte d'entrée était grande ouverte.

Anna White fit deux pas rapides à l'intérieur de la maison, se figea un moment en apercevant le corps dévaler vers elle, puis poussa un cri.

— Mon Dieu, dit Gabriella.

Le regard d'Anna se porta plus haut. Elle vit Leonard et Gabriella au-dessus d'elle, pareils à deux dieux vengeurs et menaçants.

Elle sortit de la maison à reculons et s'enfuit.

— Arrête-la ! ordonna Gabriella à son fils.

Leonard descendit l'escalier en courant, sautant par-dessus le cadavre. Gabriella suivit, mais il lui fallut plus de temps pour contourner Charlotte. Quand elle se retrouva à l'extérieur, elle vit qu'Anna était parvenue au bout de l'allée, Leonard sur ses talons.

Anna trébucha sur le trottoir et s'affala au milieu de la rue déserte. Son sac à main, qu'elle portait en bandoulière, tomba sur la chaussée, répandant ses clés de voiture et son téléphone portable. Elle tenta de se relever, mais Leonard était sur elle, la frappant violemment en haut de la cuisse avec son pied. Elle poussa un hurlement de douleur et retomba en arrière en se tenant la jambe.

Gabriella se trouvait maintenant à côté de son fils, tentant de reprendre son souffle.

— Qui c'est, celle-là ? demanda-t-elle en secouant rageusement la tête.

— J'en sais rien, répondit son fils. Je fais quoi ?

Gabriella balaya rapidement la rue du regard et constata avec soulagement qu'elle était déserte.

— Tue-la.

À cet instant, un bruit étrange se fit entendre. Un sifflement. Quelque chose qui fendait l'air à une vitesse considérable.

Derrière eux.

Puis un grand bruit sourd.

Leonard chancela, manquant piétiner Anna.

Gabriella se retourna vivement et dit :

— Qu'est-ce que... ?

Un autre sifflement, suivi du même bruit sourd.

Frank White avait frappé la tempe de Gabriella avec la tête d'un club de golf – un driver, et plus spécifiquement, un bois numéro un.

Elle s'effondra sur-le-champ, ses jambes se dérobant sous elle.

Leonard fit encore quelques pas titubants en se tenant l'arrière du crâne. Du sang suintait à travers ses doigts. Il réussit à stopper sa course en avant, s'immobilisa un moment pour retrouver son équilibre, puis se retourna pour voir ce qui l'avait frappé.

Frank, qui se tenait là dans son pyjama rayé, comprenait qu'il n'avait pas beaucoup de temps.

Il brandit de nouveau le club au-dessus de son épaule et frappa pour la troisième fois, mettant toutes ses forces dans son swing. Ses bras, modelés par des centaines d'heures passées sur son rameur, étaient pareils à des pistons.

Leonard s'apprêtait à lever le bras dans un geste de défense, mais il fut trop lent.

Le club le toucha à la pommette gauche, juste sous l'œil. Tout ce profil fut aussitôt transformé en bouillie sanguinolente.

Il s'écroula.

Frank resta là, les yeux exorbités, pétrifié et haletant, tenant son club à la manière d'une batte de base-ball, attendant de voir s'il allait devoir encore l'utiliser. Quinze secondes plus tard, ni Gabriella ni Leonard n'ayant bougé, il s'agenouilla à côté de sa fille, laissa tomber le club sur la chaussée et tendit une main hésitante pour lui caresser les cheveux.

— Est-ce que ça va, Joanie ?

— Oui, répondit Anna, qui avait bien du mal à retenir ses larmes. Je vais bien.

Elle leva le bras et prit le menton mal rasé de son père dans sa main.

— Je ne me suis jamais sentie aussi bien.

65

Inspecteur Joe Arnwright : Ça va aller maintenant, monsieur Hoffman ? On peut continuer ?

Kenneth Hoffman : Oui, oui, je crois. Il me fallait une minute.

Arnwright : Bien sûr. Je suis sincèrement navré.

Hoffman : Tout ça, c'est ma faute. Tout. Quand on refait le film, ce sont les décisions que j'ai prises qui ont tout déclenché. Les médecins n'avaient rien d'autre à dire sur Leonard ?

Arnwright : Il est toujours dans le coma, à l'hôpital de Milford.

Hoffman : Alors il ne sait pas que sa mère est morte.

Arnwright : Non.

Hoffman : Quel salaud, ce Frank White. Il n'était pas obligé de leur faire ça. J'espère qu'il passera les quelques années qui lui restent en prison.

Arnwright : Ils allaient tuer sa fille, monsieur Hoffman. Il ne sera pas poursuivi. M. White lui a sauvé la vie. Et c'est un vieil homme, qui plus est. Il s'était endormi à l'arrière de son SUV. Il croyait qu'ils allaient rendre visite à sa femme défunte.

HOFFMAN : Mon Dieu, c'est tellement... Il vaudrait peut-être mieux que Leonard ne se réveille jamais. Il va avoir tellement d'ennuis s'il s'en sort.

ARNWRIGHT : Je ne sais pas quoi vous répondre, monsieur Hoffman.

HOFFMAN : Gabriella n'aurait jamais dû le mêler à ça. Pas cette fois, et pas ce soir-là. Au fond, c'est un vrai innocent. Il n'a jamais rien voulu d'autre que faire le bonheur de sa mère.

ARNWRIGHT : Bien qu'il n'ait pas tué ces femmes, il n'en est pas moins coupable, monsieur Hoffman. Il a aidé votre femme à les ligoter sur ces chaises après qu'elle les avait droguées. Et c'est lui qui a tué Paul Davis. Et Bill Myers. Et Charlotte Davis. Ce n'est pas vraiment l'idée que je me fais d'un innocent.

HOFFMAN : Il n'aurait rien fait si Gabriella ne le lui avait pas demandé. Il aimait tellement sa mère. Il cherchait toujours à lui faire plaisir. Au fond, c'est un gentil garçon. C'est pour ça qu'ils l'ont engagé pour ce boulot de marchand de glaces. Cela lui convenait parfaitement. Et c'était un bon conducteur. Jamais eu le moindre accrochage. Je sais que c'est difficile à croire mais, avant tout ça, je ne me rappelle pas qu'il ait jamais fait de mal à quiconque. Et Dieu sait qu'il en aurait eu le droit. La façon dont les autres gamins le tourmentaient quand il était petit. Toujours un peu plus lent que les autres. Ils se moquaient de lui, le traitaient d'idiot, alors qu'en fait il ne l'est pas. Il n'a pas une intelligence livresque, ni scolaire, mais il est suffisamment intelligent. Il se débrouille. Enfin, il se débrouillait.

ARNWRIGHT : Vous étiez proche de votre fils ?

HOFFMAN : Oui. Je veux dire que je l'aimais beaucoup. Je l'aime encore. C'est pour ça que j'ai fait ce que j'ai fait.

ARNWRIGHT : Avouer.

HOFFMAN : C'est ça. Bien sûr, c'est Gabriella que j'ai fini par protéger. Mais ce n'est jamais pour elle que je me suis fait du souci. C'est pour Leonard. Il n'aurait jamais résisté à un interrogatoire de police. J'ai été obligé d'avouer tout de suite avant qu'on en arrive là. Et, mon Dieu, je sais qu'il n'aurait pas survécu en prison. Vous imaginez ce qu'ils lui auraient fait subir ? Un garçon comme lui ? Bien sûr, il est grand et fort, mais n'importe quel taulard sadique en aurait fait son jouet. Je ne pouvais pas laisser faire ça. Il vaudrait vraiment mieux qu'il ne se réveille pas. La prison serait pour lui pire que la mort. Vous n'avez pas idée de ce que c'est.

ARNWRIGHT : Vous avez tenté de vous donner la mort depuis que vous avez commencé à purger votre peine.

HOFFMAN : Et je continuerai sans doute à essayer jusqu'à ce que j'y arrive.

ARNWRIGHT : Vous n'auriez pas pu trouver un moyen de faire porter le chapeau à Gabriella tout en laissant votre fils en dehors de ça ? C'est elle qui aurait pu se sacrifier. Pourquoi forcément vous ?

HOFFMAN : Il y avait le sang, vous comprenez.

ARNWRIGHT : Parlez-moi du sang.

HOFFMAN : Jill l'a mordu.

ARNWRIGHT : Jill Foster a mordu votre fils ?

HOFFMAN : Gabriella croyait que Jill avait perdu connaissance. Elle s'était plus ou moins assoupie après avoir tapé le mot que Gabriella avait exigé d'elle. Gabriella a demandé à Leonard de vérifier, et quand il a tendu la main pour lui toucher le menton, Jill s'est réveillée. Brusquement. Elle s'est jetée en avant et a attrapé la main de Leonard avec les dents. Elle l'a mordu fort dans la partie charnue du pouce.

Il s'est dégagé rapidement et sa main, qu'il avait posée sur la machine à écrire, a commencé à pisser le sang.

ARNWRIGHT : Pourquoi ne nous ramenez-vous pas à cette fameuse soirée.

HOFFMAN : Je suis rentré à la maison et j'ai vu ce que Gabriella, aidée de Leonard, avait fait. Elle avait compris que je voyais et Catherine et Jill. Elle m'avait déjà demandé des comptes à ce sujet. J'avais tenté de nier en bloc, mais je savais qu'elle n'était pas dupe. Pourtant, je n'aurais jamais pu imaginer qu'elle puisse faire ce qu'elle a fait. Inviter ces femmes, les droguer. Leur arracher des excuses par écrit, allant jusqu'à les leur faire taper à la machine. Gabriella a toujours cru fermement à la parole écrite, les contrats et promesses orales ne valaient pas grand-chose à ses yeux. Et, une fois qu'elles ont eu tapé ce qu'elle voulait, elle les a tuées. Mais c'était moi qu'elle voulait punir. Ce qu'elle faisait, elle le faisait autant à moi qu'à ces femmes. Je suis rentré juste après. Leonard, croyez-le ou non, était en train de manger un sandwich, et Gabriella semblait plongée dans un rêve. Je ne sais pas comment décrire cette scène autrement : Gabriella avait l'air contente d'elle. C'était… C'était une femme étrange. Froide. Je ne cherche pas de prétexte à mon infidélité, mais c'était une femme froide.

ARNWRIGHT : Soit.

HOFFMAN : Alors, pendant longtemps, j'ai cherché l'amour ailleurs. Mais je suppose que j'ai toujours été comme ça. Pas comme Paul. Lui, c'était un homme bien. Un homme loyal. Rétrospectivement, j'aurais voulu lui ressembler davantage.

ARNWRIGHT : Et pourtant, regardez où ça l'a conduit.

HOFFMAN : C'est vrai. Vous avez fini par comprendre ce que sa femme avait fait ?

ARNWRIGHT : Nous en sommes encore à reconstituer les faits. Nous avons retrouvé un téléphone, et une des sonneries disponibles était un bruit de machine à écrire. Nous avons aussi trouvé d'autres messages, tapés sur cette machine, au domicile de Bill Myers. Mais revenons-en à cette fameuse nuit.

HOFFMAN : Je suis rentré à la maison et j'ai découvert ce que Gabriella avait fait. Je lui ai dit que je pouvais arranger ça. Que je l'aiderais à brouiller les pistes. J'ai mis les corps dans la voiture, la machine à écrire aussi, à cause du sang de Leonard. S'ils l'avaient trouvée, et fait un test ADN, il aurait été foutu. Alors j'ai tout mis dans la voiture et j'ai dit à ma femme que je nettoierais la maison en revenant.

ARNWRIGHT : Mais vous n'êtes pas revenu.

HOFFMAN : Non. J'ai réussi à me débarrasser de la machine, mais je me suis fait prendre avec les corps. Et avec Paul, évidemment. J'ai vraiment cru que si j'étais arrivé à me débarrasser de Catherine, de Jill et de Paul, on aurait pu passer à autre chose. Être à nouveau une vraie famille. Que je changerais mes habitudes. Que je deviendrais un bon mari et un bon père. Mais, à ce moment-là, j'ai vu les gyrophares et le policier se diriger vers moi. Je n'ai eu que quelques secondes pour appeler Gabriella sur mon téléphone. Je lui ai dit que j'avais été arrêté mais que j'allais tout endosser, dire à la police que c'était moi et moi seul qui avais fait tout ça.

ARNWRIGHT : Et vous avez avoué.

HOFFMAN : Oui. Parce que, vous comprenez, quand on prend un peu de recul, j'étais bien coupable. C'est mon comportement qui a tout déclenché. Je méritais la prison.

ARNWRIGHT : Vous avez donc endossé le rôle du meurtrier. Tout ce temps.

HOFFMAN : Oui. Je dois être le premier meurtrier présumé au monde à s'être réjoui de ne pas avoir d'alibi. J'avais passé la soirée seul sur le campus. Mon bureau se trouve dans un des bâtiments les plus anciens. Pas de caméras de surveillance, des clés ordinaires plutôt que des cartes magnétiques. Personne ne m'avait vu, je n'avais parlé à personne. Aucun témoin pour me disculper.

ARNWRIGHT : Qu'avez-vous pensé quand Paul Davis s'est présenté à la prison avec ces lettres ?

HOFFMAN : Ah, oui, les lettres… Elles m'ont troublé, je l'admets. Je ne crois pas au surnaturel, mais elles m'ont donné du grain à moudre. Elles étaient *forcément* bidon. Et pourtant, je ne pouvais m'empêcher de penser que, peut-être, on ne sait comment, Paul possédait *la* machine à écrire. Et que si la police mettait la main dessus, s'ils analysaient le sang, découvraient que c'était celui de Leonard, mêlé à celui de ces femmes, alors j'aurais fait tout ça pour rien.

ARNWRIGHT : Alors, vous avez demandé à Gabriella de la récupérer.

HOFFMAN : Oui. Je… Je ne savais pas que ça prendrait cette tournure. Je sais que j'ai essayé de tuer Paul ce soir-là, mais, après tous ce temps… Je n'ai jamais voulu la mort de Paul. Je l'aimais bien. C'était un type bien. Bill Myers, je ne le connaissais pas. Charlotte, je l'avais croisée une fois. Mais Paul… je m'en voulais. J'avais été une sorte de mentor pour lui quand il a débarqué à West Haven. Vous le saviez ?

ARNWRIGHT : Oui.

Hoffman : Peut-être que Bill et Charlotte ont eu ce qu'ils méritaient.

Arnwright : Si vous voulez positiver, on peut voir les choses comme ça.

Hoffman : Et maintenant, il se passe quoi ? Vous pensez que je vais être libéré ? Je veux dire, je n'ai pas tué ces deux femmes au final. Et ce que j'ai fait à Paul, je l'ai fait sans réfléchir. Il n'y avait rien de prémédité là-dedans.

Arnwright : Êtes-vous en train de me dire que vous n'êtes coupable de rien ?

Hoffman : Je n'irais peut-être pas jusque-là.

Arnwright : Moi non plus.

66

— Cet endroit me plaît bien, dit Frank White à Anna. Je t'assure.

On leur avait fait visiter la résidence pour personnes âgées. Ils avaient vu le réfectoire, le centre d'activités et la salle d'exercice, et, pour finir, la pièce qui pourrait devenir sa chambre. Elle était plutôt spacieuse. Il y avait un lit, un grand fauteuil accueillant et un poste de télévision.

— Et je pourrai mettre mon rameur juste là, dit-il. Regarde par la fenêtre, on voit la mer.

— Je ne sais pas, papa.

Anna avait fait de son mieux pour marcher sans traîner la patte. Leonard avait failli lui briser un os en lui donnant ce coup de pied. Elle allait chez le kiné deux fois par semaine.

Son père lui avait paru étonnamment lucide depuis cette triste soirée. Il avait bien cru, à un moment donné, être en train de sauver sa femme et non sa fille, mais, depuis, il semblait avoir très bien compris ce qui s'était passé.

Il savait qu'il avait tué quelqu'un, et plongé quelqu'un d'autre dans le coma. Et il ne regrettait rien.

— On fait ce qu'on a à faire, disait-il.

Mais il avait vécu cela comme un tournant. Il avait assuré qu'il était temps pour lui de devenir indépendant, du moins par rapport à Anna. Ils s'étaient disputés à ce sujet pendant des jours.

À présent, dans cette grande chambre avec écran plat et vue sur le détroit, elle lui fit part, une fois encore, de son sentiment.

— Je ne veux pas que tu partes.

— Si j'ai vécu avec toi pendant aussi longtemps, c'est qu'il y avait une raison. Et nous savons maintenant laquelle. C'était pour que je sois présent cette nuit-là.

— Tu ne crois pas à ce genre de chose, fit remarquer Anna. L'idée que nos vies seraient d'une certaine manière prédéterminées, c'est des conneries pour toi.

— Tu serais surprise d'apprendre en quoi je crois.

Et ce fut à ce moment-là qu'il lui dit :

— La nuit où ta mère est morte, je dormais profondément. Et puis…

Il lutta un moment pour trouver les mots.

— Et puis elle m'a parlé, comme dans un rêve, et m'a dit que je devais aller à l'hôpital le plus vite possible.

Anna ne dit rien.

Frank s'assit au bord du lit, lissa le couvre-lit avec ses paumes.

— Et je n'y ai absolument pas prêté attention, parce que, comme tu le dis, je ne croyais pas à ce genre de chose. Et tu sais ce qui est arrivé. C'est cette nuit-là qu'elle est morte. J'aurais dû croire, j'aurais dû écouter.

— Pourquoi ne m'as-tu jamais raconté cette histoire ? demanda Anna d'une voix douce.

— Je ne voulais pas te mettre en colère. Je ne voulais pas que tu saches que j'avais eu une chance de dire au revoir à ta mère et que je ne l'avais pas saisie.

Anna s'assit dans le fauteuil et regarda ailleurs. Dehors, le détroit était d'un bleu profond sous un ciel sans nuages.

— Quoi qu'il en soit, si j'évoque le sujet maintenant, c'est que ta mère m'a de nouveau parlé.

Anna se tourna vers lui, cligna des yeux pour chasser les larmes et le voir distinctement.

— Quand ça ?

— Après que ces gens ont essayé de te tuer. Deux jours plus tard, j'imagine.

Anna n'était pas sûre de pouvoir se résoudre à poser la question. Mais il fallait qu'elle sache.

— Qu'est-ce qu'elle a dit ?

Ce fut au tour de son père de s'armer de courage.

— Joanie m'a dit : « Frank, tu lui as sauvé la vie. La seule autre chose que tu puisses faire, c'est de lui *donner* sa vie. » Et c'est tout.

Anna dévisagea son père. Il tendit la main vers elle, et elle la prit.

— Tu dois penser que c'est un beau ramassis de sottises.

Elle secoua la tête d'un côté et de l'autre.

— Tu y crois ?

Anna s'immobilisa et répondit, la gorge serrée :

— Oui, j'y crois.

Remerciements

Chez HarperCollins et William Morrow, merci à tous ceux qui ont assuré la préparation de *Du bruit dans la nuit*, avec un clin d'œil spécial à Liate Stehlik, ainsi qu'à ma merveilleuse éditrice, Jennifer Brehl, qui a remis l'ouvrage sur le métier quand je croyais, à tort, que nous en avions fini.

Au Royaume-Uni, ma reconnaissance va à David Shelley, Katie Espiner, Harriet Bourton, Emad Akhtar, Ben Willis, et à toute l'équipe de chez Orion.

Comme toujours, merci à ma formidable agente littéraire, Helen Heller.

Pour leurs soutiens multiples, passés et présents, j'adresse mes remerciements à Robert MacLeod, Bill Taylor, Douglas Gibson et Stephen King.

Et, une fois encore, un grand merci aux libraires. Merci de tout ce que vous faites pour mettre les œuvres des écrivains dans les mains des lecteurs.

Enfin, je n'ai que trop tardé à rendre hommage à deux personnes qui ne sont plus parmi nous, mais pour les encouragements, les conseils et l'amitié desquelles j'éprouve encore une immense gratitude après toutes ces années : Margaret Laurence et Kenneth Millar.

13443

Composition
PCA

Achevé d'imprimer en Slovaquie
par NOVOPRINT SLK
le 6 mars 2022

Dépôt légal : avril 2022
EAN 9782290251744
L21EPNN000505N001

ÉDITIONS J'AI LU
87, quai Panhard-et-Levassor, 75013 Paris

Diffusion France et étranger : Flammarion